GEWITTERSEE

AF867338

Tina Schlegel war Regieassistentin, Drehbuchautorin und Redakteurin, bevor sie als freiberufliche Kulturjournalistin unter anderem für die »Süddeutsche Zeitung« und die »Münchner Abendzeitung« arbeitete. Seit 2012 schreibt sie für die »Augsburger Allgemeine« über Kunst, Theater und Musik. Tina Schlegel lebt mit ihrer Familie im Unterallgäu.
www.tinaschlegel.de

Dieses Buch ist ein Roman. Handlungen und Personen sind frei erfunden. Ähnlichkeiten mit lebenden oder toten Personen sind nicht gewollt und rein zufällig.

TINA SCHLEGEL

GEWITTERSEE

Bodensee Krimi

emons:

© Emons Verlag GmbH
Cäcilienstraße 48, 50667 Köln
info@emons-verlag.de
Alle Rechte vorbehalten
Umschlagmotiv: Montage aus mauritius images/Kuttig-Travel-2/
Alamy, shutterstock.com/Stephen Cullum
Umschlaggestaltung: Nina Schäfer, nach einem Konzept
von Leonardo Magrelli und Nina Schäfer
Umsetzung: Tobias Doetsch
Gestaltung Innenteil: César Satz & Grafik GmbH, Köln
Lektorat: Lothar Strüh
Druck und Bindung: Books on Demand GmbH, Norderstedt
Printed in Germany
Erstausgabe 2019
ISBN 978-3-7408-0677-4
Bodensee Krimi
Originalausgabe
3. Auflage

Unser Newsletter informiert Sie
regelmäßig über Neues von emons:
Kostenlos bestellen unter
www.emons-verlag.de

Die automatisierte Analyse des Werkes, um daraus Informationen
insbesondere über Muster, Trends und Korrelationen gemäß
§ 44b UrhG (»Text und Data Mining«) zu gewinnen, ist untersagt.

Für meinen Vater

Abschied

Erst im letzten seufzend Totengruß
Kehrt in unser aller sehnend Blick,
Das, was wichtig ist und war, zurück
Ins Herz – wo es fortan ruhen muss.

Prolog

Venedig

Er zwang sich, den Pinsel anzusetzen und der Linie zu folgen. Ruhe, mahnte er sich und tauchte ein in diese geheimnisvolle Welt. Die Frau auf dem Gemälde wandte sich ihm zu, anmutig saß sie dort, blass ihre Haut, den Säugling schützend in den Armen. Die Natur um sie herum nur zur Hälfte an das Paradies erinnernd. Er ließ seinen Blick schweifen über das Grün und die Mauer und die Stadt im Hintergrund, von der niemand genau wusste, wo sie lag. Beruhigung und Verstörung zugleich. Diente der Hirte, der in einiger Entfernung vorbeiging, als Bewacher der jungen Mutter? Oder würde er sie gleich bedrohen? Weshalb nur war sie allein im Wald mit einem Säugling, halb nackt, ausgeliefert den Blicken des Malers und des Betrachters, wo nur würde sie hingehen, wenn es Nacht wurde?

Dieser Blick. Wochenlang hatte er sich nur mit diesem Blick auseinandergesetzt, ihm zu begegnen versucht und doch keine Position gefunden, immer wieder hatte sie sich ihm entzogen. Es war das schwerste Bild seiner Karriere. Und dann, an einem schwülwarmen Sommertag, sollte er ihn endlich verinnerlichen, den Blick, den er gesucht hatte.

Es begann mit Elas Schlüsselbein, das ein wenig zu weit herausragte. Er küsste es. Sie standen in seinem Atelier im dritten Stock des alten Palazzo mit diesem beinahe anrüchig schönen Blick auf die Ponte dell'Accademia. Kein Wort fiel. Sie zog sich aus und legte sich auf sein altes, quietschendes Bett. An der Mauer über ihrer nackten Haut erste Risse, die abblätternde Farbe welkendes Gelb. Er spürte ihre Sehnsucht, von ihm gemalt zu werden.

Draußen spielten Kinder mit einem Ball. Er hörte die hellen Stimmen, die Aufregung und Triumph von den einen, bittere Enttäuschung von den anderen zu ihm trugen. Auch wenn er nicht alles verstand, was aus den Corti zu ihm nach oben drang – die leidenschaftliche Jagd nach dem Ball erfüllte ihn mit Wehmut.

Leise schlich seine Wehmut zu ihrem Hals. Er wollte zu ihr, sich vor das Bett knien und ihrem Atem lauschen. Dann ihren Körper mit dem Pinsel nachzeichnen. Die Augenbrauen entlang, den Nasenrücken hinab, die Wangenknochen, die Lippen … Er wusste, es würde sie zum Zerspringen bringen.

Allein er konnte sich nicht losreißen von dem puren Anblick. Stille. Die Mauer blätterte zärtlich gelb an den Boden, verschwunden die Jagd draußen nach dem Ball, gewichen einer anderen. Und dann sah er ihn vor seinem inneren Auge – den Blick, den er gesucht hatte. Er lag dort auf seinem Bett und wandte sich gerade ihm zu. Er hörte die Vögel und die Stimmen vom Campo San Vidal, wusste, dass der Canal Grande unter ihnen das Leben, aber auch den ganzen Schmutz vorbeitrug. Dies alles einatmend, wusste er, dass es gelingen würde. Er sah die Frau mit dem Säugling dort allein im Wald, die in Einsamkeit gefangen war für alle Zeit – jetzt endlich trafen sich ihre Blicke. Er verstand Ela.

Sie hatte dieser Anblick nicht mehr losgelassen. Das hatte sie von ihrem Vater – Schönheit galt nur, wenn man sie besaß.

***

Theodor Rosenfelder, seit mittlerweile fünf Jahren der Kulturamtsleiter der Stadt Lindau, hatte die Hände hinter dem Rücken verschränkt. Er beobachtete die Segelschiffe auf dem See und meinte, die Zeit sei stehen geblieben. Der Tag hatte zwar viele Segler gelockt, aber mit Wind gegeizt, nichts bewegte sich. Stillstand war hin und wieder eine schöne Sache, dachte er schmunzelnd. Wie ein Gemälde lagen sie dort auf dem See, und Rosenfelder musste an Sorolla denken, den spanischen Maler. So viel wunderschönes Licht im Wasser.

Rosenfelder holte tief Luft. Die vielen Reisen der letzten Wochen steckten ihm in den Knochen, er war nicht mehr der Jüngste, noch zwei Jahre als Kulturamtsleiter, dann würde er aufhören, würde hier am Fenster stehen und auf den See blicken, die Berge in der Ferne, wenn sie im Sonnenuntergang verbrannten. Direkt vor seinem Haus verlief der Gustav-Röhl-Uferweg, im Sommer mit einer Spur zu vielen Spaziergängern, doch das hatte er gern in Kauf genommen für sein neues Domizil.

Das Gebäude im italienischen Landhausstil mit sichtbaren Ziegelwänden, dem eine große Grünfläche vorgelagert war, mit schönen alten Bäumen darauf, hatte eine Weile leer gestanden. Für ihn unerklärlich. Er hatte es gekauft, noch bevor er die Innenräume besichtigt hatte. Die Renovierung war nicht ganz einfach gewesen, zugegeben, die wesentlich größere Hürde, die er in Lindau hatte nehmen müssen, war eine persönliche: In den vierziger Jahren waren seine Vorfahren von hier deportiert worden. Sie gehörten zu den achtzehn Menschen, an die auf einer Gedenktafel an der Peterskirche erinnert wurde. Auch seine Eltern.

Bei seinem ersten Besuch hatte er eine große Distanz zu der Tafel gespürt, als müsse er sich vor der Erinnerung schützen. Die Kirche jedoch hatte ihn sogleich in ihren Bann gezogen. Sie war eine der ältesten Kirchen am Bodensee und wurde manchmal auch »Fischerkirche« genannt. Ihm gefiel vor allem die frühgotische Rötelzeichnung, die den heiligen Christophorus darstellte.

Vom Christophorus mit dem Kind milde gestimmt, hatte er später einen neuen Versuch mit der Gedenktafel gewagt. Sie fiel ihm nicht leicht, die Begegnung mit der Stein gewordenen Erinnerung an die Familie. Einer sei in Auschwitz gestorben, stand dort. Einer von achtzehn. Rosenfelder hatte dennoch gewusst, dass er nach Lindau zurückkehren wollte, gerade deshalb. Zum Trotz gegen das Unrecht, zur Wiederherstellung einer Ordnung.

Kulturamtsleiter der Stadt war eine gute Stelle, Lindau bot alles, was sein Kunstherz begehrte – viel Geschichte, schöne Ansichten, ein Museum, das finanziell gut aufgestellt war und ihm Freiheiten ließ, die sicherlich weit über den Durchschnitt hinausgingen, die Nähe zur Schweiz, wo er gute Kontakte in die Kunstsammlerszene hatte.

Beinahe alles war gut, der Zirkel indessen beschäftigte ihn.

Obwohl er ausgestiegen war, wurde die Lage allmählich bedrohlich. Jetzt galt es ein paar Dinge zu regeln, letzte Dinge gewissermaßen. Notfalls mussten sie mit dem Boot hinüber in die Schweiz … Vielleicht lieber nicht mit einem solchen, wie es sich gerade mit seinem leuchtend roten Segel gemächlich in seine Aussicht schob, dachte er und fasste einen Entschluss. Die Hände in seinem Rücken kribbelten vor Aufregung.

Samstag

Cora Merlin stand vor dem Spiegel in ihrem Schlafzimmer. Die Uhr auf dem Nachttisch hüpfte vor ihren Augen auf und ab.

»Ist ja gut«, murmelte sie.

Es war Samstag, zehn Uhr. Um elf musste sie am Standesamt sein. Lindau an einem sommerlichen Samstag im Juli, Himmel, hilf! Drei Kleider zur Auswahl, keines gefiel ihr. Cora stöhnte. Wieso nur hatte sie ihrer Freundin bei deren letztem Besuch das Standesamt überhaupt gezeigt? Mit diesem umwerfenden Blick auf den See. Schön, gewiss, die Lage, der Toskanapark, aber musste ausgerechnet ihre Freundin dort heiraten?

Cora ahnte, was sie erwarten würde: eine in die Nacht fallende Sonne über der Lindauer Hafeneinfahrt mit dem Leuchtturm auf der rechten und dem riesigen Bayerischen Löwen auf der linken Seite. Sechs Meter hoch der Löwe, geschlagen aus Kelheimer Marmor und stolz sitzend auf einem dreistufigen Podest aus Nagelfluh, dozierte gerade ihre innere Stimme. *Nagelfluh.* Wo hatte Cora das zuletzt gelesen? Ihre innere Stimme wusste bisweilen mehr als sie, das war nicht immer ein Segen. Nagelfluh, ein Konglomerat, in der Schwäbischen Alb gab es das auch. Der Löwe. Sehnsüchtig sein Blick zu den Schweizer Bergen am Horizont …

Vehement schüttelte sie das Bild aus ihrem Kopf. Schon zerfiel die Schönheit zu Kitsch, ständig angerempelt von hechelnder Romantik, nein, das konnte Cora gerade absolut nicht brauchen. Sie nahm das hellgelbe Kleid mit den weißen Punkten, das sah sehr sommerlich aus auf ihrer sonnengebräunten Haut. Dazu ein weißer Hut auf ihren dunklen … Verflixt! Vom Joggen der letzten Tage in der Sonne hatte sie Ränder auf den Schultern, die genau im Ausschnitt des Kleides lagen und aussahen wie Träger eines BHs. Cora könnte sich die Haare raufen. Sie verbrachte üblicherweise nicht allzu viel Zeit vor Spiegeln, auch nicht vor ihrem Kleiderschrank.

Für ihre Arbeit genügten Jeans und T-Shirt, und zu Hause trug sie im Sommer gern Shorts. Jedoch hatte ihre Freundin ausdrücklich um ein Kleid gebeten. Also das hellgrüne, das mit dem Stehkragen. Cora stieg in das Kleid, mühte sich mit dem Reißverschluss ab und wuschelte sich einmal durch die noch feuchten Haare. Eine Sonnenbrille ins Haar, und fertig war die Frisur. Passende Sandalen, die sie einen Kopf größer machten … Cora winkte ihrem Spiegelbild zu. Hinten hüpfte wieder der Wecker neben ihrem Bett und grinste frech.

Mit dem Fahrrad fuhr sie hoch zur Fischergasse und wenig später über die Chelles-Allee, die über die Landtorbrücke zum Festland führte, wo es rechts zum Gebäude der Stadtverwaltung und dem dort integrierten Standesamt abging.

Dass Cora eine Wohnung auf der Insel gefunden hatte, noch dazu im Gerberviertel mit seinem »geheimen Platz im Himmel«, wie es die Leute manchmal schelmisch nannten, machte sie immer wieder stolz und glücklich. Wohl hatte es auch daran gelegen, dass dem Vermieter ihr Kleid – war es nicht sogar auch das grüne gewesen? – so gut gefallen hatte. Mit nur einem Hauch von schlechtem Gewissen hatte sie damals schnell den Mietvertrag unterschrieben. Allerdings wurde sie immer wieder von Kollegen erwischt, weil sie in der Fußgängerzone Fahrrad fuhr auf dem Weg zur Polizeistation drüben auf dem Festland. Ärgerlich und peinlich. Ärgerlich auch die schmalen Absätze, mit denen sie gerade von den Pedalen schlitterte.

Seit sie als Kriminalhauptkommissarin bei der Polizei Lindau arbeitete, hatte sie kaum noch Schuhe mit Absätzen gebraucht. Turnschuhe lagen ihr ohnehin mehr. Sie staunte, wie geschickt die anderen Frauen über das Kopfsteinpflaster in der Maximilianstraße stöckelten, sie selbst hatte einmal den Fehler gemacht und war prompt mit dem Absatz zwischen zwei Steinen hängen geblieben, gestrauchelt und zwei Schritte ohne Schuh weitergestolpert – vor einem voll besetzten Café auf dem Platz vor dem Stadtmuseum. Sie hatte gelacht, sich einmal verbeugt, den Schuh eingesammelt und sich geschworen, die Schuhauswahl in Zukunft besser zu gestalten.

Vor dem Standesamt hatte sich bereits eine Menschentraube versammelt, ihre Freundin hatte sie gewarnt, sie waren tatsächlich mit einem Rolls Royce vorgefahren. Gewiss mehr als fünfundzwanzig Schaulustige verschoben ihren Stadtbummel und warteten jetzt, dass die Braut endlich ausstieg, dahinter das eindrucksvolle Gebäude mit dem herrschaftlichen Eingang. Am liebsten wäre Cora abgebogen, aber sie gehörte nun einmal dazu.

Und dann stieg Michaela aus, ganz in Weiß mit Blumenhaarschmuck. Das war dann doch zu viel für Cora. Beinahe wünschte sie sich einen dringenden Mordfall.

Eine gefühlte Ewigkeit später, nach der Trauung und dem Sektempfang im Garten am See, nach einem endlosen Fotoshooting mit Braut und Bräutigam, fuhren sie mit dem Boot über den Kleinen See, der Lindau Insel vom Festland trennte, und landeten im »Mole3«, einem schönen Restaurant mit Terrasse am Ufer. Zwar leider zunächst bei einem weiteren Sektempfang, aber schließlich und rettend bei einem Abendessen. Der Leuchtturm lag natürlich längst im Abendrot der untergehenden Sonne, treu thronte der Löwe dort und folgte der Welt in die Nacht. Cora war kurz davor zu seufzen.

Irgendwann gegen vier Uhr morgens kam Michaela zu ihr. »Ich bin ja so froh, dass du in Lindau gelandet bist.«

»War's der schönste Tag in deinem Leben?«, fragte Cora und legte den Arm um Michaela, die sie schon seit der ersten Klasse kannte.

Michaela nickte und lächelte glücklich. »Tut mir leid, ich hatte dich gewarnt.«

Cora gab ihrer Freundin einen Kuss auf die Wange. »Meine kleine Kitschkönigin. Wenn du nur glücklich bist.« So viel Selbstlosigkeit war ihr direkt unheimlich.

Um fünf Uhr endlich fiel sie ins Bett, froh, dass ihre Wohnung nur ums Eck zur Party lag, betrübt allerdings darüber, dass sie morgen ihr Fahrrad vom Standesamt würde abholen müssen, da hätte sie mal besser anders geplant.

Egal, neben sich spürte sie das warme Fell von Gizmo, ihrem weißen dreibeinigen Kater, alles war gut. Nun wollte sie einfach bis Montag durchschlafen. Wenn möglich ohne Mordfall oder sonst eine Störung.

***

Er hatte zu viel getrunken. Eine Flasche Rotwein zum Essen, einige Grappa mit Andrea, dem netten Chef in seinem Lieblings-Ristorante. Nach einem besonders schönen Abend hatte Piet Andrea ein Gemälde geschenkt – die Frau, die darauf zu sehen war, war Ela. Und nun platzierte Andrea ihn natürlich immer an dem Tisch mit rot-weiß karierter Tischdecke, von dem aus Piet die »schöne Frau« am besten im Blick hatte, denn dass er sie lieben müsse, das habe er, Andrea, sofort gesehen. Diese leidenschaftliche Spannung, die da im Bild lag, nein, da sei jedes Leugnen zwecklos.

Piet hatte schnell aufgegeben. Spätestens nach dem zweiten Grappa würde er sowieso stets alles zugeben. Er vertrug nicht viel, und manchmal half eben nur ein ordentlicher Rausch.

Er hatte echte Probleme am Hals. Der Direktor der Gallerie dell'Accademia hatte ihn mit einer unerfreulichen Neuigkeit überrascht. Das war nicht gut, gar nicht gut. Und jetzt saß er auch noch unter dem Bild mit Ela, das er momentan lieber nicht sah, denn sie war schon seit einiger Zeit wie vom Erdboden verschluckt. Sie hatte ihn abgehängt. Eiskalt.

Ela hatte schon London Hals über Kopf verlassen, dort allerdings hatten sie sich noch getroffen, planmäßig, hier in Venedig nur noch einmal zufällig gesehen. Er kannte ihren Ehrgeiz. Er hatte nur nicht damit gerechnet, dass es ihn derart treffen würde.

Ein letzter Grappa, dann verabschiedete er sich, und Andrea, der schon längst die Violine ausgepackt hatte, um seine treuesten Gäste zu unterhalten, spielte ihm eine Abschiedsmelodie. Viel zu traurig klang sie, er flüchtete. Draußen überquerte er den Canal Grande auf einer kleinen Brücke, blieb in der Mitte kurz stehen und starrte in die dunklen Fluten hinunter.

Es gurgelte. Das Schwarz streckte seine Hände aus nach jenen armen Seelen, die … Schnell ging er weiter. Zwei Straßen später hörte er Schritte, von links und von rechts. Das war nicht ungewöhnlich, aber sie kamen schnell auf ihn zu. Gerade als er überlegte, ob er losrennen sollte, waren sie da, die Kapuzen tief ins Gesicht gezogen. Er sah einen Schlagring aufblitzen, dann fühlte er tausend Lichter wie Regen auf sich niedergehen.

Montag

Ein Montag, der blöder nicht hätte beginnen können. So etwas hatte Cora schon lange befürchtet. Mitten bei der Arbeit, wenn alle es sehen konnten. Ihr schwindelte, gleichzeitig wurde ihr heiß. Hinter ihren Augenlidern spürte sie einen stechenden Schmerz. Ihre Zunge wurde taub, und die Ansätze ihrer Haare schienen Feuer zu fangen. Sie erreichte das absurd zierliche Gestänge der Schreibtischlampe und versuchte, sich daran festzuhalten, taumelte, stolperte und fiel und fiel …

Immer war sie zufrieden mit ihrem Namen gewesen, auch wenn sie deswegen oft belächelt worden war. Cora Merlin, klangvoll und ungewöhnlich, sie hätte sich keinen anderen ausgesucht. Lindau indessen hätte sie sich nicht ausgesucht.

Knapp eineinhalb Jahre war sie nun in Lindau als Hauptkommissarin der Mordkommission, und ihre früher nur etwa einmal im Jahr auftretenden Migräneanfälle hatten sich hier leider gehäuft. Es war schon der fünfte in diesem Jahr, der dritte in diesem Sommer, der bald ein Jahrhundertsommer werden würde und ohnehin schon als der Sommer in die Geschichte einging, in dem ihre Freundin Michaela ihrem alten Schulfreund Max das Jawort gegeben hatte. Vor dem fünfunddreißigsten Geburtstag, das war offenbar wichtig, wenn sich Cora so in ihrem Freundeskreis umsah.

Ihr selbst war allerdings viel wichtiger, wann sie nach München zum LKA umziehen würde. Aber – und dieses »Aber« war vermutlich ebenso für ihre Kopfschmerzen verantwortlich wie das Klima – ein Teil in ihr fing an, sich in Lindau wohlzufühlen. Sie hatte schöne Spazierwege für sich erkundet, als es noch Winter war. Einmal war sie Eislaufen gegangen auf dem Kleinen See zwischen Seebrücke und Eisenbahndamm.

Wenn es richtig kalt war, dann fror auch mal der ganze Bodensee zu, Seegfrörne nannte man das hier. 1963 konnte bei so einer Seegfrörne sogar ein Flugzeug im Hafenbecken landen. Ein altes Foto in einer Schauvitrine am Hafen erzählte davon. Cora hatte davor gestanden und sich für einen Augenblick in die Szene hineingeträumt. Das Bild schmeckte süß, und so verankerte es sich in ihrem Kopf, der einmal gehörig durcheinandergeraten sein musste, sonst würden sich ihre Sinne nicht immer wieder mischen. Sie konnte Zahlen riechen und sah sie in Farbe, sie konnte Musik schmecken und Töne in Formen wahrnehmen.

Immerhin besaß sie als Synästhetikerin ein ganz hervorragendes Gedächtnis. Schon längst hätte sie Stadtführungen in Lindau machen können. Am schönsten fand sie jedoch diesen Ausflug mit einem alten Freund zur Villa Alwind im Stadtteil Bad Schachen. Dort hatte alles nach Erdbeeren geduftet, also in Wirklichkeit. Das Schwäbische Meer machte von diesem Aussichtspunkt aus seinem Namen alle Ehre, schön gerahmt von den Österreichischen und Schweizer Alpen. Postkartenfeeling an der Bayerischen Riviera. Lindau hatte sich gut entwickelt – trotz aller Ressentiments. Es war eine der mondänsten Kleinstädte, die sie kannte. Und nicht zuletzt dieser dusselige Zufall, dass sie ihre Traumwohnung gefunden hatte, verflixt, dachte sie und …

Jetzt hörte sie schließlich einen dumpfen Schlag, von dem sie sich nicht sicher war, ob es der ihres Körpers auf dem Holzfußboden war oder vielleicht doch nur die Lampe. Na toll, fluchte sie in Gedanken, sah aus dem Augenwinkel Christian Fischl, ihren Kollegen, herbeieilen und die Sekretärin Marie Hausner, die etwas ihr Unverständliches murmelte oder rief. Cora hatte noch immer nicht alle Eigenheiten des Lindauer Dialekts, des Bodenseealemannischen, verinnerlicht. Es klang wie »grad no obä gsi«.

Herrje, dachte Cora und tastete in Gedanken ihren Kopf ab, wo der Schmerz nun am heftigsten war. So konnte es nicht weitergehen. Besorgte Kollegen und eine hysterische Sekretärin. Marie Hausner half ihr auf die Beine und nach draußen an die frische Luft.

***

Er erinnerte sich an Venedig. An diesen Moment, in dem ihre Augen aufhörten zu strahlen. Tot starrten sie ihn an, und er konnte mit seinem Werk beginnen.

Es war jedes Mal neu und anders als beim ersten Mal, doch gelang stets ebenso perfekt. Er wusste, dass er in keinem Moment seinem Ziel so nahe war, und schon glaubte er, dass man eigentlich genau diesen Moment festhalten sollte in einem Bild, einem weiteren.

Aber jetzt war er nicht mehr in Venedig, es war nur eine Erinnerung an ihren Körper, wie er sich so schön biegen ließ, noch warm und voller Leben. Wie Wachs hatte er in seiner Hand gelegen. Das Blut war den Abfluss hinuntergelaufen, dann ein wenig stehen geblieben, und er hatte einen riesigen Schreck bekommen. Nicht dass es ihn gestört hätte, eine Blutspur zu hinterlassen, doch Cineast, der er war, wusste er, wie das gerade ausgesehen hatte: Hitchcock, »Psycho«. Jener Moment, als Norman Bates das Auto von Marion Crane im See versenkt, zufrieden beobachtet, wie es eintaucht – und dann stecken bleibt. Das Gesicht. *Dieses* Gesicht ... Da gefror ihm das Blut in den Adern. Ob Anthony Perkins da Angst vor sich selbst bekam, wenn er sich in dem Film sah? Es jagte ihm Schauer über den Rücken, dabei hasste er es, Schreck zu spüren. Er wollte die Macht behalten, und da passte Blut, das in einem verstopften Abfluss stehen blieb, so gar nicht dazu.

Venedig war Vergangenheit. Plötzlich schob sich ein Bild von Ela vor sein inneres Auge, ihre Schönheit, ihr ebenmäßiges Gesicht, die leicht gebogene Nase ihres Vaters. Er war davor zurückgeschreckt, sie auszuwählen, hatte Respekt gehabt vor der Endgültigkeit, gleichzeitig wäre Ela ein Höhepunkt in seiner Arbeit, vielleicht unverzichtbar irgendwann.

Lindau war ein guter Ort für den krönenden Abschluss ihrer aller Reise. Und dann einfach in die Schweiz flüchten, seine Villa am Zürichsee erwartete ihn sehnsüchtig. Ein Platz im Keller bot das richtige Klima für das Gemälde. Gegenüber wollte er eine Frau platzieren, die Pose sollte sich spiegeln, in der Spiegelung wollte er das Rätsel endlich lösen. Der Moment, wenn er das Bild aus der Klimakiste befreien würde … unbeschreiblich.

Seine Wut allerdings machte ihm zu schaffen. Er spürte, dass sie in ihm aufstieg wie das Blut in jenem Abfluss damals. Inzwischen kamen die Wutschübe häufiger und willkürlicher als noch vor einem Jahr. Er aber brauchte Kontrolle für sein Werk. Kontrolle.

Verdammt, dachte er und schob schnell den Apparat, den er bald wieder brauchen würde, in die finstere Ecke seines Schrankes, wobei er sich keine Sorgen machte, dass das Zimmermädchen überhaupt erkennen würde, was das war. Und wenn doch, dann hätte er einen Grund …

Wie Wachs in meinen Händen, dachte er.

Dienstag

Sie verließ ihr Büro in der Kriminalpolizeistation Lindau schon am späten Vormittag. Keiner störte sich daran, oft hatte man sie ohnehin noch nicht in der Kantine gesehen. Doch Cora fuhr nicht in die Stadt, sondern zum Überlinger Krankenhaus. Sie hatte dort bereits nach dem letzten Migräneanfall vor ein paar Wochen einen Termin für ein MRT vereinbart. Heute war es also so weit. Man würde ihr in den Kopf schauen, und sie hoffte, ihre Gedanken würden unsichtbar sein.

Die Anfahrt war abenteuerlich, rund um Überlingen wurde gebaut, zweimal verpasste sie die Abfahrt, musste einen großen Bogen fahren und fluchte, dass sie noch immer nicht das mobile Navigationsgerät in ihrem Privatwagen aktualisiert hatte. »Bitte wenden Sie jetzt«, sagte da gerade wieder die freundliche Stimme mitten auf der Bundesstraße.

Eine Stunde später wurde sie schließlich in die Röhre gefahren. Die Angst war sofort da. Schweiß trat ihr auf die Stirn. Sie rang nach Luft, als gäbe es kein Davor und Danach, nur die Röhre um sie herum. In ihrer rechten Hand lag die kleine Klingel für den Notfall. Ihre Finger gruben sich in diese Verbindung zur Außenwelt. Schnell wegträumen, dachte sie.

Eine Wiese. Blumen, deren Farben prächtig konkurrieren. Sanfter Wind, der die Hitze des frühen Sommers angenehm bricht. Ich bin zehn Jahre alt. Ich stehe mitten auf dieser Wiese und wähne mich alleine auf dieser Welt. Mein Blick reicht bis an den Horizont – die Wiese liegt auf einem Hügel. Es gibt nichts sonst. Nur mich und die Welt der Geräusche und Farben. Ich breite meine Arme aus und beginne mich zu drehen, den Blick nach oben gerichtet. Drehen, immer weiter, den Hügel hinab …

Morgen werden sie kommen und mir sagen, dass ich keinen Vater mehr habe. Wenn man die Zeit schon kennt, ist es leicht.

Vorsichtig öffnete sie die Augen. An das Geräusch hatte sie sich gewöhnt, der Anblick indessen war ihr unerträglich. Sie hätte so gerne den Arm gehoben, um ein Gefühl für die Abmessungen zu erhalten. Ihr Fuß zuckte. Schnell schloss sie wieder die Augen, doch die Blumenwiese war verschwunden.

Sie kamen und sagten, der Vater habe einen Unfall gehabt. Nichts Schlimmes, hörte sie ihre Mutter sagen. Es klang nicht wie eine Frage, eher beschwörend. Die beiden Männer, die sie nicht kannte, sahen zu Boden, minutenlange Stille. Unruhig trat sie von einem Fuß auf den anderen, merkte, dass sie aufs Klo musste, wagte aber nicht zu gehen. Vorsichtig sah sie zur Mutter. Die schrie. Es war nur ein einziger kurzer Schrei. Nicht mehr und nicht wirklich laut. Die Umstände machten ihn lauter, als er wohl überhaupt hätte sein können. Doch der Schrei prägte sich ihr ins Gedächtnis ein wie ein Brandmal. Ein tiefer Schmerz. Sie konnte beobachten, wie die beiden Männer zur Mutter hinstürzten und sie festhielten. Dann halfen sie ihr, sich zu setzen. Die Mutter verbarg ihr Gesicht und weinte lautlos, die Männer standen unschlüssig und hilflos daneben.

Sie erinnerte sich. Warme Flüssigkeit rann ihre Beine hinab. Sie schämte sich und verlor keine Träne.

Ein Klicken verriet ihr, dass sie die ersten fünf Minuten überstanden hatte. Die Endlosigkeit hatte eine Überschaubarkeit erreicht und wirkte dennoch niederschmetternd. Sie dachte über Klaustrophobie nach und über Science-Fiction-Filme, in denen Menschen in dieser Art von Behältnissen eingefroren werden, um Zeitsprünge zu überleben. Und dann dachte sie an diese Hotels, die ihren Gästen Röhren als Schlafnischen anboten. Wie ging das? Der Knopf in ihrer Hand schien mit ihr zu flirten.

Alle Toten dürfen einmal als Wolke an ihren Lieben vorüberziehen, um zu sehen, wie es diesen geht. Besonders liebe oder besorgte Tote bekommen etwas mehr Zeit, dann ist es windstill. Alle Toten kehren wieder, dachte sie und schloss die Augen.

Ein weiteres Klicken verriet ihr – dieses Mal war sie ehrlich überrascht –, dass sie es beinahe geschafft hatte. Wie wohl die Kollegen über sie denken würden, immerhin war sie mitten im Büro umgefallen? Sie, die »Hornisse«, wie einer sie mal genannt hatte, weil sie die Lindauer Kollegen angeblich nur benutzte. Sie hatte mit vierundzwanzig als beste »Dipl.-Verwaltungswirtin-Polizei« in ihrem Jahrgang abgeschlossen. Der Innenminister hatte ihr damals das Diplom überreicht und ihr für die besondere Leistung gratuliert, eine gute Grundlage für eine steile Karriere. Jetzt, zehn Jahre später, wartete sie noch immer auf die richtige Stelle beim LKA. Den Gedanken, ernsthaft krank zu sein, verwarf sie.

Das Geräusch über ihr verstummte, und sie wurde aus der Röhre herausgefahren. Unsanft nahm man ihr die Kopfhörer gegen den Lärm von den Ohren und schickte sie in den Warteraum. Drei weitere Menschen saßen dort, sahen kurz zu ihr, dann vergrub jeder den Blick in seinen Händen, im Hintergrund hörte man zwei Schwestern über ihre Abendplanung plaudern. Angst hing im Raum, dazwischen das Kichern am Empfang. Warten. Tausend Gedanken und doch nur Leere im Kopf.

»Frau Merlin, kommen Sie bitte mit mir«, rief eine hohe Stimme aus dem Nebenzimmer. Cora erhob sich, ihre Beine schienen bleiern.

»Setzen Sie sich«, sagte der Arzt. Schwer saß er hinter seinem Schreibtisch aus Glas, kalt und nüchtern. Über ihm hing die Fotomontage von Coras Kopf. Sie warf einen flüchtigen Blick darauf.

»Sie sagten, Sie leiden an Migräne, Schwindelanfällen und Sehstörungen?«, fragte der Arzt, ohne von seinen Unterlagen aufzusehen.

»Ja«, brachte Cora mühsam hervor.

»Nun«, der Arzt sah auf, um die Bilder über sich zu studieren, »ich kann nichts Auffälliges feststellen. Ihr Kopf ist gesund.«

Cora blies die Luft aus, die sie angehalten hatte, unabsichtlich. Sie merkte, dass sich ihr Mund zu einem viel zu breiten Lächeln verzog. »Kein Tumor«, flüsterte sie.

»Nein«, antwortete er, zog die Bilder herunter, tütete sie in einen Umschlag ein und reichte sie ihr. »Sie müssen die bei sich verwahren, wir können keine Bilder archivieren.« Er reichte ihr die Hand und wünschte »alles Gute«.

»Aber …«, murmelte sie und nahm den Umschlag entgegen.

Sie dachte an den nächsten Migräneschub, die nächste Ohnmacht und die Sorge der Mutter, wenn sie sich mit tiefen schwarzen Rändern um die Augen und nach mehrmaligem Erbrechen aus dem Bad in ihr altes Kinderzimmer schleppte. »... was soll ich nun machen?«

Er sah sie erstaunt an. »Nun seien Sie doch erst mal froh, dass es nichts Ernstes ist. Lindau ist klimatisch nicht gerade ideal für Wetterfühligkeit.«

»Wetterfühligkeit?«

Er drehte seinen Stuhl wieder zu ihr. »Hören Sie, Sie haben keinen Tumor. Das ist gut. Ansonsten: vielleicht umziehen? Jobwechsel? Vielleicht haben Sie zu viel Stress. Migräne ist für uns Ärzte wie eine Fata Morgana, und klassifizieren lässt sich Schmerz auch nicht, die einen leiden, die anderen nicht. Kopfschmerzen hat jeder. Ich grad auch im Übrigen. Ach, und Sie sind ja schon über dreißig, also eine Hormonsache könnte es natürlich auch sein.«

Cora starrte ihn an. »Was erlauben Sie sich!«

Der Arzt sah sie verwundert an.

»Selbstverständlich bin ich froh, vor allem, dass ich nicht einer derart empathielosen Bagage ausgeliefert sein werde!« Cora war aufgestanden.

Der Arzt wurde rot, wohl eher aus Zorn, denn aus Scham. »Sie sollten besser gehen«, sagte er, dann zog er eine Augenbraue hoch – Cora würde diese Geste nie vergessen –, und ohne den Blick von ihr abzuwenden, rief er laut und deutlich: »Schwester, suchen Sie die Adresse eines Therapeuten heraus.«

Doch Cora ließ sich nicht ärgern. »Danke.« Sie zwinkerte dem Arzt zu und ging, nicht ohne sich freundlich von jenen zu verabschieden, die noch warteten.

Bloß raus. Die schwüle Sommerhitze traf sie mit voller Gewalt, und sie musste sich am Geländer festhalten. Als sie sich gefangen hatte, lief sie eilends über den Parkplatz, stieg in ihr Auto, drehte das Radio auf und legte den Kopf zurück. Die leiernde Kassette nahm ratternd ihren Dienst auf. The Doors, »Take it as it comes« in voller Lautstärke, sodass Passanten ihren

Schritt verlangsamten und in ihr Auto starrten. Egal, sie war gesund, und was da sonst noch nicht in Ordnung war – es würde sie nicht umbringen.

Ihr Handy klingelte. »Cora Merlin.«

»Cora, meine liebe Zaubermaus.« Gelächter im Hintergrund.

»Sie sind so was von langweilig«, brummte Cora und legte auf. Ihr Partner konnte sich diese Jovialität nicht verkneifen. Cora wusste, dass sie sich energisch dagegen wehren musste, aber sie wusste auch, dass sie nicht gern gesehen war im Lindauer Morddezernat.

Es klingelte wieder.

»Ja?«

Räuspern am anderen Ende.

»Hören Sie, Fischl, kommen Sie zum Punkt, oder ich lege wieder auf.«

»Schon gut, Frau Kollegin, es gibt Arbeit.«

»Aha, geht das auch präziser?« Cora gab ihm in Gedanken eine Kopfnuss.

»Im ›Klein Paris‹ …«, verlegenes unterdrücktes Lachen, »irgendeine Ungereimtheit.«

»Mann, tun Sie nicht so verklemmt und sagen Sie, was Sache ist.«

»Wir dachten, das übernehmen Sie gerne selbst.«

»Nun passen Sie mal auf, Fischl, ich denke, es tut Ihnen ganz gut, wenn Sie das machen. Dann kommen Sie wenigstens mal in die Gesellschaft einiger Frauen.« Gelächter am anderen Ende, offensichtlich war das Telefon auf Lautsprecher gestellt und ihre Reaktion hatte gesessen. Cora legte auf.

Zu einer Weihnachtsfeier hatte Cora ihre Freundin als Begleitung mitgenommen. Michaela. Die war zufällig zu Besuch gewesen, und Cora hatte sie nicht alleine zu Hause lassen wollen. Es hatte als lustiger Abend begonnen, doch mit zunehmendem Alkoholgehalt waren die Kollegen anhänglicher geworden, und weil Cora schon immer gern ein wenig provozierte, hatte sie eng umschlungen mit Michaela getanzt. Schon war das Gerücht, sie sei eine Lesbe, im Umlauf gewesen.

Auf dem Nachhauseweg spätnachts und bei Eiseskälte hatte Michaela gesagt: »Was erwartest du in einer Kleinstadt?«

»Lindau ist doch keine Kleinstadt«, hatte Cora widersprochen und überrascht festgestellt, dass sie gerade »ihre« kleine Stadt verteidigte.

»Was denn sonst? Haha, du hast dich also schon verliebt?«

Cora zögerte noch. Sie verliebte sich nicht so leicht. Nicht in Menschen und auch nicht in Orte. Vielleicht aber sollte sie anfangen, sich einzulassen, nicht mehr an das LKA denken, nicht mehr an ihre Karriere, vielleicht würden die Kopfschmerzen ... Die Kassette spielte »California Dreaming«. Wie passend, dachte sie und entdeckte vorne am Scheibenwischer einen Zettel. Jemand wollte ihr Auto kaufen, ihren alten Ford Fiesta mit Kassettenfach. Niemals.

***

Cora stellte ihr Auto auf dem Parkplatz der Polizeistation Lindau ab und lief auf das große weiße Gebäude zu. Kurz vor dem Eingang überlegte sie es sich anders und schlenderte zu den Fahrradständern. Sie hatte hier immer auch ein altes Fahrrad deponiert, damit sie in den Mittagspausen eine kleine Runde drehen konnte. Fischl hatte sich nicht mehr gerührt, geschweige denn entschuldigt, also beschloss sie, jetzt eine verspätete Mittagspause zu machen.

Frei von Schmerzen war es ein herrlicher Sonnentag, und spätestens auf der Landtorbrücke, als Cora ihren Blick über den See im Sonnenlicht schweifen ließ, entspannte sie sich. Als sie sich dem Stiftsplatz näherte, stieg sie ab und schob ihr Rad. Reges Treiben beherrschte die Straßen, die einem eigenwilligen System folgten. Es hatte anfangs eine Weile gedauert, bis Cora sich auskannte. In Lindau, so hatte sie gelernt, sind verschiedene historische Einflüsse parallel erhalten geblieben und haben so die Straßenführung maßgeblich beeinflusst. Das wiederum hatte auch dazu geführt, dass die Insel Lindau komplett unter Denkmalschutz gestellt wurde, was Cora durchaus beeindruckend fand. Ohnehin hatte sie ein Faible für Geschichte, und ihre Fähigkeiten als Synästhetikerin kamen ihr hierbei entgegen. Dass sie nun mitten in einer Stadt lebte, wo die Geschichte sichtbar bis ins frühe Mittelalter zurückreichte, war schon etwas Besonderes für sie.

Cora spähte nach einem freien Platz im »Theater Café«. An einem der kleinen runden Tische saß nur eine junge Frau, und Cora zögerte nicht lange.

»Entschuldigung, ist der Platz noch frei?«

Die junge Frau sah von ihrem Buch auf und hob die Hand über die Stirn, da sie trotz Sonnenbrille offensichtlich geblendet wurde und nicht voreilig antworten wollte. Cora lächelte.

»Na klar, setzten Sie sich.«

Cora drehte ihren Stuhl so, dass auch ihr Gesicht von der Sonne beschienen wurde, und blinzelte zufrieden. Sie bestellte sich einen Apfelkuchen und einen Latte Macchiato.

»Ein Wahnsinnssommer, nicht wahr?«

Cora sah verblüfft zur Seite, sie hatte nicht erwartet, dass die Jüngere sie ansprechen würde. Diese hatte ihre Sonnenbrille abgenommen und strahlte Cora mit ihren dunklen Augen an.

»Hab ich dich erschreckt?«, fragte sie.

»Nein, nein«, antwortete Cora schnell und musterte die andere. Sollte sie die Frau kennen? Sie war recht jung, höchstens Mitte zwanzig. Sie lachte. »Ich war total in Gedanken, war ein blöder Tag. Ich heiße Cora.«

»Ich bin Sara. Nicht so blöd wie meiner.«

»Bitte?«

»Na, dein Tag. Er kann nicht so schlimm gewesen sein wie meiner«, wettete Sara und rollte mit den Augen.

Cora machte eine einladende Geste. »Dann lass mal hören, was du zu bieten hast.«

»Ich habe mich noch vor dem Frühstück am Telefon mit meinem Freund gezofft, dann gleich im Anschluss mit meinem Vater, dann wollte ich frühstücken und habe die Kaffeekanne fallen lassen.«

Cora musste lauthals lachen.

»Du lachst, das war noch nicht alles. Ich bin an die Uni gefahren und dabei vermutlich an einer roten Ampel geblitzt worden – hierbei besteht noch Hoffnung –, und ich habe mich dann gleich noch mit einem Prof angelegt.«

»Aha, dann bist du also Studentin.«

Vor ihnen kämpfte gerade eine Frau mit ihrem Yorkshire Terrier, der partout nicht mehr getragen werden wollte, sondern offensichtlich größtes Interesse an den Tauben hatte.

»Ja, genau. Was machst du denn hier?«

»In Lindau?«

»Nun ja, das ist doch die zweitwichtigste Frage an einem Ort wie diesem, wo im Sommer mehr Touristen sind als Einwohner«, erklärte Sara. »Nun sieh dir die an. Wieso kauft man sich einen Hund für unter den Arm? Es gibt doch Handtaschen.«

Hysterisches Kläffen, endlich durfte »Daisy« auf den Boden, beschämt sah Frauchen sich um.

»Es gibt sogar Handtaschen in Hundeform.« Cora lachte erneut. »Also davon habe ich natürlich nur gehört.«

Der Apfelkuchen wurde mit dem Kaffee gebracht.

»Dann hatte ich wohl Glück, dass ich nicht wie eine Touristin aussehe und auch keinen Hund unterm Arm trage, sonst wäre ich wohl nicht in den Genuss dieses Platzes hier gekommen, hab ich recht?«, scherzte Cora und begann den Milchschaum zu löffeln.

»Hm, schon möglich.« Sara winkte der gestressten Kellnerin, die sich in ihrem rosa Kostüm mit weißer Schürze von Tisch zu Tisch quälte, und bestellte noch ein Wasser. »Also was hat dir den Tag verdorben?«, erinnerte sie an ihre Frage.

»Ich war im Krankenhaus für eine Kernspin von meinem Kopf.«

Sara sah verlegen aus. »Da hätt ich besser meine vorlaute Klappe gehalten.«

»Kein Problem. Mein Kopf ist gesund, aber ich hab mich wahnsinnig über den Arzt geärgert.« Cora trank einen großen Schluck und spülte ihren ganzen Ärger damit hinunter. Sie fühlte sich wunderbar.

»Okay. Und was machst du in Lindau?«
»Ich bin bei der Polizei«, sagte Cora kauend.
Sara stutzte. »Nicht dein Ernst, oder?«
»Doch, wieso überrascht dich das?«
»Nur so. Ein merkwürdiger Zufall.« Sara starrte dem Hund hinterher, der Frauchen in Richtung Taubenschar zog.
»Was studierst du denn?«
»Ach, querbeet, Schöngeisterei. Literatur, Geschichte, Kunst, Medien …« Sara machte eine abwehrende Handbewegung. »Eigentlich wollte ich auch zur Polizei, doch mein Vater hat mir da gehörig den Kopf gewaschen. Und jetzt lerne ich dich kennen. Das ist doch ein Fingerzeig, oder nicht?«
»Wollte dein Vater nicht, dass du zur Polizei gehst?«
Sara schüttelte vehement den Kopf. »Er ist strikt dagegen. Noch ist das nicht ausdiskutiert.« Sie prostete Cora zu.
Später radelte Cora wieder zur Polizeistation zurück. In der Tasche einen Zettel mit Saras Telefonnummer. Ein schöner Zufall. Auf Anhieb hatten sie sich hervorragend verstanden und die ganze Stunde, die sich Cora im Café gegönnt hatte, im angeregten Gespräch verbracht.
Mitten auf der Landtorbrücke klingelte Coras Handy, und sie musste anhalten, um es aus der Tasche zu kramen.
»Fischl, was denn noch?« Sie verdrehte genervt die Augen.
»Sie kommen wirklich nicht?«
»Was meinen Sie?«
»Ich habe Sie doch vor knapp zwei Stunden angerufen, erinnern Sie sich, Cora, oder ist was mit Ihrem Kopf?«
»Keine Angst, mein Kopf funktioniert tadellos«, erklärte Cora und schob ihr Rad. »Im Übrigen bin ich gleich da.«
»Wir waren in diesem Puff, das war schon komisch, vielleicht sollten Sie sich das auch ansehen. Aber wenn Sie eh gleich da sind …« Fischls Tonfall war ruhig und ernst, anders als sonst.
»Gut, dann bis gleich«, brüllte Cora gegen den Verkehrslärm ins Handy, ein Lkw war gerade über die Chelles-Allee vorbeigefahren. Am Kreisel auf Höhe der Parkplätze für den Ausflug zur Insel wildes Bremsen und Hupen.

Als sie Fischls Büro betrat, kochte er gerade Kaffee. Freundlich sah er sie an. »Hallo, Cora, möchten Sie auch einen?«, fragte er.

Verdutzt nickte sie und setzte sich an den Tisch. »Etwas nicht in Ordnung?«

»Nun …« Fischl verteilte den Kaffee. »Milch und Zucker?«

»Nur Milch, danke.«

»Also hier, bitte.« Er stellte einen Teller mit Keksen auf den Tisch.

Cora kratzte sich an der Stirn, das sah alles gar nicht nach Fischl aus, und sogar der Kaffee schmeckte gut.

Gedankenverloren knabberte er an einem Keks. »Scheiße gelaufen die letzte Zeit. So geht es nicht weiter.«

»Hm.«

»Sie wundern sich bestimmt, nicht wahr?«

»Ein wenig schon, um ehrlich zu sein.« Cora nahm einen Schluck. »Das klang vorhin am Telefon ganz anders. Aber ich wollte auch … also, mal reden.«

»Ach Herrgott, Cora. Sie müssen das doch verstehen. Die Kollegen, Ihre nicht ganz leichte Art …«

Cora hob die Hände in die Luft. »Worauf wollen Sie denn hinaus?«

»Ich will mich entschuldigen. Für die letzten Monate, wo ich Ihnen das Leben wirklich schwer gemacht habe. Das tut mir leid, so, jetzt ist es raus.« Fischl grinste verlegen. »Ich werde mich auch nicht mehr über Ihren Namen … Also keine Spielchen mehr. Einverstanden?«

Cora zog die Augenbrauen hoch und nahm einen großen Schluck Kaffee. »Wie das?«

»Nun, Sie mögen mich ja für einen Trottel halten, einen Dorftrampel und Schlimmeres mehr, aber ich bin nicht so. Eigentlich zumindest, eigentlich bin ich ein ganz umgänglicher Typ, und als Sie gestern Morgen umgekippt sind, da bin ich wirklich sehr erschrocken.«

»Das hatte nichts mit Ihnen zu tun«, erklärte Cora.

»Mag schon sein, trotzdem, was ich da vorhin am Telefon

gesagt habe, das war absolut unnötig, und ich verspreche, dass es der letzte Ausrutscher dieser Art war.«

»Hm, meinen Sie den ersten oder zweiten Anruf?«

Fischl senkte beschämt den Kopf. »Sie haben ja recht, Cora, beides war ein Fauxpas und wird nicht wieder vorkommen.« Fischl reichte seine große Hand über den Tisch. »Entschuldigung angenommen?«

Cora zuckte mit den Schultern und schüttelte ihm die Hand. »Warum nicht.«

»Also, Cora, dann in Zukunft gemeinsam. Ich heiße Christian.«

»Gut, in Zukunft zusammen«, bestätigte Cora und grübelte, was ihren Kollegen zu diesem abrupten Wandel in seiner Haltung ihr gegenüber bewogen haben könnte. »Was gab es eigentlich im Bordell zu tun?«

»Genau, das Bordell, da hätte ich dich wirklich gebrauchen können«, murmelte Fischl und sah zu Cora, die schon wieder eine Augenbraue hochzog. Schnell beeilte er sich hinzuzufügen: »Oh nein, nicht so, wie du denkst. Es war nur schwierig, die Frauen waren so verstockt. Eine weibliche Kommissarin wäre sicher von Nutzen gewesen.«

Cora musterte Fischl, der müde wirkte. Tiefe Ränder lagen unter seinen Augen, die Frisur war längst keine mehr. Seine dunklen Locken standen wild durcheinander und waren zu lang für einen Kommissar. Sie biss sich auf die Lippen. Hatte sie das gerade gedacht? Zu lang für einen Kommissar? Auf der Stirn lag noch eine Spur Sonnenbrand. Christian also. Ihr war nicht klar gewesen, dass die Offerte des Vornamens gleichzusetzen war mit dem Du. Das war ihr gar nicht recht.

»Ist was?«, fragte Christian jetzt und schielte über den Rand seiner Brille.

»Nein. Du willst also, dass ich noch einmal hingehe?«

»Wir können das zusammen machen, ich weiß nur nicht, ob das viel bringt. Daher: Ja, ich würde dich bitten, dort noch einmal vorbeizuschauen.«

»Wenn du mir noch sagst, warum die Mordkommission bestellt wurde?«

»Ach so, ja, natürlich. Es gab einen Überfall und eine Morddrohung, es hat aber anscheinend die Falsche erwischt. Alles sehr verworren, und, wie gesagt, viel rausbekommen haben wir nicht. Das war eine geschlossene Gesellschaft, man kann das nicht anders nennen.«

»Okay, dann mach ich mich gleich auf den Weg und werde zusehen, dass ich mehr in Erfahrung bringe.«

»Prima.« Christian deutete auf den Keksteller. »Willst du nicht einen Keks probieren? Selbst gebacken.«

»Nein, nein, ich war in der Stadt zum Mittagessen, danke.« Sie sah von Christian auf den Keksteller. »Selbst gebacken?« Irgendwie war er sehr merkwürdig. Gerade schob er sich zwei Kekse in den Mund.

»Wo warst du eigentlich über Mittag? Ich hab mir Sorgen gemacht.«

»Jetzt übertreib mal nicht.« Cora bemühte sich um einen strengen Klang in ihrer Stimme.

»Na ja, du bist gestern einfach so ... Ohne Vorankündigung.«

»Das war das erste Mal und wird nicht mehr passieren.« Cora holte sich doch einen Keks. »Wirklich lecker. Und um deine Frage zu beantworten: Ich war vorhin im Krankenhaus für eine Kernspin.«

»Ja?« Christian sah erstaunt auf. »Und? Ich meine, es ist doch alles in Ordnung, oder?«, fragte er vorsichtig, und als Cora kauend nickte, sagte er: »Gott sei Dank.«

Es klang ehrlich erleichtert, und Cora freute sich darüber.

Er schob den Teller in ihre Richtung. »Jetzt greif schon zu. Was willst du mit nur einem Keks?«

Mit dem Geschmack von Vanille und Zimt verließ sie das Büro ihres Partners. Wer bitte schön backte im Sommer Kekse?

***

Das »Klein Paris« war ein Bordell an der Bregenzer Straße im Gewerbegebiet von Lindau. Obwohl es früher Nachmittag war, saßen eine Handvoll Männer am Tresen und hatten ein Bier vor sich stehen. Allein der Anblick machte Cora traurig. Die Fenster waren abgedunkelt, im Hintergrund lief Musik, die nicht zur Tageszeit passte. Es war stickig. Die Männer musterten sie unverschämt, einer zwinkerte ihr zu. Ihre knielangen Shorts kamen ihr plötzlich unangemessen kurz vor.

In einer Ecke entdeckte Cora ein Pärchen. Er lag mit offenem Hemd in einem roten Ledersessel, eine Brünette räkelte sich auf seinem Schoß und gab leidenschaftslose Laute von sich. Ihm schien es zu gefallen, denn er bestellte lauthals noch eine Flasche Sekt, die ihm gleich aufs Zimmer gebracht werden sollte. Die Brünette erhob sich in ihrem Mieder und den Strapsen, beides offensichtlich zu klein.

Der Mann war ebenfalls sehr üppig, die beiden passten gut zusammen. Sein Schritt war bereits wankend. Er trug sein Hemd jetzt lässig über der Schulter und streifte Cora im Vorbeigehen absichtlich mit seinem nackten schweißigen Arm. Cora hielt den Atem an. Sie sah wieder zur Theke und konnte erkennen, wie zwei der drei Männer dem Pärchen neidvoll nachstarrten.

Für einen Moment musste sie die Augen schließen. Die Vorstellung, bei dieser Hitze Sex mit einem Fremden haben zu müssen, dessen Schweiß, dessen Körpergeruch man nicht kannte und dennoch in Kauf nahm. Cora schluckte den angehaltenen Atem schnell hinunter und verdrängte ihre Gedanken. Sie trat an die Theke und bestellte sich ein Wasser mit Eis. Nun, da das Pärchen verschwunden war, genoss sie die ganze Aufmerksamkeit der Anwesenden und warf vorsorglich einen grimmigen Blick in die Runde.

Als die Kellnerin mit dem Wasser kam, fragte Cora, ob sie an einem ungestörten Ort mit einigen der Damen sprechen könne. Das Glas Wasser noch in der Hand, bedeutete ihr die Kellnerin, ihr zu folgen. Cora rutschte von dem Barhocker und beschloss im selben Augenblick, die Shorts am Abend in die Waschmaschine zu packen, da half auch die ganze edle Ausstattung nichts. Dann ging sie hinter der Theke durch die Schwingtür in die Küche, an deren Ende sich eine weitere Tür öffnete.

Eine Terrasse mit wunderschönem Garten tauchte auf, am

Tisch saßen fünf Frauen, alle sommerlich, doch völlig normal gekleidet, Shorts, Tops, Kleider. Zwei schnitten Obst, eine dritte blätterte in einer Zeitschrift, die beiden anderen tuschelten und lachten. Als sie Cora bemerkten, blickten sie erwartungsvoll auf.

Cora zeigte ihren Dienstausweis. »Ich habe gehört, Sie hatten Probleme?«, fragte sie ohne Umschweife. »Darf ich mich zu Ihnen setzen?« Die Kellnerin stellte bereits ihr Glas vor einen freien Stuhl, und Cora nahm Platz.

Hätte sie nicht gewusst, dass dies die Gartenterrasse eines Bordells war, hätte sie die Frauen nie für Prostituierte gehalten. Allerdings schienen sie alle von auswärts zu kommen, zumindest hatte keine eine süddeutsche Färbung in ihrer Sprache. Zwei sprachen mit einem Akzent, der in Coras Ohren osteuropäisch klang. Alle waren sie hübsche junge Frauen, sicher keine über fünfunddreißig, womöglich nicht einmal über dreißig, die meisten blond. Also doch ein Klischee. Nur eine tanzte aus der Reihe. Sie stammte eindeutig aus Hessen, hatte rot gefärbte Haare und eine Frisur wie Uma Thurman in »Pulp Fiction«. Ohnehin erinnerte sie ein wenig an die Schauspielerin, wirkte etwas zu groß geraten und hatte diesen strengen Ausdruck im Gesicht.

Wie schon bei ihren Kollegen am Vormittag hatten die Frauen keine Lust, über das Vorgefallene zu sprechen. Cora entschloss sich, die Sache anders anzugehen. Sie plauderte einfach drauflos über das Wetter, die Arbeit und die vielen Schweizer, die ihren Weg regelmäßig aus den entferntesten Ecken in dieses Bordell fanden. Die Rothaarige hatte ihren strengen Blick abgelegt und war in hemmungsloses Gelächter verfallen, als sie von einem Kunden erzählte, bei dessen Motivationsrufen auf Schwyzerdütsch sie vor Lachen völlig aus dem Rhythmus gekommen war. Sagt die Hessin, dachte Cora bei sich. Die anderen hatten ihr zugestimmt und ihre peinlichsten Erlebnisse ausgeplaudert. Es herrschte eine durchaus entspannte Atmosphäre. Bei Fischl war das sicher anders, überlegte Cora und nahm eine Schüssel mit Obstsalat entgegen. Plötzlich fiel ihr ein, dass oben im ersten Stock zwei füllige Leiber aufeinanderklatschten. Die Banane in ihrem Mund schmeckte klebrig.

Irgendwann begannen sie vom letzten Abend zu erzählen. Einfach so, ein Wort ergab das andere, und so konnte Cora sich die Geschichte nach und nach zusammensetzen wie ein Puzzle.

In dem Bordell gab es einige Räume, die ähnlich den Vernehmungsräumen in Polizeidienststellen durch ein Spiegelfenster vom nächsten Raum getrennt waren. Dort konnten sich Kunden den Eintritt erkaufen und spezielle Wünsche an die Frauen hinter dem Fenster richten. Damit für sie der Spiegel zu einem Fenster wurde, mussten sie Geld in einen Automaten werfen, dann ging buchstäblich der Rollladen für sie hoch, und sie konnten die Frauen hinter dem Fenster nach ihrer Pfeife tanzen lassen. Die Frauen jedoch hatten immer nur einen Spiegel vor sich, konnten ihr Gegenüber also nie sehen.

An dem vorangegangenen Abend war ein Kunde da gewesen, der nach der »schönen Ela« verlangt hatte.

Ela, den Namen hatte Cora auch von Fischl gehört. Doch viel mehr eben nicht. Weil Ela nicht da war, der Mann aber die zehnfache Summe geboten hatte, beschlossen sie, Bea mit blonder Perücke als Ela auszugeben.

»Ich hab einfach die Beleuchtung etwas niedriger eingestellt, und das Geld wäre natürlich für alle gewesen«, erklärte Bea und lächelte. »Als ich auf dem Stuhl saß, hatte ich schon ein mulmiges Gefühl. Ich meine, wir wissen doch kaum etwas über –«

»Bea«, unterbrach sie eine der anderen.

»Und was geschah weiter?«, fragte Cora.

»Ich hab gewartet. Das Geld klimperte im Automaten, und der Rollladen fuhr hoch. Aber da kamen keine erotischen Wünsche. Er hat sofort losgeschimpft, und das in einer Sprache, die ich nicht verstanden hab«, erzählte Bea und schluckte.

Cora sah, dass sie Angst hatte bei der Erinnerung. »Wie kommen Sie darauf, dass es Beschimpfungen waren?«

Bea schnaubte. »Glauben Sie mir, daran bestand kein Zweifel. Die Stimme … Das war schrecklich. Und zuletzt hat er gerufen: ›Ich sollte dich einfach umbringen.‹«

»Plötzlich auf Deutsch?«, hakte Cora nach.

»Ja, ich war total in Panik. Und dann ist der Stuhl durch die

Scheibe geflogen, und er stand vor mir und lehnte sich hindurch.« Bea machte eine Pause, und die Rothaarige neben ihr legte ihr beschützend die Arme um die Schultern. »Er hat mich gepackt, so schnell, dass ich überhaupt nichts tun konnte. Ich konnte nur hoffen, dass jemand den Lärm gehört hat.« Bea hielt sich die Hände vors Gesicht.

Cora wunderte sich im Stillen, dass die Frauen vor nicht einmal einer Stunde noch behauptet hatten, dass es gar keinen Grund geben würde, mit der Polizei zu sprechen. »Was ist dann passiert?«, fragte sie mit leiser Stimme nach.

»Seine Hände steckten in Handschuhen. Er hat mich zu sich herangezogen, so nah, dass ich seinen Atem fühlen konnte.« Bea schüttelte sich. »Seine Augen waren so voller Wut. Plötzlich hielt er inne, starrte mich einfach nur an. Ich weiß nicht, wie lange das alles gedauert hat, mir kam es hinterher vor, als hätte ich in der ganzen Zeit überhaupt nicht geatmet. Wahrscheinlich waren es nur ein paar Sekunden. Anschließend hat er mich gegen die Rückwand des Zimmers geworfen.«

Eine weitere Frau war aufgestanden und hinter Bea getreten. Sie massierte ihr den Nacken und gab ihr einen Kuss auf die Haare. Bea griff nach ihrer Hand und lächelte nach oben.

Cora erfuhr, dass Bea geistesgegenwärtig nach unten ins Lokal gerannt war, um zu sehen, wer aus den Hinterzimmern nach vorne kam, doch es war zu viel Betrieb gewesen im Lokal. Nachdem sie den anderen von dem unheimlichen Gast berichtet hatte, beschlossen sie einstimmig, zum Schutz von Ela am nächsten Tag die Polizei zu rufen.

Plötzlich wurde es still, und Cora erkannte in den Blicken, dass sich hinter ihr etwas ereignet haben musste. Langsam drehte sie sich um und wusste sofort, wer da vor ihr stand. Wie sich diese große Frau mit den blonden Haaren lässig an den Türrahmen lehnte, eine Sonnenbrille in ihrem Haar, sodass die Strähnen, die ihr sonst zweifellos ins Gesicht gefallen wären, zurückgehalten wurden. Sie war nicht auf Model-Art schön. Sie strahlte vielmehr eine hingeworfene Schönheit aus wie in der ersten Skizze eines Malers. Unverfälscht.

Allein mit ihrem Auftritt brachte sie die Runde zum Schweigen.

»Was gibt es?«, fragte die blonde Frau.

»Wir sprechen über den Vorfall«, sagte Cora, und ihre Stimme klang blechern. Sie lächelte verlegen, in dem sicheren Gefühl, dass ihre Verwirrung offensichtlich war.

»Das war nicht der Rede wert«, kam es nüchtern vom Türrahmen her, und Cora war sentimental berührt von der Stimme. »Ich bin Ela«, fuhr die Frau fort, machte zwei elegante Schritte und reichte Cora die Hand.

Cora erwiderte den Händedruck. Ela, die schöne Ela. Ja, sie verstand. Ihr hatte der Anschlag gegolten. Es war durchaus ein wenig unheimlich, welche Wirkung von Ela ausging und wie unangefochten sie die Führungsrolle im Kreise ihrer Kolleginnen innehatte.

Ela selbst konnte der Geschichte nichts Neues hinzufügen. Ihr tue es leid, dass Bea sich diesen Mist hatte anhören müssen, der doch ihr gegolten habe. Was übrig blieb, war die geschlossene Meinung, in dieser Sache solle nichts mehr unternommen werden. Der Anruf bei der Polizei sei übereilt gewesen und letztendlich gewiss auch überflüssig, und sie, Cora, müsse verstehen, dass man mit den Herren der Polizei ohnehin nicht allzu viel zu tun haben wolle.

Coras Blick blieb an Bea hängen, die stumm zu Boden sah während dieser Beteuerungen. Auf die Frage, ob Ela eine Idee habe, wer ihr nach dem Leben trachten könnte, schüttelte sie den Kopf und erwiderte lapidar, dass es da sicherlich einige Ehefrauen und schwule Freunde von bisexuellen Männern gebe, sie aber keinen im Besonderen verdächtige.

Cora glaubte ihr kein Wort. Plötzlich befiel sie eine innere Unruhe, und sie wollte möglichst schnell weg von diesem Ort.

Die Frauen wirkten nicht mehr »normal«, sie schnitten nicht einfach Obst für einen Fruchtsalat – sie befanden sich auf einer kleinen Insel hier draußen im Garten unter freiem Himmel und führten doch ein völlig anderes Leben. Cora war in diese Idylle eingetaucht und würde nie etwas über deren wirkliche Sorgen erfahren. Sie rügte sich für ihre Vorurteile und hatte mit einem Schlag ein schlechtes Gewissen, dass sie gleich einfach durch die Tür nach draußen spazieren würde, in die Freiheit. Ihr ganzes Leben war im Grunde wie eine idyllische Insel im Vergleich zu dem dieser Frauen. Mittlerweile lebte sie sogar buchstäblich auf einer Insel …

***

Sara machte sich am CD-Player zu schaffen, im nächsten Moment erklang gut gelaunte Gitarrenmusik mit einer schmeichelnden Männerstimme. Ungewohnt in Coras Ohren, doch schon nach wenigen Akkorden und Textzeilen ließ sie sich gefangen nehmen und entdeckte auch inmitten der guten Laune eine gewisse Melancholie des nicht Erreichbaren. Von der Küche aus beobachtete sie, wie Sara das CD-Regal durchstöberte und sich dabei im Rhythmus ihrer mitgebrachten Musik wiegte. Der Anblick wirkte vertraut, als wären sie alte Freundinnen und hätten sich nicht am selben Nachmittag erst kennengelernt. Irgendwie erinnerte Sara sie an Michaela vor etwas mehr als zehn Jahren. Cora wunderte sich, wie wohl sie sich mit diesem Gedanken fühlte, in ihre Vergangenheit abzutauchen. Jetzt drehte sich Sara um und lachte.

»Wie ich sehe, hast du sonst einen eher ausgefallenen Musikgeschmack.« Sie hielt drei CDs von den Nighthawks in die Höhe. »Kenn ich nicht, aber du scheinst sie zu mögen, die Nachtfalken.« Sie grinste. »Ist das überhaupt okay, was ich da mitgebracht habe?«

Cora hob den Daumen. »Klar, warum nicht. Und Gizmo scheint's auch zu gefallen.«

»Gizmo?« Sara sah sich überrascht um.

»Ja.« Cora lachte. Ihre wenigen Besucher hatten schon oft den schneeweißen Kater übersehen, da sich dieser mit Vorliebe auf ihrem weißen Sofa in die weiße Decke kuschelte. »Dort drüben auf dem Sofa«, erklärte sie.

Sara wandte den Kopf und sah die rosa Innenohren der kleinen Katze. »Du meine Güte, der ist ja nahezu unsichtbar«, sagte sie grinsend und ging langsam auf die Katze zu, um sie zu kraulen. »Mmh, das ist gut, hm?«

Als Antwort stimmte Gizmo ein lautes Schnurren an und streckte seinen Kopf Saras Fingern entgegen.

»Was läuft da eigentlich?« Cora sah wieder zum CD-Player hin.

»Jack Johnson, da steh ich gerade total drauf. Aber deine Musik ist durchgehend auch mein Fall, ohne Frage. Kaputt, bekifft und trauerschwer, da können wir uns, was Musikgeschmack anbelangt, durchaus die Hand reichen. Später legen wir die Nighthawks auf, ja?«

»Die sind nicht trauerschwer«, sagte Cora augenzwinkernd. »Eher Lounge.«

»Umso besser.«

Cora dachte an die vielen Abende, an denen sie mit Kopfhörern und einem Glas Wein auf dem Sofa saß und in die Musik eintauchte. Kopfkino. Wenn sie es sich jetzt so recht überlegte, hatte auch die stringente Leichtigkeit des Jack Johnson eine soghafte Wirkung.

Als hätte Sara ihre Gedanken gehört, sagte sie: »Es ist ganz anders, doch auch diese Musik trägt fort, wie Nirvana, nur nicht ganz so traurig. Wie geliehenes Glück.«

»Genau das habe ich mir eben gedacht«, stellte Cora verblüfft fest und verteilte den von Sara mitgebrachten Sekt. Sara trat zu ihr und besah sich die ganzen Speisen, die Cora aus ihrem Einkaufskorb zum Vorschein brachte: Erdbeeren, Zucchini, Salat, Tomaten, Pilze und eine Ananas. Außerdem zwei Flaschen Rotwein aus Sizilien und ein italienisches Weißbrot mit getrockneten Tomaten sowie ein Glas eingelegte Oliven.

»Da können wir lange essen«, scherzte sie und hob ihr Glas. »Auf den Abend, darauf, dass wir uns kennengelernt haben, und auf die Musik.«

Cora stimmte zu und stieß ihr Glas an Saras. Das prickelnde Getränk lief anheimelnd die Kehle hinab. Ein doch noch recht entspannter Dienstag, der Besuch im Bordell, anschließend noch ein wenig Schreibarbeit und Lernen für die Zusatzausbildung in der Tatortanalyse, dann Einkaufen. Cora fühlte sich erleichtert. Gizmo meldete sich lauthals zu Wort und strich ihr um die Beine. Sie stellte ihm den Futternapf auf den Boden und streichelte ihm über den Kopf.

Jetzt erst sah Sara, dass der Kater nur drei Beine hatte. »Was ist ihm denn passiert?«

»Ein Jäger hat ihn erwischt. Aber nicht hier. Ich hab ihn so aus dem Tierschutz aus Italien bekommen, ist ein echter Schatz.«

Sara hob ihr Glas. »Auf die gute Tat!« Lächelnd nahm sie einen großen Schluck Sekt.

»Eine Olive mit Brot als Vorspeise?«

»Nicht nur eine.«

Sie gingen mit den Gläsern, Oliven und Brot auf die Altane und setzten sich in die Abendsonne. Es war immer noch geradezu unbarmherzig heiß.

»Ich habe übrigens etwas dabei«, erklärte Sara verheißungsvoll nach einer Pause, während der beide versucht hatten, sich an die Temperatur zu gewöhnen. Cora sah erstaunt zur Seite. Sie ahnte, wovon Sara sprach.

»Du weißt, dass drinnen mein Dienstausweis liegt.«

»Ich weiß, du bist nicht gerade die richtige Person, der ich das erzählen sollte, aber als ich deine CD-Sammlung studiert habe, da war ich mir irgendwie sicher, dass du einer Selbstgerollten nicht ganz abgeneigt wärst.« Sara griff in ihre Hosentasche und zog ein kleines Tütchen hervor.

»Huch.« Cora legte die rechte Hand vor ihre Augen. »Ich hol mal lieber den Rotwein.« Sie stand auf und verschwand. Jack Johnson sang gerade von schönen Wellen und ebensolchen Frauen.

Mit zwei großbauchigen Gläsern und der Flasche Rotwein kam Cora zurück. »Dir ist schon klar, dass ich das jetzt nicht sehe?«

Sara stand mit dem Rücken zu ihr am Geländer des Balkons. Sie trug ein rosa Neckholder-Shirt, dazu schwarze Hotpants und weiße Sandalen mit einem breiten Riemen über den Fesseln.

Ihre Haare hatte sie eingedreht und eng am Kopf hochgesteckt. Jetzt wandte sie sich um und lachte Cora an, in der Hand zwei Tüten, die sie im Stehen gedreht hatte. Eine davon hielt sie Cora entgegen.

»Wenn sonst nichts mehr hilft, dann rauch halt mit geschlossenen Augen«, meinte sie zwinkernd und setzte sich wieder in den Korbsessel. »Gar nicht weit von hier bin ich aufgewachsen. Dieselbe Aussicht.« Sie deutete über den See und auf die Berge am feuerroten Horizont. »Kann man sich nicht ausdenken. So viel schöne Langeweile.«

»Hey, ist gar nicht langweilig. Ein bisschen kitschig, aber nicht langweilig.«

»Kitsch ist doch auch langweilig.« Sara lachte. »Kitsch ist der Inbegriff der Langeweile.«

»Egal, als ich bei der Besichtigung die Aussicht gesehen habe, da wusste ich, die Wohnung muss ich haben«, erzählte Cora und entkorkte die Flasche.

Samtweich lag der Wein einen Moment später auf Coras Zunge, brombeerig berührte er ihren Gaumen. »War mir egal, dass sie zu klein ist.«

Sara sah sich um. »Wieso zu klein?«

»Nur im Winter«, lachte Cora. »Und richtig Winter habt ihr hier ja gar nicht.« Sie stand abrupt auf und kam mit einem Glas Kapernäpfel zurück. »Schau mal, die hab ich ganz vergessen. – Deine Eltern sind nicht mehr in Lindau?«

Sara angelte sich eine Frucht am Stiel aus dem Glas. »Meine Eltern haben sich einen Traum erfüllt. Sie haben ihre Villa hier verkauft und dafür ein Haus in der Toskana erworben.« Sie lachte. »Auch kitschig.«

»Deine Eltern hatten eine Villa am See? Aber nicht drüben am Hoyrener Seeufer, oder?«

Sara gluckste. »Nicht ganz, nur fast. Unterhalb der Villa Alwind, direkt am See. Spar dir jeden Kommentar. Ja, ich komme aus einer steinreichen Familie, und ich wohne immer noch dort. Die Wohnung im Dachgeschoss haben sie behalten.« Sie hielt den Joint in die Höhe. »Jetzt?«

Cora nickte und schob sich noch schnell einen Kapernapfel in den Mund.

Die Musik begann gerade wieder von vorne.

Sie saßen eine Weile schweigend da und beobachteten die untergehende Sonne. Endlich wurde es kühler, und ein leichter Wind zog erfrischend über den Balkon. Im Dämmerlicht konnte Cora die wild ziehenden Wolken sehen, die rosa, orange und rot den Himmel bekleckerten. In ihrem Kopf türmten sich Zahlen und Formen wild durcheinander. Seit sie die Diagnose Synästhesie kannte, wunderte sie sich nicht mehr. Für einen Augenblick sah sie die Frauen in ihrem Garten sitzen, plaudern, lachen und Obstsalat essen. Das war am Nachmittag gewesen, inzwischen würden sie alle in einem der Zimmer … Cora schluckte.

»Ich muss mal«, kicherte Sara und stand umständlich auf.

Cora blieb alleine zurück und nahm einen tiefen Zug. Es kratzte im Hals. Ihr war, als würde sie leichter und leichter. So leicht, als könnte sie abheben, immer näher kamen die Wolken, berührten sie und landeten auf ihrer Altane. Gut, dass die Welt plötzlich so bunt war, dass die Frauen vor ihrem inneren Auge langsam durchsichtig wurden und verschwanden, dass der Wind sie streichelte, sie an den Lippen berührte. Schön behütet zu sein, behütet schön zu sein, Cora trank ihr Weinglas aus und stellte es auf den Tisch. Sie sah die Hand auf ihrer Schulter und dachte: Ich bin schön, und der Wind hat Hände …

»Cora? Alles okay mit dir?«

Im Hintergrund erklangen Rainer Winterschladens Trompetenklänge, und die Nighthawks begannen ihre Reise durch die Nacht.

»Ich sehe klingende Formen und bunte Zahlen, und der Sonnenuntergang schmeckt süß wie die Seegfrörne«, murmelte Cora und fügte noch leiser hinzu: »Mein Kopf spinnt.«

»Aha.« Sara ließ sich neben Cora nieder, setzte sich in den Schneidersitz und schenkte ihnen beiden Wein nach. »Vielleicht ist er mit etwas unzufrieden. Dein Kopf, meine ich.«

Cora legte sich gerade in die Wolke, wollte es zumindest, dann fiel sie hindurch, drehte sich im Fallen wie eine Katze, wollte sicher landen, fiel jedoch immer weiter. Drehen, dachte sie, drehen, immer weiter. Mein Kopf spinnt. Drinnen sang eine tiefe Stimme vom »Man in the long black coat«. Cora überlief eine Gänsehaut.

Mittwoch

»Gibt es nun Grund für eine Ermittlung?« Christian Fischl saß auf der Fensterbank. Gedankenverloren biss er in sein Brötchen.

Cora stand unschlüssig im Zimmer. »Sie waren gestern schon weg, als ich zurückkam. Ich hab Ihnen vorhin aber schon meinen Bericht geschickt. Der müsste bereits –«

Christian sah überrascht zu Cora. »Wieder beim ›Sie‹?«

Cora grinste verlegen. »Vergessen. Nun?«

»Ich hab den Bericht gelesen, aber ich will wissen, was du denkst.«

»Ich denke, diese Ela hat starken Einfluss und spielt die Sache herunter, vielleicht weil ihr das wirklich schon öfter passiert ist.« Sie stellte sich neben Christian ans Fenster. Auf dem Baum gegenüber stritten sich lautstark einige Amseln um den besten Platz.

»Das war die Schöne, nicht wahr?«

Cora zuckte demonstrativ die Schultern.

»Na, die Auffällige eben. Die hat die Nase ganz schön hoch getragen … Schon möglich, dass ihr das häufiger passiert. Um ehrlich zu sein, sie passt auch gar nicht in den Laden. Nicht dass ich mich in solchen Etablissements auskenne«, Christian Fischl zog die Augenbrauen schelmisch hoch, »aber sie schien mir doch eine Klasse für sich, wenn du verstehst, was ich meine.«

Cora nickte unwillkürlich. »Ja, ich weiß, was du meinst. Obwohl ich ehrlich gesagt bei den meisten eher überrascht war. Man trägt doch mehr Vorurteile mit sich herum, als man glaubt.«

Christian musterte Cora einen Moment, dann nickte er. »Und weil die Frauen das gewohnt sind, begegnen sie einem mit Argwohn.«

»Hat mich irgendwie traurig gemacht. Wir sind nicht die Guten.« Cora musste an die kleine Terrasse denken. Der Duft von frischem Obst rauschte vorbei. »Ich habe mir überlegt, noch einmal mit ihr zu reden. Mit dieser Ela, meine ich.«

»Ja, tu das. Wie hieß sie gleich?« Christian Fischl sah zum Fenster hinaus. »So ein typischer Bordell-Name irgendwie. Was Französisches. Vielleicht haben wir etwas über sie. Eine Morddrohung können wir auf jeden Fall nicht ignorieren.« Sein Blick veränderte sich von erstaunt zu belustigt. »Na, sieh mal einer an.« Er bedeutete Cora mit einem Kopfnicken, nach draußen zu sehen. »Schau mal, wer da kommt.«

Cora folgte seinem Blick.

»Ist das nicht diese Bea?«, fragte Christian und biss noch einmal in sein Brötchen. Neben Coras Ohr knackte es. »Hatte sie eigentlich eine Beschreibung von dem Typen parat?«

Cora schüttelte den Kopf. »Sie sagt, es ist alles viel zu schnell gegangen. Sie wusste nur, dass der Typ ganz dunkle Augen hatte, ansonsten war es wohl recht schummrig in dem Zimmer. Wer weiß, vielleicht ist ihr noch was eingefallen.« Sie verfolgte Beas schüchtern wirkende Schritte über den Platz. Bevor sie im toten Winkel vor dem Eingang verschwand, sah die Prostituierte sich sogar noch einmal um, als hätte sie Angst, verfolgt worden zu sein.

»Sie fragt bestimmt nach dir, Cora.«

Cora nickte und wandte sich zum Gehen, als Fischl sie am Arm zurückhielt. »Du hattest auch ein ungutes Gefühl, hab ich recht?«

Cora nickte wieder.

»Die fremde Sprache, oder?«

Cora zuckte mit den Schultern, aber im Grunde hatte sich Christian offensichtlich genau die gleichen Gedanken gemacht wie sie selbst. Sie verließ sein Zimmer und begegnete auf dem Flur Bea, die ihr vorsichtig entgegentrat.

»Hallo, Frau Kommissarin, hätten Sie Zeit für mich?«

»Selbstverständlich, kommen Sie mit.« Cora führte ihre Besucherin in ihr Büro. Sie bot ihr Wasser an und setzte sich ihr gegenüber. »Was kann ich für Sie tun?«

»Nun …« Bea hielt sich an dem Wasserglas fest. »Nun«, begann sie erneut, ließ dann jedoch den Kopf sinken.

»Sie haben Angst seit dem Vorfall«, versuchte es Cora und

legte ihre Hand auf Beas Arm. »Das ist ganz normal, das war schließlich ein erschreckendes Erlebnis.«

Bea sah Cora in die Augen, dann nickte sie kaum merklich. »Es darf keiner wissen, dass ich hier bin«, flüsterte sie.

Cora lehnte sich wieder zurück. »Vor allem nicht Ela, hab ich recht?«

»Vor allem nicht Ela«, wiederholte Bea.

»Wieso? Das verstehe ich nicht. Sie wirkte doch nett.«

»Ich weiß auch nicht, warum sie nicht will, dass Sie uns helfen.«

»Welche Funktion hat Ela denn bei Ihnen im Haus?«

»Funktion? Ich verstehe nicht.«

»Ist sie eure Chefin?«, fragte Cora.

»Ela?« Bea lachte. »Nein, sie ist ja erst seit einer Woche bei uns.«

»Ach was!« Cora war ehrlich überrascht.

»Ja, sie kam vorbei und hat gefragt, ob sie bei uns wohnen kann.«

»Dann ist sie keine ...« Cora brach ihren Satz ab, weil sie beinahe das falsche Wort gebraucht hätte.

Bea lachte. »Sagen Sie es ruhig. Nein, Ela ist keine Nutte, obgleich sie schon einige Auftritte hinter der Scheibe hatte und Männer bereits nach ihr fragen.«

»Warum wohnt sie dann bei Ihnen, und warum ordnen Sie sich ihr alle unter?«

»Tun wir das?«

»Es hatte den Anschein, ja.«

»Hm, sie hat einfach viel für uns getan in der kurzen Zeit«, sagte Bea und lächelte.

»Wie das?«

»Sie bezahlt uns sehr viel dafür, dass wir sie bei uns wohnen lassen. Das gibt uns gewisse Freiheiten. Außerdem hat sie uns schon eine Menge beigebracht.«

»Aha.« Cora wunderte sich immer mehr.

»Ja, sie ist einfach ein toller Mensch, ohne Vorurteile.«

Cora schluckte und schielte nach dem Wasserglas, das schon wieder leer war. Ihre Kehle war wie ausgetrocknet.

»Wir hatten lange davor nicht mehr so viel Spaß und ein so gutes Auskommen untereinander«, erzählte Bea weiter.

»Und wie hat sie das alles in so kurzer Zeit geschafft?«

Bea lachte. »Klingt verrückt, oder? Sie hat am zweiten Tag nach ihrem Einzug unser Abrechnungssystem auf den Kopf gestellt, sodass wir nun keine Konkurrentinnen mehr sind. Wir haben uns zusammengesetzt und ausgesprochen, was der eine oder andere lieber macht, wir ergänzen uns nun einfach besser, und das viele Geld hat sein Übriges dazu beigetragen. Wir haben manche Kunden einfach weggeschickt. Ein Spitzengefühl«, sagte Bea und atmete erleichtert durch.

Cora hatte einen Kloß im Hals bei der Vorstellung von den Arbeitsverhältnissen, bevor Ela als Wohltäterin aufgetaucht war. »Ja, das kann ich mir vorstellen. Von welcher Summe sprechen wir denn?«

Bea errötete. »Das möchte ich lieber nicht sagen«, erklärte sie unsinnigerweise hinter vorgehaltener Hand.

»Na gut, nicht weiter wichtig. Warum hat Ela so viel Geld? Hat sie etwas von sich erzählt?«

Beas Augen leuchteten. »Sie hat mal in Paris gelebt. Können Sie sich das vorstellen? Jemand aus Paris landet im ›Klein Paris‹ bei uns.« Bea hielt sich erneut die Hand vor den Mund und gluckste.

»Steckt sie in Schwierigkeiten?«

Schulterzucken bei Bea, dann wischte sie mit der Hand durch die Luft, als wollte sie den Verdacht, der im Raum hing, wegwischen. Anschließend nahm sie das Glas in die Hand, und für einen Moment sah es so aus, als wollte sie hineintauchen. »Ich glaube, sie ist einfach ein guter Mensch.« Beas Gesicht hellte sich abermals auf. »Um ehrlich zu sein, wenn sie nicht da ist, dann sagen wir, dass sie unser Engel ist.« Sie trank ihr Glas schnell leer, spülte die Rührseligkeit hinunter, dann fügte sie hinzu: »Wegen der blonden Locken, Sie verstehen.«

Cora musterte die junge Frau, die sie auf Anfang zwanzig schätzte. Ihr fiel das Lächeln, das sie Bea unbedingt schenken wollte, schwer.

»Sie halten mich für naiv, nicht wahr?«, sagte Bea prompt.

»Bitte?« Cora zog die Stirn in Falten. Konnten wirklich alle ihre Gedanken lesen?

»Ich weiß schon, klingt alles verrückt aus dem Mund einer Nutte.«

»Nicht doch«, beeilte sich Cora zu sagen, »das habe ich wirklich nicht gedacht. Vielmehr stellt sich mir die Frage, wovor Ela auf der Flucht ist und ob sie den Mann, der Sie, Bea, belästigt hat, nicht doch kannte.«

»Hm.« Beas Blick wurde ernst.

»Schließlich machen Sie sich ja auch Sorgen, sonst wären Sie nicht hier.«

Der Computer auf Coras Schreibtisch meldete eingehende Nachrichten. Das hohe »Pling« ließ Bea zusammenzucken.

»Was mir zu denken gibt«, begann Cora mit betont ruhiger Stimme, »ist die Tatsache, dass Ela keine Ermittlungen wünscht. Da drängt sich mir die Frage auf: Warum nicht? Und ich mache mir auch Sorgen um Sie.«

Bea sah auf. »Um mich? Der Mann wollte doch von Beginn an Ela.«

»Sie haben ihn gesehen.« Cora schenkte noch einmal Wasser nach.

Bea griff sofort nach dem Glas, aber sie trank nicht, sie hielt sich nur an dem Glas fest. »Ich habe doch gar nichts gesehen«, rief sie verzweifelt.

»Aber er weiß das nicht«, sagte Cora, beugte sich vor und legte Bea die Hand auf den Arm. »Bea, sehen Sie mich an.«

»Ja?« Zaghaft hob Bea den Kopf.

»Sie sind gar nicht zu mir gekommen wegen des Vorfalls, ich meine, nicht, weil Sie Angst haben, dass der Mann noch mal bei Ihnen auftaucht. Sie sind gekommen, weil Sie sich Sorgen um Ela machen, nicht wahr?«

»Sie ist doch unser Engel«, flüsterte Bea und begann zu weinen.

***

Cora saß im Seehafencafé und nippte an einem viel zu starken Espresso. Sie hatte sowohl Bea als auch Fischl – Christian, musste sie sich immer wieder in Gedanken korrigieren – versprochen, noch einmal mit Ela zu reden. An einem neutralen Ort. Bea hatte nachdrücklich darum gebeten, ihren Besuch nicht zu erwähnen. Cora hatte eingewilligt.

Und Christian? Der schlich seit einem Tag um sie herum wie ein Hund mit schlechtem Gewissen. Cora konnte sich keinen Reim darauf machen.

Backen konnte er allerdings, das musste sie ihm lassen. Cora fuhr sich über die Stirn. Argwohn stand ihr nicht gut zu Gesicht, entschied sie kurzerhand und nahm sich vor, mit Christian endlich einmal auf das längst überfällige Bier unter Kollegen in eine Kneipe seiner Wahl zu gehen. Jetzt aber musste sie sich auf Ela konzentrieren.

Die »Königin Katharina« fuhr gerade durch die eindrucksvolle Hafeneinfahrt zwischen Leuchtturm und Löwe ein. Sie würde zahlreiche Touristen mitbringen und – da es erst später Nachmittag war – kaum welche mitnehmen.

Am Mangturm stand eine Reisegruppe um ihren mit einer roten Fahne ausgestatteten Reiseführer herum. Im frühen Mittelalter war der quadratische fünfstöckige Turm als Leuchtturm in Betrieb, die Zahl 1300 schwirrte Cora gelb und blau vor den Augen. Jahreszahlen waren eine Stärke dank ihrer Synästhesie. Es roch nach Zitrone. Bunt war auch das Dach, allerdings erst seit dem 19. Jahrhundert.

Die Stimmung im Seehafencafé war schon heiterer als für diese Uhrzeit üblich, das kühle Bier tat bei der Hitze schneller seine Wirkung. Am Nachbartisch bemühte sich eine Handvoll junger Männer seit geraumer Zeit darum, Coras Aufmerksamkeit zu erregen, doch Cora hielt ihren Blick stur auf ihr Smartphone gerichtet. Ela würde sie schon finden.

Wieder geschah es ganz plötzlich: Die Männer am Nebentisch verstummten. Cora blickte auf und erkannte Ela, auch wenn diese eine schwarze Perücke trug. Oder waren das ihre echten Haare? Sie war sich nicht sicher und musste lachen. Ela verfehlte auch mit dem schwarzen Pagenschnitt und der großen dunkelblauen Sonnenbrille nicht ihre Wirkung. Cora bot ihr den Stuhl bei sich an, und Ela setzte sich, nicht ohne den Männern einen arroganten, ja geradezu vernichtenden Blick zuzuwerfen. Keiner von ihnen konnte sich nach diesem Blick auch nur den Hauch einer Chance ausrechnen.

Cora lachte Ela an. »Hallo, wie gut, dass *du mich* gefunden hast, ich hätte nach deinen blonden Locken Ausschau gehalten.«

»Ich bin immer für eine Überraschung gut. Schön, dass wir beim Du sind, das lässt mich hoffen, dass dies kein beruflicher Ausflug von dir ist.«

»Oh, das war gerade keine Absicht, aber wenn es für dich okay ist, dann bleiben wir beim Du. Wie geht's dir?«

»Danke der Nachfrage. Keine besonderen Vorkommnisse«, meinte Ela scherzend und schob die Sonnenbrille auf ihren Kopf.

Cora deutete auf die Haare. »Deine echten?«

»Geheimnis.« Ela zwinkerte. »Also? Privat oder beruflich?«

»Na ja, um ehrlich zu sein: beides.«

»Schade.« Ela zog eine Schnute und bestellte sich einen Hugo. »Also was willst du wissen?«

»Warum willst du nicht, dass wir ermitteln? Hast du keine Angst, dass der Typ noch mal wiederkommt?«

»Und seine Drohung wahrmacht?« Ela blickte in die Ferne. Als Cora ihrem Blick folgte, sah sie, dass sie eine Mutter mit ihrem Kind beobachtete, das offensichtlich ans Ufer drängte. Ein Schwanenpaar zog dort elegant seine Bahn.

»Ja, das könnte doch sein, immerhin hat er sehr aggressiv reagiert und Bea sogar verletzt.«

»War sie bei dir?«

Cora schwieg. Sie beobachtete ebenfalls das Kind bei den Schwänen. Es hielt die Hand seiner Mutter und blickte andächtig zu den großen Tieren. Sie mochte Schwäne. In ihrer Kindheit hatte sie immer davon geträumt, ein Schwanenpaar würde bei ihrem kleinen Gartenteich landen. Vielleicht weil sie das Kinderbuch von E. B. White gelesen hatte, das mit dem stummen Trompeterschwan Louis, der nur mit einer echten Trompete trompeten konnte.

»Also?«, hakte Ela nach. »War Bea nun bei dir?«

»Weshalb hast du keine Angst, Ela? Weißt du, wer der Mann war?«

Ela nahm ihren Hugo und prostete demonstrativ in Richtung der Männer am Nebentisch, die seit geraumer Zeit wieder zu ihr herüberstarrten. »Verstehe schon«, sagte sie, »du darfst nicht darüber sprechen. Und um deine Frage zu beantworten: Ich habe keine Angst, weil ich mich an solch merkwürdiges Verhalten schon gewöhnt habe.« Sie schielte zum Nebentisch und verdrehte die Augen. »Sag du es mir, Cora, was ist los mit denen? Kriegen die sich heute noch einmal ein? Steht auf meiner Stirn: ›Glotzt mich alle an‹?«

Cora musste lachen. »Na, du fällst eben auf. So schlimm ist das …« Sie musterte Ela. Diese trug ein hellblaues Etuikleid und dunkelblaue Sandalen mit Keilabsätzen dazu. Insgesamt eher schlicht, aber ihre Erscheinung war wie beim ersten Treffen eindrucksvoll. Cora konnte sich über Aufmerksamkeit auch nicht beschweren, so wie Ela wirkte sie jedoch sicher nicht.

»Was ist?« Ela legte den Kopf schief.

»Nichts. Zum Wohl.« Cora erhob ihr Glas. »Wie lange bist du eigentlich schon in diesem Etablissement?«

»Ach, schon eine ganze Weile.«

»Aha. Und welche Sprachen sprichst du?«

Ela lachte. »Sehr strategisch gehst du ja nicht gerade vor. Du meinst, weil der Mann in einer fremden Sprache gesprochen hat? Und weil er eigentlich dachte, er spricht mit mir?«

»Ja, genau das frage ich mich.«

»Keine exotischen jedenfalls. Englisch, Französisch und Italienisch. Aber Bea spricht überhaupt keine Fremdsprache. Sie hat recht früh die Schule abgebrochen.«

»Also? Irgendeine vernünftige Erklärung? Wir nehmen das durchaus ernst, wenn jemand eine Morddrohung ausstößt. Ist uns lieber, als zu warten, bis er sie vollstreckt.«

»Ja klar, ihr seid ja für den präventiven Teil der Verbrechensbekämpfung zuständig«, erklärte Ela mit erhobenem Zeigefinger.

Cora nickte. »Genau, Ela. Hör mal, ich weiß, dass du erst seit Kurzem in Lindau bist und mal in Paris gelebt hast.«

Ela lachte. »Bea war also da. Na und?«

Cora spielte mit einem Bierdeckel. »Na und? Du würdest uns beiden Zeit sparen, wenn du mir von dir erzählst.«

»Ich bin Elena Fouré. Du kannst mich googeln, ich bin berühmt.« Sie zwinkerte. »Da gibt es kein Geheimnis.«

Der Bierdeckel rollte vom Tisch, Cora seufzte. »Gut, wenn dir etwas einfällt, das uns weiterhelfen könnte, egal, was, dann lässt du es mich wissen.«

»Versprochen.« Ela grinste. »Wir sollten uns küssen, dann wären die Jungs da drüben platt.«

Cora vermied es, zum Nebentisch zu schauen. Sie musste an ihre Freundin Michaela und die Weihnachtsparty denken. Mit Gerüchten sollte man nicht spielen.

Gerade kam die Mutter mit ihrem Kind vom Ufer zurück. Das kleine Mädchen warf Cora einen glücklichen Blick zu. »Ban, söne Ban«, murmelte es, und Cora musste lachen, dann wurde sie ernst und blickte Ela in die Augen. »Außerdem mache ich mir Sorgen um Bea. Der Täter könnte zu dem Schluss gelangen, dass sie ihn wiedererkennen würde.«

Zum ersten Mal an diesem Nachmittag verlor Ela für einen kurzen Moment ihre Souveränität. Falten legten sich auf ihre Stirn. »Daran habe ich nicht gedacht.« Sie nahm ihr Smartphone und tippte, dann drehte sie Cora das Display zu.

»Elena Katharina Fouré, Kunstexpertin«, las Cora. »Das bist du?«

Ela nickte und legte ihr Smartphone zur Seite. »Wir werden Bea im Auge behalten, versprochen.«

»Du musst niemanden im Auge behalten und auch nichts versprechen. Mir wäre eine Erklärung lieber, was du in einem Bordell –« Coras Handy klingelte. »Was gibt es? – Nein, oh nein, das tut mir so leid.« Cora schluckte. »Ist gut, am Wochenende.«

»Ist etwas passiert?« Ela legte ihr eine Hand auf den Arm.

Cora hob kurz die Schultern. »Das war meine Mutter. Unser

Hund. Er ist tot«, stammelte sie, dann stand sie abrupt auf. »Entschuldige mich kurz, ich komme gleich wieder.«

Cora ging zur Toilette und schüttete sich kaltes Wasser ins Gesicht. Verdammt, warum war sie vergangenes Wochenende nur nicht nach Hause gefahren! Wenigstens am Sonntag nach der Hochzeit hätte sie das auf sich nehmen können. Ihre Mutter hatte doch gesagt, dass der alte Vierbeiner sehr schwach geworden sei. Das Altern indessen ist ein Prozess, den man von außen gar nicht in einzelnen Stationen wahrzunehmen vermochte. Der Hund war einfach schon sehr lange alt gewesen. Im Grunde litt Cora für ihre Mutter, denn der Hund hatte ein erfülltes, fünfzehn Jahre währendes Leben gehabt. Und er war eingezogen, nachdem Cora ausgezogen war.

Cora trocknete sich das Gesicht und bahnte sich einen Weg zurück an den Tisch, doch Ela war verschwunden. Ein Kellner kam und erklärte, dass die Dame sich entschuldigen lasse, sie habe dringend aufbrechen müssen. Allerdings habe sie ihr noch einen Martini auf Eis bestellt. Cora ließ sich auf ihren Stuhl sinken. Unter dem Martiniglas klemmte ein zusammengefalteter Zettel, den sie an sich nahm und aufklappte.

Worte zum Abschied

Will dich im Traum nicht stören,
Wär schad um deine Ruh,
Sollst meinen Tritt nicht hören –
Sacht, sacht die Türe zu!
Schreib im Vorübergehen
Ans Tor dir gute Nacht,
Damit du mögest sehen,
An dich hab ich gedacht.

(aus »Gute Nacht« von W. Müller)

***

Ela lief mit schnellen Schritten zum Parkplatz am Münster Unserer Lieben Frau. Sie freute sich auf ihr vorübergehendes Heim im »Klein Paris« im Gewerbegebiet von Lindau, eingebettet zwischen eine Weinhandlung und einen großen Bürokomplex. Es war sonderbar, sie fühlte sich wohl im Kreis dieser Frauen, die sie vom ersten Moment als etwas ganz Besonderes betrachtet hatten, und das nicht aufgrund ihrer Erscheinung, denn das war Ela natürlich längst gewohnt. Bei den Frauen aber kam sie sich außerdem wie eine Retterin vor. Das gefiel ihr, daher nahm sie Coras Sorge um Bea sehr ernst.

Ela erreichte ihr Auto, ein Mercedes 190SL Roadster aus der ersten Serie. Wie immer standen ein paar Menschen am Wagen und bestaunten das Modell mit der Erstzulassung 1955. Sie fachsimpelten und verstummten, als sie Ela sahen. In solchen Momenten war sie durchaus stolz, denn sie hatte sich das Auto verdient mit einer wichtigen Arbeit für ihren Vater, einen renommierten Kunstschätzer. Mit einer illegalen Arbeit, gewiss, doch ehrenhaft hatte sie diese erfüllt, und großen Schaden hatten sie auch nicht angerichtet, eigentlich, wenn man es genau nahm, hatten sie gar keinen Schaden angerichtet, alle beteiligten Parteien waren zufrieden gewesen. Eine Woche nach Abschluss der Arbeit hatte ihr Vater sie in den Hof vor ihrem Anwesen in der Toskana bestellt, und da hatte er gestanden. Sie liebte diesen Wagen in Graphitgrau mit den hellroten Sitzen und dem riesigen weißen Lenkrad.

»Dürfte ich mal?«, sagte sie und genoss die erstaunten Blicke der Umstehenden, die zur Seite traten.

»Ein wunderschöner Wagen«, murmelte einer. »Da kann man Sie nur beglückwünschen« ein anderer.

Ela lächelte, bedankte sich höflich und fuhr dann langsam vom Parkplatz. Sie wusste, dass man ihr nachblickte, und sie wusste, dass kaum ein anderes Auto so gut zu ihr passte wie dieses. Verstecken konnte man sich mit einem solchen Wagen nicht, daher war sie auch froh, dass das »Klein Paris« über einen geschützten Innenhof mit Garage verfügte und dass die Frauen ihr wie selbstverständlich diesen Platz überlassen hatten. Es hatte sie nur ein wenig

Freundlichkeit gekostet, was ihr überhaupt nicht schwerfiel, und ein wenig mehr Geld, was ihr erst recht nicht schwergefallen war. Die Frauen hatten es mehr als verdient, und eine sechsstellige Summe war für Ela kein Betrag, der sie schmerzte.

Als sie an der Kreuzung halten musste, riss jemand die Autotür auf und sprang in den Wagen. »Hab ich dich endlich!«

Nach dem ersten Schock atmete Ela erleichtert auf. »Piet, musst du mich so erschrecken?«

Er lehnte sich bequem in den Beifahrersitz. »Das frage ich dich«, sagte er und ließ lässig einen Arm aus dem Fenster baumeln. »Ich liebe diesen Wagen.« Der Fahrtwind blies ihm die Haare aus dem Gesicht und dann wieder vor die Augen, als er sich zu Ela drehte. »Aber nimm diese Perücke ab, die mochte ich noch nie an dir.«

»Ehrlich?« Ela fuhr sich über die Haare.

»Überrascht, dass ich noch herumlaufe?«, fragte Piet und trommelte mit dem Finger an der Tür.

Ela starrte ihn an. »Du sprichst in Rätseln. Weshalb solltest du nicht rumlaufen? Wo warst du überhaupt so lange?« Sie fuhr auf die Landtorbrücke und warf einen flüchtigen Blick in den Spiegel. »Du hättest mich überall sofort erkannt?« Zwinkernd strich sie den falschen Pony aus der Stirn.

»Ach komm, dein Gang allein verrät dich. Und vergiss nicht, ich kenne jedes Detail deines Körpers.« Er warf ihr eine Kusshand zu.

»Ich will mich ja auch gar nicht verstecken, sonst würde ich nicht mit diesem Auto durch die Gegend fahren. Und jetzt erzähl, wo du gesteckt hast. Warst du das vorgestern?«

»Was?« Piet drehte sich um und sah nach den Autos, die hinter ihnen auf der Brücke fuhren.

Ela beobachtete ihn.

»Was soll ich gewesen sein?«, hakte Piet nach. »Ich laufe mir die Hacken ab, quer durch Paris, dann nach London und Venedig, um jetzt hier in Lindau zu landen.« Er machte eine entnervte Geste. »Das ist absurd. Wir waren noch nie in einer solch kleinen Stadt, und das am Ende einer so großen Reise.«

Ela lachte unsicher. »Ja«, sagte sie schlicht. »Also? Warst du das vorgestern im ›Klein Paris‹?«

»›Klein Paris‹? Was soll das sein?«

Ela biss sich auf die Lippen, sie glaubte ihm. Spontan bog sie nicht zum »Klein Paris« ab, sondern nach Bad Schachen. Sie wusste nicht, weshalb, sie folgte einfach ihrer Intuition.

»Moment, du versteckst dich doch nicht etwa in einem Bordell?«, fragte er plötzlich. »Ela, das ist kein Spiel mehr.« Er streichelte ihr über die Perücke.

Ela schüttelte den Kopf. »Vergiss einfach meine Frage, okay? Also wo warst du so lange?«

»Ich bin überfallen worden, hier, schau.« Er hob seine Haare aus dem Nacken, und Ela konnte eine frisch genähte Wunde erkennen.

Sie erschrak. »Das tut mir leid«, sagte sie ernst.

»Hör mal, Ela, du musst dich vor dem Professore in Acht nehmen.«

Ela sah zur Seite. »Nenn ihn nicht immer so. Wieso denn?«

»Er ist besessen.«

Ela lachte. »Mehr als wir?«

»Lass die Scherze und nimm bitte meine Warnung ernst. Geh ihm aus dem Weg. Er ist eine tickende Zeitbombe.«

Ela fuhr den Wagen in eine Parklücke und stellte den Motor ab. Ihr Beifahrer sah sich überrascht um.

»Wollen wir ein paar Schritte gehen?«, fragte sie.

»Warum nicht.«

Der Lindenhofpark war eine denkmalgeschützte historische Parkanlage, die Ela schon bei einem Rundgang erkundet hatte. In der Lindenhofvilla bestand seit 1980 ein Friedensmuseum der Bistumsstelle Augsburg, die sogenannten Friedensräume. Ela hatte spontan das Bedürfnis erfasst, mit Piet hierherzukommen.

Kaum hatten sie den Park betreten, spürte sie, dass sie ruhiger wurde. Schweigend schlenderten sie durch den Park, bewunderten unabgesprochen die vielen teilweise exotischen Bäume wie den Ginko und die angelegte hügelige Landschaft, die immer neue Ausblicke auf den Park und den See ermöglichte. Rund um die Lindenhofvilla mit den prächtigen Mammutbäumen herrschte eine ganz eigene Atmosphäre.

Zwischen einem Blauglockenbaum und einer Roteiche blieben sie stehen. Piet lächelte Ela an. »Verstehe. Du hast dich mal wieder in einen Ort verliebt.«

»Ich kann nichts dafür, Piet, ich verliebe mich einfach leicht. Schau dich um. Hast du die Insel schon erkundet? Lindau hat eine faszinierende Vergangenheit. Und du musst unbedingt ins Schloss Achberg, eine Künstlerkolonie. Und hier«, sie hob leicht die Schultern, »ist es einfach umwerfend schön.« Unweit von ihnen saß eine kleine Gruppe von Frauen mit ihren Kindern auf einer Picknickdecke, sie spielten und lachten. Eine Frau saß mit einem angezogenen Bein da und wandte ihren Blick gerade Ela zu. Sie lächelte, und Ela fuhr es kalt den Rücken hinunter. Sie schlang die Arme um sich. »Komm«, sagte sie, »lass uns runter zum See gehen.«

Sie spazierten die Lindenallee entlang. Auch hier genossen zahlreiche Menschen den Sommerabend, saßen auf der Mauer und ließen die Beine über dem Wasser baumeln. Ela setzte sich ans Ufer und klopfte auf die Stelle neben sich. Sie spürte, dass Piet sie musterte. Wie früher. Dieser starrende Blick, der sich durch ihren Körper bohrte, bis sie es nicht mehr aushielt. Der Blick des Malers, der sein Objekt musterte, sich einprägte, der Blick, der sie immer verführt hatte, der so viel Besitzenwollen ausstrahlte, dass es sie gefangen nahm. Irgendwo in ihrem Hinterkopf begann die Angst ein Nest zu bauen. Sie versuchte sie zu verscheuchen. Einfach atmen, die Seeluft und …

»Was?«, fragte sie lachend und stieß Piet sacht mit der Schulter an.

»Ach, nichts«, sagte er leichthin und steckte sich eine Zigarette an. »Weißt du noch? Venedig? Mein Atelier dort an der Ponte dell'Accademia?«

Eine Zeit lang saßen sie schweigend da, sahen die Sonne hinter der Insel langsam in die Berge eintauchen.

»Seit wann rauchst du denn wieder?«

»Seit Venedig. Ich dachte, die bringen mich um.« Er nahm

einen tiefen Zug von seiner Zigarette und starrte dabei ins Leere. Dann legte er ihr die Hand auf den nackten Arm und streichelte sie. »Schön hier. Du fehlst mir.«

»Wie bist du eigentlich auf Lindau gekommen?«

»Ha, ich war erst in Salzburg.«

Ela zog die Beine an und schlang ihre Arme darum. »In Salzburg? Wie das?«

»Ich habe eine Todesanzeige in der Zeitung entdeckt, da hieß es: ›*Numen vel dissita iungit.*‹ Da dachte ich natürlich, das sei der nächste Hinweis.«

»Ich verstehe nicht, wie hat dieser Spruch dich nach Salzburg geführt?«, wunderte sich Ela.

»Enttäusch mich nicht. Wo steht der Spruch über Eingang und Wappen?«

Ela überlegte. Sie schloss die Augen und kramte in ihrer Erinnerung. »Sicher. Schloss Hellbrunn«, rief sie plötzlich aus.

»Bravo.« Piet klatschte. »Zurück in Venedig, bin ich überfallen worden.«

»Aber jetzt bist du ja hier.«

Anstelle einer Antwort beugte er sich zu ihr hinüber und küsste sie.

Ela schob ihn von sich. »Noch nicht.«

»Herrgott noch mal, dein verfluchter Ehrgeiz«, schimpfte er und zündete sich eine neue Zigarette an. »Bin ich froh, wenn alles vorbei ist. Es ist doch unser Abschluss, oder?«

Ja, und der Höhepunkt, dachte Ela. Für sie war es das eindeutig. Danach sollte Schluss sein, endgültig. Sie riss ihm die Zigarette aus dem Mund. »Jetzt hör endlich auf mit der Qualmerei. Das ist überhaupt nicht sexy.«

Verdutzt sah Piet sie an. Ela stand auf und zog ihn mit sich an eine geschützte Stelle zwischen Bäumen und einer kleinen Brücke, die mitten aus der Landschaft ragte. Sie drückte sich an ihn und begann, ihn zu küssen.

***

Der Zettel verschwand in Coras Handtasche.

Sie strich sich über die Augenbrauen. Ela hatte sie in ihren Bann gezogen, ohne dafür etwas zu tun. Sie flirtete nicht, sie kokettierte nicht, sie war einfach da. Weil sie sich noch immer angestarrt glaubte von den Männern am Nebentisch, trank Cora schnell ihren Martini aus und verließ die Terrasse des Hafencafés.

Als sie gerade ihr Fahrrad aufschloss, klingelte ihr Handy. Sara erkundigte sich, wie Cora den Rest der Nacht verbracht habe und ob sie Lust hätte, diese Woche einmal zusammen zu joggen. Sie verabredeten sich für den Freitagabend.

Ela, eine Kunstexpertin. Was machte sie –

Plötzlich bohrte sich etwas in ihrem Nacken nach oben. Cora musste sich auf ihr Fahrrad stützen. Es war wie ein in Gift getränkter Pfeil, und ihr wurde übel. Wie so oft bemühte sie sich, den Schmerz an einen bestimmten Punkt zu »atmen« und ihn dort zu einem kleinen Bündel zusammenzuschnüren. Dann, wenn der Schmerz »gebündelt« war, könne man den Rest des Körpers wieder bewegen, unabhängig von dem Schmerz, hatte der Schmerztherapeut gesagt. Die Therapeuten hatten leicht reden, dachte Cora. Es fühlte sich an wie eine innere Explosion.

Sie kramte in ihrer Handtasche nach den Tabletten. Nachdem sie eine geschluckt hatte, wartete sie einen Moment mit geschlossenen Augen. Aus einem Auto drang leise Musik zu ihr.

Ihre anschließende Fahrt mit dem Fahrrad zur Polizeistation hatte etwas von Schlafwandeln. Sie wusste nicht, wann sie die Brücke überquert hatte, wo sie abgebogen war, doch irgendwann stand sie bei ihrem Auto auf dem Parkplatz, stieg ein, trank dort die letzten Schlucke von dem warmen Wasser, nahm noch eine zweite Tablette und dachte über Ela nach.

Woher hatte Ela so viel Geld, dass ein ganzes Bordell sie zu ihrer Retterin auserkor und sie versteckte? Denn dass Ela sich vor etwas versteckte, stand für Cora außer Frage. Wo und wann würde der Mann es wieder versuchen? Und vor allem, warum? War es tatsächlich nur ein verschmähter Liebhaber?

Es klopfte an ihre Scheibe, und Cora erkannte Christian.

»Alles in Ordnung?«, fragte er. Müde sah er aus, müde mit verstrubbelter Frisur.

»Ja, ja.« Coras Stimme klang in ihren eigenen Ohren, als würde man ein Kissen über ihren Mund halten. Auch Christians Stimme drang wie aus großer Distanz zu ihr.

»Du sitzt seit einer halben Stunde im Auto, da hab ich mir Sorgen gemacht.« Er reichte ihr die Hand, um ihr aus dem Wagen zu helfen. »Hast du getrunken?«

»Eine halbe Stunde?« Cora konnte es nicht fassen. Migränetabletten auf Martini waren offensichtlich keine glückliche Kombination. Ihr Hirn war eine träge Masse.

Aus dem Augenwinkel nahm sie wahr, wie Christians gereichte Hand eine auffordernde Geste machte, dann streckte sie ihm ihre entgegen. Sie kam sich vor wie gelähmt, als würde etwas sie im Sitz halten, das Aufstehen klappte einfach nicht.

»Hey, du musst den Gurt noch abmachen.«

»Ach so, ja klar.« Cora atmete tief durch. Sie musste sich automatisch angegurtet haben.

Sekunden später stand sie ruhig und aufrecht vor ihrem Kollegen. Spontan wollte sie die Hand ausstrecken und ihm durch die Haare fahren, aber sie unterdrückte den Impuls.

»Wieder Kopfschmerzen?« Er klang ernsthaft besorgt.

Cora nickte schwach, dann lächelte sie. »Geht schon wieder, hab grad die Tablette genommen.« Sie drehte sich einmal um die eigene Achse. »Schau, alles im Griff, keine Sorge. Ich habe übrigens Ela getroffen.«

Als sie das Gebäude betraten, empfing Cora die augenblicklich eintretende Kühle wie ein Geschenk. Sie blieb einen Moment stehen und genoss die Gänsehaut, die ihr über die Arme lief.

»Angenehm hier, was?« Christian wartete am Aufzug und zupfte sich sein feuchtes Hemd vom Körper.

Cora nickte und folgte ihm.

»Deswegen habe ich mich gewundert, als ich dich da im Auto … Irgendwann dachte ich, ich hol dich mal besser.« Er grinste.

»Ja, das war nicht ganz dumm. Ich war völlig in Gedanken.«

Cora war bemüht, ihre geistige Abwesenheit herunterzuspielen. »Du hast mich gerettet«, flüsterte sie und beugte sich Christian entgegen. Sie wollte ja ein wenig offener sein. »Und wer rettet dich? Du siehst furchtbar aus, als hättest du tagelang nicht geschlafen.«

»Schönen Dank auch«, murmelte er und fuhr sich verlegen durch die Haare. »Zum Friseur muss ich auch, sag's ruhig.«

»Na ja.« Cora lachte. »So unter Kollegen: Ja, musst du.«

»Und? Was hat Ela gesagt?« Er stemmte die Hände in die Hüften und starrte auf die blinkende Anzeige für den Fahrstuhl.

»Sie fand auch, dass mein Kollege zum Friseur sollte.« Cora sah schelmisch zur Seite.

»Was?« Christian sah sie erschrocken an, dann lachte er. »Sehr witzig, Cora, sehr witzig.«

»Wir brauchen einen Sprachspezialisten«, sagte Cora. »Für Bea.« Sie betraten den Fahrstuhl, in dem es eigenartig roch. Cora brauchte eine Weile, bis sie es als Melange aus dem Duft von Gebratenem und irgendeinem Rest an Parfüm erkannte.

»Also doch Ermittlungsbedarf?«

»Unbedingt«, sagte Cora überzeugt. »Und eine Personenermittlung zu Elena Fouré, bitte.«

***

Ela an diesem Punkt ihrer Reise, ihrer Suche, dieses Wettkampfes zu küssen, das barg Risiken. Sie war stärker als er und zielstrebiger. Piet wusste das. Er wusste, dass er der Träumer von ihnen beiden war, Ela die Strategin. Wenn er nur daran dachte, was sie und ihr Vater alles getan hatten. Dem alten Dofero hatte er auch zu verdanken, dass er nun gehörig in der Klemme saß. Indirekt zumindest. Manchmal fragte er sich, weshalb er sich überhaupt in diesen Zirkel hatte locken lassen. Er war selbst Maler, weshalb brauchte er die Kunst anderer Leute? In seiner kleinen Dachwohnung mit Blick auf den Campo San Vidal und die Ponte dell'Accademia hätte er es gut noch eine Weile aushalten können. Aber er war eben nicht nur Maler, er war ebenso besessen von

Kunst wie Ela. Nicht ganz so gierig vielleicht. Manche Dinge jedoch wollte auch er einfach besitzen. Er sollte Ela aber weder lieben noch sie besitzen wollen, zumindest nicht jetzt. Jetzt sollte er erst einmal seine Haut retten.

Wie hatte sie vorhin gelacht, als sie ihn nach seinem Hotel gefragt und er ihr diese Adresse, Hotel Bad Schachen, genannt hatte. »Da hätten wir ja ...« Wohl wahr, dachte er, das Hotel lag nicht weit entfernt vom Lindenhofpark. Allerdings hatte er ihre Begegnung so viel aufregender gefunden. Sie konnten nicht immer miteinander, doch ohne einander ging es auch nicht.

Er dachte an das kleine Dachzimmer in Venedig. Sie hatten ein Bett und die grenzenlose Liebe zur italienischen Kunst geteilt. Einmal pro Woche hatten sie die Gallerie dell'Accademia und dort ihre Lieblingsmaler Bellini, Tintoretto, Tizian und natürlich Giorgione besucht.

Dieses Gefühl, das sie beide durchströmte, dieses geheime Wissen, das sie teilten, dass ein solches Gemälde eines Tages einem von ihnen gehören könnte, so viel Rausch war durch nichts anderes zu erreichen.

Als Ela ihn vorhin im Schatten der Bäume an sich gezogen hatte, da hatten sie nahtlos an ihre gemeinsame Vergangenheit angeknüpft. Der Blick auf den Canal Grande, der Duft vom Campo hoch zu seinem Dachzimmer, wenn Markttag war, das Rufen der Kinder nach dem Ball, all das hatte sich vor sein inneres Auge gedrängt, dort im Lindenhofpark.

Kurz überlegte er, ob er noch auf die große Gemeinschaftsterrasse mit Blick auf den Bodensee gehen sollte. Um zu beobachten, wie die Segelboote sich um Heimkehr bemühten. Man sah von dort auch hinüber zur Insel Lindau. Leider wären da wieder die anderen Touristen, die ihren Tag bei einem Aperol Spritz Revue passieren ließen, und ihn befiele gewiss schnell wieder dieser Würgereiz, der ihn stets befiel, wenn Borniertheit und Ungebildetheit wetteiferten. Wenn Menschen sich erzählten, was sie geshoppt hatten, was ach ja so schön in der Stadt sei und wie günstig sie gegessen hätten und ach und oh und dieser See und die ganze Kultur und so. Dieser Kulturseufzer, der ging ihm so was von auf den Keks, dass er sich lieber nicht unter die Leute mischen wollte.

Was nun? Sein Erzfeind, dieser selbst ernannte Professore, der immer alles besser wusste und aus Italien stammte, wollte ebenfalls unbedingt dieses Spiel gewinnen. Den Japaner hatten sie inzwischen augenscheinlich abgehängt. Was, wenn der Professore die Beute bereits an sich gebracht hatte? Er hatte schon einmal auf der Kippe gestanden, und beinahe wäre er ausgeschlossen worden, weil er eine Prostituierte halb totgeprügelt hatte. Ja, dachte Piet, eigentlich wäre es durchaus möglich, dass der Professore der Hase war und sich einen grausamen Spaß daraus machte, die Spur dieses Mal anders zu legen.

Die toten Frauen gingen Piet einfach nicht aus dem Kopf. Ob Ela wohl etwas mitbekommen hatte von all den Prostituierten, bei denen der Professore im Laufe ihrer gemeinsamen Zeit im Zirkel gewalttätig geworden war? Ob Ela überhaupt etwas von den toten Frauen wusste?

»Du Schwein«, sprach er laut in das leere Zimmer und entschuldigte sich sofort bei den Tieren, die das nicht verdient hatten. »Du Widerling«, wiederholte er stattdessen. Er blies den Qualm der Zigarette in Kringeln in die Nacht hinaus und öffnete die Flasche Wein, die er sich auf dem Heimweg gekauft hatte. Der Zahnputzbecher diente als Glas, und er trank in großen Schlucken.

Endlich legte sich die Dunkelheit still über den Park. Die Zimmer mit Seeblick waren alle schon belegt gewesen, doch auch die Sicht auf die riesige Grünanlage um das historische Hotel in Bad Schachen war lohnenswert.

Essen konnte Piet schon seit Tagen nicht mehr richtig. Sein Körper stand seit dem Überfall ständig unter Adrenalin. Er hoffte inständig, dass bald alles wie gewohnt über die Bühne gehen würde.

Er trank und genoss jeden Tropfen des Barolos. Dabei träumte er von einer gemeinsamen Zukunft mit Ela, bevor er plötzlich zusammenschrak und ihm eiskalt wurde trotz nächtlicher Schwüle. Ela hatte ihn nach dem Bordell gefragt. Das konnte nur eines bedeuten. Er schlug sich mit der flachen Hand auf die Stirn. Der Professore war längst dort gewesen. Er hatte sie gefunden, hier in Lindau, hatte die Spuren richtig gedeutet und war somit auch schneller als er selbst gewesen.

Verdammt, er musste Ela warnen und ihr endlich die Wahrheit sagen. Er sprang auf und stolperte in das dunkle Zimmer, stieß dabei den Stuhl um und spürte ganz deutlich den Alkohol. Mühsam tastete er nach dem Lichtschalter, fand ihn und rieb sich das Schienbein. Er sah sich im Zimmer um und suchte nach seiner Hose, die er sich bei seiner Ankunft vom Leib gerissen und irgendwo hingeworfen hatte. Neben dem Bett fand er sie, kramte in den Taschen nach dem Handy und wählte Elas Nummer. Nur die Mailbox. Piet ließ sich rücklings aufs Bett fallen, haderte mit sich und schlief kurze Zeit später ein.

Der Canal Grande gurgelte durch seinen Traum, ein Mammutbaum spendete Schatten, Ela lag in seinen Armen, kalt.

***

Er hielt es nicht mehr aus. Eine Stunde war er in seinem Hotelzimmer auf und ab gelaufen, hatte Puccinis »Tosca« gehört, gewartet, gehofft, dass sich eine Beruhigung einstellen möge. Nichts. Seine Hände schmerzten. Immer wieder sah er Ela vor sich, ihr Gesicht. Er schlug sich, weil er merkte, was da passierte, dass sich da etwas vermischte, das nicht zusammengehörte. Ela, die Krönung in seiner Sammlung, das wurde zur fixen Idee. Die Zeit drängte, als würde das Bilderrätsel in seinen Händen zerfallen, wenn es noch längere Zeit in Anspruch nahm. Er zitterte, trat an seinen Schrank und nahm den kleinen Apparat heraus. Es gab keine Alternative, wollte er auch nur einen weiteren Tag klar denken.

Das Lokal war voll, er war nicht aufgefallen, auch würde er das Lokal als ein anderer verlassen – optisch dank eines Barts und einer Perücke, im Inneren dank …

Sie hatte ihn nicht erkannt. Ein wenig unsicher wirkte sie noch. Er mochte das. Es galt, sie von seinen guten Absichten zu überzeugen. Sie genoss seine Aufmerksamkeit, wie er so schön von Italien erzählte, sie nicht bedrängte. Er sagte, wie schön sie sei. Sie lächelte. Seine Beherrschung war zurück, weil er wusste, dass sie ihm gehörte. Er war charmant, sie vertraute ihm. Sein Angebot, sie die ganze Nacht zu buchen, nahm sie nach Rücksprache mit den anderen Frauen an. Er sei so nett, hörte er sie sagen und sah sie dabei lächeln. Die Macht in ihm wuchs und wuchs.

Sie schmeckte nach süßen Trauben. Er wehrte sich nicht, als sie sich auf seinen Schoß setzte und ihm seine Brille abnahm.

Im Augenwinkel sah er seine Tasche. Darin lag sein Zutritt ins kurze Paradies. Die Augen, wenn das Leben aus ihnen schwand. Sollte er zuvor mit ihr schlafen? Diese Macht, zu wissen, dass das Leben bald aus ihrem Körper tröpfeln würde. War er böse? Nein. Sie hatten die ganze Nacht. Das war dennoch knapp.

Hübsch war sie, sogar ein wenig ähnlich wie Ela. Sie fühle sich schön in seinen Händen, sagte sie und küsste ihn. Es wirkte nicht gespielt, sie genoss seine Berührungen. Als sie schwer atmend nackt unter ihm lag, holte er die Spritze aus seiner Tasche. Sie wollte schreien, aber er legte ihr die Hand auf den Mund. Das Gewicht seines Körpers hielt sie gefangen. Ihre Augen weiteten sich. Sie sah die Spritze, wollte beißen, er spürte Spucke an seiner Handfläche und drückte fester zu. Während das Mittel in ihre Vene drang, flackerten ihre Augen einen Moment, dann wurden sie starr. Sie war betäubt, aber nur so, dass sie sich nicht bewegen konnte. Er machte das nicht immer auf diese Weise, manchmal hatte er Mitleid und legte sie einfach schlafen, bevor er mit seiner Arbeit begann.

Weshalb heute nicht? Weshalb wollte er diese hübsche junge Frau, die ihn gerade noch tatsächlich mit einem Hauch an Leidenschaft geliebt hatte, leiden sehen? Er wusste es selbst nicht.

Er bereitete alles vor, wusste, dass ihre Augen ihn verfolgten. Bewegungslos lag sie dort inmitten ihres Zimmers, wissend, dass die Hilfe nur ein paar Meter entfernt war. Langsam verschloss er die Tür und schob zur Sicherheit noch einen Sessel davor. Ihre Augen flackerten ganz leicht. Er trug seine Tasche mit dem Apparat ins Badezimmer, kam zurück, setzte sich zu ihr und betrachtete sie. »Ich werde dich jetzt ausbluten lassen. Du wirst sterben, und du wirst eine wichtige Aufgabe erfüllen. Eine sehr wichtige. Hab keine Angst, ich werde immer bei dir sein. Bis zuletzt«, flüsterte er und hielt dabei ihren verzweifelten Augen stand.

Anschließend trug er auch sie ins Badezimmer, legte sie in die Wanne, setzte eine Nadel mit Kanüle in ihre Vene, wartete. Sie hatte begriffen, das konnte er sehen. Er schloss die Kanüle an einen Schlauch an und legte ihn neben sie in die Badewanne direkt neben den Abfluss, dann drehte er den Verschluss der Kanüle auf, und das Blut begann zu laufen.

Er wartete. Einmal hörte er Stimmen vom Flur. In ihren Augen flackerte kurz Hoffnung auf. Lachen von draußen, die Rettung so nah. Er streichelte ihr über die Wange, ihren Hals nach unten, über die Brust. Er verspürte mehr sexuelle Erregung als zuvor, als sie miteinander geschlafen hatten. Das Blut neben ihr sickerte gleichmäßig in den Abfluss. Er ließ seine Finger an ihr hinabgleiten, fuhr ihr zwischen die Beine und drang in sie ein, immer und immer wieder, hasste sich für seine Unbeherrschtheit. Aber niemandem wird das auffallen, sie war eine Hure, sagte er sich.

Ihre Augen flackerten nicht mehr. Leer waren sie, und dennoch war Leben in ihr, das spürte er an seiner Hand. Noch gehörte sie ihm. Ihnen blieben noch ein paar Stunden …

Donnerstag

Cora schreckte nach einem Alptraum schweißgebadet hoch. Gizmo lag neben ihrem Kopfkissen und sah sie verschlafen an. Sie fuhr ihm mit dem Zeigefinger über die Nase, und er antwortete sogleich mit einem wohligen Schnurren.

Im Traum war sie mit ihrem Bruder in einem Haus eingesperrt. Viele andere Menschen waren dabei, und das Haus stand mit der Fensterseite an einem Abgrund. Plötzlich sah sie Männer aus dem Nichts auftauchen. Um Cora herum begannen die Menschen zu weinen und zu flehen, um Gnade, und sie hatte zunächst nicht verstanden, warum. Sie selbst war voller Hoffnung, dass gewisse Sachen einfach nicht eintreten könnten. Dann zerschlugen die Männer mit Knüppeln die Fenster und traten durch das zerbrochene Glas in aller Ruhe ein.

»Sie bringen uns um!« – »Sie werden uns alle töten!« Coras Augen suchten ihren Bruder. Das Undenkbare war eingetreten. Sie versteckten sich unter einer Bank. Von dort beobachtete sie, wie Knüppel und Säbel auf die Menschen um sie herum einschlugen, wie diese versuchten, sich davor zu schützen, die Hände über den Kopf hielten, die dann von den Säbelhieben vom Körper getrennt wurden. Schließlich wurde auch ihr Versteck entdeckt, und als sie sich nach ihrem Bruder umdrehte, war er verschwunden. Stattdessen zog man sie auf einen Tisch und ließ sie zusehen, wie zwei Frauen erhängt wurden. Hinter Cora hing ein Mensch kopfüber, nackt, ohne Kopf.

Wo war ihr Bruder? Einer der Mörder packte sie bei den Haaren …

Cora lag wie benommen im Bett, das Ohr an Gizmos Nase. Es war noch zu früh zum Aufstehen. Sie spürte seinen Atem und hörte leises Schnurren. Mit einer Hand streichelte sie ihn blind, tastete sich an seinem Ohr den Hals hinab und über die Flanke bis zu seinem Beinstumpf. Gizmo machte keinerlei Anstalten, sich zu bewegen, er vertraute ihr ganz und gar.

Er musste etliche Tage mit dem zerschossenen Bein im Feld gelegen haben, vollkommen dehydriert, dem Tod näher als dem Leben. Als er eine Woche später die Tierklinik verlassen durfte und auf der Suche nach einem neuen Zuhause bei Cora landete, war er noch immer nur ein Häufchen Elend. Cora war sehr behutsam auf den Kater zugegangen, wohl wissend, dass er sie womöglich verletzen würde, wenn sie seine Wunde versorgen musste. Gizmo jedoch war schlauer und ließ alles klaglos über sich ergehen.

Cora hatte anfangs beim Anblick des verstümmelten Hinterlaufs mit sich kämpfen müssen, vor allem als Gizmo angefangen hatte, seine Bewegungen an die neue Dreibeinigkeit anzupassen. Diese Bedrohung der eigenen Integrität hatte sie mit voller Wucht getroffen. Es erinnerte sie jetzt an ihr Gefühl, als sie bei den Frauen auf der Terrasse hinter dem »Klein Paris« gesessen hatte – an diesen stummen Vorwurf an die eigene Unversehrtheit.

Gizmo war getaumelt, zur Seite gefallen, er hatte aufgeschrien, wenn es jene Seite mit der Wunde gewesen war, für einen Moment war er dann liegen geblieben, keuchend, wütend und verzweifelt, bevor er sich wieder aufgerappelt und den Gang erneut geübt hatte.

Coras Magen hatte sich jedes Mal verkrampft, ebenso ihr Herz, dazu die Sorge, eine falsche Entscheidung getroffen zu haben – aus egoistischen Gründen.

Eine ganze Woche war das so gegangen, bevor Gizmo das erste Mal ohne Probleme von seinem Schlafplatz zu seinem Klo und zu Cora in die Küche gelaufen war, ohne dabei Schmerzenslaute von sich zu geben oder gar umzufallen. Von da an war der Genesungsprozess sehr zügig verlaufen, und Cora hatte mehr und mehr ihre Skrupel beim Anblick des Stumpfes verloren. Inzwischen war Gizmo ein sportlicher Kerl geworden, der nur beim Springen etwas mehr Anlauf benötigte als eine gesunde Katze.

Was für ein grauenhafter Alptraum! Sie schloss die Augen, doch dann bekam sie Angst, die Bilder des Traumes könnten sich einen Weg zurück bahnen. Schnell stand sie auf und eilte ins Bad und unter die Dusche. Als sie gerade das Wasser anstellte, klingelte ihr Telefon. Sie warf einen Blick auf die Uhr im Badezimmer: erst halb fünf. Mit einer bösen Vorahnung stellte sie das Wasser ab. Tropfend lief sie ins Wohnzimmer und nahm den Hörer ab.

»Christian hier. Cora, du musst zum Bordell kommen. Es ist was passiert.«

***

An diesem Donnerstag war Lindau im Morgengrauen geradezu betörend schön. Die Sonne ging auf, und der Himmel prahlte mit goldenen und rosaroten Schlieren, während noch kaum Menschen unterwegs waren. Von der alten Landtorbrücke kamen ein paar Radler auf dem Heimweg mit einem Rest von Nacht im Blick. Cora stellte sich vor, jetzt zum Schwimmen zu gehen, im Strandbad von Bad Schachen vielleicht, wo sie einmal mit Michaela gewesen war. Sie rief sich den Augenblick ins Gedächtnis, als sie vorhin mit dem Telefon in der Hand in ihrem Wohnzimmer gestanden hatte. Wie das Wasser kalt an ihr hinabgeronnen war. Wie sich ein Windzug eisig um ihren Körper gelegt und die fiebrige Hitze des Alptraums verdrängt hatte. Frösteln auf der Haut. *Ela!* Etwas anderes hatte sie nicht denken können.

Kurz vor fünf parkte Cora ihr Auto vor dem Bordell. Etliche Polizeiwagen und ein Krankenwagen standen bereits dort, und an der Tür wartete Christian Fischl auf sie. Sein Gesicht war blass und seine Wangen eingefallen, außerdem hatte er schon zu dieser frühen Stunde eine Zigarette im Mund.

Als Cora auf ihn zulief, schmiss er die Kippe auf den Boden und trat sie aus. »Cora, gut, dass du so schnell da bist.«

»Was ist passiert?«

»Scheiße ist passiert«, fluchte er und winkte Cora, ihm zu folgen.

Sie betraten den vernebelten Raum, in dem bis vor Kurzem

offenbar noch jede Menge geraucht worden war. An der Theke erkannte Cora einige der Frauen sowie Kollegen, die deren Aussage aufnahmen. »So ein verdammter Mist«, schimpfte Christian und öffnete die Tür in ein Schlafzimmer.

Cora sah sich um. Das Bett war zerwühlt, und einige Kleidungsstücke lagen in dem Zimmer verstreut, sonst sah sie hier nichts Auffälliges.

»Die Spurensicherung wird sich den Raum gleich vornehmen«, erklärte er, »aber die Hälfte der Frauen war hier drin. Und davor verschiedene Kunden.« Er zog sie am Arm hinter sich her. Cora folgte ihm, das Wort »davor« legte sich ihr um den Hals. Im Gehen reichte er ihr Handschuhe, die sie überzog, mechanische Abläufe. Und dann traten sie durch einen Vorhang in ein weiteres kleines Zimmer.

Es war einer der Räume, in denen sich die Frauen für ihre Beobachter präsentierten, ohne sie sehen zu können. Cora hatte sich genau diesen bei ihrem ersten Besuch von einer der Frauen zeigen lassen. Ein kleiner Raum mit Dämmerlicht, nur ein Vorhang trennte ihn vom Schlafzimmer der Frauen. An der Rückwand befand sich ein Regal mit allerlei erotischen Hilfsmitteln. Alles, um die Wünsche des Voyeurs zu befriedigen. In der Mitte stand üblicherweise ein Sessel. Cora stand ganz still. In diesem Raum war kein Sessel mehr. Das Regal war unberührt. Die Lampe surrte, und in der Mitte saß sie. Auf dem Boden.

Cora taumelte rückwärts aus dem Raum und hielt sich an der Wand fest.

Christian fluchte leise vor sich hin. »Wir müssen noch auf die Spurensicherung warten«, sagte er. »Cora? Alles in Ordnung? Ich hätte dich wohl vorwarnen sollen.« Er fasste nach ihrem Arm. »Sie sieht einen förmlich an. Der Scheißkerl hat sie so hingesetzt, dass sie einen direkt ansieht, wenn man den Vorhang zur Seite schiebt.«

Cora starrte wie benommen auf das Gesicht der Toten.

»Das ist nicht Ela«, flüsterte sie schließlich. Kaum merklich schüttelte sie den Kopf.

»Was?« Christian runzelte die Stirn und blickte konsterniert von Cora zur Leiche und wieder zu Cora.

»Das … das ist nicht Ela.« Sie presste sich die Hand auf den Mund und ließ sich auf das Bett sinken, das einen Schritt entfernt Halt bot.

»Das hab ich doch auch gar nicht behauptet.«

Cora rieb sich mit der flachen Hand über das Gesicht, als könnte sie so den Schock überwinden. »Ich hatte gedacht …« Sie ließ den Kopf hängen. »Es ist Bea.«

»Ja, und weiter?« Christian sah Cora durchdringend an und mühte sich mit seinen Handschuhen ab. Als er merkte, dass sie auf seine zittrigen Hände starrte, verzog er sein Gesicht. »Ich hab kaum geschlafen. Bin völlig fertig.« Der Handschuh wollte und wollte nicht passen. »Verdammt, das Scheißding …«

»Gib her.« Sie nahm ihm den Handschuh ab und blies Luft hinein, dann stülpte sie ihn über seine Finger. Plötzlich überkam sie ein weiterer Schock. »Wo ist Ela?«

»Ela, Ela, Ela, jetzt hör doch mal mit dieser Ela auf, man könnte ja glatt meinen, das wäre wichtiger als die Tote.« Christian tippte sich mit dem Zeigefinger gegen die Stirn, dann besann er sich. »Keine Ahnung, wo sie ist, sie war auf jeden Fall nicht hier, als wir ankamen.«

***

Ela war mitten in der Nacht von einem Geräusch aus dem Nebenzimmer aufgewacht. Sie war hellwach und dachte an Piet und den Nachmittag im Lindenhofpark. Er war der einzige Mann, bei dem sie das Gefühl hatte, dass ihr Verstand genauso wichtig war wie ihr Aussehen.

Sie hätte ihn nicht gehen lassen dürfen. Damals, an jenem Abend am Canal Grande, als klar war, dass das Spiel in die letzte Runde ging.

Es war nach Mitternacht, als Ela unbemerkt das »Klein Paris« verließ und sich nur in Unterwäsche und einem sommerlichen Mantel darüber im Auto auf den Weg zu Piets Hotel machte.

In Bad Schachen angekommen, parkte sie ihren Mercedes und überlegte, ob das richtig war, was sie tat. Sie kramte ihr Handy heraus, sah, dass Piet bereits versucht hatte, sie zu erreichen, und musste lächeln. Hatte er den gleichen Gedanken gehabt? Sie rief an, erreichte jedoch ebenfalls nur die Mailbox.

Was nun? Sollte sie an die Rezeption? Schließlich spazierte sie am Gebäude entlang und begann zu pfeifen, erst leise, dann etwas mutiger – einen Walzer von Brahms. Nach ein paar Takten sah sie Licht in einem der Fenster im oberen Stock und dann Piets Gestalt auf dem Balkon. Er winkte und bedeutete ihr, dass er gleich runterkommen würde.

Wenig später nahm er sie in Empfang.

»Hast du mich pfeifen gehört?«, fragte sie.

Er schüttelte den Kopf und küsste sie. »Mailbox.«

»Ach, schade. Das mit dem Pfeifen wär romantischer.« Sie strahlte ihn an.

»Du immer mit deiner Romantik. Außerdem ist Brahms viel zu traurig.«

Sie knuffte ihn in die Seite. »Du hast mich ja doch gehört.«

Sie stiegen in den Aufzug und küssten sich. Irgendwann sagte sie, er solle doch endlich den Knopf drücken, damit sie nach oben kämen. Sie lachten. Dann, in seinem Zimmer, wusste Ela, dass es eine gute Entscheidung gewesen war, noch einmal zu kommen. Das Zimmer war so klein wie sein Atelier damals, es fehlte der Geruch der Farben und der Leinwände, es fehlte das Gelb an den Wänden, doch es roch nach Piet und war so vertraut wie Heimkommen.

Vergessen waren der Wettkampf und die Jagd. Vergessen waren all die Monate, die zwischen dem Jetzt und der Zeit in Venedig lagen, und vergessen war die besiegelte Unlebbarkeit des Wir. Sie standen nur da und musterten einander, obgleich sie jede Stelle am Körper des anderen kannten. Beide mussten sie das Gleiche abwägen, in Bruchteilen herausfinden, was sie alles über Bord zu werfen bereit waren – und waren sich unausgesprochen einig.

Es muss richtig sein, wenn es sich so vollkommen anfühlt, dachte Ela, ließ langsam den Mantel von den Schultern gleiten und zeigte Piet ihren Körper. Er betrachtete sie mit dem besitzergreifenden Blick eines Malers, der sich die Maße seines Modells einzuprägen versucht für die ersten Pinselstriche. Sie lieferte sich diesem Blick aus, genoss ihn, wusste, dass es genau diese Ambivalenz zwischen Bewunderung und Überwältigung war, die sie faszinierte. Sie verdrängte die Angst, die sich in ihrem Hinterkopf langsam, aber sicher ausbreitete. Piet würde sie beschützen. Immer.

***

Der Rechtsmediziner Dr. Holger Moll kniete vor der Leiche und rückte seine Brille zurecht. »Interessant«, murmelte er. Er sah nach oben zu Cora. »Haben Sie so etwas schon einmal gehabt in Ihrer Karriere?«

Cora schüttelte den Kopf. »Ich weiß ja nicht einmal, was wir da haben.«

Moll konzentrierte sich wieder auf die Tote. »Interessant«, wiederholte er.

Cora wandte sich ab. Im Schlafzimmer arbeiteten inzwischen die Männer von der Spurensicherung Kempten. Sie wusste, dass Moll es nicht respektlos meinte. Ihm ging es um die Wissenschaft, und so mussten Rechtsmediziner schließlich denken. Für sie saß dort Bea, eine tote Frau, die ihr ungeheuer leidtat.

»Die Leiche ist blutleer«, erläuterte der Arzt eben. Christian hustete. Die Zigaretten schienen ihm nicht zu bekommen. Cora fühlte ebenfalls ein Kratzen im Hals, aber das kam nicht von dem Rauch. Ausgeblutet. Stunden dauerte das, das wusste Cora von einem anderen Fall. Sechs bis acht Stunden.

»Wie, blutleer?«, fragte Christian in ihre Gedanken hinein. »Was soll denn das heißen, zum Teufel?« Mürrisch stemmte er die Hände in die Hüften.

Moll zog eine Augenbraue hoch. »Was ist denn los, Christian? Ich bin nur der Bote, also blaff mich bitte nicht an, ja?«

»Schon gut, schon gut.«

Moll kratzte sich am Hinterkopf. Mit seinen behandschuhten

Fingern sah das befremdlich aus. Cora räusperte sich, doch das Kratzen ließ sich nicht verdrängen. »Also«, begann Moll und deutete auf Beas Hals, »wir haben zwei Zugänge. Einmal hier an der Arterie und einmal in der Vene. Der Täter hat eine Flüssigkeit zugeführt und ihr Blut abgelassen. Die Wanne im Bad wäre hierfür geeignet.« Er machte eine vielsagende Pause und wartete, bis Christian und Cora ihm auffordernd zunickten. »Einfach ausgedrückt, ist das ein Austauschverfahren. Das ist ein üblicher Vorgang, wenn man einen Leichnam übergangsweise konservieren möchte.«

»Konservieren?« Christian legte die Stirn in Falten, und Cora beschlich eine grässliche Vermutung.

»Das heißt?«, fragte sie vorsichtig.

»Man nennt das *modern embalming*«, erklärte Moll. »Stellt euch vor, ein Leichnam muss überführt werden oder aufgebahrt. Dann nutzen Thanatopraktiker diesen Vorgang, um die Verwesung hinauszuschieben.«

»Modern was?«, fragte Christian barsch.

»Wird heut nicht besser, oder?«

»Nein, Holger, tut mir leid.« Christian fuhr sich durchs Haar und rieb sich anschließend das Gesicht, als wolle er böse Bilder wegwischen. »Wird nicht besser. Also noch mal langsam für mich: Was hat der Kerl genau mit ihr gemacht?«

»Nun, in einem Dialyseverfahren hat der Täter das Blut gegen eine andere Substanz ausgetauscht. Normalerweise wird hierfür eine Mischung aus Alkohol, Schafsfett und Formalin auf Wasserbasis verwendet. Was euer Täter allerdings erreichen wollte, ist wohl weniger eine längere Haltbarkeit, sondern vielmehr eine gewisse Festigkeit, um sie derart drapieren zu können. Was genau er verwendet hat, erfahrt ihr nach der Obduktion.«

»Aha. Und wie groß ist eine Maschine, die so etwas kann?«, fragte Christian. »Die muss ja hier reingekommen sein.«

»Hm.« Moll rieb sich das Kinn, dann zuckte er die Schultern. »Muss nicht groß sein. Eine elektrische Pumpe und ein Behälter für, na ja, ich schätze mal sechs bis acht Liter der entsprechenden Flüssigkeit.«

»Also eher unscheinbar«, brummte Christian. Er schickte zwei Männer ins Bad und lehnte sich abwartend in den Türrahmen des Schlafzimmers. Ein Fotograf machte Aufnahmen, und Dr. Moll testete die Festigkeit des Leichnams.

»Und wie lange dauert das?«, fragte Christian.

»Mit Pumpen«, Moll wiegte den Kopf hin und her, als zähle er in Gedanken, »gute zwei Stunden. Du musst dir vorstellen, dass die eindringende Flüssigkeit sich –«

Christian hob abwehrend die Hand. »Ich will mir das nicht vorstellen«, sagte er.

Cora kaute auf ihren Nägeln, sie konnte nicht ruhig stehen. Die Gedanken in ihrem Kopf überschlugen sich. Bea, die Angst hatte, Bea, die Obst schnitt und Ela für einen Engel hielt. Die Frauen auf ihrer Insel im Garten, die Frauen in den Zimmern hinter den Spiegeln. Amseln, die vor einem Fenster um einen guten Astplatz stritten. Ela.

Mitten in ihre Gedanken platzte ein Ruf aus dem Bad – »Fund!« – und bestätigte, dass in der Badewanne vor dem Nachspülen Blut gewesen sein musste. Christian rieb sich den Nacken, vor Coras Augen tanzten bunte Kreise, die von einem hohen Schrei jäh durchschnitten wurden und zu Boden stürzten. Cora war zumute, als würde Bea in diesem Moment vor ihren Augen sterben.

»Verdammt«, schimpfte Moll, der vor Schreck gegen die Leiche gestoßen war, sodass diese umkippte. Bea fiel, und Cora fasste nach Christians Arm, um nicht ebenfalls ins Taumeln zu geraten.

»Wer zum Teufel …«, begann Christian und sah wütend zum Flur, doch Cora hatte sofort Elas Stimme erkannt.

Mit einem letzten Blick auf die liegende Bea rannte sie aus dem Raum und die Treppe nach unten. Auf halbem Weg kam ihr Ela entgegen, völlig aufgelöst, nicht mehr auf ihren Mantel bedacht, der offen an ihr herabhing und den Blick auf ihren halb nackten Körper preisgab.

»Nein«, schrie sie. »Bitte nicht!«

Cora hielt sie am Arm. »Es tut mir sehr leid«, flüsterte sie ihr zu.

»Oh Gott, das wollte ich nicht«, hauchte Ela. »Ist sie tot?« Flehend sah sie zu Cora, die stumm nickte.

»Wie?«

Cora schüttelte den Kopf. »Das wissen wir noch nicht genau.«

»Ich …« Ela senkte den Kopf. »Ich muss sie sehen«, erklärte sie bestimmt und sah Cora mit festem Blick in die Augen.

Cora musterte sie. Sie staunte über die Entschlossenheit, die in ihrem Blick lag, und gab den Weg nach oben frei. Es war reine Intuition, die sie in diesem Moment ihre Entscheidung treffen ließ. Allerdings blieb sie dicht bei Ela, während diese das Schlafzimmer durchschritt, sich kurz umsah, dann etwas zögerlich in Richtung des kleinen Raumes ging. Moll hatte Bea wieder aufgerichtet, vielleicht hatte er sogar versucht zu testen, wie der Mörder das gemacht hatte.

»He, was soll denn das!«, rief Christian und wollte Ela schon aufhalten, doch Cora machte ihm ein Zeichen, sie gewähren zu lassen. Christian warf ihr einen missmutigen Blick zu. Cora indessen behielt Ela genau im Auge, wollte jede noch so kleine Reaktion in deren Gesicht mitbekommen.

Ela trat vor die Tote und zuckte zusammen, taumelte sogar wie Cora zuvor einen Schritt zurück. Mit vor den Mund gepresster Hand betrachtete sie die Tote.

Christian trat unauffällig neben Cora. »Was hat das zu bedeuten? Erklärst du mir das später?«, raunte er ihr zu.

»Ja«, entgegnete Cora schlicht, ohne dabei Ela aus den Augen zu lassen, die angestrengt den Raum abzusuchen schien.

»Was ist mit ihr passiert, sie sieht ganz unversehrt aus?«, fragte Ela gerade den Arzt.

»Sie wurde quasi einbalsamiert«, sagte der Arzt lapidar, während er auf seine Unterlagen starrte, und sah dann erschrocken auf. »Oh, Sie sind gar nicht … Entschuldigung, das war jetzt unangemessen. Christian?«

»Also, das geht jetzt wirklich zu weit.« Christian packte Ela unsanft am Arm. »Es reicht, dass meine Kollegin Sie hier hereingelassen hat.« Er wandte sich zum Gehen und zog sie aus dem Raum, doch Ela riss sich los.

»Einbalsamiert?« Das Gesicht, das Ela machte, würde Cora nie vergessen, es schien für Sekunden wie eingefroren.

»Hier steht noch was«, rief plötzlich jemand von der Spurensicherung, die inzwischen den kleinen Raum hinter der Leiche untersuchte.

Cora konnte genau beobachten, wie ein Flackern über Elas Gesicht huschte.

»A primo ad extremum – hic locus ultimus est.«

»Vom Anfang bis zum Ende – hier ist das Ziel«, murmelte Ela und sah verlegen zu Cora.

»Bitte was?« Christian sprang einen Schritt nach vorne, während Cora Ela nicht aus den Augen ließ.

»Was war das eben?«, fragte sie ruhig.

Ela zuckte hilflos die Schultern. »Ich habe nur übersetzt, was der Mann vorgelesen hat.«

»Dachten Sie, wir wären zu blöd, das zu verstehen?« Christian begann an seinen Handschuhen zu zerren, die jetzt nicht mehr runterwollten.

»Nein, entschuldigen Sie, ich wollte Ihnen nicht zu nahe treten«, sagte Ela und schlang den Mantel fester um ihren Körper.

Cora ging zu Christian und wollte ihm wieder helfen, doch der zog energisch die Hände zurück. Im nächsten Moment begriff sie, dass sie ihn gerade unabsichtlich blamiert hatte.

»Raus jetzt!«, rief er.

Wenig später standen er und Cora vor dem Bordell auf dem Parkplatz. Mit dem Berufsverkehr hatten sich die ersten Schaulustigen eingefunden, die sich vor dem rot-weiß gestreiften Absperrband am offenen Tor drängten. Die Leute schienen geradezu danach zu gieren, dass der Leichenwagen bald beladen wurde. Schon zückten die ersten ihre Handys und versuchten, den Eingang zu filmen.

»Elendes Pack«, brummte Christian und zündete sich eine Zigarette an.

»Ich wusste gar nicht, dass du rauchst«, stellte Cora fest.

»Seit Kurzem. Wieder.« Christian wies einen weiteren Beamten an, das Werbelicht des Bordells zu löschen, das unaufhörlich blinkte. Er beobachtete die Unruhe unter den Schaulustigen. Angewidert spuckte er aus und warf ihnen einen vernichtenden Blick zu. »Und kassieren Sie alle Handys ein«, schrie er in deren Richtung, obgleich er wusste, dass es keinen Grund dafür gab. Immerhin waren wenigstens ein paar peinlich berührt und steckten ihre Geräte freiwillig weg. Dann zog er an seiner Zigarette und bot gedankenverloren auch Cora eine an.

»Nein, danke.« Das Blinklicht ging endlich aus.

»Wie? Ach so, war nur ein Reflex. Mist.« Er zog Cora zur Seite. »Das hätten wir verhindern können, oder?«

»Ich weiß nicht.« Cora biss sich auf die Lippen.

»Du musst dir unbedingt diese Ela vorknöpfen. Hast du auch gesehen, wie sie sich in dem Zimmer umgesehen hat?«

Cora wandte den Blick ab.

»Als würde sie etwas suchen, das war ganz sonderbar. Vielleicht war es doch richtig, sie die Leiche sehen zu lassen. Und dann«, Christian sah sich um, als wolle er sicherstellen, dass sie nicht belauscht würden, »als dann der Typ den Satz vorgelesen hat, da habe ich gedacht, sie zerspringt förmlich. So als wäre der lateinische Spruch das Tüpfelchen auf dem i, verstehst du, was ich meine?« Er rüttelte Cora an der Schulter. »So als hätte sie genau darauf gewartet. Sag, Cora, hast du das nicht auch so empfunden?«

»Ich weiß nicht.« Cora wand sich um eine Antwort und um Augenkontakt mit Christian, der immer noch ihren Arm hielt. Seine Nähe war unangenehm. Jetzt und hier jedenfalls.

Doch Christian ließ nicht locker. »Du scheinst ja einen Draht zu ihr zu haben, also bleib an ihr dran«, sagte er und sah sich wieder um. »Ich seh sie schon«, raunte er verschwörerisch. »Sie will sicher zu dir, dann geh ich noch mal zu Holger.« Er warf die Zigarette weg und trat sie aus. Anschließend lief er zielstrebig auf den Eingang zu, ohne Ela einen Blick zu widmen.

Cora wartete. Als Christian im Gebäude verschwunden war, winkte Ela. Cora spürte wieder dieses Kratzen im Hals. Auch waren ihre Beine schwer, als sie Ela in den Garten folgte.

Als sie abgeschirmt waren von der Außenwelt, schluchzte Ela sofort los. »Das wollte ich nicht, das wollte ich nicht!«

Cora fühlte sich für einen Moment überrumpelt von Elas Zusammenbruch. Dann aber sammelte sie sich und beschloss, all ihre Fragen für sich zu behalten. Wo Ela gewesen war, weshalb Bea wieder eine blonde Perücke getragen hatte und was es mit dem lateinischen Spruch auf sich hatte. Elas Tränen waren echt, daran hatte Cora keinen Zweifel. Es war also nur eine Frage der Zeit, dass Ela von selbst zu ihr kommen und alles erzählen würde, denn eines war Cora an diesem Morgen völlig klar geworden: Ela und den Mörder verband etwas.

Also legte Cora ihr einen Arm um die Schulter. »Beruhige dich.« Sie reichte ihr ihre Karte. »Und ruf mich jederzeit an, wenn du reden magst.« Sie beugte sich zu Elas Ohr und flüsterte: »*Will dich im Traum nicht stören …* Das war schön. Danke.«

***

Cora und Christian trafen zur gleichen Zeit auf dem Parkplatz der Polizeistation ein. Sie ließen die Kollegen vorangehen und blieben im Schatten einiger Bäume stehen.

»Schöne Scheiße«, brummte Christian und wollte wieder eine Zigarette anzünden, überlegte es sich jedoch anders.

»Wir hätten sie unter Schutz stellen können, aber mal ehrlich, konnte man mit so etwas rechnen?«, fragte Cora und dachte bei sich, dass sie genau mit so etwas hätten rechnen müssen.

Christian kickte mit dem Fuß einen Stein zur Seite. »Der Scheißkerl hat sie gebucht. Für die ganze Nacht. Hast du das gehört? Er hat sie gebucht und gewusst, was er vorhat, und die waren alle im Haus, während der …« Er zündete sich nun doch die Zigarette an und musste schon beim ersten Zug husten.

»Scheint dir nicht zu bekommen«, bemerkte Cora. »Ist noch was anderes?«

»Außer dass wir eine tote Frau haben?«

»Du weißt, was ich meine«, sagte Cora. »Ich brauche einen fitten Partner in dem Fall.«

»Hm.« Christian hustete. »Ach, Scheiße, verdammte. Ich bin nervös, da muss ich rauchen. Meine Frau will die Scheidung.«

»Ach du meine Güte.« Cora legte unbeholfen eine Hand auf Christians Arm. Das war es also.

»Puh, das ist so ein Mist, sag ich dir. Die Kinder, das ist furchtbar. Das wird ein riesiges Trara.« Christian inhalierte den Rauch, sah zu Cora und grinste verlegen. »Ist die letzte Schachtel, versprochen.«

»Schon gut.« Cora zuckte mit den Schultern. »Ich nehm Tabletten, du rauchst wie ein Schlot, passt doch.«

Er lachte halbherzig. »Entschuldige, wollte dich wirklich nicht mit meinem persönlichen Scheiß nerven.«

»Na, hör mal, wir sind schließlich Kollegen.« Cora kam sich mit dieser Aussage reichlich dumm vor und sah verlegen zu Boden. »Bin ja schon froh, wenn es nicht an mir liegt.«

Christian sah sie verwundert an. »Was? Wie kommst du denn darauf? Du bist eine prima Kollegin, Frau Merlin, ehrlich. Aber wenn wir gerade bei den offenen Worten sind: Was war gestern eigentlich los mit dir? Du hast doch gar nichts mitbekommen, oder täusch ich mich da?«

»Migräne.«

»Aha.« Christians Blick wurde ernst. »Du musst das in den Griff bekommen, hörst du?« Sein Ton klang besorgt. »Das kann dich sonst in Teufels Küche bringen, deine Absenzen, meine ich.« Über ihnen raschelte es. Beide hoben den Blick und konnten ein Eichhörnchen vorbeihuschen sehen. Kurz hielt es an, sah zu ihnen herab und verschwand dann in der dichten Baumkrone. So viel Unschuld, dachte Cora bitter.

»Cora?« Christian schnippte mit den Fingern vor ihrem Gesicht.

»Ja, Christian, ich weiß«, sagte sie schuldbewusst. »Wird auch nicht wieder vorkommen.«

»Hat denn der Arzt nichts feststellen können?«

Cora schüttelte den Kopf. Sie bemühte sich um Fassung, doch eigentlich war ihr zum Heulen zumute oder zum Hysterisch-Losbrüllen.

Sie fühlte sich schuldig am Tod der jungen Frau. Sie hatte sich von Elas Souveränität blenden lassen, die Sorge Beas nicht ernst genommen. Hätten sie gestern gleich reagiert, dann wäre Bea vielleicht noch am Leben.

»War Bea eigentlich noch bei diesem Sprachanalysator?«

»Nein, der hätte heute kommen sollen, das heißt, er saß bestimmt vergeblich in unserem Büro.«

»Mist, dann haben wir gar nichts. Auf Fingerabdrücke brauchen wir ja wohl kaum zu hoffen.«

»Nicht wirklich«, brummte Christian. »Komm, lass uns reingehen. Ich glaub, jetzt sind alle weg.«

Die wenigen Schritte über den Parkplatz durch die pralle Sonne brachten Cora ins Schwitzen. Vor dem Eingang zog Christian noch einmal an seiner Zigarette, dann schmiss er sie in den Abfalleimer. Cora hörte ein leises »Plopp«.

»Wir haben Videos aus den Überwachungskameras. Ein Kollege sieht sie sich an. Und die Verkehrsüberwachung vielleicht. Strohhalme eben«, sagte er, und die Worte formten sich vor Coras Augen als blaue Quadrate. Ihr wurde bewusst, dass ihre Synästhesie stärker auftrat, wenn sie unter Stress stand. Wie ein Ventil für ihren Geist.

Im Gebäude empfing sie eine angenehme Kühle, doch schon im ersten Stock und dann in Christians Büro herrschte wieder diese unbewegliche Hitze. Die Ventilatoren standen noch immer still. Am Tag zuvor hatte es einen Kurzschluss gegeben, weil zu viele technische Geräte gleichzeitig angeschlossen gewesen waren.

»Was schlägst du vor?« Christian stellte sich an sein Fenster, ohne es zu öffnen.

Cora setzte sich auf den Stuhl an Christians Schreibtisch. »Wir müssen alle Aussagen durchgehen, mit den Aussagen von der Nacht des ersten Überfalls abgleichen und hoffen, dass wir Gemeinsamkeiten entdecken. Vielleicht bringen die Videos etwas.« Sie spürte ein kleines Rinnsal an ihrem Hals. Schnell nahm sie einen Stapel Papier von Christians Schreibtisch und fächerte sich Luft zu.

»Hm.« Christian sah zu Cora. »Soll ich das Fenster aufmachen?«

»Gern, wenn du denkst, das hilft was. Ich mach auch gleich

eine Eingabe bei der Datenbank. So einen Mord, dieses *modern embalming*, das macht man ja nicht einfach mal so.«

Christian öffnete das Fenster und streckte den Kopf hinaus. Missmutig schüttelte er den Kopf. »Bringt nichts. Rein gar nichts.« Quietschend legte er den Riegel wieder um.

Cora fächerte noch immer. »Übernimmst du die Verkehrsbehörde? Vielleicht gab es in den fraglichen Nächten in der näheren Umgebung Radarfallen.«

»Gut, immerhin ein Bruchteil einer Möglichkeit. Für den unwahrscheinlichen Fall, dass der Überfall nichts mit der Ermordung zu tun hat, sollten wir Erkundungen über diese Bea einholen und über ihren Kundenstamm.«

Cora stimmte zu, wenngleich sie nicht an diese Möglichkeit glaubte. Bea hat so fest an ihren Engel geglaubt. Bei dem Gedanken schnürte es Cora den Hals zu.

»Und«, Christian trat zu Cora, »wir brauchen heute Abend jemanden vor Ort. Vielleicht kommt der Täter zurück. Bei so einer Tat wäre das keine Überraschung.«

Cora ahnte schon, worauf ihr Kollege hinauswollte. Sie hoffte, ihr würde rechtzeitig ein Ausweg einfallen. »Du denkst doch nicht …«

»Doch. Ich glaube immer noch, dass die Frauen nicht gerne mit uns Männern sprechen.« Er sah Cora auffordernd in die Augen.

»Das heißt?«

»Geh ins Bordell, misch dich dort ein paar Abende und von mir aus auch Nächte unters Volk, freunde dich mit dieser Ela an. Hat sie vorhin eigentlich noch etwas gesagt?«

»Nein. Sie war völlig fertig«, sagte Cora wahrheitsgemäß. »Ihr ist schon klar, dass es vielleicht wieder sie treffen sollte. Aber ich bin mir sicher, dass sie reden wird.« Cora schluckte. Sie hatte ihren Trost zwar ernst gemeint, ihn aber gleichzeitig auch eingesetzt, um Elas Vertrauen zu gewinnen.

Christian nahm sie in Augenschein, und wieder kam es Cora so vor, als wären ihre Gedanken ein offenes Buch. »Was?«, fragte sie vorsichtig.

»Sag du es mir«, erwiderte er.

»Nichts, alles in Ordnung.«

»Ich bin der festen Überzeugung, dass diese Ela ein Geheimnis hütet, das nun zu einem Mord geführt hat.« Christian ließ an seiner Aussage keinerlei Zweifel, tippte vielmehr jedes einzelne Wort mit dem Zeigefinger auf dem Tisch mit.

»Okay.« Cora legte die Papiere zurück auf Christians Schreibtisch und stand auf.

Sie bekam das Bild von Bea, wie sie dort gesessen und sie angesehen hatte, nicht aus dem Kopf.

»Heute Abend platzieren wir auf jeden Fall zwei von unseren Leuten inkognito als Gäste. Vielleicht kommt er ja wirklich zurück. Aber um etwas mehr zu erfahren, musst du dich an diese Ela halten.«

Cora stemmte die Hände in die Hüften. Ihr war, als gäbe sie sich auf diese Weise ein wenig Halt. »Einverstanden«, sagte sie und wusste, dass sie selbst den Weg dafür bereitet hatte. Viel zu nah war sie Ela schon gekommen. Mit einem Lächeln versuchte sie, ihre innere Unruhe zu überspielen. »Das ist überhaupt kein Problem.«

Christian schielte über den Rand seiner Brille. »Du bist eine miserable Lügnerin.«

***

»Ich will ein Treffen, hörst du?« Ela flüsterte in den Hörer.

»Was ihr nicht alle wollt.«

»Ihr?« Ela stockte der Atem.

»Na, dein Freund Piet hat mich auch schon um ein Treffen gebeten. Er klang recht besorgt.«

Ela rang um Fassung. Warum hatte er ihr das nicht gesagt?

»Also schön, treffen wir uns. Wann und wo?«

»Im Café gegenüber vom Alten Rathaus.«

Am anderen Ende Gelächter. »Ein öffentlicher, gut besuchter Platz. Ela, Schätzchen, was ist los mit dir? Angst?«

Ela schluckte, die Stimme klang anders und bedrohlich.

»Also gut, ich höre dein Zittern ja förmlich. In einer Stunde.« Er legte auf.

Ela stand mit dem Telefon in der Hand im Garten und erwog einen Augenblick die Möglichkeit, Piet anzurufen und ihn zu bitten, mitzukommen. Dann verwarf sie den Gedanken. Sie wollte sich schließlich nicht lächerlich machen, und offensichtlich war auch Piet eigene Wege gegangen.

Ela, eigentlich Elena Katharina Fouré, war die Tochter des wohl bekanntesten Kunstschätzers Ernesto Herold Dofero, doch sie hatte stets den Namen der Mutter behalten. Dofero war um die ganze Welt gereist, um für Museen, Galerien oder Privatleute Kunstgegenstände zu beurteilen. Wann immer es die Schule und ihre Mutter zugelassen hatten, hatte Ela ihren Vater begleitet und ihn andächtig bei der Arbeit beobachtet. Schon sehr bald wusste sie, dass sie in seine Fußstapfen treten wollte. Neben der Schulausbildung und während ihres ganzen Studiums unterrichtete sie der Vater, lehrte sie Dinge, die ihr keine Universität der Welt hätte beibringen können. Er führte sie in die entsprechenden Kreise ein, und so konnte Ela schon sehr früh ihren Beruf ausüben. Gemeinsam mit ihrem Vater arbeitete sie bereits vor Beendigung ihres Studiums für große Museen weltweit, begutachtete Bilder, empfahl und begleitete Restaurationen und erstellte Wertgutachten für Versicherungen. Sie war schon eine feste Größe im Kunstmarkt, als sie Piet kennenlernte, und hatte keinerlei Mühe, auch unter ihrem eigenen Namen ohne Begleitung ihres Vaters hochrangige Kunden zu gewinnen.

Doch der Vater hatte sich auch in einem anderen Bereich einen Namen gemacht, denn er war Kunstsammler und hatte sich mit den Jahren eine ausstellungswürdige Sammlung zugelegt. Ela machte sich lange Zeit keine Gedanken darüber, wo ihr Vater das Geld für die ganzen Originale herhatte, doch irgendwann spazierte sie in dem Raum für moderne Kunst in seiner Villa in Südengland zwischen den Exponaten von Kandinsky, Kirchner, Schiele und Macke an den Wänden herum und stand plötzlich Auge in Auge mit dem untersten Pferd von Franz Marcs »Turm der blauen Pferde«. Sie konnte es nicht glauben, doch andererseits war auch sofort klar, dass es das Original sein musste, nach dem die halbe Kunstwelt seit Jahrzehnten suchte. Sie selbst hatte einen Aufsatz über den möglichen Verbleib des Bildes verfasst, nachdem Gerüchte laut geworden waren, es sei in der Schweiz gesichtet worden. Das Bild war nie wieder aufgetaucht, und Ela bewunderte einigermaßen sprachlos und ebenso ehrfürchtig die Pferde.

»Es ist wunderbar«, flüsterte da plötzlich ihr Vater und legte seine Hände auf ihre Schultern.

»Woher –« Ela kam nicht weiter, denn ihr Vater legte den Zeigefinger auf ihre Lippen und lächelte, und Ela hatte in diesem Moment verstanden, dass sie die Wahrheit wohl gar nicht wissen wollte.

Ihr eigener Eintritt in den Zirkel fand vor sieben Jahren statt. Noch zwei Jahre erschien sie dort an der Seite ihres Vaters, bis zu jenem Autounfall. Danach konnte Ela sich vor Angeboten für die Gemäldesammlung nicht retten. Die Beträge waren so hoch, dass sie im Nachhinein erst realisierte, welches Vermögen ihr Vater in Form von Kunstgegenständen angehäuft hatte. Vor allem jener Raum, in dem ihr Vater die alten Meister aus dem 15. und 16. Jahrhundert gesammelt und perfekt in Szene gesetzt hatte, versetzte Ela in Staunen, ebenso die Tatsache, dass so viele Menschen davon wussten und ihr nun solch horrende Summen boten. Unter den Interessenten waren auch Museen, denn einige Bilder hingen »offiziell« noch dort. Ela begriff auf einen Schlag, dass ihr Vater Originale besaß, der Kunstwelt indessen nicht immer eine Lücke hinterlassen hatte. Auch jede Menge Bargeld war übrig für sie, sodass sie ihren Job eigentlich hätte aufgeben können. Doch sie liebte die Arbeit mit der Kunst viel zu sehr, um sich zur Ruhe zu setzen.

So lief sie damals durch die Bilderreihen und suchte sich die schönsten Bilder für sich aus, darunter selbstverständlich das Pferdebild von Marc, den Rest verkaufte sie jeweils an den Meistbietenden. Da es für jene Art von »Kunstsammlung« keine Versicherungsmöglichkeit gab, war der Umzug eine logistische Herausforderung, denn alle Mitglieder aus dem Zirkel wussten von ihrem Vorhaben, und sie war sich nie ganz sicher, wie weit die Einzelnen für ihre jeweiligen Zielobjekte gehen würden. Der Marc beispielsweise war an ihren Körper gekettet gereist. Die Szene der illegalen Kunstsammler war groß und finster und voller Gier.

Reiß dich zusammen, mahnte sich Ela, als sie ihr Auto auf dem Parkplatz hinter der Landtorbrücke parkte und zu Fuß weiterging. Im Hinterkopf hörte sie Piets Warnung, sie solle sich von dem Professore fernhalten. Aber er hatte ihn doch auch getroffen. Wieder spürte sie zahlreiche Blicke auf sich und ihrem Wagen. Sie sah zur Brücke, blinzelte im Sonnenlicht und spürte ihre weichen Knie. Wenn sie die Augen schloss, dann sah sie Bea vor sich. Sie atmete tief durch und war wütend auf sich und ihre Angst. Hier waren Hunderte von Menschen, die über die Chelles-Allee samt Brücke liefen und sich im Stadtgarten vergnügten. Und in der Fußgängerzone würden es noch mehr sein. Anders als Bea hätte sie genügend Menschen um sich, die ihr zu Hilfe eilen konnten. Es bestand überhaupt kein Anlass zur Sorge.

Während sie an der Kirche St. Stephan vorbeilief, dachte sie über Piet nach. Er hatte ebenfalls Angst – vor dem Professore? Weshalb war Piet in Venedig überfallen worden? Ela kam am Neptunbrunnen vorbei, wäre beinahe aus Versehen in die Lingstraße eingebogen, folgte dann jedoch der Cramergasse. Auf Höhe der Hirschapotheke spürte sie plötzlich einen Atem in ihrem Nacken.

»Ich bin ganz nah bei dir«, flüsterte jemand in ihr Ohr, und ein eisiger Schauer fuhr ihren Hals hinab. Sie wollte sich umdrehen, der andere aber hatte sie am Nacken gepackt und trat neben sie. Es war der Professore, der ihr jetzt gegenüberstand, die Hand noch immer an ihrem Nacken.

»Lass los, was soll das?« Ela versuchte sich aus seinem Griff zu winden.

Er grinste. Seine zurückgegelten Haare glänzten in der Sonne. Er sah aus wie der Protagonist aus einem Mafia-Film. Wahrscheinlich fehlte da auch in Wirklichkeit nicht viel.

»Komm mit.« Er drängte sie den Weg zurück, bis sie wenig später vor dem Haus zum Cavazzen standen. Rechter Hand, leicht zurückgesetzt, war das »Il Cavazzo«, das Museumscafé, in das der Professore Ela vor sich herschob.

Sie setzten sich mit Blick auf den Brunnen. Ela bestellte einen Espresso und Wasser, der Professore eine Weinschorle.

»Was gibt es, dass du mich so dringend sprechen wolltest?«

Ela musterte ihn. Im Grunde sah er wie immer unscheinbar aus. Das Mafiosi-Image hatte sie ihm angedichtet, da war ihre Phantasie mit ihr durchgegangen. Der Espresso mit dem Wasser und die Weinschorle wurden serviert. Jetzt, da er vor ihr saß und seine Brille sorgfältig putzte … Nein, sagte sie sich, dieser Mann war die personifizierte Harmlosigkeit. Ela fühlte sich erleichtert. Nun musste sie nur blitzschnell überlegen, welchen Grund sie für ihre anfängliche Aufregung vorgeben sollte.

»Ich wollte dich treffen und sehen, wie weit du gekommen bist.«

Er kniff die Augen zusammen und legte den Kopf auf seine Brust, damit er sie über die Ränder seiner Brille hinweg beäugen konnte.

»Was denn? Ich habe keinerlei Hintergedanken«, sagte sie und gab einen Löffel Zucker in ihren Espresso.

»Ela, wie lange kennen wir uns jetzt schon?«

Sie zuckte die Schultern.

»Ich denke, es sind inzwischen über dreißig Jahre. Ich habe dich schon am Rockzipfel deines Vaters hängen sehen, mit aufgeschlagenen Knien. Und da kommst du mir mit einer Ausrede, die lapidarer nicht sein könnte? Tststs.« Er schüttelte amüsiert den Kopf.

Ela war mit einem Schlag wieder unsicher.

»A primo ad extremum – hic locus ultimus est.«

»Wie …?« Ela erschrak.

»Woher ich es weiß? Also bitte, ich suche genau wie du seit Wochen nach den Hinweisen. Und der letzte Hinweis war ja wohl mehr als deutlich.«

»Dann weißt du davon?«

»Wieso überrascht dich das? Ich bin hier in Lindau, genau wie du. Ich studiere den lächerlichen Anzeiger, das Blättchen, das sich hier Zeitung nennt, lese das Kulturmagazin und klappere die Museen ab. Und dann«, er lachte übertrieben, »dann muss ich feststellen, dass unser Hase nach eigenen Regeln spielt und seinen letzten Hinweis einfach in ein Bordell verfrachtet, das ist doch nicht gerade die feine englische Art.«

»Ich verstehe nicht.« Ela hielt sich das kalte Wasserglas an die Wange. »Wieso warst du dort?« Sie spürte Eiseskälte in ihrem Hals. »Du kannst die Schrift nicht gesehen haben. Da war überall Polizei, alles war abgeriegelt. Du kannst das nicht gesehen haben, es sei denn …«

»Du meine Güte, Kindchen, ich habe auch Bedürfnisse.« Er sah wieder über seine Brillengläser und stierte ihr auf den Ausschnitt. »Bei dir hatte ich ja nie eine Chance.« Er kicherte unverschämt. »Ich war im Bordell, genau wie du, im Übrigen, und hab mitbekommen, was da passiert ist. Die Frauen reden, da war jede Menge Tumult. Du hast von London und Paris gehört? Ich tippe ja stark auf den Japaner, der war mir von Beginn an suspekt. Verschwunden ist er inzwischen auch. Wie alle Asiaten, das musst du doch bemerkt haben. Die haben sich alle zurückgezogen.« Er nippte an seiner Weinschorle, verdrehte die Augen. »Süße Schorle, *maledizione*!«

»Was ist mit London und Venedig?«, fragte Ela.

Er lachte laut auf. »Herrje, die schöne, ehrenhafte Ela. Bekommt links und rechts von sich nichts mit. Da haben dein Vater und Piet ganze Arbeit geleistet.«

Ela wandte den Blick ab.

»Ich war auf jeden Fall immer in deiner Nähe. Keine Sorge, Ela-Schätzchen, ich pass auf dich auf.«

Ela spürte ein flaues Gefühl in der Magengegend, während der Professore erbarmungslos fortfuhr.

»Ehrlich gesagt fand ich es schon merkwürdig, als ich erkannte, dass du in dem Bordell abgestiegen bist, allein der Name. Egal, dachte ich mir, hat sie vielleicht nostalgische Anwandlungen wegen Piet und wegen Paris und … Aber da hatte ich wenigstens auch ein bisschen Ablenkung. Und dich stets im Auge, ganz so wie es dein Vater gewollt hätte.«

»Lass meinen Vater aus dem Spiel«, presste Ela mühsam hervor. »Hast du sie umgebracht?«

Sein Blick wurde ernst, dann erhob er plötzlich drohend die Hand. »Treib's nicht zu weit, Kindchen.«

***

Cora betrat ihre Wohnung und wurde schnurrend begrüßt. Sie beugte sich nach unten und streichelte den Kater, doch der forderte sie sogleich auf, mitzukommen. Mit schnellen Schritten, die mehr dem Hoppeln eines Hasen glichen, bewegte sich Gizmo in die Küche und schnurrte die Schublade mit den Essensvorräten an. Sie seufzte. Seit fünf Uhr morgens war sie unterwegs gewesen, hatte selbst noch nichts gegessen, aber Gizmo ging natürlich vor. Außerdem war Cora dankbar für die Ablenkung. Gierig schnurrend machte sich Gizmo wenig später über seinen Futternapf her.

Cora legte Schlüssel und Handtasche auf den Couchtisch, wo sich inzwischen die Ausgaben der ZEIT stapelten und ihr ein schlechtes Gewissen machten, und drückte die Wiedergabetaste des Anrufbeantworters. Die mechanische Stimme meldete einen Anruf um sieben Uhr zwanzig. Da war sie noch im Zimmer der toten Bea gewesen. Die Stimme ihres Bruders erklang, fröhlich kündigte er seinen Besuch an.

Zwei weitere Anrufe des Bruders. In einem vermeldete er seine Ankunft in Lindau, im letzten bat er sie, ihn anzurufen, sobald sie die Nachrichten abhörte. Cora wählte sogleich die Nummer und teilte ihm mit, dass sie ihn sehnlichst erwarte. Noch mehr Ablenkung, dachte sie erleichtert.

»Hi, Schwesterherz.« David umarmte Cora, hob sie hoch und drehte sich. »Schön, dich wiederzusehen.«

»Gleichfalls, aber lass mich runter.« Sie musterte ihren groß gewachsenen, immer schlaksig wirkenden Bruder und wuschelte ihm durch die Haare, musste sich aber strecken dafür. »Mensch, bist du groß geworden«, scherzte sie.

»Klar. Und du bist schwer geworden«, entgegnete er und legte seine dunkelblonden vollen Haare wieder zurecht.

Sie boxte ihn in die Seite. »He, du kannst dir gleich ein Hotel suchen.« Cora klopfte auf ihren Waschbrettbauch. »Alles Muskeln, Freundchen.«

»Schon gut. Du bist schön wie eh und je.« David ging in die Hocke. »Hey, Gizmo, du kannst ja schon super laufen.«

»Wie geht's Mutter?« Cora lief in die Küche voran. »Ich mach uns was zu essen, okay?«

»Gute Idee.« David kraulte Gizmo zwischen den Ohren. »Ach, ganz gut eigentlich. Es ist auch eine Erleichterung. Johnny ist einfach an Altersschwäche gestorben. Das wissen wir nun seit zwei Jahren, ich meine, dass er auf den Tod zukurvt.«

»Hey, sag das nicht so«, mahnte Cora ihren Bruder. Auf der Ablage vor ihr türmten sich Tomaten.

»Komm, das ist doch nicht böse gemeint. Das Leben ist eine Reise und der Tod eine scharfe Kurve. Bei manchen ist diese länger, so wie bei Johnny, bei manchen eben kürzer. Mutter ist auf jeden Fall wohlauf. Sie sieht das genauso wie ich. Johnny hatte ein wunderbares Leben und wir mit ihm.«

Coras Blick fiel auf das Grübchen in seinem Kinn und die winzige Narbe daneben. Ihr damals noch wirklich kleiner Bruder war auf der Suche nach Süßigkeiten vom Wohnzimmerschrank gefallen. Sie dachte an die Aufregung, an das viele Blut unter Davids Lippen. Und daran, dass sie von jeher die Robuste, die Ruppige von ihnen beiden war und David der Zarte und Sensible. Und jetzt war sie Synästhetikerin und er ein Meter neunzig. Wenn das ihnen mal einer vor fünfundzwanzig Jahren gesagt hätte.

»Und wo treibt sich unsere Mutter gerade herum?«

»Na ja, es war zwar ein Schock, andererseits kann sie jetzt wieder verreisen, was die letzten beiden Jahre überhaupt nicht möglich war.«

»Aha. Also? Wo ist sie?«

Er grinste sie an. »Ich habe sie heute Morgen zum Flughafen gefahren, und sie ist super-last-minute-mäßig nach Kreta geflogen.«

»Was?« Cora sah ihren Bruder entgeistert an. »Das glaube ich nicht, du machst Witze! Unsere Mutter? Allein und so kurzfristig?«

»Wir haben gestern Abend geredet, und sie fand, so was täte ihr jetzt gut.«

»Super, ehrlich, das hast du gut hinbekommen, David.« Cora begann, in ihrem Kühlschrank zu stöbern. »Ich weiß gar nicht, was …« Sie schnappte sich ein paar Eier, Tofu und Nudelreste vom Vortag und breitete alles neben den Tomaten auf der Ablage aus.

»Ja, Cora, das finde ich auch. Und als sie sich entschieden hatte, da dachte ich, dass mir ein Klimawechsel auch ganz guttun würde.«

Sie streichelte ihm über die Wange. »Gut entschieden.« Sie war ehrlich froh, sie wäre heute ungern allein gewesen mit ihrer Erinnerung an Bea. Während Cora die Tomaten für den Salat schnitt, packte David seinen Rucksack aus.

Als sie dann auf der Altane aßen, lehnte er sich zurück und ließ seinen Blick über die Dächer der Nachbarhäuser schweifen. »Bist du glücklich hier? Ich könnte es verstehen. Man ist hier dem Himmel echt ein Stück näher.«

Cora folgte dem Blick ihres Bruders und blieb an den Sternen hängen. »Ja, ist schon ein Moment zum Innehalten hier oben.«

David sah sich um. »Hier haben viele so eine Dachterrasse.« Er hob die Hand, weil der Nachbar ihm gerade zuprostete. Bunte Lampions hingen dort.

»Man nennt das Altanen. Ist eine kleine eigene Welt hier oben.« Sie zeigte in die andere Richtung, da grenzte ein Dachgarten beinahe direkt an ihren. »Die Frau dort drüben hat einen richtigen Gemüsegarten, manchmal reicht sie mir was rüber. Der Mann, dem du gewinkt hast, hat eine Frau und drei Kinder, die spielen manchmal Mau-Mau, da hört dann die ganze Nachbarschaft, wer gewinnt.« Cora lachte. »Weißt du, was die Leute hier sagen?«

»Was denn?«

»Sie sagen, es gibt hier auf der Insel eine ›Stadt auf der Erde‹ und eine ›Stadt des Himmels‹.«

David nickte. »Hat was. Es riecht auch betörend nach Urlaub. Irgendwie nach Italien. Also? Glücklich?«

Cora zuckte die Schultern. »Orte bedeuten mir nichts, das weißt du doch. Ich bin glücklich mit Gizmo, ja.«

Sie kaute auf einem Stück Weißbrot. Das Omelett hatte nicht gereicht, ihren großen Hunger zu stillen. »Und das hier oben macht mich auch glücklich, aber alles außerhalb dieser Punkte ist mir gleichgültig.« Sie erschrak ob ihrer eigenen Worte.

Er lachte sie an. »Ach, Schwesterchen, es fällt dir immer noch schwer, dich wieder einzulassen, nicht wahr? Nun gut, ich denke, es wird Zeit für mich, mir auch einen neuen Ort zu suchen.«

»Wegen unseres Vierbeiners?«, fragte Cora vorsichtig.

»Nein, ich bin zwar seinetwegen geblieben, aber ich gehe jetzt nicht weg, weil er gestorben ist. Der Wunsch war schon länger da. Es wird Zeit.«

Cora musterte ihren Bruder. »Was schwebt dir denn vor?«

»Ich weiß es noch nicht. Kann ich denn einige Tage hierbleiben?«

»Du kannst bleiben, so lange du willst. Das ist doch klar.« Cora sah auf die Uhr. Sie hatte ihren Auftrag und Bea so gut es ging zur Seite geschoben. Jetzt war es Zeit.

»Was ist los, Schwesterchen, hast du noch ein Date?«

»Na ja«, Cora verzog das Gesicht zu einer Grimasse, »gewissermaßen. Ich muss ins Bordell.«

David verschluckte sich an seinem Wein und hustete.

»Blödmann.« Sie knuffte ihn in die Seite. »Nicht so. Ich muss da beruflich hin, und wenn ich es mir so recht überlege, du wärst mir da durchaus eine Hilfe.«

»Ich?« Er machte ein unschuldiges Gesicht. »Du willst deinen kleinen Bruder in ein Bordell schleppen? Das ist ja der totale Sittenverfall.«

»Ja, ja, klar. Bevor du weiter Witze reißt, David, muss ich dir etwas sagen. Eine der Frauen ist ermordet worden.«

David stellte sein Glas beiseite. »Verstanden. Was kann ich tun?«

Cora holte tief Luft. »Dir nichts anmerken lassen. Du kommst als Gast. Sprich mit den Mädchen, vielleicht erzählen sie dir was.«

Cora stand auf und sah an sich hinab. Die Leinenhose sah knittrig aus und hatte einen Kaffeefleck. Und das Top war auch nicht gerade das schickste Teil, das ihr Kleiderschrank so hergab. »Ich sollte mich wohl noch umziehen.«

»Solltest du dringend. Man sieht dir die Polizistin auf eine Meile an.«

***

»So eine Überraschung.« Ela trug wieder das Kleid vom Vortag.

»Ich wollte sehen, wie es dir geht.« Cora war in der Tat eine schlechte Lügnerin, da hatte Christian schon recht. Jetzt stand sie dieser Ela gegenüber und war augenblicklich verwirrt. Und unten an der Theke würde ihr kleiner Bruder David ein Bier bestellen und sich umsehen. Oder auch nicht. Was wusste sie schon vom Leben und von der Liebe ihres Bruders?

Ela zuckte die Schultern. »Das Leben nimmt hier seinen Lauf. Allerdings gibt es heute keine Kundschaft. Nur unten im Lokal. Auf Anraten deiner Kollegen.«

»Vernünftig«, murmelte Cora und betrat das Zimmer von Ela.

»Willst du was trinken? Ich hätte eine gute Flasche italienischen Rotwein. Einen Primitivo aus der Toskana. Wir können uns auf den Balkon setzen … Oder halt, bist du etwa im Dienst?«

»Ich nehme gern einen Rotwein.«

Cora verfolgte, wie Ela die Flasche entkorkte und zwei Gläser einschenkte. Dann reichte sie Cora eins davon. Cora schwenkte den im Licht schimmernden Wein.

»Der erste Schluck ist ein wahres Gedicht« verkündete Ela. »Koste ihn.«

Cora nippte im Stehen und ließ den Wein ganz langsam über

ihre Zunge wandern. Ela hatte nicht zu viel versprochen. Cora warf einen flüchtigen Blick auf das Etikett und wusste, dass sie gerade wohl den teuersten Rotwein ihres Lebens trank.

»Und?«, fragte Ela und nahm ebenfalls einen Schluck. »Ach, wunderbar. Ich wohne um die Ecke des Anbaugebietes. Ich kenne den Winzer persönlich. Hervorragend, dieser Wein.«

Cora nickte zustimmend. Ela, die Frau von Welt, gerade hatte sie ein wenig von sich preisgegeben. Sie wohnt also in Italien, dachte Cora und nahm einen weiteren genussvollen Schluck. »Ela, wir müssen reden.«

»Das dachte ich mir schon. Sonst wärst du sicher nicht hier.«

»Bea war gestern bei mir. Sie hatte wirklich Angst. Aber nicht um sich, sondern um dich.«

»Oh.« Elas Stimme war sanft wie der Wein. Traurig perlte sie in der Nacht.

»Außerdem hat sie mir erzählt, dass du dich hier versteckst und den Frauen Geld gibst. Jede Menge Geld sogar.«

»Na ja.« Ela hob abwehrend die Hand. Sie setzte sich in einen samtbezogenen gelben Sessel und zeigte auf den zweiten.

»Bea ist rot geworden und wollte die Summe nicht nennen.« Cora ließ sich in den Sessel sinken und schlug die Beine übereinander.

»Das Geld ist nicht der Rede wert.«

»Aber du selbst arbeitest nicht als Prostituierte.«

»Hm, wie kommst du darauf? Hat Bea das gesagt?«

»Sie sagte, du wärst eine feine Dame.« Cora konnte sich nicht entscheiden, wie sie in diesem Sessel sitzen sollte. Man sank so tief ein, dass es in jeder Haltung unbequem war. Bereits zum zweiten Mal schlug sie die Beine anders übereinander.

»Aha, diesen Eindruck wollte ich eigentlich nicht hinterlassen.« Ela zog die Augenbrauen hoch. »Bist du nervös?«

Cora trank schnell einen Schluck, dachte wieder an David und schüttelte den Kopf. »Wieso sollte ich nervös sein? War nur ein langer Tag, mir tun die Beine weh.« Sie lehnte den Kopf zurück. »Übrigens hat Bea nicht ›feine Dame‹ gesagt. Sie hat gesagt, du wärst ihr Engel.«

Ela zuckte zusammen und trank in einem Zug ihr Glas leer. Dann stand sie auf und schenkte sich nach. Sie bot auch Cora noch etwas an, doch die verneinte schweren Herzens.

»Das ... das tut mir so leid, das hätte nicht passieren dürfen.« Ela biss sich auf die Lippen und setzte sich wieder. Sie stützte ihren Kopf auf die linke Hand, ihr Ellbogen bohrte sich in den gelben Samt.

»Ela«, Cora fasste vorsichtig nach ihrem Arm, »bitte erklär mir, warum du dich hier verstecken musst. Ich will nicht, dass dir auch etwas passiert.«

Ela sah Cora lange an. »Du bist in Sorge um mich. Das musst du nicht sein.«

»Warum? Erklär mir einfach, was los ist.«

Ela machte eine abwehrende Geste. »Nichts, wirklich. Ich bin nicht auf der Flucht, ich verstecke mich nicht, und ich habe nichts mit dem Mörder zu tun. Das ist nur eine Verkettung unglücklicher Umstände.«

»Wieso hier?«

»Wenn ich es dir doch sage, es ist, nun ja, nennen wir es einfach eine Mutprobe.«

»Eine Mutprobe?«

»Ja, eine persönliche Mutprobe.« Ela trank auch das zweite Glas in großen Schlucken.

Cora beugte sich zu Ela, sodass sie ihrem Gesicht ganz nahe kam. »Ela, woher hast du so viel Geld?«

»Ich arbeite viel, und ich bin eine reiche Frau, das ist alles.« Ela wich kein Stück zurück. »Du hast doch auf meiner Homepage gesehen, womit ich mein Geld verdiene.«

»Ja, ich weiß. Elena Fouré, die berühmte Kunstschätzerin.« Cora fühlte die Spannung zwischen ihnen. »Das ist aber nicht alles, Ela«, sagte sie mit fester Stimme.

»Nein, das ist nicht alles«, sagte Ela leise und legte eine Hand auf Coras Hinterkopf. Ganz sanft.

Ohne Gegenwehr ließ sich Cora näher zu Ela ziehen, bis sich ihre Lippen berührten, doch kurz vor einem Kuss strich Ela mit ihrem Mund an Coras rechter Wange vorbei und flüsterte ihr ins Ohr: »Aus diesem Grund bin ich hier, weil ich mehr über mich herausfinden will. Genau wie du.« Sie löste ihre Hand von Cora, die sich in ihren Stuhl zurückfallen ließ.

Cora rang innerlich um Fassung. »Wenn du meinst«, begann sie, »aber du solltest nur für dich sprechen.« Ihre Stimme zitterte. »Ich bin hier, weil ich dir nicht glaube.«

Ela lächelte, und schließlich musste auch Cora lächeln. Sie trank ihren Wein leer und stand auf. »Du bist nicht einfach so in Lindau, und du brauchst sicher keine Mutprobe. Halte mich nicht für naiv.« Sie beugte sich vor, legte ihre Hand in Elas Nacken und ging nun ihrerseits nah an ihr Gesicht. »Und vor allem, versuche nicht, mich zu manipulieren.«

»Gut, ich verstehe«, sagte Ela leise.

Cora nickte nur. Elas Beruf war in der Tat kein Geheimnis, das hatte eine simple Abfrage bei Google bereits ergeben. Spannender war, dass sie auch die Tochter von Ernesto Herold Dofero war, ebenfalls ein berühmter Kunstschätzer und Sammler, der vor fünf Jahren unter nicht ganz geklärten Umständen bei einem Autounfall ums Leben gekommen war. Dass die Polizei ihn im Verdacht hatte, an mehreren Kunstdiebstählen der letzten Jahre beteiligt gewesen zu sein und dass er auch 2004 bei den Ermittlungen zu den gestohlenen Edward-Munch-Gemälden aus dem Osloer Museum im Visier der Fahnder gewesen war, das wusste Cora inzwischen. Diese Information allerdings konnte Ela eigentlich nicht haben. Auf der dazugehörigen Akte prangte ein großes Siegel, das Verschluss und Verschwiegenheit garantierte. Blieb also die Frage, ob Ela in den Fußspuren ihres Vaters wandelte und hier in Lindau etwas ganz Bestimmtes suchte.

»Ela, ich frage dich noch einmal: Was machst du hier in Lindau?«

Ela schenkte sich wieder nach. »Ganz einfach. Du weißt es vielleicht nicht, aber hier in Lindau sitzt ein Spezialist für italienische Malerei des 15. und 16. Jahrhunderts. Er ist euer Kulturamtsleiter.«

Cora stutzte. Das kam unerwartet, schien allerdings eine

plausible Erklärung, wenn es denn stimmte. »Du triffst dich mit ihm?«

»Ja. Es gab ein paar Unstimmigkeiten über die Zeit unseres Treffens. Es ist … Na ja, sagen wir mal so, wir sind gewissermaßen Konkurrenten, was wissenschaftliche Veröffentlichungen angeht.«

»Aha.« Cora war perplex. Ela hatte nicht gezögert. »Wenn ich morgen früh also auf dem Kulturamt nachfrage, dann weiß der Leiter, wer du bist?«

»Selbstverständlich.« Ela schenkte Coras Glas noch einmal halb voll und reichte es ihr.

Cora nahm das Glas, ohne darüber nachzudenken. »Die Kunst des 15. Jahrhunderts also.«

»15. und 16. Jahrhundert, Renaissance bis Spätrenaissance, um genau zu sein. Zum Wohl.«

»Und weshalb sucht dich jemand in einem Bordell?«

»Ich …« Ela räusperte sich. »Nun ja, es ist mir peinlich, ich hatte einen Stalker. Ich hab in Florenz deswegen auch Anzeige erstattet, kannst du nachfragen. Ich dachte, ich könnte ihn loswerden.« Die Gläser klirrten aneinander. Der Rotwein schwappte sacht hin und her.

»Aber dann muss dir doch klar gewesen sein, wer Bea überfallen hat und erfolgreich deiner Spur gefolgt ist! Weshalb verdammt noch mal hast du das nicht gleich gesagt?« Sie standen einander gegenüber. Cora wusste, dass sie sich hier auf ein gefährliches Spiel einließ. Das Glas wog schwer in ihrer Hand.

»Ich dachte nicht, dass er so weit geht.« Ela senkte den Blick. »Ehrlich, ich hätte nie für möglich gehalten, dass …«

Cora schüttelte den Kopf. Bea könnte noch leben, wenn Ela gleich etwas gesagt hätte. Sie hatte keine Lust, dieses Gespräch fortzusetzen. In einem Schluck leerte sie ihr Glas und reichte es Ela. »Es sind Leute von uns da, du erkennst sie sicher. Wenn irgendetwas auffällig ist, dann …«

Im Hinausgehen warf Cora noch einen Blick auf die Flasche. Irgendetwas stimmte an der Geschichte nicht.

Unten fand sie ihren Bruder in einem angeregten Gespräch

mit der Rothaarigen. Sie trat hinzu und klopfte ihm auf die Schulter.

»Schatz, du zahlst, und wir gehen jetzt.«

»Moment«, protestierte er, doch Cora packte ihn am T-Shirt und ließ keinen Zweifel daran, dass sie es ernst meinte. Die Rothaarige zwinkerte Cora zu und kicherte. Geschminkt wirkte sie nicht mehr wie Uma Thurman, schade eigentlich.

David verabschiedete sich galant mit einem Handkuss, und die rote Uma kicherte noch lauter. Cora wurde bewusst, dass sie höchstens zwanzig war. Und traurig aussah, selbst wenn sie kicherte. Bestimmt hätte sie gern mehr Zeit mit David verbracht. Ihr kleiner Bruder war nicht nur bildhübsch, sondern auch stets sehr charmant. Umso erstaunlicher, dass der hochaufgeschossene junge Mann mit den blonden Haaren keine feste Freundin hatte. Ein weiterer Handkuss, dann folgte ihr David endlich, das Kichern blieb wehmütig zurück.

Cora sah sich im Raum um, ob sie die beiden Beamten erkannte, von denen Christian gesprochen hatte. Ja, dort in der Ecke, ein wenig verloren auf einem roten Sessel, auf dem sich zuletzt ein dicker, halb nackter Mitfünfziger mit Champagner bespritzt hatte. Cora schüttelte das Bild schnell ab und nickte den Beamten zu. Die würden ja wohl nicht so unprofessionell sein und – Doch, sie taten es. Sie nickten zurück. Cora zuckte innerlich zusammen. Sie hätte es gar nicht auf diesen Versuch ankommen lassen sollen. Eilends verließ sie mit David das Etablissement.

Freitag

Die Rollläden waren heruntergelassen, düster-heiße Luft hing im Konferenzraum. Die Lüftung des Beamers surrte. Cora hatte das Geräusch mehrmals für eine Mücke gehalten und sich suchend umgeschaut. Die Klimaanlage funktionierte noch immer nicht, abwechselnd wurden also Ventilatoren in den Ecken angestellt, arbeiteten dann kurzfristig auf Hochtouren, bis alle froren und vom aufgewirbelten Staub ein Kribbeln in der Nase spürten. Cora atmete ruhig und gleichmäßig. Sie konnte sehen, wie Christian der Schweiß auf der Stirn perlte und dann über die linke Schläfe hinablief. Auf seinem Hemdkragen wuchs ein dunkler Fleck. Wieder drängte sich das Surren in Coras Ohren, sie hob langsam den Kopf, um die Mücke nicht zu vertreiben. Die Insekten liebten ihr Blut schon immer. Wieder nichts.

Neben ihr saß ihr Chef, Kommissariatsleiter Markus Emmenbach. Er war ein guter Chef, souverän, nie launisch, immer bereit, zuzuhören. Cora schätzte ihn seit ihrer ersten Begegnung und hatte das Gefühl, dies beruhe auf Gegenseitigkeit. Sie hatte ihm gleich nach Auffinden der Leiche nahegelegt, einen Profiler hinzuziehen, und er war sofort einverstanden gewesen. Zu auffällig war die Drapierung der Leiche auch in seinen Augen. Christian murrte zwar, aber Emmenbach setzte sich in seiner gewohnt ruhigen Art durch.

Sssss … Dieses Mal zwar auch keine Mücke, aber eine Fliege, immerhin. Eine ziemlich große sogar. Sie setzte sich gerade bei Emmenbach auf den Kopf, wo seit über einem Jahr keine Haare mehr waren. Als Cora ihn kennengelernt hatte, da lag noch ein dünner Haarkranz gleichmäßig über seinen Kopf verteilt, doch dann war ihm das augenscheinlich zu mühsam geworden, und seitdem war sein Kopf rasiert. Die Fliege verscheuchte er gerade lapidar mit der linken Hand, ohne mit der Wimper zu zucken.

Ihnen gegenüber, neben der Projektionsfläche des Beamers

an der Wand, stand Dr. Peter Kronenberg. Sie hatten ihm die Unterlagen zum »Mordfall Bea« zukommen lassen und warteten nun auf seine Ausführungen.

Cora kannte Peter Kronenberg von ihrer Zusatzausbildung zur operativen Fallanalyse. Wie es der Zufall wollte, war er derzeit außerdem für eine Vortragsreihe an der Universität Konstanz beschäftigt, wo es seit Kurzem einen Lehrstuhl für Kriminologie gab. Gerade suchte er auf seinem Laptop neue Fotos für den Beamer.

»... das Opfer wurde nach seinem Tod bewusst in diese Position gebracht.« Kronenberg räusperte sich. An der Wand flimmerte das Bild der toten Bea, wie sie so unnatürlich verdreht und nackt in die Kamera lächelte. »Wir haben einen Täter, der sehr beherrscht vorgeht. Da entlädt sich kein Zorn, es geht ihm nicht vordergründig darum, dem Opfer Gewalt anzutun, es zu zerstören, vielmehr darum, ein Ergebnis zu erzielen.«

Cora massierte sich den Nacken. Der Anblick der toten Bea traf sie noch immer hart. Wieder surrte irgendetwas. Cora fühlte die Watte, die sich in ihrem Kopf ausbreitete. Kronenberg erzählte von Bea und der Haltung und dem Wunsch, einen Moment festzuhalten ... Sie verlor den Faden.

Und spürte ganz deutlich, dass ihr Kopf sich wieder öffnete, um alle vorhandenen Schmerzen aus ihrem Körper einzuladen, sich in ihm zu vereinen, und einen eigenartigen Hunger, der doch mit Essen nicht zu stillen war. Sie starrte auf die Fotos an der Wand, die Beas Zimmer, das Badezimmer und den Raum zeigten, in dem sie gefunden wurde. Dann wieder ein Bild von Bea, wie sie nackt am Boden saß, seitlich, den Kopf kokett zur Seite gedreht, die falschen blonden Haare nach oben gesteckt, ein Bein angezogen. Es hatte etwas Anrüchiges, gleichzeitig auch etwas kokettierend Unschuldiges an sich. Eine Pose, die dem Täter offensichtlich wichtig war.

Plötzlich wurde sich Cora bewusst, dass die anderen sie anstarrten. Unsicher ließ sie ihren Blick durch die Runde schweifen, und es bestand kein Zweifel, jemand musste eine Frage an sie gerichtet haben.

»Nun? Frau Merlin, wir hören«, sagte Emmenbach und nickte ihr aufmunternd zu.

»Wie war die Frage gleich wieder?«

»Also was Frau Merlin da gesagt hat«, begann Kronenberg und zappte wieder das Bild von Beas Gesicht auf die Wand, »das ist meiner ersten Einschätzung nach einer der wichtigsten Punkte der Tat.« Freundlich lächelte er Cora an, die fieberhaft überlegte, ob sie tatsächlich laut gedacht hatte.

Kronenberg fuhr fort. »Es gilt also herauszufinden, ob das Anrüchige oder das Unschuldige der Figuration eine Referenz hat und, wenn ja, welcher Aussagegehalt in dieser Referenz liegt. Des Weiteren denke ich, Frau Merlin hat da durchaus recht mit ihrer Einschätzung, dass es sich im vorliegenden Fall um einen chiffrierten Mord handelt. Was bedeutet, dass es womöglich weitere Taten geben wird.« Er nickte Cora zu. »Oder schon gegeben hat.«

Sie hatte also tatsächlich gesprochen, ohne es zu merken. Was also hatte sie von der Analyse des Arztes, dass ihr Kopf gesund war? *Drehen, immer weiter, bis …* Sie musste endlich herausfinden, was es mit diesem »bis« auf sich hatte. Was war geschehen damals auf dem Berg hinter ihrem Haus?

»Frau Merlin? Wollen Sie nicht fortfahren?«, fragte da Emmenbach gerade und wischte sich mit einem Tuch über die Stirn. Übergewichtig, wie er war, quälte ihn die Hitze sicher noch mehr als alle Übrigen im Raum, ein Fenster zu öffnen wäre vielleicht –

»Könnten Sie wohl ein Fenster aufmachen?«, bat Emmenbach prompt einen Kollegen, und Cora zuckte innerlich zusammen. Sprach sie alle Gedanken laut aus?

Die Kopfschmerzen, die sich schleichend wie das Surren der Fliege angekündigt hatten, schlugen nun mit voller Gewalt zu und mit ihnen auch die Erkenntnis, dass sie redete, ohne es zu merken. Der Schock saß tief, und Cora nahm einen großen Schluck Wasser. Molls Worte tanzten grün vor ihren Augen. Das Surren der Fliege legte sich warm auf ihre Ohren. Synästhesie wirkte manchmal wie ein Gespenst, das mit ihr Fangen spielen wollte. Da, das Foto von Bea. Sie starrte darauf, wartete auf Farbe oder Geruch oder Klang, doch nichts passierte. Hatte der Tod keine Kooperation mit anderen Sinnen? Was war da los? Leere. Nicht einmal Platz für synästhetische Wahrnehmungen. Farben wären jetzt schön gewesen oder leise Töne, leise Töne in Mint … Cora lächelte unfreiwillig. Mit ihrer Tasche in der Hand stand sie auf und entschuldigte sich für einen Moment.

Emmenbach sah zu Christian. »Herr Fischl? Haben Sie noch etwas?«

»Nein, leider nicht. Wir sind hier so weit fertig«, sagte Christian und blickte Cora besorgt an. »Geh ruhig, wir treffen uns gleich bei mir im Büro.«

Emmenbach stand auf und nahm seine Unterlagen. »Gut, halten Sie mich auf dem Laufenden. Wir sehen uns spätestens morgen Vormittag bei mir im Büro.« Er sah auf die Uhr. »Verdammt, schon so spät. Ich muss zum Bodenseetreffen rüber nach Bregenz.« Er sah sich im Raum um und blieb an einem Kollegen hängen. »Und Sie kommen bitte mit. Ich brauche dort jemanden an meiner Seite.« Er grinste. »Ä Guede allerseits, für Sie, Cora, übersetzt: Guten Appetit.«

Cora atmete flach. Sie spürte den Wind eines Ventilators. »Fertig … schon?«, flüsterte sie erstaunt. Über den Dialekt indessen wunderte sie sich längst nicht mehr, auch verstand sie inzwischen das allermeiste. »Salli« oder »Solli« hatte ein wenig gedauert.

Kronenberg sah auf die Uhr. »Tut mir leid, ich muss jetzt auch sofort wieder los. Sie lassen es mich wissen, wenn Ihre Eingabe bei der Datenbank auf Resonanz stößt. Ich bin mir ziemlich sicher, dass diese Tat nicht die Einstiegstat ist.«

Cora hob die Hand zu einem wortlosen Gruß und verließ eilends den stickigen Raum in Richtung Toilette.

Ich war völlig abwesend, dachte sie verzweifelt und schöpfte sich das fließende Wasser aus dem Hahn mit ihren Handflächen in den Mund, um die Tabletten zu schlucken. Sie schluckte und schluckte und spürte immer deutlicher den Würgereiz, der ihren Magen verkrampfte. Sie setzte sich auf den Boden, lehnte sich an die Wand und legte den Kopf in den Nacken. Jetzt nicht erbrechen, schoss es ihr durch den Kopf, nur die Tabletten drinbehalten …

Cora wusste nicht, wie viele Minuten sie dort gesessen hatte, bis sich endlich dieses Gefühl des Schwebens einstellte. Langsam ließ sie den Kopf von der linken auf die rechte Schulter fallen, um zu testen, ob der Schmerz fort war, dann erhob sie sich und ging zu Christian ins Büro.

»Mensch, Cora, wo warst du denn so lange?« Er sprang aus seinem Sitz und kam auf sie zu. »Und was ist passiert? Du siehst ja schrecklich aus.«

»So lange?«, flüsterte sie und sah auf die Uhr. Tatsächlich, sie war über eine halbe Stunde im Bad gewesen. Erstaunlich eigentlich, dass sie dennoch etwas Vernünftiges gesagt hatte vorhin in der Sitzung. Sie fühlte sich wie nach einer Achterbahnfahrt. Gequält lachte sie und musste einen fürsorglichen Christian über sich ergehen lassen, der sie an den Armen fasste und zu seinem Sofa führte.

»Vielen Dank auch«, sagte sie. »Ich weiß schon, wie ich aussehe.«

»Soll ich dir was bringen lassen?« Er schien ehrlich besorgt.

»Nein, nein, alles in Ordnung, die Hitze macht mir einfach zu schaffen.«

»Wem sagst du das.« Christian stöhnte und blickte nahezu resigniert nach draußen. »Wenn das so weitergeht, garantiere ich für nichts mehr. Die Leute werden allmählich nervös, man merkt das auf den Straßen ganz deutlich. Das ist wie die berühmte Ruhe vor dem Sturm.« Er rieb sich mit dem Hemdärmel den Schweiß von der Stirn. »Entschuldige mein Gejammer. Bald soll es ein Gewitter geben. Hoffen wir es.«

Cora nickte und ließ sich auf das Sofa fallen. Als ihr Körper schwer auf den weichen Kissen landete, merkte sie, dass sie sofort einschlafen könnte, also richtete sie sich schnell auf. »Hast du was zu trinken?«

Christian schnippte mit den Fingern. »Aber sicher.« Er holte zwei Becher aus dem Kühlschrank. »Soja-Cappuccino.« Er öffnete einen Becher und reichte ihn Cora. »Hier, ich hoffe, das hilft.«

»Warum nur bringt der Mörder sie in diese Position?«, fragte Cora und nahm einen Schluck von dem Kaltgetränk. »Wir sollten sie so finden.« Und von ihr angesehen werden, dachte Cora ihre Überlegung zu Ende.

***

Cora fuhr wieder ins Gewerbegebiet und bog auf den Parkplatz des Bordells ein. Sie war nicht zufrieden mit dem Gespräch der vergangenen Nacht und hatte daher beschlossen, Ela erneut einen Besuch abzustatten. Allerdings war sie auch neugierig, das war ihr durchaus bewusst.

David hatte von der Rothaarigen tatsächlich ein wenig erfahren. Sie hatte von dem Überfall und von Bea erzählt und immer wieder von Ela. David hatte nicht locker gelassen und sich gewundert über seine Schwester, die sich in seinen Augen merkwürdig verhielt. Nach zwei Gläsern Wein hatte Cora ihrem Bruder endlich gestanden, dass sie sich auf gewisse Weise von Ela angezogen fühlte. Danach war David erst recht neugierig. Betrunken war Cora ins Bett gefallen. Ein letzter Gedanke flog durchs Zimmer, landete frech auf dem Bücherregal und streckte ihr die Zunge raus. Die ehrgeizige Cora gerät ein wenig ins Wanken, schien eine Stimme zu sagen. Stellte sich nur die Frage, weshalb … *Drehen, immer weiter …*

Inzwischen wusste Cora, dass es verschiedene Eingänge ins Bordell gab. Sie wählte den Privateingang an der Rückseite, stieg die Außentreppe nach oben, klingelte und wartete. Eine Videokamera surrte wie vorhin der Diaprojektor. Cora grinste schief und hob die Hand zum Gruß. Wenig später ging die Tür auf, und Ela stand in roter Unterwäsche vor ihr. Sie bedeutete Cora, ihr schweigend zu folgen. Sie liefen durch den Gang, alle Türen waren geschlossen, aus manchen Räumen drang Musik.

»Ich habe Kundschaft«, flüsterte ihr Ela ins Ohr, als sie in ihr Schlafzimmer kamen.

Cora sah sich erschrocken um, doch das Zimmer war leer.

»Nicht hier.« Ela deutete mit einem Nicken in Richtung des kleinen Raumes mit dem Spiegelfenster. »Einen Moment.« Ela trat an die Wand und drückte zwei Knöpfe. Ein ratterndes Geräusch war zu hören. »So, nun sind wir ungestört.«

»Du hast Kundschaft?« Cora war perplex.

Ela ließ den Kopf kurz hängen, dann sah sie Cora in die Augen und hob hilflos die Hände. »Das muss dir herzlos erscheinen, aber heute arbeiten alle wieder. Wir sind vorsichtig.«

»Wir?«

Ela wiegte den Kopf hin und her. »Du weißt, wie ich das meine. Ich bin vorsichtig. Ich versuche mich abzulenken.«

Cora schüttelte vehement den Kopf. »Ich verstehe nicht, weshalb du dir nicht einfach ein Hotel nimmst, den Kulturamtsleiter triffst und Lindau verlässt.«

Ein Klicken war zu hören. Cora schielte in den Raum hinter Ela. Wie konnten die Frauen schon wieder arbeiten?

»Ich habe dir doch gesagt, dass es eine Art Mutprobe ist. Ich gehe mit keinem ins Bett, mache aber einige andere Sachen.« Ela lächelte zaghaft. »Du solltest deswegen nicht schlecht von uns denken.«

Cora zog eine Augenbraue hoch.

»Von *mir*. Du solltest nicht schlecht –« Eine Klingel unterbrach sie. Ela betätigte wieder einen Knopf, und über den Lautsprecher erklang eine Männerstimme.

»Ina, bitte, lass mich nicht warten. Ich will dich sehen.«

»Gleich«, säuselte Ela in das Mikrofon und ließ den Knopf wieder los.

»Was wird das jetzt?«, fragte Cora und versuchte, barsch zu klingen. Sie drehte sich abrupt um. »Ich komm besser später wieder.«

»Halt, warte!« Ela sah sich im Zimmer um. Dann schien sie zu finden, was sie gesucht hatte. Sie zog sich die schwarze Perücke an, die sie auch bei ihrem ersten Treffen mit Cora getragen hatte, und schminkte sich auffällig. »Nun, mal sehen, was er von mir will.«

Cora fühlte sich eigenartig berührt ob der Situation, in die sie geraten war.

»Magst du zuschauen?«, hauchte Ela.

Cora starrte sie fragend an.

»Setz dich auf den Hocker, dann kannst du mich sehen, er dich aber nicht.«

Bevor Cora antworten konnte, betätigte Ela wieder den Knopf, und die Männerstimme hauchte ein erleichtertes »Danke«.

»So, nun bin ich ganz für dich da«, schmeichelte Elas Stimme.

Cora setzte sich leise auf den Hocker, den Ela ihr gezeigt hatte, inständig hoffend, dass sie wirklich nicht zu sehen war. Ela folgte den Anweisungen des Mannes, streichelte ihre Brust, nahm ihren Finger in den Mund und lutschte daran, dann fuhr sie zwischen ihren Beinen entlang. Wie einfallslos, dachte Cora und sah gelangweilt aus dem Fenster. Wenige Minuten später war wieder ein ratterndes Geräusch zu hören. Ela trug noch immer ihre Unterwäsche und zog sich gerade einen Seidenmantel über. Sanft glitt er über ihre Schultern. Cora erhob sich und ging auf den Balkon.

»Nicht sehr spektakulär, nicht wahr?« Ela trat von hinten an sie heran.

»Nein, wirklich nicht.« Cora wollte instinktiv einen Schritt weg von Ela machen, doch das Balkonende war erreicht.

»Hm, es gibt auch andere. Die Männer trauen sich manchmal gar nicht, mehr zu fordern. Ich meine, sie sehen all die Spielzeuge, aber wirklich zu fordern, dass eine Frau die benutzt, es überhaupt auszusprechen, da gehört auch Mut dazu. Oder würdest du das so einfach können?«

Ela war so nah, dass sie einander fast berührten. »Wieso fragst du das?«, flüsterte Cora.

»Nur so. Was führt dich eigentlich schon wieder zu mir?« Wie David am Vorabend strich nun Ela über Coras Stirn und beförderte eine vorwitzige Strähne – dieselbe? – hinter Coras linkes Ohr. Sie konnte nicht anders, als für den Bruchteil einer Sekunde mit dem Kopf der Berührung zu folgen.

»Neugier.« Cora war spontan ehrlich.

»Worauf?«, bohrte Ela. »Auf meine Arbeit, den Fall oder auf mich?«

»Auf alles«, gab Cora zu und versuchte, Elas Blick standzuhalten. Ich benutze unsere Zuneigung, sagte sie sich, ich nutze das eiskalt aus und bin bereit, Grenzen zu übertreten.

Ela blies ihr ins Gesicht, für einen Moment verschwand die Strähne.

Gerade als sie das Gefühl hatte, Ela näherte sich ihr, um sie zu küssen, klingelte es erneut. Cora erschrak, Ela lächelte nur, legte den Kopf zur Seite und zuckte mit den Schultern. Sie hatte die Oberhand, immer. »Tut mir leid, ich habe sozusagen Bereitschaft. Das hab ich den Mädels angeboten. Die sind alle noch völlig durch den Wind wegen Bea. Der Chef sagt, ein Tag Pause muss genügen. Ist ein hartes Brot hier, ehrlich.« Sie hob die Augenbrauen. »Verrat dem Chef bloß nicht, dass ich den Mädels Geld gegeben habe.«

Cora schüttelte vehement den Kopf. »Wieso sollte ich so etwas verraten? Mir tun die Frauen alle genauso leid.« Intimität und persönliche Nähe, sagte Cora zu sich. Das ist gut, das schafft Vertrauen.

Ela drehte sich um und wollte schon gehen, als ihr etwas einfiel. »Cora?«

»Was denn?« Coras Hände umklammerten das Balkongeländer.

»Willst nicht du?«

Mit einer blonden Perücke betrat Cora den Raum, dann hörte sie das knatternde Geräusch des Rollladens. Unschlüssig stand sie da, fühlte sich fremd in ihrem Körper und starrte auf die dunkle Scheibe. Was würde der Mann wollen? Wie weit würde Ela das Spiel gehen lassen? Und wie weit würde sie selbst gehen?

»Oh.« Eine tiefe Stimme erklang.

Cora fuhr sich mit der Hand über die Perücke, dann rückte sie die breitrandige Brille zurecht, die sie zur Tarnung aufgesetzt hatte, doch fühlte sie sich umgehend durchschaut. Nicht auszudenken, wenn auf der anderen Seite jemand säße, der sie erkannte.

»Na, das sieht mir ja ganz so aus, als hätte ich es mit einer Neuen zu tun.«

»Wollten Sie jemand bestimmten?«, fragte Cora, und in ihrer Stimme lag Hoffnung, es wenigstens gewagt zu haben. Doch als sie im Schlafzimmer nach Ela Ausschau hielt, konnte sie diese nirgends sehen.

»Nein, das gefällt mir. Die Idee, dass ich der Erste bin, meine ich.«

»Hm.« Cora ahnte, dass sie ein gequältes Gesicht machte, und versuchte sich zu entspannen.

»Ich bin dennoch verwundert«, erklärte er.

»Wieso?« Cora erschrak.

»Du bist angezogen.«

Cora musste kurz an sich halten. Sie fühlte sich keinesfalls sicher mit der blonden Perücke und der Schminke in ihrem Gesicht. Das ungewohnte Make-up kitzelte überall, und der rote Lippenstift schmeckte schrecklich süß.

»Knöpf deine Bluse auf«, befahl der Mann hinter der Scheibe. Er wirkte wesentlich souveräner als der Kunde zuvor. »Los, mach schon.«

Cora konnte ein Geräusch wie von einem sich entzündenden Streichholz hören. Dann ein Schmatzen. Der andere hatte sich eine Zigarette angezündet und zog nun daran. Cora stellte die Beine nebeneinander, sodass ihre Knie sich unter dem Rock berührten. Sie fühlte einen Schauer auf ihrem Rücken, ähnlich jenem wenige Minuten zuvor, als Ela sie berührt hatte.

»Ich …«, begann Cora zögerlich und wurde sich der Sinnlosigkeit dieses Unterfangens bewusst. Sie schielte ins Nebenzimmer und entdeckte endlich wieder Ela. Sie saß auf dem Hocker und beobachtete sie gespannt. Aufmunternd nickte sie ihr zu, und ihre Lippen formten: »Tu es.«

»Was ist los?«, fragte die Stimme ohne Gesicht und klang mild. »Ich hatte recht. Du bist eine Anfängerin. Ich werde es dir leicht machen.« Geldklimpern war zu hören. »Ich werfe genug

Geld ein, dass wir Zeit haben. Jede Menge Zeit. Das turnt mich unheimlich an, dass ich dein Erster bin.«

Cora wäre so gern so souverän wie Ela gewesen, stattdessen jagten ihr tausend Gedanken durch den Kopf. Kontrolle. Das Stichwort ihres Lebens. Nie die Kontrolle verlieren. Jetzt hatte sie sie verloren. Im Grunde hatte sie sie freiwillig abgegeben, und nun musste sie irgendwie damit umgehen. Sie strich sich über die blonde Perücke, dann griff sie an den obersten Knopf ihrer Bluse und öffnete ihn.

»Sehr schön«, kommentierte der Mann und zog wieder an seiner Zigarette.

Ihre Hände gingen wie von selbst voran, und die Bluse fiel auseinander. Darunter trug sie weiße Unterwäsche, die Ela ihr gegeben hatte.

»Jetzt zieh sie dir von den Schultern«, befahl ihr Kunde, sein Ton war harscher geworden.

Cora reagierte und ließ die Bluse von ihren Schultern gleiten. Ein schriller Ton unterbrach Coras Gedanken. Sie konnte wieder Klimpern hören, dann Geld, das in einen Kasten geworfen wurde. Schließlich die Stimme des Fremden.

»Du bist ganz anders als die anderen.«

Cora spürte, dass ein wenig von ihrer Sicherheit zurückkehrte. Das war gut. Kontrolle.

»Wo ist Ina?«

»Wolltest du Ina?«

»Du bist gut genug. Zieh jetzt deinen Rock aus.«

Cora stand auf.

»Nein! Nicht aufstehen. Zieh ihn dir im Sitzen aus.«

Cora setzte sich wieder, zauberte ein gleichgültiges Lächeln auf ihr Gesicht, dann öffnete sie den Reißverschluss am Rücken und schob den Rock nach unten. Der Rock glitt zu Boden. Cora hob die Beine, drehte sich zur Seite und schlug die Beine übereinander. Im Augenwinkel konnte sie sehen, dass Ela sich nackt auszog, doch sie wagte nicht, hinzustarren. Ela griff zur Seite und zog sich ein Negligé über. In dem durchsichtigen rosa Kleidchen kam sie zu Cora, stellte sich hinter sie. In ihrem

Mundwinkel hing lasziv eine Zigarette, die sie nicht rauchte, und auf die schwarze Perücke hatte sie sich einen Cowboyhut gesetzt. Sie sah derart verwegen aus, dass Cora sich ein Grinsen verkneifen musste. Sie wusste, dass sie gerade wie in einem Film eine Szene spielten. Kein schlechtes Bild gaben sie beide ab in dem Spiegel, schön für eine Schwarz-Weiß-Aufnahme unter Freundinnen.

»Oh, das ist ja sehr erfreulich«, säuselte die Stimme des Mannes. »Wie geht es dir, Ina? Führst du die Neue ein?«

Ela stellte gleichgültig ob ihrer Nacktheit ihr linkes Bein auf den Stuhl, auf dem Cora saß, und fuhr sich mit der linken Hand am Bein entlang. Cora spürte Elas Souveränität auf sich überschwappen.

»Ja, das gefällt mir.« Die Stimme war gurgelnd.

Elas Hand verließ ihr Bein, stattdessen strich sie Cora sanft über die Haare, dann über die Wange, am Hals hinab zu dem BH und griff dort scheinbar fest nach ihrer Brust. Cora sah nur ihr Spiegelbild, sah Ela mit den schwarzen Haaren und sich selbst mit den blonden, sah die viel zu roten Lippen und die schmale Hand auf ihrer Brust. Sie hätte sie küssen wollen, jetzt sofort. Wieder das Klingeln, das Cora daran erinnerte, dass sie beobachtet wurden. Cora sah zur Scheibe und wartete auf das Geräusch des in die Box fallenden Geldes.

»Er kann uns nicht mehr sehen. Man kann nur einmal verlängern«, erklärte Ela und nahm Coras Kopf in beide Hände. »Wir sind alleine«, fuhr sie flüsternd fort, ließ sich auf Coras Schoß gleiten und küsste sie auf den Hals.

***

Kühlender Fahrtwind drang ins Auto. Cora hatte ihre Haare nicht wieder zu einem Pferdeschwanz gebunden, sodass der Wind jetzt mit ihnen spielen konnte. An dem alten Ford festzuhalten bedeutete auch, keine Klimaanlage zu haben. Ihre Lippen schmeckten noch nach dem Kuss von Ela. Was, wenn jemand davon Wind bekam? Die Gerüchteküche konnte weiterbrodeln,

Coras Ruf wäre ruiniert. Nur ein Kuss, beruhigte sie sich, mehr nicht. Neugier eben. Außerdem baute sie Vertrauen auf. Es war Teil ihrer Ermittlung.

Cora schloss das Fenster und strich sich die Haare aus dem Gesicht. Es war beinahe fünf Uhr, und sie hatte noch nichts gegessen seit dem Müsli zum Frühstück.

Auf ihrer Mailbox hatte sie eine Nachricht von David, der sie gern zu einem Kaffee getroffen hätte, er war in der Altstadt unterwegs und hatte ein nettes Lokal in der Nähe des Münsters Unserer Lieben Frau ausfindig gemacht. Christian, der sich Sorgen machte, wo sie denn abgeblieben sei, hatte insgesamt drei Nachrichten hinterlassen. Mit den Kollegen hatte er am Nachmittag unter anderem die Videos der Überwachungskameras überprüft. Außerdem hatte Kronenberg sie angerufen und ein Abendessen vorgeschlagen. Solange er noch in der Gegend sei, sollten sie diese Gelegenheit nicht verstreichen lassen, meinte er. Die Einladung zum Abendessen von Kronenberg wirkte wie ein Strohhalm für Cora, an dem sie sich unbedingt festhalten sollte.

Sie schrieb Christian, dass alles okay und sie noch einmal bei Ela gewesen sei. Dann versuchte sie es bei Emmenbach, aber der schien noch in Sachen Bodenseekooperation unterwegs zu sein.

Christian rief an. »Cora, Mensch, du kannst doch nicht einfach abtauchen.«

»Bin ich nicht.«

»Ich dachte schon, du hättest wieder eine Migräneattacke und liegst irgendwo hilflos.« Er klang erleichtert. »Also wie war es bei Ela? Hast du was herausgefunden?«

»Jetzt übertreib mal nicht. Ich hab das im Griff, ehrlich. Ela hat von einem Stalker gesprochen. Angeblich gibt es eine Anzeige von ihr in Florenz, das könntest du vielleicht nachprüfen.«

Cora hörte einen Stift auf Papier kreisen.

»Okay, wird erledigt. Kronenberg hat nach dir gefragt. Übernimmst du ihn?« Das zischende Geräusch einer Wasserflasche war zu hören, dann Christians Trinken.

»Klar. Mach ich.« Cora staunte, wie günstig sich die Dinge

fügten. »Schickst du mir eure Ergebnisse? Ich studiere die dann gleich zu Hause.«

Eine halbe Minute später vermeldete ihr Smartphone zwei Maileingänge. Die enthielten die Protokolle der Kollegen über die Ergebnisse der Videoanalysen und Befragungen. Alles fügte sich dann doch nicht zu Coras Gunsten: Kronenberg hatte keine Zeit an diesem Abend, stattdessen schlug er ein Treffen für Samstag vor. Kurzerhand rief sie bei Sara an und lud sie zum Abendessen ein.

»Hey«, rief Sara aus, während sie an Coras Schreibtisch stand und sich die Fotos darauf ansah. »Manet lässt grüßen.«

»Was?« Cora stand in der Dusche und wusch sich gerade die Seife aus den Haaren, als sie Saras Stimme hörte. Wenig später stand sie in ein Handtuch gewickelt auf dem Balkon in der Sonne. »Sara?« Erstaunt sah sie sich um. »Wo bist du denn?«

Sara kam auf den Balkon und hielt die Fotos vom Tatort in den Händen.

»Ach du meine Güte.« Cora nahm sie ihr schnell aus der Hand. »Das tut mir leid, dass du die … Ich hab einfach zu selten Besuch, du hättest die nicht …«

»Weiß ich doch. Keine Sorge. Ich verrate dich bestimmt nicht.« Sara setzte die Wasserflasche an den Mund und trank durstig.

Cora hielt die Fotos in der Hand und wartete, bis Sara endlich genug Wasser hatte. »Was hast du eben gesagt?«

»Was meinst du?«

»Na, gerade als ich noch in der Dusche war. Bevor du mit den Fotos gekommen bist.«

»Ach so, du, entschuldige, ich wollte hier nicht rumschnüffeln.«

»Nicht weiter schlimm. Viel wichtiger ist, was du entdeckt hast.«

Sara trank die Flasche leer und holte tief Luft. »Nun, ich sagte: ›Manet lässt grüßen‹, wegen der Bilder«, erklärte sie und deutete mit einem Nicken auf die Fotos in Coras Hand.

Cora sah entgeistert von Sara auf die Fotos, dann wieder zu Sara.

»Was ist? Du siehst aus, als hättest du einen Geist gesehen.«

»Nein, es ist … Wie kommst du auf Monet? Beziehungsweise: An welches Bild von ihm denkst du denn?« Cora spürte die warme Sonne auf den nassen Haaren. Und einen Schauer spürte sie auch … Hatte sie endlich eine neue Spur?

»Es hat mich an ›Das Frühstück im Grünen‹ erinnert«, antwortete Sara. »Aber von Édouard Manet, nicht das gleichnamige Gemälde von Claude Monet. Da sind nämlich alle angezogen.«

»Ach so, ja klar.« Cora schlug sich in einer übertriebenen Geste die flache Hand an die Stirn. »Himmel. Jetzt, wo du es sagst.«

»Du veräppelst mich gerade«, kommentierte Sara nüchtern und grinste. »Macht nichts, du wirst schon deine Gründe haben.«

Ich bin eine solch schlechte Lügnerin, dachte Cora. »Na ja, das Bild hatte ich nicht auf dem Schirm, zugegeben. Weder das eine noch das andere. – Ich mach uns einen Salat. Legst du wieder Musik auf?«

»Bin schon weg.«

Cora besah sich die Fotos in ihrer Hand. »Das Frühstück im Grünen«. Wie sah das gleich wieder aus? In irgendeiner Ausstellung hatte sie das Bild schon einmal gesehen. Sie stand auf und suchte im Internet nach einer Darstellung. Da war es. Im Original »Le Déjeuner sur l'herbe«. Verführerisch blickte die Frau aus dem Bild auf ihren Betrachter. Ja, man musste an die tote Bea denken. Das eine Bein angewinkelt, der seitliche Blick. Cora legte den Kopf schief. Es war spiegelverkehrt, aber es war die gleiche Pose. Vor allem dieses angewinkelte Bein und dieser Blick lösten Assoziationen aus. Irgendetwas verknüpfte sich da gerade in Coras Kopf, aber sie wusste noch nicht genau, was es war.

»Das ist die Tote, nicht wahr?« Sara stand neben ihr.

Cora nickte.

»Du kennst das Bild von Manet?«, erkundigte sich Sara und

zupfte an den Trägern ihres Kleides. Sie lagen auf ihren Schultern neben den weißen Streifen in ihrer sonnengebräunten Haut.

»Na ja, ›kennen‹ wär zu viel gesagt, ich habe es mir gerade im Internet rausgesucht.« Cora drehte den Laptop zu Sara.

»Ja, genau, das ist es. Es ist nicht eins zu eins, aber ich musste sofort an das Bild denken. Ist doch verblüffend, oder?«

In der Tat, das war es wirklich. Eine Tote, die einer Frau aus einem Gemälde glich, und die Kunstexpertin Ela Fouré am selben Ort, das konnte kein Zufall sein. Cora schluckte ihren Verdacht hinunter und drehte den Bildschirm wieder zu sich. Sara stellte sich hinter sie und beugte sich über ihre Schulter.

»Da, sieh mal, die Beinhaltung, dieser Blick aus dem Bild heraus«, sie fuhr die Linien nach, »das muss doch etwas bedeuten, dass der Täter das Opfer genauso drapiert hat.«

Cora sah nach oben und musste lachen. »Du bist in deinem Element.«

»Was? Ach so, na ja, ich habe ein Faible für Rätsel, schon immer«, erklärte Sara grinsend. »Du solltest vielleicht mal über das Bild und seine Rezeption recherchieren.«

»Okay. Woran genau denkst du dabei?«

Sara überlegte. »Einer meiner Professoren hat im letzten Semester eine ganze Vorlesung nur über dieses Gemälde gehalten. Ich war leider nicht dort, aber ich weiß vom Veranstaltungsverzeichnis, dass das Bild eines der meist rezipierten Bilder der Kunstgeschichte ist.«

»Tatsächlich? Und was bedeutet das genau?«

»Eine Menge Arbeit.«

»Ja, ja, schon verstanden, ich meine, warum ist es so besonders?«

»Hm, hattest du vorhin nicht etwas von Salat gesagt? Ich fall fast um vor Hunger!« Wie auf Kommando knurrte Saras Magen, und Cora musste laut lachen.

»Schon unterwegs. Ich zieh mich nur rasch an. Geh doch schon mal in die Küche, da sind Tomaten und eine Gurke. Fühl dich wie zu Hause, und dann erzähl mir alles, was dir zu Monet einfällt, ja?«

Sara salutierte. »Geht klar, Chef, aber es ist immer noch Manet, Monet ist der mit den Seerosen. Und bei seinem Frühstück im Grünen sind wie gesagt alle züchtig angezogen.«

Cora wischte ihr über den Kopf. »Ist notiert. M-a-n-e-t, der ohne Seerosen und Kleider. Und jetzt ab in die Küche mit dir.« Dann ging sie in ihr Schlafzimmer und streichelte dort Gizmo, der sich auf dem Bett ausgestreckt hatte. Für einen Augenblick stand sie vor dem Spiegel, ließ das Handtuch fallen und betrachtete sich. Sportlich sah sie aus, wie immer. Nicht elegant wie Ela und nicht so sexy wie Sara. Sie war durchtrainiert vom Laufen und ihrem ehrgeizigen Training in Fitnessräumen, und sie hatte wirklich einen Waschbrettbauch und mochte ihn eigentlich, auch wenn David sie damit aufgezogen hatte. Gerade kam sie sich spröde vor. Es gefiel ihr nicht immer, dass man ihr die Diszipliniertheit ansah.

»Soll ich den Eissalat auch schon schneiden?«, rief Sara aus der Küche, und Cora beeilte sich, in ihre beigen Shorts und ein hellblaues Shirt zu schlüpfen.

Sara musterte sie, als Cora in die Küche kam. »So lange brauchst du für Shirt und Shorts?« Sie lachte. »Was, wenn wir mal schick ausgehen? Fängst du dann morgens schon an mit Anziehen?« Sie fand das ungeheuer lustig und kicherte.

»Sehr witzig, Frau Sara, wirklich sehr witzig.« Cora holte eine Flasche Wasser aus dem Kühlschrank. Damit setzte sie sich auf die Küchenablage. »Wie ich sehe, schaffst du das gut allein. Und weil du eine kluge Frau bist, kannst du beides: erzählen und Salat schnippeln. Schieß los.« Sie setzte die Flasche an und trank einen halben Liter, ohne abzusetzen.

Sara wusch das Gemüse und schnitt dann folgsam Salat, Paprika und Karotten für die große Schüssel, die vor ihr stand. »Also wenn ich mich recht erinnere, dann konnte die Bedeutung des Gemäldes nie eindeutig ermittelt werden. Es ist wohl immer noch ein Rätsel, worum es Édouard Manet dabei ging. Die Betrachter waren verwirrt, weil da angezogene Männer mit nackten Frauen ein Picknick veranstalteten. Wo und warum?«

»Aha, ein Rätsel also. Das passt ja. Kannst du mich mit dem

Professor zusammenbringen? Er ist in Konstanz an der Uni, sagtest du?«

»Äh«, Sara grinste verlegen, »schwierig.«

»Weil?«

»Der ist nicht sehr gut auf mich zu sprechen.« Sara ließ ihren linken Zeigefinger neben ihrem Kopf kreisen.

»Wie das?« Cora klaute sich eine Möhre. Laut knackte es.

»Er ist ein Giftzwerg, ganz einfach. Egal, ich werde ihn morgen Vormittag besuchen und um einen Termin bitten.«

»Prima, vielen Dank. Und jetzt decke ich den Tisch. Für drei übrigens. Mein Bruder David müsste jeden Augenblick kommen. Du wirst ihn mögen.«

Sara und David hatten sich nicht nur auf Anhieb prächtig verstanden, gegen dreiundzwanzig Uhr beschlossen sie überdies, dass der Abend noch jung genug für einen Ausflug in die Stadt war. Minutenlang redeten sie auf Cora ein.

»Ich bin zu alt«, sagte sie lachend. »Geht ihr junges Gemüse ruhig aus und lasst mich allein.« David umarmte sie überschwänglich, hakte Sara unter und verließ mit ihr pfeifend die Wohnung.

Cora ließ sich auf ihr Sofa fallen und kraulte Gizmo. Keine zwei Minuten später klingelte es an ihrer Tür. »Oh, David«, fluchte sie leise, sicher, dass er oder Sara etwas vergessen hatten, doch als sie öffnete, stand Ela vor ihr.

»Stör ich?« Sie trug wieder die schwarze Kurzhaarperücke.

»Nein, du störst nicht. Komm rein.« Cora ließ Ela eintreten. Bevor sie die Tür hinter ihr schloss, warf sie einen Blick in den Hausflur. »Was gibt es?«

Ela blieb stehen, sah sich in der Wohnung um und dann Cora in die Augen. »Du hast gesagt, ich könnte vorbeikommen. War das auch so gemeint?«

»Ja, natürlich.«

»Gut, hier bin ich.«

»Okay«, Cora machte eine einladende Geste, »dann fühl dich wie zu Hause.« Noch während sie dies sagte, schüttelte sie innerlich den Kopf über sich. »Entschuldige, dumme Floskel.«

»Ach was, lass nur.« Ela setzte sich auf das weiße Sofa. »Schön hast du's hier.« Plötzlich bewegte sich etwas neben ihr. Sie zuckte erst zusammen, dann lächelte sie. »Weiße Katze auf weißem Sofa. Beinahe wie weißer Hund im Schnee.«

»Bitte?«

»Na, das Gemälde von Franz Marc. Hängt in Frankfurt. Im Städelschen. Es ist zauberhaft. Wenn ich … Ach, egal.« Sie streichelte die Katze, die sofort laut zu schnurren begann.

Cora überlegte, was Ela wohl zu ihr geführt hatte. Wollte sie endlich mit der Wahrheit herausrücken? »Wir können noch auf den Balkon, wenn du möchtest. Magst du was trinken?«

Ela sagte zu beidem Ja. Wenig später saßen sie unter dem Nachthimmel, und Cora öffnete eine Flasche Rotwein.

Ela schenkte ein. »Ich wollte einfach nicht alleine sein.«

Cora ließ den Nachmittag Revue passieren. Plötzlich lachte Ela.

»Cora, du träumst ja mit offenen Augen.«

Cora nickte.

»Es war aufregend heute Nachmittag, nicht wahr?«

Wieder nickte Cora zustimmend. Sie hielt dem Blick Elas stand und schwenkte dabei den Rotwein in ihrem Glas, dann führte sie das Glas zu ihrem Mund und spielte mit ihren Lippen an dem feinen Rand. Sie flirtete und war sich dessen durchaus bewusst, auch wenn sie nicht wusste, wohin das führen und wie mutig sie sein würde. Kontrolle behalten …

Dann dachte sie wieder an ihre Diszipliniertheit in all den Jahren, mit der sie den schlimmsten Kontrollverlust ihres Lebens zu verdrängen versucht hatte. Dabei war sie damals noch ein Kind gewesen. Jetzt staunte sie, wie leicht sich alles anfühlte, wenn sie losließ.

»Cora?«

Cora spürte, wie ihr Magen kurz hüpfte. »Alles okay.«

»Sicher? Soll ich lieber gehen?«

Cora atmete tief durch, nahm einen Schluck Wein und erinnerte sich an das Gefühl, als sie mit Sara geraucht hatte. Vorgestern, dieses Fliegen ohne Flügel …

»Nein, bloß nicht.« Sie lächelte Ela an und warf die Kontrolle über die Brüstung ihres Balkons, irgendwo zerschellte sie bei den Mülltonnen. Es hallte nur kurz in ihr nach.

»Aufregend schön«, flüsterte Ela und stellte ihr Weinglas weg. Anschließend nahm sie Cora ihres aus der Hand und stellte es ebenfalls auf den Tisch. »Und viel zu abrupt zu Ende.«

Cora wusste, alles, was nun folgte, würde neu sein. Am Nachmittag waren sie von einem weiteren Kunden unterbrochen worden, doch hier in ihrer Wohnung konnte niemand sie stören.

Dann endlich beugte sich Ela zu ihr, legte ihr eine Hand in den Nacken und zog ihren Kopf zu sich heran. Viele kleine Nadeln schwammen mit der Welle, die über Coras Körper hinwegschwappte, als Ela sie küsste, und jegliche Sorge über Richtig oder Falsch war vergessen. Womöglich hatte sie genügend Wein getrunken, um diese Lockerheit aufzubringen, womöglich war sie einfach fasziniert genug von Ela oder neugierig genug oder verwirrt …

All diese Gedanken schossen ihr durch den Kopf, auch dass sie mitten in einem Fall war, in einem Fall mit Ela, die vielleicht Opfer oder Beteiligte oder … Doch die Neugier überwog. Sie merkte, dass sie sich fallen lassen konnte, sie fühlte sich entspannt, sogar als Ela aufstand und sie an der Hand nach oben zog.

»Ich bin nicht lesbisch«, flüsterte Cora.

»Ich auch nicht«, entgegnete Ela leise. »Spielt das eine Rolle?«

»Überhaupt nicht. Ich mag nur klare Verhältnisse.«

»Sie sind sehr korrekt, Frau Merlin, sehr korrekt.«

Jeder folgende Kuss, jede Berührung passierten wie selbstverständlich, und Cora kam gar nicht heraus aus dem Staunen – vor allem über ihre eigene Souveränität.

Samstag

Der Maler Piet Huisman hatte schon als kleines Kind Spaß an der reinen Beobachtung gehabt, sodass seine Mutter ihm nur eine kleine Aufgabe stellen musste, um ihn für Stunden ruhig zu stellen. Sie sagte ihm zum Beispiel, er solle die kleinen Punkte der Erdbeerhaut zählen, und der siebenjährige Piet setzte sich mit einer Erdbeere auf die Wiese und begann die Frucht andächtig auf seiner Handfläche zu betrachten. Schon damals hatte er die Schönheit der Früchte entdeckt, wie überhaupt alles eine ganz besondere Schönheit gewann, wenn man es nur lange genug betrachtete. Seine Mutter belächelte ihn, gleichwohl war sie auch froh über seinen Langmut. Der Vater schimpfte manchmal, machte sich Sorgen über die Langsamkeit seines Sohnes. Die Lehrer attestierten ihm gar eine Lernschwäche, und die Sportlehrer verzweifelten.

Indessen begriff Piet, dass Dinge nur dann eine Bedeutung erlangten, wenn man ihnen Aufmerksamkeit widmete. Schönheit, so schrieb er als Elfjähriger in einem Aufsatz, liege nicht im Auge des Betrachters, wie es das Sprichwort sagte, zumindest nicht ausschließlich, sondern vielmehr in der Dauer der Betrachtung. Das war revolutionär, nicht nur für einen Elfjährigen, fand er. Piet zog los, um seine Klassenkameraden, seine Lehrer und nicht zuletzt seine Familie an seiner Erkenntnis teilhaben zu lassen, doch keiner schien Interesse daran zu haben. Für Piet ein schwerer Schlag.

Die Eltern verzweifelten schon bald an der Eigenwilligkeit ihres Sohnes, der immer renitenter wurde, je weniger man ihn ernst nahm mit seinen Ansichten. Er schwänzte den Unterricht, boykottierte ihn mit Sitzstreiks, verweigerte manchmal das Essen oder aß so viel, dass er sich erbrechen musste. Er tat alles, um zu stören und aufzufallen. Gerade als sie beschlossen hatten, Piet in ein Internat zu schicken, kam ganz unerwartet die Wende. Als er an diesem Junitag frustriert die Schule verließ und sich auf dem Heimweg neben einen älteren Herrn auf eine Bank setzte – es war ein ungewöhnlich heißer Tag, und Piet wollte unbedingt das Flirren der Hitze in den Blättern beobachten –, da waren sie ins Gespräch gekommen, er und der ältere Herr, der ein ehemaliger Kunstlehrer war und der sofort verstand, was Piet so erzählte von der Beobachtung und der Schönheit in der Kunst.

»Malst du gern?«, fragte der ältere Herr.

»Keine Ahnung. Ich schau mir einfach gern Sachen an.«

»Dann male jetzt mich auf dieser Bank von … Hm, lass überlegen, von da drüben, bitte.« Der alte Mann kramte in seiner Tasche, zückte einen Bleistift, der schon stumpf war, und einen Block und rückte sich in Position.

Piet stand auf und setzte sich an die ihm zugewiesene Position auf die Straße, und dann geschah eine lange Zeit nichts. Der alte Mann bewegte sich während der ganzen Zeit nicht. Irgendwann stand Piet auf, keinen einzigen Strich hatte er auf das Papier gemalt, und ging zur Bank, setzte sich neben den Mann und zeichnete. An einem Stück das ganze Bild.

Der alte Mann beobachtete ihn, dann betrachtete er das Bild lange, dann sagte er den alles entscheidenden Satz: »Du hast das Blut und den Geist eines großen Künstlers.«

Am selben Tag hatte Piet zu malen begonnen. Er versprach, seine Eltern nicht mehr zu ärgern, und musste nicht ins Internat. Dafür malte er wie ein Besessener. Alles, was er gesammelt hatte in den letzten Jahren in seinem Kopf, alles musste raus.

Jeden Tag traf er sich mit dem alten Mann, und dieser brachte ihm nach und nach alles bei, was er über die Kunst, die es bereits gab, wissen musste. Piet war wie ein Schwamm und zweifelsohne ein riesiges Talent. An seinem sechzehnten Geburtstag eröffnete er seine erste eigene Ausstellung und startete eine steile Karriere. Die Bilder stürmten den Kunstmarkt, als hätten alle Kunstinteressenten Hollands geradezu auf ihn, Piet Huisman, gewartet. Mit neunzehn hatte er so viel verdient, dass er ausziehen konnte. Er mietete sich eine kleine Wohnung in Ootmarsum und war dort ganz und gar Künstler. Leider war sein Mentor wenige Monate nach seinem Durchbruch verstorben. Ein großer Verlust für Piet, der ebenso erfolgreich wie einsam war.

Bei einer Ausstellung in London traf er auf Ela, eine Kunststudentin aus Florenz. Es war eine spontane, zügellose Liebe, und es war seine erste Liebe. Manchmal war er sich vorgekommen, als mache er alles, damit er es von außen beobachten konnte. Seine Handlungen waren allesamt Versuche, um sie später im Bild darstellen zu können. Immer musste er sie beobachten: Ela beim Ausziehen, Ela beim Anziehen, beim Essen, beim Lachen, bei der Liebe. Schließlich war er mit ihr nach Venedig gezogen. Verrückt, verwirrt, verliebt. Seine Ausstellung mit Bildern von Ela wurde geradezu frenetisch gefeiert in der Presse, eine Ausstellung, die ihm finanziell die absolute Freiheit bescherte. Er kaufte sich eine Dachgeschosswohnung in Venedig und ein kleines Apartment in Paris mit Blick auf den Eiffelturm.

Jetzt saß Piet auf dem kleinen Balkon in seinem Hotel am Bodensee. Es war Mitternacht, alles war still. Vor ein paar Stunden hatte Ela angerufen und von Bea erzählt. Wieder eine Tote. Piet stöhnte und nahm seinen Zeichenblock zur Hand. Malen würde ihn beruhigen. Mit schnellen Strichen zeichnete er die Landtorbrücke mit den Fahnen, die an der Stange baumelten, darunter ein paar Radler und einen roten Bus. Lindau gefiel ihm tatsächlich. Er könnte sich auch hier ein Domizil gut vorstellen. Er blätterte um und hatte wieder eine leere Seite vor sich. Jetzt malte er Ela, daneben den Professore mit einer Papierrolle in der Hand. Er malte einfach drauflos, ohne zu überlegen. Ein neues Bild, wieder ein paar Striche, die Tote in der von Ela beschriebenen Pose.

Piet überlegte einen Augenblick, dann griff er zu seinem Handy und rief in Venedig an. Nach einem kurzen Telefonat, das seinen Verdacht bestätigte, rief er auch seine Kontaktpersonen in London und Paris an. Nach den Gesprächen zog er sich umgehend an und rannte die Treppe nach unten ins Erdgeschoss an die Rezeption.

Die junge Frau dort erschrak, als er plötzlich vor ihr stand.

»Das Internet geht oben nicht richtig. Wo habe ich guten Empfang?«

»Hier ist der Empfang am besten, aber erschrecken Sie mich bitte nicht mehr so.«

»Versprochen!« Piet suchte sich einen Platz in der Lobby.

Auch wenn es offen zugänglich war, so fühlte es sich doch immer merkwürdig an, das Darknet zu betreten, davon konnte auch Piet sich nicht freimachen. Er fühlte sich nicht als Verbrecher bei dem, was sie taten, und doch begleitete ihn stetig ein schlechtes Gewissen.

Die Website, die er suchte, beschäftigte sich mit illegal in Umlauf gelangter Kunst. Die Polizei konnte die Website ebenfalls aufsuchen, die IP-Adressen jedoch nicht zurückverfolgen. Piet war das Ganze technisch ein Rätsel, aber immerhin funktionierte es seit Jahren. Allerdings rüstete die Polizei auf, Digitale Forensik hieß die entsprechende Abteilung der Kriminalpolizei, und Piet vermutete, dass es nur eine Frage der Zeit war, bis das Verbrechen wieder neue Wege finden musste. Im Grunde waren sie in ihrem Kunstzirkel ja immer sehr oldschool, trafen sich in einem Keller und besprachen die Details, dennoch hatte Piet die Vorzüge des Darknet durchaus zu schätzen gelernt. Der Professore war dort nicht nur in Kunstforen unterwegs. Seinen Decknamen »il raffinato«, der Feingeistige indessen kannte bislang nur Piet.

Er war der einzige Gast in der Lobby zu dieser späten Stunde. Die Dame von der Rezeption hatte ihm Kaffee, dann Wein und schließlich Cognac angeboten, doch er hatte alles abgelehnt, er war viel zu beschäftigt. Schließlich ließ sie ihn in Ruhe.

Der Professore tauschte sich auf einer Website mit einem User aus, der von »Auflösung« und »Finale« schrieb und Piet im Tonfall an einen alten Bekannten erinnerte. Er recherchierte weiter und stieß plötzlich auf einen Namen: Theodor Rosenfelder. Wie hieß der Kulturamtsleiter von Lindau? Nachdenklich ging Piet die Treppen nach oben in sein Zimmer. Wusste Ela von Rosenfelder? War er ein Konkurrent? Immerhin hatte Piet vorhin noch recherchiert, seit wann der Kulturamtsleiter in Lindau war und welch umfangreiche Ausstellungen er schon in die Stadt am Bodensee geholt hatte. Sein Einfluss war offensichtlich gut. Die Idee, die Piet gerade im Kopf herumspukte, war absolut verrückt. Noch im Treppenhaus suchte er ein Foto des Kulturamtsleiters und betrachtete es unterwegs auf dem kleinen Display seines Smartphones. Vor seinem Zimmer hielt er an und öffnete ein zweites Fenster mit einem anderen Foto. Mehrmals wechselte er zwischen den beiden hin und her. Vor seinen Augen flimmerte es, als er sein Zimmer betrat und die Tür hinter sich schloss. Auf dem Flur hatte er kurz gemeint, einen Schatten gesehen zu haben. Er holte tief Luft. Der Kulturamtsleiter von Lindau … War das möglich? Es klopfte. Er dachte an die Dame von der Rezeption, vielleicht hatte er dort unten etwas liegen gelassen.

Er öffnete die Tür. Im nächsten Moment landete ein schwerer Gegenstand auf seinem Kopf, so schnell, dass Piet nicht ausweichen konnte. Er fiel zurück und stieß einen Schrei aus. Blind vor Schreck und Angst sprang er vom Boden auf und schlug um sich, drehte sich wie wild geworden, merkte, dass er an Bett oder Tisch rempelte und irgendetwas umfiel und am Boden zerschellte. Er tippte auf die Weinflasche. Nur nicht stillstehen, dann bringt er dich um, dachte er. Wenn jetzt *ihn* jemand beobachtet hätte, so wäre das ein Bild geworden, das den Titel »Irrentanz« wohl verdient hätte.

Piet hob die Arme und rieb sich die Augen, doch er konnte nur Schatten sehen, und eine Flüssigkeit lief ihm in Strömen über das Gesicht. Dann sah er, wie der andere die Hand hob, und für einen Augenblick erhaschte sein Gehirn eine klare Struktur. In der Hand des Mannes befand sich ein Revolver, und dieser Revolver legte sich eben auf seine Stirn. Mit einem Schrei warf sich Piet hinter das Bett, das er neben sich vermutete. Dann wurde alles dunkel.

***

Wieder waren sie und Cora unterbrochen worden, aber Ela wusste, dass es ein Notfall sein musste, wenn nach Mitternacht jemand auf dem Handy anrief. Sie erschrak, als sie Piets stammelnde Stimme am Telefon erkannte. Ihr Herz raste wie nach einem Sprint. »Cora, ich muss, ein Freund …«, stammelte sie, zog sich rasch ihr Kleid über und rannte hinaus. Auf der Fahrt begriff sie, wie sehr sie noch an Piet hing. Sie könnte es nicht ertragen, wenn ihm etwas passierte. Sie wusste, dass er sie liebte. Sie wusste, dass er vor allem ihretwegen dem Zirkel beigetreten war und alles tun würde, um sie zu schützen. Ihr war auch klar, dass Piet viel mehr über sie und ihren Vater wusste, genug, um …

Verdammt, dachte sie und schlug auf ihr weißes Lenkrad, wir müssen aufhören. Wir müssen endlich damit Schluss machen. Bevor es zu spät ist.

Wenig später hielt sie vor dem Hotel am Aeschacher Ufer. Es war still, sie konnte sogar das Gurgeln des Wassers hören und irgendwo in der Ferne über den Schweizer Alpen das dunkle Grollen eines seit Tagen angekündigten Gewitters.

Piet erwartete sie am Ende des Flurs in seinem Türrahmen lehnend. Auf den Kopf hatte er ein Handtuch gepresst.

»Um Himmels willen!« Sie hob das Handtuch ein Stück zur Seite und sah die große Wunde. »Das muss sicher genäht werden. Soll ich dich ins Krankenhaus bringen?«

Piet war kreidebleich. Kaum merklich schüttelte er den Kopf und ging zurück in sein Hotelzimmer. Dort herrschte das reinste Chaos. Blutflecken auf dem Bett und am Boden, Tisch und Stuhl umgeworfen, der Schrank geleert und die Kleider im Zimmer verteilt.

»Piet«, Ela sah sich besorgt im Zimmer um, »was ist hier passiert?«

»Er hat versucht, mich umzubringen«, erklärte Piet monoton. »Wie schon in Venedig. Dieses Mal kam er selbst.«

»Wer?«

»Der Professore.«

»Hast du ihn gesehen?« Ela sammelte die Kleider ein, entdeckte ein altes Wäschestück von sich, dass sie Piet einmal geschenkt hatte, und lächelte kurz.

»Sag nichts«, flüsterte er.

Sie packte es zu den Shirts in seine Reisetasche. »Also? Hast du ihn wirklich erkannt?«

»Nein, ich hatte ihn aber direkt davor angerufen und ihm auf den Kopf zugesagt, dass ich ihn für einen Mörder halte.«

Ela stutzte. »Du meinst wirklich, er war das im ›Klein Paris‹?« Sie verschränkte die Arme. »Ich habe ihn gestern noch getroffen. Ich kann nicht glauben, dass er wirklich dazu fähig wäre.«

Piet erschrak. »Du hast was?« Vorsichtig löste er das Handtuch vom Kopf und betrachtete sich im Spiegel. »Meinst du wirklich, das muss genäht werden?«

Ela begutachtete die Wunde, während sie antwortete: »Es bleiben uns nicht mehr allzu viele Tage, und ich wollte sehen, wie er sich verhält. Deshalb hab ich mich mit ihm getroffen.« Sie drückte Piets Hand mit dem Handtuch wieder auf die Wunde und nickte. »Ist das eine Schusswunde?«

Piet schüttelte den Kopf. »Er hat mir seinen Revolver nur an den Kopf gehalten, dann bin ich in Panik hinter das Bett gesprungen.« Er kniff die Augen zu. »Dieser Scheißkerl.«

»Du bist dir sicher, dass er es war?«, hakte Ela nach. Sie konnte es immer noch nicht glauben.

Piet stemmte die Hände in die Seiten. Das Blut des Handtuchs färbte seine Hose. »Du spinnst doch«, schimpfte er. »Du glaubst, ich erfinde das? Ich bin mir sicher, dass er der Einzige von uns allen ist, der dazu überhaupt fähig wäre. Wie lange kennst du ihn inzwischen?«

»Lang genug, um diesbezüglich gehörige Zweifel zu haben«, flüsterte Ela. »Komm, lass mich dich ins Krankenhaus bringen. Er hatte übrigens den Japaner im Verdacht.«

»Es wäre nicht das erste Mal, dass er sich an einer Frau vergreift und sie … Den Japaner? Den hab ich seit London nicht gesehen. Der hat sich abgesetzt oder ist ausgestiegen. Wie ein paar andere übrigens auch. Vielleicht haben sie begriffen, dass es zu heiß wird. Wahrscheinlich das Beste, was sie tun konnten.« Piet bewegte testend den Kiefer hin und her.

»Bitte? Was meinst du mit ›es wäre nicht das erste Mal‹?«

»Das weißt du gar nicht? Er hat in Paris eine Prostituierte verprügelt, daher war er auch eine Weile von der Bildfläche verschwunden. Und das war nicht das erste Mal. Er ist verrückt, verstehst du?«

»Das wusste ich nicht«, sagte Ela.

»Man hätte ihn damals gleich ausschließen sollen. War doch klar, dass er irgendwann ausflippt.«

»Uns ging es aber doch immer um die Kunst, oder nicht?«

Piet holte tief Luft. »Ela, was ich dir jetzt sage, musst du für dich behalten.«

Sie nickte und rückte ein Stück näher an sein Gesicht.

»Wir hatten mal ein Gespräch im Zirkel.« Piet sah sich um, als hätte er Angst, Ela einzuweihen. »Nun«, flüsterte er, »der Professore hat eine aberwitzige Theorie aufgestellt.«

»Eine Theorie? Ich verstehe nicht.«

»Über die Lösung eines Bilderrätsels. Er war schon seit Jahren dabei, das Rätsel dadurch zu lösen, dass er die Bilder nachzustellen versuchte.«

»Okay, das ist nicht bahnbrechend«, wunderte sich Ela.

»Ich glaube, er benutzt Tote dafür.«

»Was?« Ela schüttelte vehement den Kopf. Ihr war schwindelig. »Hör mal, geht jetzt nicht die Phantasie mit dir durch? Das ist doch absurd.«

»Du hast Bea doch gesehen und mich danach angerufen und sie mir genau beschrieben. Also wie saß sie da?«

Elas Atem beschleunigte sich. »Ich dachte, es wäre …«

»Zufall? Ein Hinweis? Just in dem Bordell, in dem *du* abgetaucht bist? Eine Drohung gegen dich persönlich?« Piet lachte höhnisch auf. »Such dir was aus. Es gibt nicht viel Spielraum für Verdächtigungen.« Er fasste sie an beiden Schultern und sah ihr in die Augen. »Ela, hör mir jetzt genau zu. Ich glaube, dass er bereits drei Frauen auf dem Gewissen hat. Er ist ein Psychopath. Ich arbeite seit über einem Jahr für Interpol.«

Ela starrte Piet an. »Bitte was? Ich verstehe nicht ganz. Interpol?«

»Die Internationale kriminalpolizeiliche Organisation.«

Ela verdrehte die Augen. »Ich weiß, was das ist. Aber wie kommst du ins Spiel? Es gibt, soweit ich weiß, keine Agenten in dem Verein.« Ela stemmte ihre Hände in die Hüften. Sie ahnte, worum es gleich gehen würde.

Piet nickte. »Das stimmt. Es gibt keine Agenten bei Interpol, aber Datenbanken. Die ›Automated Search Facility‹, schon mal gehört? Wahrscheinlich nicht. Dort sind allerlei Daten gespeichert, DNA-Profile, Tatortfakten und …«, er machte eine Pause, »… auch gestohlene Dinge. Ausweise, Fahrzeuge …«

»Und Gemälde, nehme ich an?« Ela ließ den Kopf hängen. Sie verlor gerade vollkommen den Halt.

»Seit einigen Jahren gibt es eine Kooperation zwischen mehreren europäischen Staaten über gestohlene Kunst. Wie du dir denken kannst, ist dort nicht mal ein Bruchteil vermerkt. Auch hier hatte dein Vater ein gutes Standing, dennoch gibt es mehrere Ersuchen von Interpol-Mitgliedstaaten um Personenfahndungen im Zusammenhang mit verschwundener Kunst.«

»Aha. Und wie genau kommst du jetzt ins Spiel?«

Piet senkte beschämt den Blick. »Ich bin eine der gesuchten Personen.«

»Bitte?«

Piet lachte auf, doch es war ein verzweifeltes Lachen. »Du hast das noch nicht gemerkt, aber sowohl die Polizei von Venedig als auch die von Paris ist unserem Zirkel seit beinahe fünf Jahren auf den Fersen. In London gab es mehrere Kontaktaufnahmen mit Mitgliedern aus dem Zirkel, auch im Internet in unseren Foren bewegen sich etliche Ermittler mit Fake-Profilen. Interpol hat nun mehrere Dienststellen koordiniert, einzig zu dem Zweck, uns zu schnappen.« Piet ließ sich auf sein Bett sinken. »Eine Sondereinheit zur Bekämpfung des internationalen Kunstraubs und -handels. Daher hat sich unser Konkurrent aus Japan alsbald abgesetzt. Und einige andere auch.«

Ela sah ihn erschrocken an.

»Sie haben versucht, deinen Vater anzuwerben, in London. Erinnerst du dich, er war einmal für zwei volle Tage verschwunden.«

»Ich dachte …«, begann Ela, brach jedoch ab. Jetzt an einen Kunstraub zu denken, kam ihr verräterisch vor.

»Doch, Ela, du musst mir bitte glauben. Sie sind uns auf den Fersen, das wird der letzte Coup.«

»Wie lange bist du schon deren Spitzel?«

»Ich bin nicht –«

Da klopfte es an die Tür. Ela sah sich erschrocken um, und Piet gab ihr ein Zeichen, auf den Balkon zu verschwinden. Er selbst trat zur Tür.

»Wer ist da bitte?«, fragte er, und Ela hörte die Angst in seiner Stimme. Ihr Magen verkrampfte sich.

»Polizei, machen Sie auf«, erklang eine Stimme vom Flur, und Ela atmete erleichtert auf, um im nächsten Moment eine böse Vorahnung zu haben. Wie gebannt starrte sie ins Zimmer und beobachtete, wie Piet die Tür öffnete. Cora trat gefolgt von zwei Beamten ein und sah sich aufmerksam um. Ela hielt die Luft an.

»Wer hat Sie denn verständigt?« Noch immer hielt Piet das blutige Handtuch.

Ela spürte Coras suchenden Blick – er blieb an der Balkontür hängen. »Wer ist da noch? He, Sie da draußen, kommen Sie rein!« Cora hatte die Hand an ihrer Dienstwaffe, auch die beiden Beamten waren alarmiert.

Langsam ging Ela nach drinnen. Verlegen stellte sie sich neben Piet und hob kaum merklich die Schultern. Sie sah, dass Cora den Mund öffnete, aber nicht wusste, was sie sagen sollte. Ein Augenblick hing zögernd in der Luft, Ela brach die Stille.

»Cora, ich hatte –«

»Was tust du hier?«, fragte Cora.

»Ich –« Erneut kam Ela nicht weiter.

»Was ist denn hier los? Könnte mich mal einer aufklären?« Piet war ungehalten und trat einen Schritt zur Seite. »Also? Ela? Ich höre.«

»Wir haben uns im Zuge der Ermittlungen kennengelernt«, erklärte Ela ihm schnell, ohne den Blick von Cora abzuwenden. Sie wusste, dass Piet gerade Sorge hatte, ihr zu Unrecht vertraut zu haben.

»Genau«, bestätigte Cora, dann wandte sie sich Piet zu und fuhr sachlich fort. »Sie sind überfallen worden?«

Piet schüttelte den Kopf. »Wie kommen Sie denn darauf?«

»Was ist mit Ihrem Kopf passiert?«, fragte Cora, und Ela konnte sehen, wie sie sich zusammenreißen musste.

»Ich bin gegen den Türrahmen gelaufen«, antwortete Piet.

»Aha, der Türrahmen also. Dann wünschen Sie wohl auch keine Ermittlung«, mutmaßte Cora sarkastisch, und Ela schluckte.

»Nein, natürlich wünsche ich keine Ermittlungen. Wer hat Ihnen denn so einen Blödsinn erzählt von wegen Überfall?«

Cora holte tief Luft. »Diesen Blödsinn hat uns die Dame von der Rezeption erzählt. Sie hat angerufen, weil sie auffällige Geräusche gehört hat. Schreie, Möbel sollen gefallen sein, sie glaubte, da werde einer umgebracht, und genauso sieht es hier auch aus.«

Piet sah fragend zu Ela. »Sag, Schatz, sind wir überfallen worden? Wir sind vielleicht ein wenig lauter geworden, das mag sein.«

Ela fühlte den bohrenden Blick von Cora auf sich. »Ich … Nein, kein Überfall«, sagte sie.

»Das ist ja wirklich komisch, nein, lassen Sie es mich anders formulieren, es ist geradezu zynisch. Zwei Mordversuche, zwei Mal sollen wir nicht ermitteln, zwei Mal dieselbe Frau im Spiel. Was soll ich da denken, kannst *du* mir das sagen?« Cora warf Ela einen bösen Blick zu, dann wandte sie sich wieder an Piet. »Sie bleiben dabei, dass Sie gegen den Türrahmen gelaufen sind?«

»Selbstverständlich.«

Cora ließ für einen Moment den Kopf sinken. »Gut, also kein Überfall. Dann wünschen wir noch einen schönen Abend.«

»Ebenfalls, Frau Kommissarin. Wie hießen Sie doch gleich?«

»Merlin, ich heiße Cora Merlin.«

Piet nickte und hob Zeige- und Mittelfinger an die Stirn zum Gruß. »Werde ich mir merken.«

Ela sah Cora hinterher, wie sie das Hotelzimmer verließ. Sie wusste, dass sie ihr eine Erklärung schuldig war.

»Sag, Ela«, begann Piet in ihrem Rücken, und sie wandte sich ihm zu, »kann ich dir eigentlich noch trauen?«

Sie nickte. »Na, hör mal. Natürlich. Aber warum arbeitest du denn nicht mit der Polizei zusammen?«

»Ausgeschlossen.« Piet sah sich um, dann fand er, was er gesucht hatte. Er angelte die Zigarettenschachtel unter dem Sessel hervor, nahm sich eine heraus und zündete sie mit zitternden Fingern an. »Eine Zusammenarbeit mit der Polizei ist absolut ausgeschlossen, das Abkommen betrifft diesen letzten Coup.«

***

»Nun, Frau Merlin, wie mir Sara erklärt hat, möchten Sie gerne einen Vortrag über Manets ›Das Frühstück im Grünen‹ haben, sehe ich das richtig?«

»Das wäre wirklich sehr hilfreich, ja.« Sara hatte Cora angerufen und diesen kurzfristigen Termin genannt. Jetzt oder nie, der Professor gehe auf Reisen und sei außerdem sehr gewillt, der Polizei zu helfen. Deshalb saß Cora jetzt diesem Kunstgelehrten gegenüber, obwohl sie noch ganz erschlagen von der Nacht war. Christian hatte sie angerufen. Er hatte zwar Bereitschaft, sah sich jedoch außerstande zu fahren. Weshalb, das wollte sie nicht fragen, denn er klang schrecklich. Also hatte sie sich schnell angezogen und war in das Hotel gefahren. Da ein Schuss gemeldet worden war, kamen außerdem zwei weitere Beamte zur Unterstützung – um dann dort auf Ela zu treffen. Richtig geschlafen hatte sie danach nicht mehr, und morgens gegen vier war sie schon wieder aufgewacht, weil David nach Hause gestolpert kam, leise ein Lied summend.

»Das ist ein sehr umfassendes Thema, das wissen Sie hoffentlich?« Der Professor rückte seine Brille zurecht. Er sah von Cora zu Sara, die Cora unter dem Tisch in den Oberschenkel knuffte.

»Ja, Herr Professor Strassmann, dessen bin ich mir durchaus bewusst, daher sind wir ja auf Ihre Hilfe angewiesen. Haben Sie vielen Dank, dass Sie so kurzfristig Zeit für mich haben. Und das sogar an einem Samstag. Sie verstehen sicher, dass es mir unmöglich ist, mir dieses Wissen selbst anzulesen.«

»Nein, nein, das ist wirklich ganz ausgeschlossen. Ihre Bekannte Sara Berg hat mir gesagt, dass Sie polizeilich ermitteln und in diesem Rahmen meinen Kunstverstand benötigen?«

Cora nickte. Sara hieß also Berg mit Nachnamen. Schön, kurz und bündig. Welch ein Glück, dass Strassmann sieben Tage die Woche an der Universität verbrachte. Der Gute spielte ständig mit seinen Fingern Klavier auf dem Schreibtisch, der so sauber war, dass Cora schon meinte, sich darin spiegeln zu können »Ja, das ist richtig. Mehr darf ich Ihnen allerdings nicht dazu sagen.«

»Gewiss, gewiss. Wochenende spielt keine Rolle. Nun denn, Frau Merlin, dann gebe ich Ihnen mal eine kurze Einführung.«

Er stand auf und begann mit den Händen in den Hosentaschen seines grauen Anzugs und leicht vorgebeugt im Zimmer auf und ab zu gehen, und zwar in so weitem Ausmaß, dass Cora den Kopf wenden musste, wenn sie ihn im Blick behalten wollte. Sara zwinkerte ihr zu.

»Als 1863 die Jury der offiziellen Pariser Kunstausstellung, des ›Salon de Paris‹, mehr als die Hälfte der ihr vorgelegten Werke abwies und in der Presse empörte Protestrufe laut wurden, sah sich Kaiser Napoleon III. zu einer populären Geste veranlasst: Die Zurückgewiesenen erhielten eine Ausstellungsmöglichkeit neben dem offiziellen Salon im Palais des Champs-Élysées, den sogenannten ›Salon des Refusés‹. Das Publikum sollte sich selbst ein Urteil über die zurückgewiesenen Werke bilden. Dieser ›Salon der Zurückgewiesenen‹ wurde berühmt, schon am ersten Tag kamen mehr als siebentausend Besucher. Eines der Bilder in dem Ersatzsalon war das ›Le Déjeuner sur l'herbe‹, das ähnlich dem Gemälde Courbets ›Les demoiselles des bords de la Seine‹ von 1857 einen Skandal auslöste. Das Publikum reagierte beim Anblick des Bildes, das zwei städtisch gekleidete Männer mit einer Nackten im Grünen beim Picknick zeigt, mit Lachanfällen. Es stellt sich also die Frage, was so außergewöhnlich an Manets Bild war, dass es zu einer derartigen Reaktion kommen konnte.« Professor Strassmann machte eine kurze Pause und sah Cora prüfend an. »Konnten Sie mir bis hierher folgen?«

Cora sah fragend zu Sara, die ihr aufmunternd zunickte. Sie hatte sie gewarnt. Unter zwei Stunden kämen sie nicht davon, hatte sie prophezeit, und jetzt begriff Cora auch, weshalb Sara den Kunstexperten als Giftzwerg bezeichnet hatte. Die kleine hagere Gestalt, das spitze Gesicht, die schwarze Brille auf der Nase mit den kleinen runden Gläsern, das alles erinnerte zusammen mit dem steten Grinsen im Gesicht an die Karikatur eines solchen. Sein Verhalten, sein Tonfall, alles wirkte ein wenig herablassend.

»Wenn ich zu schnell für Sie spreche, Frau Merlin, dann müssen Sie es nur sagen.«

Sara musste kichern und versuchte durch ein Räuspern darüber hinwegzutäuschen. Cora warf ihr einen strafenden Blick zu. »Nein, nein, Professor Strassmann. Zeit ist für uns beide kostbar.«

»Schön, also ich muss Ihnen hierzu Folgendes erklären: Ein Grund, dass das Bild einen derartigen Skandal auslöste, ist die Tatsache, dass Manet die den Pariser Bürgern vertraute sonntägliche Ausflugsstimmung – meist an den Bois de Bologne – mit der ebenfalls in Pariser Naherholungsgebieten angesiedelten Prostitution in Verbindung bringt. Hinzu kommen der unverschämte Blick der nackten Frau und Manets unkonventionelle Kompositionsweise, ebenso der Mangel an Harmonie zwischen den Figuren und der Natur als auch einer einheitlichen Beleuchtung, und schon brodelte es in der Gerüchteküche über den Sinn hinter Manets Bild.«

Cora nickte zustimmend. »Das ist wirklich sehr interessant, Professor.«

»Schön, also kommen wir zu dem Bild an sich.«

Gott sei Dank, dachte Cora und nickte recht mechanisch.

»Ich erzähle Ihnen jetzt etwas darüber, was Sie sehen, weil ich denke, dass Sie vielleicht nicht übermäßig viel Erfahrung im Betrachten von Gemälden haben. Verzeihen Sie, falls ich Ihnen damit zu nahe trete.«

»Kein Problem. Sie haben damit definitiv recht, fahren Sie nur ungeniert fort, Professor Strassmann.«

»Nun, wenn man vor dem Gemälde steht, dann nimmt man zunächst ein schwebendes Gleichgewicht aus verschiedenen Körper- und Raumbeziehungen wahr. Betrachten Sie ruhig das Bild, während ich referiere, das schult Ihr Auge.«

Cora sah von Strassmann weg und vertiefte sich in das Bild, das Strassmann vor sie auf den Tisch gelegt hatte.

»Es besteht eine räumliche Ungewissheit bei gleichzeitiger Gewissheit diverser Einzeltatsachen. Das wirkt zunächst einmal verwirrend.«

Cora bemerkte, dass Strassmann seinen Vortrag unterbrochen hatte, und blickte neugierig von dem Bild auf. Der Professor stand vor ihr und sah sie fragend an. »So weit alles klar? Konnten Sie mir folgen?«

Cora nickte wieder und kam sich langsam vor wie in der Schule.

»Sehr schön. Nun zur Bildbetrachtung im klassischen Sinne. Es ist ein großflächiges Gemälde und misst im Original zweihundertacht mal zweihundertvierundsechzig Zentimeter. Es zeigt eine Waldlichtung in kräftigem Grün, die im Bildhintergrund von einem Bach durchzogen wird. Die Farben der Bachumgebung sind heller und gehen bisweilen in Goldbraun über. Im Vordergrund befinden sich drei Personen, zwei Männer und eine Frau. Der Mann auf der rechten Seite sitzt zurückgelehnt auf dem Boden, das linke Bein ausgestreckt, das rechte aufgestellt.«

Strassmanns Sprechweise war etwas schneller geworden, abgehackter, und Cora hatte Mühe, ihm bei der Betrachtung zu folgen, doch sie wollte ihn nicht unterbrechen, zumal sie befürchtete, er könnte sich bei einer Verlangsamung zu sehr in Details verlieren. Und: War es überhaupt eine Spur?

»In der linken Hand, auf die er sich stützt, hält er einen Spazierstock, die rechte hebt er in einer Zeigegeste in Richtung der beiden Personen, die ihm gegenübersitzen: eine Frau und, rechts von ihr beziehungsweise halb hinter ihr, ein Mann. Die Frau sitzt aufrecht und stützt ihren Kopf mit der rechten Hand, allerdings in einer grazilen Geste, der Arm wiederum wird von dem aufgestellten rechten Bein unterstützt. Sie fragen sich jetzt vermutlich, Frau Merlin, warum das so wichtig ist?«

Cora zuckte zusammen. Sie hatte sich ein wenig in dem Bild verloren, dabei hatte sich Strassmanns Stimme langsam, aber sicher entfernt, doch als sie ihren Namen hörte, war sie schlagartig wieder in der Gegenwart. »Nun ja«, stammelte sie, »ich kann nicht anders, ich muss mich da ganz auf Sie verlassen.« Sie grinste etwas unbeholfen.

»Recht so. Es ist ausgesprochen wichtig, sich die Tatsachen erst einmal ins Bewusstsein zu rufen. Man sieht dann völlig anders, wenn man sich das Bild beschreibt. Es ist ein aufmerksameres Sehen, ein analytisches Sehen: Die optischen Reize werden gleichsam geistig verarbeitet.« Er räusperte sich lautstark. »Also gut, fahren wir fort. Das linke Bein hält die Frau angewinkelt am Boden, sodass die Fußsohle sichtbar ist. Ihr Gesicht erscheint im Gegenteil zu ihrem Körper nahezu frontal, sodass der Eindruck entsteht, sie blicke aus dem Bild heraus …«

Coras Gedanken verselbständigten sich. *Die optischen Reize geistig verarbeiten* … Das tat der Mörder, oder nicht? Es ging nicht so sehr um das Töten, sondern eher um den optischen Reiz. Vor ihr tanzten bunte Kreise. Ein optischer Reiz. Eine unsichere Perspektive, ein Rätsel, ein Schwebezustand … Der Täter war sehr kontrolliert in dem, was er tat. Das Ziel ist also der optische Reiz – oder die Konstellation? Cora dachte an das Gesamtgefüge auf dem Gemälde, von dem Strassmann erzählt hatte. Die Unsicherheit, dieses Nicht*greifbare*.

»Frau Merlin?«

Cora schrak auf. Wenn sie eben laut gedacht hatte, dann konnte sie die Hilfe von Strassmann vergessen. Sie schielte kurz zu Sara, doch deren Blick war ganz entspannt. »Ja?«, fragte sie vorsichtig. Sie sah, dass Strassmann vor ihr zum Stehen gekommen war.

»Sie werden bemerken«, er tippte auf das Bild, das vor Cora auf dem Schreibtisch lag, »dass das Licht eine wichtige Rolle spielt, denn die Dinge, die in die dunkleren Bereiche gerückt sind, verlieren an Exaktheit. Sie können das hier«, Strassmann zeigte auf eine bestimmte Stelle, »und hier sehr deutlich erkennen. Nun zu dem jungen Mann im Vordergrund. Auch er ist dem Raum in gewisser Weise entrückt, sitzt perspektivlos im Grünen und bietet dem Betrachter in seiner frontalen Anordnung einen herausfordernden Blickfang. Wie ich eingangs erwähnt habe, ist bereits der erste Eindruck geprägt von einer nicht zu fassenden Gegensätzlichkeit. Schreiben Sie sich das ruhig auf, das ist gewissermaßen das erste Axiom.«

Cora machte sich Notizen. Wenn der Täter sich einen optischen Reiz setzte, überlegte sie, ging es dann nur um die Frau oder sollten sie die Eingabe in der Datenbank grundsätzlich auf Opfer in auffälliger Pose ausdehnen? Die Datenbank war oft hilfreich, weil dort die Merkmale von Verbrechen gesammelt wurden, aber sie war auch nicht immer eindeutig, zumal sie erst ein Opfer hatten. Was hatte Peter Kronenberg gesagt? Er war sich sicher, dass die Frau im »Klein Paris« nicht das erste Opfer war.

»Bei der Gestaltung der Kleidung wiederum können wir auffallend viele Einschnitte und Kanten entdecken, sodass die Komposition das Körperliche geradezu segmentiert. Der Körper wirkt flach. Im Gegenteil dazu und damit ebenfalls das Grundprinzip der Widersprüchlichkeit erfüllend, die Frau im Hintergrund, denn hier hebt die Kleidung die Rundungen des Körpers erst hervor. Als Nächstes sehen wir uns die Figurenkomposition an. Zweifelsohne eine illustre Gesellschaft bei einem Frühstück im Grünen, doch wie gehören sie zusammen? Welches Verhältnis besteht zwischen ihnen? Das, Frau Merlin, sind bereits die spannenden Fragen, die sich die Kunstwissenschaftler seit jeher stellen. Es ist schwierig, Ihnen von nun an einen Weg zu weisen. Sie haben die Möglichkeit, sich mit dem formalästhetischen Ansatz auseinanderzusetzten, hier könnte ich Ihnen Zola und Foucault empfehlen, dann gibt es einen inhaltsorientierten und metafiktionalen Ansatz. Letzterer ist vielleicht der effektreichste Ansatz für Sie.« Strassmann lächelte Cora an.

Cora dachte an den Mörder, der, falls es wirklich um das Bild ging, offensichtlich vom Fach sein musste. Oder konnte man besessen sein, ohne diese ganzen Geheimnisse zu kennen? Nein, gab sich Cora selbst die Antwort.

»Das war zwar nur ein ganz knapper Einstieg in ein ungeheuer umfangreiches Thema, aber ich denke, es war ganz schön viel für Sie, nicht wahr, Frau Merlin?«

Cora musterte den Professor, der sie freundlich anlächelte. Sie konnte keinerlei Boshaftigkeit oder Zynismus in seiner Haltung erkennen.

»Ja, da haben Sie recht, es war wirklich informativ und auch spannend.«

»Gut. Wie Sie nun weiter verfahren, liegt allein in Ihrem Ermessen oder vielleicht Instinkt, denn die Interpretationen sind ebenso zahlreich wie teilweise spannend, amüsant oder geradezu grotesk. Sie greifen auf einen sehr umfangreichen Fundus der Kunstgeschichte zurück und graben sich in die Biographie des Künstlers.« Strassmann blieb wieder vor Cora stehen und rührte sich nicht, bis sie ihn ansah. »Und, Frau Merlin? Habe ich Ihnen das Bild schmackhaft machen können?«

Cora konnte gerade noch ein Gähnen unterdrücken. Das Thema interessierte sie zwar, gleichwohl fiel es ihr schwer, so lange am Stück konzentriert zuzuhören. »Ja, ja, wie ich schon sagte, wirklich sehr spannend.«

»Nun«, sagte er mit einem Zwinkern, »dann habe ich hier noch etwas für Sie. Sollten danach noch Fragen offen sein, können Sie sich gerne noch einmal an mich wenden.« Nach einem kleinen Umweg an seinem Schreibtisch vorbei trat Strassmann wieder zu Cora und reichte ihr ein dickes gebundenes Heft. »Das ist das Paper für die Vorlesung gewesen. Ich hatte es schon für Sie bereitgelegt. Da sind die wichtigsten Aufsätze zu Manets Bild aus der Rezeptionsgeschichte in einer Zusammenfassung vereinigt und gleichzeitig noch einige Analysen von mir und meinen besten Studenten. Das Buch wird demnächst erscheinen.«

»Aha«, murmelte Cora und nahm das Werk an sich.

»Tja, wie Sie sehen, ein umfangreiches Thema und bei Weitem noch nicht abgeschlossen.« Er sah auf die Uhr und klatschte in die Hände. »Und nun, wenn Sie keine weiteren Fragen haben, muss ich Sie leider bitten zu gehen, ich habe nämlich noch eine

Menge Arbeit für den nächsten Kurs. Sara, ich sehe Sie dann dort?« Er warf seiner Studentin einen strengen Blick zu, und diese beeilte sich, beflissen zu nicken. »Ach, und Frau Merlin, wenn ich mir das erlauben darf, ohne freilich den Fall zu kennen, der Sie zu mir geführt hat: Das Kapitel über Giorgione finde ich persönlich am spannendsten. Es ist gleichzeitig das wohl größte Geheimnis der Kunstgeschichte.«

»Oh, okay, danke für den Hinweis«, sagte Cora und seufzte innerlich. Für Strassmann war vermutlich alles spannend, was mit Kunst zu tun hatte.

»Ein Kollege von mir ist Fachmann für Giorgione, er sitzt übrigens bei Ihnen im Kulturamt. Eine Verschwendung, wenn Sie mich fragen. Tja.« Strassmann breitete die Arme aus und stand erwartungsvoll an der Tür.

Cora reichte ihm die Hand. »Ich danke Ihnen recht herzlich, Professor Strassmann, dass Sie sich die Zeit genommen haben.«

»Keine Ursache, Frau Merlin, für die Polizei halte ich gerne mal einen Vortrag. Hauptsache, ich konnte Ihnen weiterhelfen.«

»Das wird sich zeigen«, murmelte Cora und folgte Sara ins Freie.

Bis sie das Universitätsgebäude verließen, sagte keine der beiden ein Wort. Erst auf dem Parkplatz, der oberhalb der Mainau lag, blieb Sara stehen und hielt Cora am Arm fest.

»Meinst du, das hilft dir weiter?«

Cora sah sich nach ihrem Auto um. »Mann, war das anstrengend.«

Sara lachte. »Ich habe dich gewarnt. Aber im Grunde ist es auch wieder sehr nett, dass er sich die Zeit genommen hat, findest du nicht?«

»Doch, klar, vor allem so kurzfristig. Es war auch nicht langweilig oder so. Ich bin das einfach nicht mehr gewohnt. Mich macht das Zuhören unheimlich müde.«

»Ich hatte auch nicht viel Schlaf«, erklärte Sara und grinste.

»Ach ja«, fiel Cora ein. Endlich hatte sie ihren Wagen entdeckt. »Ich wusste, ihr würdet euch gut verstehen.«

»Dein Bruder ist toll, ehrlich, Cora. Ich hoffe, das darf ich sagen.«

»Darfst du. Soll ich dich mitnehmen nach Lindau?«

»Ja. Ich treff ihn gleich, deinen tollen Bruder.«

»Oh, okay, verstehe. So toll also.« Cora stieg lachend ein und fuhr los. Unten an der Kreuzung standen sie direkt gegenüber dem großen Parkplatz für die Blumeninsel Mainau, die Busse stapelten sich dort schon auf der Zufahrtstraße.

»Lohnt sich das?«, fragte Cora.

Sara sah überrascht zur Seite. »Du warst noch nicht auf der Insel?«

»Nein. Also lohnt es sich?«

»Unbedingt, aber bloß nicht zur Hauptsaison. Geh abends, besonders schön ist es auch im Herbst, Ende Oktober, wenn man kaum Menschen trifft, eine sehr schöne Stimmung. Können wir gern zusammen machen.«

Sie fuhren nach Konstanz/Staad, wo die Fähre sie hinüber nach Meersburg bringen würde, und standen in einer langen Schlange. Dass Sara sich ein Zimmer in einer WG in Konstanz genommen hatte, um nicht mehrmals die Woche zur Universität pendeln zu müssen, konnte Cora gut verstehen.

Während sie sich auf der anderen Seeseite im zäh fließenden Verkehr mühsam durch Hagnau schlängelte, verdichteten sich zwei Aussagen Strassmanns in Coras Kopf. Eine betraf den optischen Reiz, der geistig verarbeitet wurde, die andere den erwähnten Experten in Lindau. Hatte nicht Ela auch so etwas erzählt?

***

»Cora, lass dir doch bitte erklären!« Ela lief Cora in deren Wohnung nach und versuchte sie am Arm zu halten, doch Cora riss sich los und verschränkte die Arme, während sie sich an die Küchentheke lehnte. Sie war nach ihrem Treffen mit Strassmann kurz nach Hause gefahren, um ihre Notizen zu holen, da hatte Ela schon vor ihrer Wohnung auf sie gewartet.

»Ich kann verstehen, dass du sauer bist.«

»Das bin ich. Ich hasse es, wenn man mich anlügt.«

»Wegen Piet? Bist du eifersüchtig oder was?«

Cora schüttelte den Kopf. »Mach dich nicht lächerlich. Darum geht es nicht. Du tauchst zum zweiten Mal an einem Tatort auf, Ela, weil du nämlich in irgendetwas verstrickt bist.«

»Ich habe Piet hier in Lindau rein zufällig wiedergetroffen. Für das andere kann ich nichts. Außerdem war das kein Tatort bei Piet.«

Cora warf Ela einen empörten Blick zu. »Das ist ja wohl ein schlechter Scherz. Du warst zu der Zeit bei mir, und das Zimmer sah definitiv nach einem Überfall aus. Aber wenn keiner eine Ermittlung will, dann ist das eben so.« Cora tippte sich mit dem Zeigefinger an die Stirn. »Und ›zufällig‹ ist ebenfalls ein Witz. Piet war auch jener Bekannte, bei dem du die Nacht verbracht hast, als Bea ermordet wurde.«

»Also doch eifersüchtig?« Ela stützte sich auf den Küchentisch.

»Du begreifst einfach nicht den Ernst der Lage, oder? Ich ermittle in einem Mordfall. Du hängst da irgendwie mit drin. Du lügst mich an. Hör endlich auf, mich für dumm zu verkaufen.«

»Das mache ich nicht«, sagte Ela kleinlaut und ließ sich langsam auf den Hocker am Küchentisch sinken.

Cora sah auf die Uhr. Sie musste dringend zur Arbeit, Christian erwartete sie. »Ich will, dass du dir genau überlegst, was du mir erzählst, wenn ich dich das nächste Mal offiziell befrage. Wir sind hier fertig, verstanden?«

Ela nickte.

»Und du gehst zu deinem alten Freund und rätst ihm bitte, dass er zu mir kommt. Ich bin mir sicher, ihr beide habt ein Geheimnis.«

Zerknirscht, wie ihr schien, verließ Ela ihre Wohnung. Cora sah ihr aus dem Fenster nach, diesem schönen alten Mercedes in Grau. Er passte zu Ela, keine Frage.

Die Wohnungstür schon in der Hand, sah sie, dass ein kaffeebrauner Fleck ihr Hosenbein zierte. Schnell lief sie ins Schlafzimmer und öffnete ihren Kleiderschrank. Ein Rock wäre auch mal wieder schön, dachte sie. Weiß mit Blumen. Warum nicht? Kaum stand sie fertig in ihrem Flur, kam David. Er lieh sich ihr Strandtuch und packte ein kleines Picknick. Im Vorbeigehen drückte er ihr einen Kuss auf ihre Haare. Cora machte sich auf den Weg nach draußen zum Parkplatz. Bei ihrem alten roten Ford hielt sie einen Moment lächelnd inne und dachte an Elas Mercedes.

Jetzt aber los, drängte sie sich zur Eile. Sie musste mit Christian sprechen. Am Morgen waren sie nicht dazu gekommen, dann der überraschende Anruf von Sara, dass sie gleich zur Uni kommen könne, und nun der Zwischenstopp zu Hause, weil sie am Morgen ihre Unterlagen vergessen hatte.

Auf der Fahrt zur Polizeistation ärgerte sich Cora. Allein dass Ela ihre Wut als Eifersucht gedeutet hatte! Inakzeptabel war das. Sie kurbelte ihr Fenster herunter und ließ an der roten Ampel den Arm kurz hinaushängen. Sie musste jetzt umgehend zu ihrer alten Souveränität zurückkehren, Kontrolle, Abstand. Genau. Zur Ablenkung dachte sie an ihren Bruder, der mit Sara beim Schwimmen war. Sara hatte ihm einen Platz versprochen, ohne zu viele Touristen. Cora war gespannt, was ihr Bruder später erzählen würde. Gab es das noch? In diesem Sommer, der so mit Hitze protzte. Sie nahm sich vor, am Abend vor dem Treffen mit Kronenberg auch noch ins Wasser zu springen. Das Treffen kam ihr ohnehin wie gerufen, so schnell wie möglich wollte sie innerlich Abstand von Ela gewinnen, überhaupt Abstand von dem, was da in ihr brodelte.

Was war nur los mit ihr? Erst das Rauchen mit Sara, dann Ela, jetzt Kronenberg ... Hatte die Hochzeit ihrer besten Freundin sie derart durcheinandergerüttelt?

Cora wischte den Gedanken weg und stellte sich stattdessen ihr Flipchart in ihrem Büro vor. In der Mitte schrieb sie »Bea«, die drapiert war wie die Figur in einem berühmten Gemälde, in einem Rätselbild. Um sie herum schrieb sie »Ela Fouré«, die Kunstexpertin, »Theodor Rosenfelder«, der Kulturamtsleiter und Experte für italienische Kunst der Renaissance, und »Fiet Huisman«, versehen mit einem Fragezeichen. Sie spürte einen Adrenalinstoß wie kurz vor einem Fallschirmsprung, denn sie begriff: Dieser Fall war eine Bewährungsprobe.

***

Christian saß an seinem Schreibtisch und trank gekühlten Cappuccino mit einem Strohhalm. Er wirkte völlig versunken. Cora klopfte an die Tür, obwohl sie offen stand.

»Ach, du bist es.« Christian richtete sich auf, zeigte auf den Becher und fragte: »Auch wieder einen? Ich bin so langsam süchtig nach dem Zeug.« Er grinste schief, stand auf und holte zwei weitere Becher. Cora setzte sich ihm gegenüber und studierte die Zutaten in dem Soja-Cappuccino.

»Was war los gestern Nacht?«, fragte sie geradeheraus.

»Danke, dass du eingesprungen bist. Ich hatte getrunken. Das war ein Fehler. Ich dachte einfach nicht, dass noch etwas passiert.«

Cora sagte nichts. Sie öffnete ihren Cappuccino, hielt sich den eiskalten Becher an die Wange, bis sich ein Tropfen Kondenswasser löste und in ihren Ausschnitt tropfte. Schnell nahm sie einen großen Schluck.

»Und? Schmeckt doch lecker, oder?«

Sie nickte.

»Hör mal, Cora, es macht mich fertig, das mit meiner Frau. Tut mir leid. Ich verspreche, so was kommt nicht noch mal vor. Was hat der Kunstmensch erzählt? Wie genau bist du eigentlich auf ihn gekommen?«

Cora holte ihre Unterlagen und das dicke graue Buch, das Strassmann ihr freundlicherweise überlassen hatte, und erzählte Christian eine sehr geraffte Kurzfassung.

»Wie kamst du überhaupt auf die Idee mit dem Gemälde? Von Manet, sagtest du?«

»Ja, genau. Édouard Manet.« Cora überlegte, dann räusperte sie sich. »Nun, mir ist da leider auch ein Fauxpas passiert. Ich hatte ein Foto vom Opfer bei mir herumliegen, und eine Freundin, eine Kunststudentin, hat es gesehen. Immerhin war sie es, die den Kontakt zu Strassmann hergestellt hat.« Sie reichte Christian ein Foto von dem Gemälde. »Hier, sieh selbst.«

Er betrachtete es und verglich es mit dem Foto der Toten in den Unterlagen vor sich. »Verstehe. Das ist in der Tat allerhand.«

»Ich weiß nicht, ob das was bringt, aber offensichtlich bedeutet es dem Täter etwas.«

Christian hob den Becher und prostete Cora zu. »Dann sind wir beide mal froh, dass unsere Fehler nicht bestraft wurden. Deiner wurde sogar belohnt. Wir haben eine Spur.«

Cora dachte insgeheim, dass auch Christians »Fehler« belohnt wurde, denn immerhin wusste Cora nun ganz sicher, dass Ela doch in irgendetwas verstrickt war. Das jedoch verschwieg sie Christian. »Ich weiß nur nicht, worin die Spur genau liegt. Eine nackte Frau, sitzend, ein Bein aufgestellt, den Kopf zur Seite gedreht – eine Hommage an ein Gemälde und was machen wir damit? Aber vielleicht fällt Kronenberg etwas dazu ein.«

»Sieht übrigens gut aus. Du im Rock«, murmelte Christian gerade.

Cora nahm schnell noch einen Schluck. Sie war eindeutig dabei, sich zu verändern, keine Frage, denn früher wäre ihr ein Kompliment von einem Kollegen egal gewesen.

Mit dem Kompliment von Christian im Rücken wurde sie doch ein wenig nervös vor dem Treffen mit Kronenberg. Da sie Christian erzählt hatte, dass sie den Profiler noch einmal treffen würde, hatte der natürlich nachgehakt und sie prompt noch einmal gemustert, als er erfuhr, dass ein Abendessen für den heutigen Samstagabend geplant war. Bei einem kleinen Italiener auf der Insel, Geheimtipp, so sagte man, das wusste Cora, und das lag auch in dem musternden Blick von Christian. Gewiss las er darin auch den Grund für den geblümten Rock. Erneut ärgerte sich Cora über sich an diesem Tag. Das Telefon klingelte. Es war Sara.

»Ich sitze gerade über dem Buch der Bücher«, sagte Cora

und holte sich einen Kugelschreiber. »Was gibt es? Fertig geschwommen? Schon genug von meinem Bruder?«

»Haha. Ich soll dir Grüße bestellen, und du kannst gerne noch einmal wiederkommen. Von Strassmann, meine ich.«

»Weiß ich doch. Womöglich muss ich das sogar in Anspruch nehmen«, stöhnte Cora. »Das ist einfach viel zu viel Material.« Ihr Blick wanderte sehnsüchtig zu ihrem Kühlschrank. Gern hätte sie auch einen Vorrat an Soja-Cappuccinos darin, allerdings wusste sie, dass er leer war außer ein paar Flaschen Wasser. Oder nicht? Ob vielleicht Christian …? Ach Quatsch, wieso sollte er so etwas tun? Cora Merlin, jetzt übertreibst du, wies sie sich zurecht.

»Deswegen rufe ich an. Ich habe mir da nämlich etwas überlegt«, sagte Sara, und Cora konnte sie förmlich vor sich sehen, wie sie sie anstrahlte.

»So?«

»Ja. Ich hab mich bei Strassmann zur Zwischenprüfung angemeldet und ihm erzählt, dass ich seinen Vortrag so spannend fand, dass ich dieses Thema gerne für die Prüfung hätte.«

»Okay, das heißt?« Mit ihrem Kugelschreiber malte Cora kleine Schneckenhäuser auf den Notizblock vor sich.

»Das heißt, dass ich mich einarbeite und du dir die Zeit sparen kannst.«

»Klingt verlockend, bleibt das Zeitproblem«, mutmaßte Cora.

»Wusstest du nicht, dass ich als Genie gelte?« Lachen am anderen Ende.

»Nein, Sara, das wusste ich nicht«, sagte Cora ebenfalls lachend und malte ein Smiley zu den Kringeln. »Also? Wie schnell?«

»Ein Tag. Dann hab ich das Buch durch und die wichtigsten Fakten herausgefunden.«

»Ein Tag?« Cora überlegte, betrachtete das Buch und stellte im Geiste ihren eigenen mangelnden Kunstverstand Saras mutmaßlichem Mangel an kriminalistischem Gespür gegenüber. Was war entscheidender? »Gut, du hast mich überzeugt.« Ein zweites Smiley landete auf dem Block. »Ich werde dir das Buch vorbeibringen.«

»Nicht nötig, ich hab auch ein Exemplar von Strassmann erhalten. Er ist vielleicht doch nicht so ein Giftzwerg, wie ich dachte. Ich mach mich sofort an die Arbeit.«

***

Christian Fischl saß an seinem Schreibtisch und starrte auf den Computer. Ständig kamen neue interne Nachrichten rein, die letzte von der Grenzpolizei, eine Besprechung wegen der Abstimmung der Wasserpolizei, dann eine Ankündigung wegen des Seenachtsfestes in Konstanz.

Das Seenachtsfest! Christian stöhnte. Das hatte seine Frau ihm zuletzt auch vorgeworfen. Dass er sich zu wenig für die Familie einbringe und dass sie seinen Beruf einfach nicht mehr ertragen könne. Im Grunde war es genau der Tropfen gewesen, der das Fass zum Überlaufen gebracht hatte: Er hatte eine Verabredung mit ihr abgesagt, weil er arbeiten musste. Und sie hatte mit ihm die Planung des Seenachtsfestes besprechen wollen, was immer einem Großeinsatz für die ganze Familie Fischl gleichkam. Es waren zwar noch etliche Wochen – das Fest war ja erst im August –, aber vierzigtausend Menschen wurden wieder erwartet, wenn Konstanz und Kreuzlingen ihr Feuerwerk zündeten, und da hatte man nicht lang Zeit, Zimmer zu buchen. Im Grunde waren sie eh schon wieder zu spät dran, das sagte seine Frau jedes Jahr und hatte auch schon recht behalten, was zur Folge hatte, dass Schwiegereltern und Tanten bei ihnen unterkommen mussten.

»Das ist eines der spektakulärsten Seefeuerwerke Europas«, hatte der Schwiegervater aus irgendeinem Führer zitierend trompetet und »Europas« ausgesprochen, als wäre es die ganze Welt, da hätte man doch wohl wissen können, dass die Hotels gefragt waren, sogar bis rüber zur anderen Seeseite … Ja, hätte man. Himmel, hilf, dann halt ein Zelt im Garten, hatte Christian gedacht und lachen müssen bei der Vorstellung, dass sein Schwiegervater auf den Blasebalg trat, um die Luftmatratze aufzupumpen. Er, der stets im Anzug und so. Mit Hosenträgern.

Er nahm die Brille ab und rieb sich über die Augen. Jetzt spielte das Seenachtsfest ohnehin keine Rolle mehr. Seine Frau hatte entschieden, dass ihre Ehe keinen Sinn mehr machte. Christian konnte nicht sagen, ob er sehr traurig darüber war. In den letzten Jahren hatte sich alles um die Kinder gedreht, seine Frau war also ohnehin schon länger nicht mehr richtig spürbar gewesen. Nicht als Frau. Trotzdem merkte er jetzt, dass ihn die Auflösung der Familie verunsicherte. Er wusste nicht, was danach kommen sollte ... Wie sich im Alleinsein einrichten? Er hatte keine Angst davor, ohne seine Frau zu sein, allerdings davor, mit sich allein zu sein.

Wieder ploppte in seinem Computer eine Nachricht auf. Dieses Mal war sie direkt für ihn und kam aus Venedig. Und dieses Mal hatte sie sofort seine ungeteilte Aufmerksamkeit. Er tippte auf sein Telefon. »Cora, du musst sofort zu mir kommen.«

***

»Was gibt's?« Cora stützte sich auf Christians Schreibtisch. Im Mülleimer daneben sah sie aus dem Augenwinkel mindestens zehn leere Cappuccinobecher. Wieso eigentlich Soja? War Christian Veganer geworden? Am offenen Fenster stand Emmenbach, die Arme verschränkt, und nickte ihr nur kurz zu.

»Neuigkeiten«, sagte Christian knapp. »Setz dich.«

Cora sah auf die Uhr. »Ich hab nicht viel Zeit.«

»Ja, ich weiß. Kronenberg wartet.« Christian räusperte sich. »Der wird sich gedulden. Das dürfte auch für ihn hochinteressant sein.«

Im Hintergrund arbeitete bereits der Drucker. Cora sah von Emmenbach zu Christian. »Also?«

»Wir haben Nachricht aus Venedig erhalten. Deine neuerliche Eingabe bei VICLASS blieb nicht ohne Folgen.«

»Sieh an«, rutschte es Cora triumphierend heraus. Sie dachte sofort an das Bild und die verschiedenen Figuren darauf, etwa den halb liegenden Mann. »Sag schon.«

»Sie haben eine Leiche, die unserer ähnelt.«

»Eine Frauenleiche«, fügte Emmenbach hinzu.

Cora biss sich auf die Lippen, irgendwie hatte sie fest mit der anderen Variante gerechnet. »Eine weitere Frau also«, murmelte sie.

»Eine Prostituierte. Sie sind wegen der Todesursache aufmerksam geworden, seit über zwei Wochen fehlt jede Spur«, erklärte Christian.

Cora ließ sich auf den Stuhl hinter sich sinken. »Sitzt sie genauso da? Dann wären wir also die erste Spur für die Venezianer. Vor zwei Wochen? Das ist ein verdammt kurzer Abstand.«

»Ich weiß«, sagte Emmenbach und sah nach draußen. Der Kommissariatsleiter wirkte niedergeschlagen. »Zwei tote Frauen. Und ein mutmaßlicher Serientäter, der jetzt hier bei uns ist. Kollege Fischl hat mir von dem Gemälde erzählt. Haben Sie da schon was Neues?«

»Das Material wertet jetzt eine Kunststudentin für mich aus«, sagte Cora und wusste, was kommen würde.

»Eine Kunststudentin? Ist die Aufgabe nicht zu wichtig? Sollten wir nicht einen Fachmann beauftragen?«, erkundigte sich Emmenbach und lehnte sich an die Fensterbank.

»Na ja, sie sucht mir die wichtigsten Passagen raus, danach studiere ich sie natürlich noch selbst aus Ermittlerperspektive. Nur solange wir nicht wissen, was wir suchen … Was sollten wir dem Experten erklären? Überdies: Ist das in unserem Fall nicht ohnehin Kronenberg?«

»Stimmt. Also gut, ich vertrau Ihnen da, Cora. So, Leute, ich muss schon wieder. Ä Guede.« Emmenbach kam hinkend auf Cora zu. »Sagen Sie nichts«, sagte er im Vorbeigehen.

Als er draußen war, hob Cora ihre Hände fragend in Richtung Christian.

»Angeblich Muskelkater. Vom Kollegen weiß ich, dass er auf einer Bananenschale ausgerutscht ist.«

Cora musste lachen. »So etwas passiert wirklich?«

»Anscheinend. – Deine Kunststudentin, ich nehme an, sie weiß, worauf es ankommt?«

»Sie hat mich erst darauf gebracht.«

»Okay, dann ist sie die Bekannte, die die Fotos bei dir in der Wohnung entdeckt hat.« Christian zündete sich eine Zigarette an und paffte ein paar Züge. »Rein zufällig natürlich.« Er tippte mit den Fingern auf dem Tisch, und Cora hörte eine violette Melodie im Raum. »Bin gespannt, was Kronenberg gleich dazu sagt. Wie hieß das Bild noch mal?«

»›Das Frühstück im Grünen‹.« Cora sah wieder auf die Uhr. Kronenberg würde wirklich ein wenig warten müssen.

»Ein Frühstück unter freiem Himmel also. Klingt nicht sehr verhängnisvoll.« Christian blies einen Rauchkringel in die Luft. »Ich werde versuchen, eine Konferenzschaltung nach Venedig … Wobei, das wird schwer. Ist ja Samstag. Mal sehen. Allerdings bräuchten wir auch einen Dolmetscher. So auf die Schnelle wird das sicher schwierig. Und du? Willst du dabei sein?«

Cora schüttelte den Kopf und tippte schnell eine Nachricht.

Christian schlug sich mit der flachen Hand vor den Kopf. »Stichwort Kronenberg, ich vergaß. Lass ihn besser nicht länger warten. Wird ihn sicher interessieren, was wir herausgefunden haben.«

»Keine Eile. Hab ihm eben geschrieben, dass ich mich verspäte. Er geduldet sich. Abgesehen von der Konferenzschaltung: Ich nehme an, einer von uns sollte nach Venedig fahren?«

Christian überlegte kurz. »Ja, das wäre sicher sinnvoll. Willst du das übernehmen?« Er machte eine flehende Geste. »Bei diesem Wetter zu verreisen ist für mich ein Alptraum, und meine Frau … Du verstehst, wenn sie hört, dass ich nach Venedig reise, dann ist das wirklich Öl ins Feuer. Du könntest morgen fahren, das wäre ganz und gar stressfrei. Und am Montag stehst du dann gleich am Morgen bei denen auf der Matte.« Christian hob den Zeigefinger. »Außerdem würde ich dann Moll und das rechtsmedizinische Gutachten übernehmen. Deal?«

»Schon gut, ich reise, auf Moll lege ich keinen gesteigerten Wert. Du fährst nach München?«

»Sobald er Zeit für unsere Leiche hat. Das Institut für Rechtsmedizin in München ist total überlastet. Wenn die weitere Institute schließen, dann werden noch mehr Fälle nicht geklärt werden.«

»Na gut, dann also Venedig, kein Problem. Kündigst du mich an? Ich kümmere mich um einen Flug.«

»Ein Flug? Ich denke, das lohnt nicht, mit dem Auto bist du in sechs Stunden unten, und ob du so schnell einen Flug bekommst, halte ich für fraglich.«

»Stimmt wahrscheinlich.«

»Wir telefonieren einfach, bevor du aufbrichst.«

Cora verließ die Polizeistation und rief Sara an. »Hey, was macht die Arbeit? Hast du schon etwas für mich?«

»Ja, ich könnte dir schon einiges erzählen. Sollen wir uns treffen?«

»Hör mal, das ist jetzt vielleicht etwas spontan … Hast du die nächsten zwei Tage schon was vor?«

***

Der Kellner führte sie an einen Tisch im Innenhof, brachte ihnen eine tragbare Tafel, auf der Gerichte außerhalb der Karte standen, und erzählte etwas von einer Vorspeisenreise durch das Piemont und Köstlichkeiten aus Apulien und vieles mehr. Beide entschieden sie sich für einen Salat mit gebratenen Austernpilzen. Cora musterte Kronenberg. Ihr Kopf fühlte sich matt an, am liebsten wäre sie jetzt auf ihrer Altane und würde einfach in den Himmel schauen. Aber vor ihr saß Kronenberg, von dem sie sich nicht nur Informationen zum Fall, sondern auch Ablenkung von Ela erhoffte.

»Cora, Sie träumen mit offenen Augen.« Kronenberg lächelte sie freundlich an. Die Karaffe mit dem Rotwein und eine Flasche Wasser wurden serviert. Kronenberg hielt ihr sein Glas entgegen.

»Es tut mir leid, wenn ich den Eindruck erweckt habe. Das waren anstrengende Tage, und Sie hatten natürlich recht mit Ihrem Verdacht.« Sie stieß ihr Glas an seines, hörte den Klang, der blau durch den Raum schwebte, und sah dahinter seine Augen, die sich an das Blau des Klangs schmiegten. Ihr Kopf war ganz schön durcheinander. »Ich fahre morgen nach Venedig«, fügte sie hinzu.

»Oh.« Kronenberg brach sich ein Stück Brot ab und tunkte es in eines der Schälchen mit Dips, die ihnen mit dem Wein hingestellt worden waren. »Schmeckt wirklich köstlich hier. Ein guter Vorschlag, Cora. Venedig also. Wegen des Gemäldes, von dem Sie erzählt haben, kann es nicht sein, das hängt in Paris, soweit ich weiß.« Er legte das Brot zur Seite. »Dann haben Sie also ein zweites Opfer, habe ich recht?«

Cora nickte. »Wir haben Rückmeldung aus Venedig. Es gibt eine zweite Prostituierte, die ermordet wurde. Vor zwei Wochen.«

»Ich hatte es befürchtet, das hab ich Ihnen ja gesagt.« Kronenberg brach sich noch ein Stück von dem Brot ab. »Vor zwei Wochen, sagen Sie? Das ist ein kurzer Abstand für einen Serientäter, also war auch Venedig nicht die Einstiegstat. Und in der gleichen Pose?«

Cora hob die rechte Schulter. »Wir wissen es noch nicht genau. Die Venezianer sprachen von ›auffälligen Ähnlichkeiten‹. Es geht vor allem um die Tötungsmethode und das Drapieren der entkleideten Toten.« Sie musste an Ela denken. Ob sie wohl auch in Venedig gewesen war vor zwei Wochen?

Der Salat wurde serviert, und sie begannen zu essen. Allmählich beruhigten sich ihre Sinne. Sie beobachtete, wie Kronenberg den Austernpilz schnitt und in den Mund schob.

»Ein purer Genuss, Cora. Das muss ich schon sagen.«

»Freut mich«, sagte Cora und spürte, wie groß ihr Hunger gewesen war. »Wegen der Pose«, fuhr sie fort, »mein Kollege dürfte jetzt«, sie sah auf ihre Uhr und dachte an den übermüdeten Christian und daran, dass sie hier ein doch eher angenehmes Gespräch mit Kronenberg hatte, »gerade in einer Konferenzschaltung mit den Italienern sein. Die haben bislang nur einen Treffer gemeldet, ohne Fotos. Solche Verhandlungen über Länder hinweg sind nicht ganz einfach, es gibt immer noch Lücken in der Datenbank, die Eingaben sind …« Sie unterbrach sich. »Entschuldigen Sie, wem erzähle ich das.«

Er lachte und nahm ein weiteres Stück Brot für seinen Teller, auf dem noch reichlich Salatsoße war. »Ich überlege gerade, noch einmal dasselbe zu bestellen. Sehr verrückt?«

»Nein, überhaupt nicht. Ich mache mit.«

»Wunderbar.« Kronenberg sah sich nach dem Kellner um und winkte ihm. »Und, Cora, ich würde mich im Übrigen nicht so sehr auf Manet versteifen. Ich würde das Feld öffnen, dann tun Sie sich leichter mit dem Suchen.«

»Was meinen Sie?« Cora schob ihren Teller zur Seite und stützte ihre Ellbogen so auf, dass sie ihr Kinn auf die gefalteten Hände legen konnte.

»Vom Einfachen zum Komplexen, Cora, erinnern Sie sich?«

»Gewiss.«

»Das gilt auch, wenn man glaubt, das Komplexe schon zu durchschauen, denn genau das birgt ein großes Risiko. Sie müssen vielmehr das Einfache finden, und dann können Sie auch eher die Wege des Täters nachvollziehen.«

»Verstehe. Also weg von Manet?«

»Ja, das würde ich raten. Das heißt nicht, dass Sie sich nicht informieren können, das Zentrale indessen scheint etwas anderes zu sein.«

»Klären Sie mich auf, Dr. Kronenberg.«

Kronenberg benutzte die Serviette, räusperte sich und erhob sein Weinglas. »Als Allererstes müssen wir jetzt etwas anderes tun.«

»Und das wäre?«

»Diesen Doktor und das Sie loswerden. Ich bin Peter.«

Sie stießen an, und Cora konnte nicht anders, als sich einen Kuss vorzustellen, den es selbstverständlich nicht gab.

»So, nun zu dem Einfachen. Du hast verschiedene Komponenten, die deinen Täter bislang bestimmen. Die Orte Venedig und Lindau, die ungewöhnliche Tötungsmethode, die er benutzt, um sein Opfer über den Tod hinaus zu besitzen, und nun hast du einen Bezug zur Kunst. Kommt jetzt noch ein dritter Ort ins Spiel, hast du einen Kunst liebenden Reisenden, der auf seinen Reisen Prostituierte ermordet.« Kronenberg schenkte sich Wasser nach. »Die ersten Fragen sind doch folgende: Weshalb reist er? Weshalb von Venedig nach Lindau? Was kennzeichnet die beiden Orte, dass sie zu Tatorten werden?«

Cora nippte an ihrem Wein.

»Wenn du dich auf Manet versteifst«, fuhr Kronenberg fort, »dann suchst du mehr bei Manet nach möglichen Gründen als bei dem Täter und verlierst eventuell andere Komponenten aus dem Blick.«

Cora verschränkte die Arme. »Okay, aber es war jetzt die erste Spur.«

»War es das? Ich denke nicht. Bleib bei den Tatsachen, die du hast, die du auch vor dir siehst. Und das Wichtigste, was du bislang hast, ist der Tatort. Er hat sie drapiert. Das ist das Erste und Wichtigste. Dass sie sowohl unschuldig als auch anrüchig ist, diese Pose, das denkst du nicht, weil du das Bild kennst, oder?«

Cora überlegte. Er hatte recht.

»Im Übrigen –«, begann Kronenberg, wurde aber unterbrochen.

Der Kellner kam und nahm die beiden leeren Teller. Als Kronenberg noch zweimal den Salat mit Austernpilzen bestellte, hielt der Kellner einen Daumen hoch und grinste breit.

»Im Übrigen, wenn ich mich richtig entsinne, dann ist Manets Bild ein Rätsel, nicht wahr?«, erkundigte sich Kronenberg.

»Ja. Worauf willst du hinaus?«

»Na ja, durch die Rätselhaftigkeit wird der Bezugsrahmen noch einmal erweitert.«

Cora nickte. »Okay, ich glaube, ich weiß, was du meinst. Die Figur, sie könnte ein Platzhalter sein.«

»Genau.«

»Für Manet, für das Rätsel, für einen Inhalt, den wir nicht kennen«, folgerte Cora und spielte gedankenverloren mit einer Haarsträhne. Ihr gingen die Ausführungen von Strassmann nicht aus dem Kopf über die Unsicherheiten im Bild, die Gegensätze, mit denen Manet gespielt hatte. Manet. Da war er wieder. Vielleicht hatte Kronenberg recht und das war tatsächlich eine Einbahnstraße, die womöglich auch noch in eine Sackgasse mündete, wenn sie sich zu sehr auf Manet konzentrierte.

Kronenberg hob die Arme. »Für die Kunst an sich. Für das

Verstehen von Kunst, für die Unschuld, die Schönheit, das Bedürfnis, etwas zu besitzen, wenngleich auch nur für einen Moment.«

Cora nickte. Das passte in ihren Gedankengang. Auf geradezu unheimliche Weise. Die Kunst. Um Kunst ging es auf jeden Fall. Dann dachte sie wieder an den Moment, den Moment festhalten. Sie hatte diesen Gedanken auch schon gehabt … in welchem Zusammenhang gleich wieder?

»War das Opfer betäubt für das Ausbluten?«, erkundigte sich Kronenberg und schenkte ihnen beiden nach.

»Ich weiß es nicht. Weshalb fragst du?«

»Nun … Oh, vielen Dank.« Vor ihnen wurden zwei neue Portionen Salat mit Austernpilzen abgestellt. »Es gibt beide Varianten, und es bedeutet eine ganze Menge. Wenn er sie betäubt und somit schmerzfrei ausbluten lässt, dann hat er erstens Mitleid und zweitens wirklich nur das Ziel im Sinn. Und –«

»Keinen Bezug zum Opfer?« Cora betrachtete den riesigen Austernpilz auf ihrem Salat. Vielleicht doch keine so gute Idee, noch eine Portion zu bestellen.

»Nicht unbedingt, immerhin erspart er ihr die Schmerzen. Wenn es auch um das Quälen geht, dann bewegen den Täter aber auf jeden Fall unterschiedlich gelagerte Motive, die Tat liegt dann in einem Widerstreit aus Sadismus und Selbstkontrolle, die er ja für das anschließende Drapieren unbedingt benötigt.«

»Verstehe«, sagte Cora und nahm dieses Mal doch einen größeren Schluck Wein. Der Gedanke an Bea war noch immer unerträglich.

»Warten wir ab, was dein Kollege aus Venedig hört.«

Cora beschloss im selben Moment, Ela über Manet auszufragen. Kronenberg hatte einerseits gewiss recht, sie durfte sich nicht auf Manet versteifen; andererseits spürte sie, dass der Bezug und die Auseinandersetzung mit Manet sie weiterbringen würde, und sie konnte sich immer auf ihre Intuition verlassen. Diese Verdichtung an Hinweisen auf das Kunstmilieu konnte sie nicht außer Acht lassen.

»Und, Cora«, sagte Kronenberg mit einem aufgespießten

Stück Pilz auf der Gabel mitten in ihre Gedanken hinein, »eine solche Tat innerhalb von zwei Wochen an zwei so weit voneinander entfernten Orten, du weißt, was das bedeutet?«

»Er wird sehr sicher wieder zuschlagen.«

»Das auch. Es bedeutet aber vor allem, dass die Motivation nicht nur in ihm liegt, sonst bestünde kein Grund für eine solche Reise. Vielmehr gibt es äußere Einflüsse, die ihn lenken.«

Und es sind dieselben, die eine Kunstexpertin wie Ela Fouré nach Lindau geführt haben, dachte Cora.

Sonntag

Cora wusste, dass Sara fließend Italienisch sprach, so konnte sie zwei Fliegen mit einer Klappe schlagen, eigentlich sogar drei. Sie hatte eine Dolmetscherin an ihrer Seite, die zudem noch Kunstverstand besaß und ihr während der Fahrt einen Vortrag über Strassmanns Buch halten konnte. Und darüber hinaus hatte Cora eine angenehme Begleitung. Sara hatte nicht lange überlegen müssen und spontan eingewilligt. Am Sonntag dann stand sie um sechs Uhr morgens mit einer Umhängetasche vor Coras Tür. David öffnete und kochte Kaffee. Cora packte schnell ihre Tasche, dann stellte sie sich zu David und Sara auf den Balkon, nahm sich eine Tasse und studierte auf ihrem Smartphone das Protokoll von Christian über sein Gespräch mit den Italienern, das jedoch mehr als dürftig war. Als Cora ihren Bruder zum Abschied umarmte, flüsterte er ihr für alle hörbar ins Ohr, dass sie Sara unbedingt wieder mitbringen solle. »Versprochen«, erwiderte sie und küsste David auf die Wange.

Keine halbe Stunde später fuhren sie bereits auf der Autobahn in der Schweiz in Richtung Süden.

Sara stellte ihre nackten Füße auf die Ablage. »Ich darf doch, oder?«

Cora nickte und setzte sich die Sonnenbrille auf. »Was hast du da?« Sie deutete auf den Stapel mit handschriftlich beschriebenen Zetteln auf Saras Schoß.

»Tja, wie gesagt, ich bin sehr schnell. Womit soll ich anfangen?«

»Erkläre mir vielleicht erst einmal die drei Ansätze, die Strassmann erwähnt hat.«

»Gute Idee«, stimmte Sara zu und blätterte in ihren Unterlagen. »Da haben wir zunächst den formalästhetischen Ansatz. Wie der Name schon sagt, geht es hier um die formalen Gesichtspunkte bei der Betrachtung, also Farbe, Form, Gestaltung. Der inhaltsorientierte Ansatz stellt die Bedeutung des Inhaltes über die der Form, die nur als Unterstützung des Inhaltes gesehen wird. Hier fließen sozialgeschichtliche, autobiographische und allegorische Deutungen mit ein.«

»Das zweite. Das klingt gut. Erzähl mir doch darüber etwas.«

Sara blätterte wieder. »Ah, hier ist es. Da habe ich einen interessanten sozialgeschichtlichen Hintergrund für dich. Es ist nämlich die Zeit der Psychoanalyse und hierbei vor allem der Beschäftigung mit dem Traum und der Frage, ob es einen Zustand gibt ohne Bewusstseinskontrolle, also eine Vernachlässigung der physikalischen Gesetzmäßigkeiten für das menschliche Handeln. Zum anderen war es auch eine Renaissance für die als träumerisch beschriebene venezianische Malerei.«

»Ha«, rief Cora aus, »wie passend.« Doch zu dem Gedanken an venezianische Malerei gesellten sich zwei weitere. Zum einen tauchte schon wieder die italienische Malerei auf und ließ sie an Ela und den Kulturamtsleiter Lindaus denken; zum anderen heftete sich die Frage in ihren Kopf, ob es einen Zustand ohne Bewusstseinskontrolle gab. Sich drehen, immer weiter, schoss ihr in den Kopf, Kontrolle verlieren. Wo kam das her?

»Ja, allerdings, sehr passend«, sagte Sara gerade. »Da gibt es ein Buch von Stendhal, das 1860 neu aufgelegt wurde. Ein Bild darin könnte Manet als Inspiration für sein Frühstücksbild genützt haben.« Sara erzählte von der Idee, auch Manets Frühstücksbild könne eine sogenannte Familienromantik beinhalten wie jenes Bild des italienischen Malers Giorgione, auf das es womöglich rekurrierte.

Giorgione?, wunderte sich Cora. Hatte nicht auch Strassmann von dem Maler gesprochen? Auch an Kronenberg musste sie denken, der ihr geraten hatte, sich nicht zu sehr auf Manet zu konzentrieren. In ihrem Kopf überschlugen sich Farben und Klänge, und von links außen bahnten sich ein paar Formen einen Weg vor ihr Gesichtsfeld. Das war neu. Cora holte tief Luft, behielt sie in sich, versuchte, alles Verwirrende zu bündeln, und atmete laut aus.

Andererseits, wie wahrscheinlich war es denn, dass die auffällige Pose der Toten keine besondere Bedeutung hatte? Das war sehr unwahrscheinlich, und es galt für Ermittlungen auch die Regel, das Naheliegende als Erstes zu verfolgen. Was ist das Naheliegende? In Coras Kopf sprudelte es nur so.

»Machen wir eine Pause?«, fragte sie daher und steuerte den Wagen bereits von der Straße auf einen Parkplatz.

Sara hatte einen Picknickkorb gepackt, und sie suchten sich einen schattigen Platz auf der Wiese neben dem Autobahnrastplatz unter einem Baum.

Kokett setzte Sara sich in die Pose der Frauenfigur in Manets Bild auf die Decke. »Wie im Bild«, scherzte sie.

Cora erschrak. Vor Sara hatte sich das Bild von Bea geschoben, und anstelle des Gesichts von Bea sah sie nun Ela dort sitzen. Italienische Malerei der Renaissance spukte ihr obendrein durch den Kopf. Sie starrte auf Sara, die verlegen die Pose auflöste.

»Entschuldige, das war geschmacklos.«

Cora winkte ab. »Wann war die Renaissance gleich wieder?«

Sara stutzte. »Wie kommst du denn jetzt darauf? 15. und 16. Jahrhundert.«

»Nur so. Erzähl weiter von dem inhaltsorientierten Ansatz. So hieß das doch, oder?«

»Genau. Also ein wichtiger Aspekt ist meiner Meinung nach, dass Manet ein festes Modell hatte, eine Victorine Meurent, eine Frau von der Straße. Sie kehrt in vielen Bildern wieder, in den unterschiedlichsten Posen oder Verkleidungen, sie ist jedoch stets durch ihren Blick erkennbar. Wie auch in dem Frühstücksbild. Ein Motiv in Manets Malerei ist eben auch dieses Motiv der Verkleidung und Inszenierung, kulminierend in der Figur seiner Muse Meurent. Sie ist in unserem Bild einerseits ein kunsthistorisches Zitat, andererseits wiederum gekennzeichnet durch ihren Blick. Gleichsam eine Figuration des Sehobjektes als auch des Blickes.«

»Der Blick, ja, genau dieser Blick ist inszeniert. Er scheint ausschlaggebend für den ganzen Aufwand unseres Täters zu sein.« Cora fand das sehr einleuchtend und verdrängte den zuvor aufgekommenen Zweifel, ob sie hier auf der richtigen Fährte waren. »Mach weiter, das klingt alles sehr plausibel.« Dann fiel ihr noch etwas ein. »Diese Meurent kam von der Straße, sagtest du? War sie eine Prostituierte?«

»Moment.« Sara blätterte in ihren Unterlagen und fand, was sie suchte. »Das Bild gilt als Programmbild eines neuen Menschenbildes, steht hier, dem Dandy. Die korrespondierende Frau ist die Kurtisane. Das Gemälde kann damit als eine klassische Darstellung der Moderne gelesen werden. Manet bricht mit der Tradition. In seinem Bild verknüpft er die kunsthistorisch legitimierte Nacktheit mit der anstößigen Nacktheit einer Frau bei einem Picknick. Ein Affront für den Betrachter.« Sara überlegte kurz, dann sah sie zu Cora. »Hier schließt sich ein großer Kreis.«

»Nämlich?« Cora sah kurz zur Seite. Irgendetwas hüpfte ihr im Kopf herum, sie wusste nur noch nicht genau, was es war. Auf jeden Fall war es wellenartig und violett. Diese Meurent kam von der Straße. Gab es einen ganz anderen Zusammenhang? Weshalb war Ela ausgerechnet in einem Bordell abgestiegen? Was suchte sie wirklich?

»Wir haben also auf der einen Seite die formale Uneinheitlichkeit – Strassmann sprach von der räumlichen Ungewissheit bei gleichzeitiger Abbildung von Einzeltatsachen. Auf der anderen Seite ist da diese Blockade auf der narrativen Ebene. Und wenn man dann bedenkt, dass gerade die Entfremdung zu den Eckpfeilern der Moderne gehört, erfüllt Manets Bild dies doch par excellence in seiner Darstellung der Differenz.« Sara sah sehr zufrieden aus und schob sich ein Stück Käse mit Brot in den Mund.

»Aha, das war dann also der metafiktionale Ansatz, habe ich recht?« Cora hatte den Begriff extra auswendig gelernt und freute sich, ihn anbringen zu können. Tatsächlich hatte sie das Gefühl, das alles allmählich besser zu verstehen.

»Genau«, bestätigte Sara prompt. »Das ist doch was, oder? Entfremdung, Differenz, Moderne.«

»Na ja, jeder Begriff für sich ist wahrscheinlich ein eigenes Studium wert, aber es ist schon mal nicht schlecht. Was ist jetzt mit dieser Meurent?«

Sara blätterte wieder. »Hier habe ich mir das zusammenfassend notiert: Das Bild gilt als erste monumentale Darstellung des modernen Lebens und als klassische Formulierung der Entfremdung. Das Modell Meurent tritt wie schon gesagt in mehreren Bildern Manets auf. Meinst du, das ist wichtig? Sie erscheint in dem Kontext als moderne Frau.« Sara überlegte. »Eine moderne Frau«, wiederholte sie murmelnd.

Cora verzichtete darauf, ihre Frage nach Meurent zu wiederholen, Sara war offensichtlich zu konzentriert auf ihren Vortrag. Worauf sie eigentlich hinauswollte, war die genaue Herkunft Meurents.

Cora ließ sich zurück auf die Picknickdecke fallen. Zwei Dinge gingen ihr nicht aus dem Kopf. Kronenbergs Satz, dass es um eine Reise ging, mindestens eine von Venedig nach Lindau, von einer Kunststadt in die andere. Und jeweils blieb eine Tote zurück, die an Kunst erinnerte. Die zweite Frage war konkreter: Was hatte Ela damit zu tun? Aus einer inneren Eingebung heraus fragte sie: »Sag mal, Sara, sagt dir der Name Piet Huisman etwas?«

Sara richtete sich auf. »Machst du Witze?«

***

Am Nachmittag fuhren sie über die Dammstraße nach Venedig. Sara kurbelte das Fenster herunter und inhalierte den fischigen Geruch des Meeres. Cora indessen wedelte sich mit der Hand vor dem Mund herum.

»Mach zu«, rief sie. »Das ist ja nicht zum Aushalten.«

»Gewöhn dich schon mal dran. Bei der Hitze wird der Duft uns in den nächsten vierundzwanzig Stunden nicht mehr loslassen.«

Cora verdrehte die Augen. Ihr wurde schnell übel bei schlechten Gerüchen. Venedig sehen und sterben bekam da eine ganz neue Bedeutung.

»Komm schon, gehört dazu.« Sara griff nach ihrer Handtasche und rutschte unruhig auf ihrem Sitz hin und her.

Cora musste lachen. »Nervös?«

»Ein wenig. Das letzte Mal in Venedig war meine Klassenfahrt. In der Elften.«

»Und lass mich raten: Du warst hoffnungslos verliebt.« Cora grinste.

»Nein. Aber jetzt bin ich's. Verliebt, meine ich.« Sara hielt sich in einer übertriebenen Geste die Hände vors Gesicht.

»In meinen Bruder?«

Sara nickte.

»Er mag dich auch, das darf ich verraten.«

»Gottlob.« Lachend tippte Sara eine WhatsApp. Sekunden später erklang das vertraute Summen einer Antwort. Cora stellte sich darauf ein, dass es eine Weile so weitergehen würde.

Christian rief an und erkundigte sich, ob sie schon da seien. Zeitgleich schickte er ihr Tatortfotos auf ihr Smartphone, die die Venezianer am Vormittag übermittelt hatten. Die Posen der Frauen waren sehr ähnlich. Beide waren sie nackt, beide hatten auf die gleiche Weise ein Bein aufgestellt und den Ellbogen nah am Knie auf den Oberschenkel gestützt, beide blickten sie zur Seite. Die italienische Polizei staunte über den Bezug zu Manets Bild und wollte sich umgehend damit auseinandersetzen. Angeblich freuten sie sich auch auf die Zusammenarbeit. Ein Beamter habe sogar angeboten, Cora zum Tatort zu führen, und das am heiligen Sonntag. »Nur falls, äh, die Signora sich machen wollen ein Bild«, äffte Christian den Kollegen nach. Er klang genervt.

Klar wollte Cora sich selbst ein Bild machen in dem Hotelzimmer in Venedig. Die Tatortanalyse sollte ihr Spezialgebiet werden, wenn sie erst einmal beim LKA ... Sie schluckte den Rest des Gedankens herunter.

Wenig später parkte sie das Auto vor dem kleinen Apartment-Hotel mit Balkon und Blick auf einen Kanal – wie sollte es anders sein in Venedig –, eine bunte Häuserzeile auf der gegenüberliegenden Seite, drei Brücken und einige Türme, die aus dem Häusergewirr ragten, irgendwo in der Ferne war auch der Dogenplast mit seiner runden Kuppel zu sehen. Und ein Parkplatz mitten in Venedig, dafür war Cora im Moment besonders dankbar. Ihr Zimmer lag im dritten Stock, wie versprochen ein Apartment mit kleiner Küchenzeile und einer Treppe nach oben, wo das große Bett stand, direkt unter dem Giebel. Das versprach eine heiße Nacht zu werden. Dafür war der Balkon wirklich großartig.

Cora stand draußen, atmete die Luft, die jetzt vor allem nach Sonne und Wehmut schmeckte, und ließ ihren Blick über die Stadt schweifen. Zu Hause hätte sie diese Unordnung nicht ertragen, hier war es charmant. Ihr fiel auf, dass auf ihrer Seite des Kanals ein breiter Weg am Wasser entlangführte, während auf der anderen Seite die Häuser ans Ufer reichten. Eigenartige Vorstellung, fand sie, das Fenster zu öffnen und direkt das Wasser vor sich zu haben. Rechts vom Hotel lag eine der selten gewordenen Holzbrücken, und auf der anderen Seite war ein Tennisplatz. Cora musste lachen, sie hatte ewig nicht gespielt, und ausgerechnet hier in Venedig wurde sie daran erinnert.

Jetzt aber sollte sie sich fertig machen für die Tatortbegehung. Ein üppiges Badezimmer mit Eckbadewanne und schönen terracottafarbenen Fliesen am Boden erwartete sie, und in einer knappen Stunde kam schon der Beamte, dessen Namen sie bereits vergessen hatte.

Sara wollte durch die Stadt schlendern. Sie verabredeten sich zum Abendessen. Jeweils mit einem Stadtplan bewaffnet, trennten sie sich vor dem Hotel. Der Beamte hatte Christian am Telefon versprochen, einen Dolmetscher zur Verfügung zu stellen. Cora war gespannt.

***

Zwei Stunden später lief Cora über den Campo Santi Giovanni e Paolo, wo die gleichnamige Basilica stand, neben einem eindrucksvollen alten Spital, wie Cora jetzt sehen konnte. Ein schöner Platz, von den Venezianern »Campo« genannt, weil eben mit einer Kirche ausgestattet. Ohne Kirche und nur von Häusern umrahmt, hieß ein größerer freier Platz »Campiello«.

Sara hatte ihr ein paar grundlegende Fakten mit auf den Weg gegeben, falls sie sich durchfragen müsste.

Der Campo Santi Giovanni e Paolo sei um die Ecke, und Cora lernte schnell, dass »um die Ecke« in Venedig und bei Saras Besichtigungsbegeisterung sehr relativ war. Zum Glück in guten Schuhen, erreichte Cora beinahe pünktlich den Treffpunkt. Sara lehnte an einer Laterne gegenüber dem Reiterstandbild des Verrocchios. Sie trug ihre Sonnenbrille und einen weißen Hut, der offenbar neu war. Sie studierte ihren Reiseführer und sah aus wie aus einem amerikanischen Spielfilm. Woody Allen hätte sich umgehend in sie verliebt. Gerade winkelte sie noch ihr linkes Bein an und stellte es lässig an den Pfosten. Cora wusste, dass David dieses Bild einen Augenblick genießen und Sara heimlich beobachten würde, also beschloss sie, ihm diesen Anblick als Handyfoto zu schenken. Schließlich hob sie die Hand und rief nach ihrer Freundin. Sara drehte den Kopf zur Seite – und strahlte sie an.

Plötzlich erschrak Cora. Sie hatte noch die Bilder vor Augen, die der Beamte ihr vorhin gezeigt hatte. Die Frau, eine Giulia Capelli, eine Prostituierte. Sie war wie Bea drapiert worden vom Mörder. Wie versteinert stand Cora da. Sara, die zu ihr blickte, zwischen Unschuld und Koketterie, Provokation, Distanz, irgendwie alles auf einmal. Dem Mörder musste es genauso gehen, dachte Cora in diesem Moment. Wenn er sein Opfer so hinsetzt, dann wird auch er so angesehen. Liebt der Mörder diesen Blick? Diese Victorine? Will er den Blick halten, weil er ihn liebt? Oder hasst er ihn? Macht er Fotos, die er mitnimmt? Hat er dann solche Bilder, wie Cora sie vorhin bei der Polizei gesehen hatte?

Cora riss sich los und ging zu Sara, die sie ausgelassen begrüßte.

»Venedig ist wunderbar. Ich werde hier weiterstudieren«, sprudelte Sara munter drauflos.

»Aha, das ging ja schnell. Wie lange sind wir in der Stadt?«

Sara lachte, und sie schlenderten los. Ziellos. Es war erst achtzehn Uhr, alles strahlend hell. Ein befreundeter Fotograf hatte einmal zu Cora gesagt, dass die italienische Sonne immer heller, das Licht immer ein besonderes sei, auch wenn es hierfür kaum eine vernünftige Erklärung gab. Für mehrere Bildbände hatte er verlassene Häuser in Italien fotografiert, seine Ergebnisse gaben ihm recht.

Cora holte tief Luft, das Fischige war noch als Spur da, tatsächlich gewöhnte man sich daran. Immerhin strömten auch andere Düfte durch die Luft, neben solchen nach schlechtem Parfüm üppiger Touristinnen und penetrantem Aftershave ihrer Begleiter auch jene nach gutem Essen und vollmundigem Wein. Cora freute sich auf einen entspannten Abend mit Sara. Alle neuen Infos hatte sie bereits nach Lindau geschickt, jetzt war Feierabend. Zwei Nachrichten von Ela ließ sie unbeantwortet, nicht aber die von Peter Kronenberg. Er wäre gern in Venedig, hatte er geschrieben.

»Cora? Was hast du herausgefunden?«

»Darf ich dir nicht sagen«, erklärte Cora streng und zog mit Sara weiter. Sie war wie elektrisiert. Von der Stadt, den Eindrücken der letzten Woche, von Ela und Peter. Und dann schwirrte da noch dieses schwarze Loch durch ihren Kopf. Eine fehlende, aber spürbare Erinnerung. Nur an was?

Am Vormittag hatte sie erfahren, dass Piet Huisman ein überaus berühmter Maler war, einer der angesagtesten der Gegenwart sogar, wie sich Sara ausgedrückt hatte. Sofort hatte Cora in Gedanken das Fragezeichen hinter Piet Huismans Namen auf ihrem Flipchart durchgestrichen und stattdessen »Künstler« danebengeschrieben. Sie hätte ihn nur googeln müssen, er war berühmt wie Ela, aber wer konnte denn mit so etwas rechnen? Die Tote von Lindau hatte nun einen ganz klaren Bezugsrahmen: Ela, Piet, die Kunst, Venedig, eine Reise. Und der Mörder war besessen von einer bestimmten Haltung, die auch in einem Gemälde von Manet vorkam.

Cora zuckte innerlich zusammen. War der Mörder besessen von der Muse? Wie hieß sie noch gleich? Victorine Meurent? Hatte Kronenberg recht, und es ging nicht so sehr um dieses Bild als vielmehr um das Modell? Sie dachte an Kronenbergs Forderung, beim Einfachen zu beginnen. Dabei fiel ihr ein: Immer wieder spielte die venezianische Malerei herein – durch Elas Worte, durch den Kulturamtsleiter in Lindau, durch die Arbeit über Manet und nicht zu vergessen durch die Tatsache, dass sie nun in Venedig gelandet waren.

Piet, Ela, zwei tote Prostituierte, die Pose aus einem Bild Manets. Ein Rätsel. Cora schüttelte den Kopf. Es war etwas anderes. Irgendetwas mit Ela. In Gedanken ging sie die Treffen und Gespräche mit Ela durch. Sie hätte nie Privates mit Beruflichem vermischen dürfen, jetzt wusste sie, weshalb. Etwas war untergegangen, etwas Wichtiges.

»Was ist?«, fragte Sara und blieb stehen. Vor ihnen bestiegen gerade zwei Touristen eine Gondel. »Wollen wir auch?«

Cora verzog das Gesicht. »Ach nein, nicht dein Ernst, oder? Das wär mir jetzt zu viel … Also du und David, ja, der würde bestimmt …« Und ich würde mit Peter … vielleicht, schoss es ihr durch den Kopf. »Komm, lass uns was essen, ich habe Hunger.«

Nach dem Essen liefen sie durch kleine Gassen und über gefühlt hundert Brücken, ohne zu ermüden, denn die Kühle der Nacht wirkte erfrischend. »Ist das nicht wunderbar?«, war der häufigste Satz von Sara an diesem Abend. Der zweithäufigste Satz begann mit »Wusstest du«. Cora ließ sich anstecken. Beinahe hätte sie gefragt, was Sara denn bei ihrer Klassenfahrt gesehen hatte, doch eigentlich spielte das keine Rolle.

»Wusstest du, dass es dreihundertachtundneunzig Brücken in Venedig gibt? Und wusstest du, dass man einen der angeblich schönsten Ausblicke der Stadt ganz in der Nähe von unserem Hotel findet?«

»Sag bloß. Ganz in der Nähe also?« Cora grinste, doch Sara bemerkte den Seitenhieb nicht.

»Ja. Von der Accademia rüber auf die Kirche Santa Maria della Salute«, erklärte sie ernst.

»Das hast du dir alles an einem Nachmittag gemerkt? Wirklich erstaunlich.«

»Ja, ich hab Glück, mein Kopf ist ein Schwamm, alles, was in die Nähe fließt, wird aufgesaugt.« Sara lachte. »Wusstest du, dass die Italiener ihre Plätze unterschiedlich –«

»Sara, stopp, ich kann nicht mehr. Lass uns was trinken gehen.« Cora zwinkerte. »Und das mit den Plätzen weiß ich sogar. Das hast du mir nämlich schon erklärt.« Sie stupste Sara auf die Nase und schob sie in ein winziges Restaurant, das sich lang in ein schmales Haus erstreckte und in einen wild eingewachsenen Innenhof mündete. »Oh«, kam von Sara, doch dann schwieg sie.

Sie nahmen noch ein Glas Wein und einen zweiten Kaffee, der in Italien natürlich ein Espresso war. Cora fühlte sich wie auf einer Wolke, ganz leicht und frisch, wie erneuert, und sie überlegte, ob es daran lag, Venedig lebendig bald wieder verlassen zu dürfen. Morgen würde sie noch Commissario Carlotti treffen. Als Christian ihr den Namen genannt hatte, hatte Cora zunächst Carrotti verstanden. Sie würde vermeiden, den Commissario mit Namen anzusprechen, nicht dass sie sich noch verhaspelte.

Sie beschlossen, mit ihrem zweiten Glas Wein ins Innere des Restaurants umzuziehen. Der Chef des Hauses, Andrea, trug ihre Gläser samt einem Teller mit Oliven »für die hübschen Signorine« und führte sie an seinen besten Tisch. Rot-weiß karierte Tischdecken lagen vor Cora. Doch das war es nicht, was ihr für einen Moment den Atem raubte. An der Wand gegenüber hing ein großes Gemälde, ein Frauenporträt: Dort saß Ela auf einem Bett und blickte lächelnd zur Seite.

Montag

Cora sah im Rückspiegel, wie Venedig sich in der Ferne verlor. Die Stadt nahm einen vom ersten Moment an gefangen – und sie ließ einen mit einem Gefühl der Trauer zurück. Mehr und mehr leere Palazzi ragten aus den Kanälen, glotzten Passanten mit zerbrochenen Fenstern an und wehrten sich weder gegen den Zerfall noch gegen den Gestank, der von ihren modernden Füßen nach oben drang. Eine stetig präsente Erinnerung an den Tod prägte diese Stadt und das Wissen, dass das Meer ihren Boden zernagte wie ein Krebsgeschwür. Selbst die bunt-fröhlichen Touristenströme und das herrlich warme Wetter konnten nicht über den Zustand der Stadt hinwegtäuschen.

Man verließ die Stadt zwar lebendig, trug aber dieses Bild des Sterbens in sich. Wir machen jetzt die Reise, die auch der Mörder gemacht hat, sagte sich Cora.

Das Treffen mit Carlotti war nicht sehr ergiebig verlaufen. Sie hatten über den Tatort gesprochen, über die Ermittlungen der Polizei vor Ort, über die Gästeliste des Hotels, die ihnen aber nicht weiterhelfe, weil der Hotelbetrieb nur ein Deckmantel gewesen sei. Die Ähnlichkeit zu der Frau auf dem Bild Manets sei zwar nicht zu leugnen, wenn es jedoch einfach nur Vorlage war, dann half es bei der Motivsuche wenig, bei der Fahndung nach dem Täter im Grunde überhaupt nicht. So die Italiener.

Cora hatte das Gefühl, die Informationen seien in kleine Häppchen gepresst worden und keiner wisse so recht, wie dem anderen zu begegnen war. Sie kannte das von anderen internationalen Ermittlungen, noch immer verliefen Kooperationen schleppend, und sie wusste im Grunde gar nicht, weshalb. Manchmal scheiterte man an ganz simplen Punkten, wer wann wie informiert wird, etwa. Cora hatte in ihrer Laufbahn nicht nur mit dem Gedanken gespielt, schnell zum LKA zu wechseln, sondern auch die Idee verfolgt, die Arbeit in einer internationalen Ermittlungsbehörde anzustreben. Das wäre ein Grund, zum BKA zu gehen, denn das Bundeskriminalamt fungierte in Deutschland auch als nationales Zentralbüro für die Kooperation mit Interpol.

Am Bodensee war man bei vielen Einsätzen darauf angewiesen, dass man sich mit den Nachbarn gut verstand, dass man mit den Kollegen aus Baden-Württemberg ebenso wie mit jenen aus Österreich und der Schweiz jederzeit kooperieren konnte, hier regelten sie das selbst. Im Dreiländereck begegneten sie einander schnell, fast wie von selbst, und zwar auf dem Land wie zu Wasser. Andererseits wusste sie, dass es im Westen Deutschlands Probleme gab bei grenzüberschreitenden Fällen. Manchmal scheiterte es ja schon an der Grenze von Bundesländern. Absurd. Cora indessen fand jede Art der Kooperation spannend und überaus wichtig. Das galt für jeden interdisziplinären Ansatz, genau das war auch der Grund, weshalb sie sich weiterbildete, die operative Fallanalyse interessierte sie ebenso wie internationales Recht.

Die Polizei von Venedig war nicht weitergekommen bei ihren Ermittlungen, und Cora wurde das Gefühl nicht los, dass der Handlungsspielraum sehr eingeschränkt war. Auch sie hatten – mit Verzögerung erst nach der Kontaktaufnahme aus Lindau – jene Eingabe in die internationale Datenbank gemacht. Cora konnte sich des Eindrucks nicht erwehren, dass dies durchaus auch mit der Herkunft der getöteten Giulia Capelli zusammenhing. Menschen waren eben doch nicht gleich. Eine Tragödie.

Und es war noch schlimmer gekommen. Während sie nämlich bei einem Caffè doppio im Dienstzimmer von Commissario Carlotti noch darüber grübelten, was den Mörder von Venedig nach Lindau geführt haben könnte, da kam plötzlich sehr aufgeregt ein anderer Polizist ins Zimmer gestürmt und wedelte mit einem Blatt. Ihr Italienisch reichte aus, um zu verstehen, dass der Computer eine weitere Übereinstimmung ausgespuckt hatte, und plötzlich herrschte für einen Moment betretenes und gleichermaßen verblüfftes Schweigen – und dann aufgeregtes Durcheinander. Es gab eine dritte getötete Prostituierte. Eine kurze Rückfrage in Lindau reichte – auch Christian hatte zwischenzeitlich Nachricht aus London erhalten.

Cora spürte ein Kribbeln in ihrem Nacken. Irgendetwas war passiert letzte Nacht. Mit ihr. Als sie dort an dem Tisch mit dem rot-weiß karierten Tischtuch gesessen und auf das Gemälde von Ela gestarrt hatte. Da war etwas hochgeschwappt, und sie wusste noch nicht genau, was.

»Schade, dass wir keine Zeit mehr haben«, sagte Sara gerade neben ihr. »Ich wäre so gern in die Gallerie dell'Accademia gegangen, da hängen so viele schöne … Ach …« Sie seufzte und lehnte sich zurück. Wenig später schlief sie ein.

Auch Cora kämpfte gegen ihre Müdigkeit. Nur mit einigen Tassen Espresso und langen Telefonaten mit David und Christian über die Freisprechanlage konnte sie sich wach halten. Sie dachte an den Abend, der vor ihr lag. Sara und David waren verabredet. Kurzerhand wählte Cora eine weitere Nummer.

»Hallo, Ela, ich bin's. Hast du Zeit?«

»Klar hab ich Zeit. Soll ich zu dir kommen?«

Cora atmete auf. »Du findest einen Schlüssel unter dem Fußabstreifer.«

»Wie einfallslos«, stellte Ela lachend fest. »Ich erwarte dich also bei dir.«

Dienstag

Irgendwann in den frühen Morgenstunden erwachte Cora von einem Geräusch und richtete sich abrupt auf. Zunächst dachte sie, Ela wolle sich aus dem Haus schleichen, denn sie stand dort vor ihrem Bett und zog sich leise an, doch dann winkte sie und warf Cora eine Kusshand zum Abschied zu.

Cora ließ sich zurück in ihr Bett fallen. Die lange Autofahrt steckte ihr noch in den Knochen. Auch die vielen Eindrücke der Stadt, die Gespräche mit Christian, der umgehend eine Konferenzschaltung mit London arrangiert hatte, Ela, in die sie zwar nicht verliebt war, die sie dennoch magisch in ihren Bann gezogen hatte. Cora wusste um die Grenzüberschreitung, wusste gleichzeitig, dass ihr gerade dieses »Vergehen« einen entscheidenden Vorteil bringen konnte. Sie musste ihn nur richtig nutzen. Sie hörte die Tür ins Schloss fallen und Elas Schritte im Treppenhaus.

Kontrolle. Sie war zurück. Schlaftrunken stand sie Minuten später in ihrer Küche, bereitete das Frühstück für Gizmo, kochte Kaffee und tippte in Gedanken das Protokoll an Emmenbach.

»Guten Morgen.«

Vor Schreck schmiss Cora die Milch um. »Scheiße, David.« Schnell stellte sie den Tetrapak weg und holte einen Lappen.

»Was ist denn los?«, fragte David belustigt und gab seiner Schwester einen Kuss auf die Wange.

»Gott, ich habe dich total vergessen. Bist du nicht bei Sara?«

»Äh, die Nachricht? Ich habe dir doch auf deine Mailbox gesprochen, dass ich nach Hause komme. Ist zu früh zum Übernachten. Bei Sara, meine ich.«

»Aha.« Cora sah sich nach ihrem Handy um. »Womöglich war ich nicht im Netz, oder ich habe es einfach überhört.«

David schmunzelte. »Ja, das ist mir heute Nacht auch aufgefallen, als plötzlich diese Blondine im Zimmer stand.«

»Ach du Schreck.« Cora musste lachen bei der Vorstellung.

»Ich bin ja vielleicht dämlich.« Sie schlug sich mit der flachen Hand auf die Stirn.

»Macht doch nichts, wir haben uns bekannt gemacht und prima unterhalten, und *ich* habe *dich* ganz offensichtlich nicht gestört, denn meine Anwesenheit hast du ja sowieso vergessen.« Grinsend fügte er hinzu: »Um ehrlich zu sein, es wär mir sicher genauso gegangen. Ela ist wirklich toll. Und sehr nett!«

Cora holte eine weitere Tasse aus dem Schrank. Dann überlegte sie. »Wie bist du denn dann in die Wohnung gekommen?«

»Na, deswegen habe ich dir die Nachricht auf Band gesprochen. Und immerhin lag ja auch ein Schlüssel unter dem Fußabstreifer.«

»Prima. Ela, du und ich, wahrscheinlich auch Sara und wer weiß, wer noch alles, kennen jetzt mein Geheimversteck und benutzen es fröhlich. Vielleicht sollte ich Christian auch Bescheid geben?« Sie verteilte den Kaffee, während die Maschine noch röchelnd arbeitete.

»Vielleicht einem gewissen Peter Kronenberg?«

Cora zuckte zusammen. Wie kam David denn jetzt auf den?

»Der hat gestern Abend angerufen, als du noch nicht da warst, und dir eine sehr nette Nachricht hinterlassen. Schwesterherz, gibt es da etwas, was ich aus deinem Privatleben wissen sollte? Scheint ja endlich wieder in Gang zu kommen.«

Cora legte den Finger an die Stirn und tat so, als würde sie angestrengt nachdenken. »Hm, lass überlegen. Nein.« Sie legte den Zeigefinger auf ihren Mund. »Du weißt eh schon zu viel, kleiner Bruder. Los, deck den Tisch. Ich muss zur Arbeit.«

»Obwohl du grad das Wochenende durchgearbeitet hast?«

»Ich will den Mörder finden, da spielen Wochentage keine Rolle.«

»So kenn ich meine Schwester.« Er hob Gizmo auf den Arm, der sich energisch wehrte. »Hoppla, was ist denn los?«

»Er will frühstücken, ganz einfach. Genauso wie ich.« Cora ging mit ihrer Tasse auf die Altane und blinzelte in den Himmel. Dichte graue Wolken, das war ein ungewohnter Anblick nach den schönen Wochen. Dann grollte es plötzlich, und

Sekunden später setzte so heftiger Regen ein, dass sie in die Wohnung flüchten musste. David stellte gerade Teller auf den kleinen runden Tisch in der Küche. Gizmo stand davor und zielte.

»Gizmo«, rief Cora streng, und der Kater maunzte beleidigt. Er hatte den Käseteller im Visier gehabt.

»Was läuft da zwischen dir und dieser Ela?«

»Sei nicht so neugierig.«

»Sie hat übernachtet, da darf ich doch neugierig sein, findest du nicht?« David setzte sich und schnitt sich eine Scheibe Brot ab.

»Es ist nicht so, wie du denkst. Wir hatten einiges zu besprechen.« Cora boxte ihren Bruder in die Seite. Anschließend musste sie Gizmo erneut in seine Schranken verweisen. Schnell schob sie den Käse in die Tischmitte. Der dreibeinige Kater gab ein trotziges »Miau« von sich.

»Was ist? Was starrst du mich so an, David?«

»Nichts, ich bin ein wenig überrascht. Ich wusste nicht, dass du auf Frauen stehst, und ich dachte immer, wir würden uns alles sagen.«

»Also das ist doch ein ganz billiger Trick«, sie lehnte sich an ihn, »mehr aus mir rauszukriegen. So einfach wird das nicht.«

»Quatsch, kein Trick.« David biss in sein Käsebrot. »Was ist eigentlich mit Sara? Neuerdings kennst du ja mehr hübsche Frauen als ich.«

»Haha, mach dich nur lustig. Sara habe ich zufällig kennengelernt, und jetzt ist sie ja eh hoffnungslos verloren.« Cora zwinkerte ihrem Bruder zu.

»Ach ja, meinst du? Musst ja nicht alle haben.« Er wuschelte ihr durch die Haare. »Wie war's eigentlich in Venedig?«

»Erschreckend«, murmelte Cora und nippte an ihrem Kaffee.

»Hat der Fall etwas mit eurem zu tun?«

Cora nickte. »Die gleiche Tötungsart. Beide Opfer sind Prostituierte. Beide wurden nackt drapiert. Es ist sehr wahrscheinlich, dass es sich um denselben Täter handelt. Aber pst!« Sie hielt den Zeigefinger vor den Mund.

»Ich weiß, das darfst du mir nicht sagen. Ganz schön pervers. Haben die in Venedig auch keine Spur?«

»Nein. Sie hatten wohl zwei Verdächtige, die Verhöre haben aber nichts erbracht.«

Cora stellte die Tasse weg. Plötzlich hatte sie wieder dieses eigenartige Bild vor Augen. Die Fotos von den Toten, Sara, wie sie dort an diesem Pfosten lehnte mit dem Hut, Ela auf dem Gemälde bei Andrea.

»Ich bin nicht verliebt in Ela«, murmelte sie. »Es ist … Ach, David, ich weiß auch nicht. Die letzten Jahre waren so kräfteraubend.«

»Seit Robert. Ich weiß schon. Die Stadt war da jetzt nicht hilfreich, nehme ich an.« David legte die Hälfte seiner zweiten Brotscheibe auf Coras Teller. Es war bereits Marmelade darauf, Cora musste lächeln.

»Du kannst dir nicht vorstellen, in welchem Zustand die Stadt war. Es war so schwülwarm, die Kleidung klebte sofort an der Haut.«

»Aha, und ein dicker Kommissar, dessen Anblick sofort an Korruption denken ließ, sowie ein dünner Assistent, dem ein Daumen fehlte … Daraus sind die Geschichten, die das Leben schrieb.« David holte noch einmal Kaffee.

»Ach Quatsch, David, du bist doch ein Spinner. Der Kommissar und die Beamten waren alle ganz normal, nur die Stadt war merkwürdig.«

»Wie, merkwürdig?« Beiläufig ließ David ein Stück Käse fallen.

»Hey, ich seh das.«

»Na und?« Er kaute, und vom Boden drang zufriedenes Schmatzen.

Cora holte tief Luft. »Ich weiß, das klingt jetzt verrückt, aber es kam mir vor wie in einem Treibhaus, als würden die Häuser zum Wachsen gezwungen werden. Alles Tote schien in Bewegung, die Menschen dagegen wirkten wie gelähmt.«

»Aha.« David tippte seiner Schwester an die Stirn. »Sonst alles in Ordnung?«

»Ich kann es nicht besser beschreiben. Es war wie ein riesiges Gewächshaus. Aber das Licht und dann die Nacht waren schön.«

»Okay, ich habe begriffen, reise nie im Sommer nach Venedig. Obwohl, mit Sara …« Er grinste seine Schwester an. »Bleibt die Frage, was den Täter dorthin geführt hat. Und natürlich, was mit deinem Kopf los ist. Vielleicht verabschiedet sich die Synästhesie auch wieder.«

»Quatsch. Noch viel wichtiger ist übrigens: Was hat den Mörder dazu veranlasst, von Venedig nach Lindau zu reisen? Und stell dir vor, es wurde ein weiteres Opfer in London gemeldet, ist allerdings schon einige Wochen her.«

David schüttelte den Kopf und blätterte gedankenverloren in einer Zeitung. Plötzlich sah er auf. »Hm, wusstest du eigentlich, dass Ela vor Kurzem auch in Venedig war?«

Cora saß noch zu Hause an ihrem Schreibtisch. Der Bericht an Emmenbach war verschickt, ein Treffen für den Nachmittag abgestimmt. Da auch in London eine Leiche in einem Bordell gefunden worden war und dank Interpol nun eine Verbindungslinie zwischen London, Venedig und Lindau gezogen werden konnte, lag ihnen eine Liste mit den Namen all jener vor, die in der Zeit vor den Morden das jeweilige Hotel beziehungsweise Bordell besucht hatten. Teilweise waren die Herrschaften bekannt, dann hatten die Ermittlungsbeamten eine entsprechende Notiz zu dem Namen gemacht, die meisten allerdings beruhten auf Beschreibungen der Damen. Entsprechend blickten nun alle hoffnungsvoll nach Lindau.

Am späteren Vormittag war eine Video-Konferenzschaltung geplant. Mit einem dritten Opfer war der Serienverdacht bestätigt und die Wahrscheinlichkeit von Übereinstimmungen deutlich gestiegen. Serientäter waren schließlich nicht unsichtbar. Die Protokolle lagen vor Cora, und auch Christian sowie die Kollegen aus der Sonderkommission »Mordfall Bea« hatten die Akten im Laufe der Nacht erhalten. Im Gegenzug waren die eigenen Ermittlungsergebnisse an die Kollegen in London und Venedig verschickt worden. Peter Kronenberg war inzwischen offiziell im Team, er würde ebenfalls bei der Konferenz dabei sein und seine Einschätzung mitteilen.

Mit Christian hatte sie auch noch einmal gesprochen und ihm von Piet Huisman und seiner Verbindung zu Ela Fouré erzählt. Er solle den Namen bei der Durchsicht der Akten im Kopf behalten.

Sie musste ihr Wissen sammeln und strukturieren. Interpol war eine Koordinationsstelle für Daten. Die Anfragen aus London, Venedig und Lindau bezüglich des Mordopfers hatten sie auf die Spur eines Serientäters gebracht. Ja, dachte Cora, das war nicht ungewöhnlich. Ihre Eingabe bei der deutschen ViClass-Datenbank allerdings, wo aktuell nur sexuell motivierte Gewalttaten festgehalten wurden, hatte zunächst lediglich die Verbindung nach Venedig ergeben. Es waren unterschiedliche Anfragen, die dennoch zum gleichen Ergebnis führten. So funktionierte eine Datenbank nun einmal, die dachte nicht selbst nach, verknüpfte nicht über ihre Programmierung hinaus Fakten, die zusammenhängen konnten. Diese Verantwortung oblag den Ermittlern bei der Eingabe. Darin bestand ein Haken von Datenbanken. Irgendetwas störte Cora in diesem Zusammenhang gewaltig.

Unruhig stand sie auf und ging hinüber ins Wohnzimmer. David lag auf dem Sofa. Als Cora genauer hinsah, entdeckte sie, dass ihr kleiner Bruder eingeschlafen war, quer auf seinen Beinen hatte Gizmo sich ausgestreckt. Es war still, dennoch fehlte Cora für einen Moment das Alleinsein. Sie war es nicht gewohnt, immer jemanden um sich zu haben. Der Druck hinter ihren Augen nahm zu. Mit einer weiteren Tasse Kaffee und einer Kopfschmerztablette ging sie auf ihre Altane. Unter freiem Himmel wartete sie geduldig auf die Wirkung der Tablette. Das versprochene Gewitter hatte sich wieder nicht entladen, lediglich ein kurzer Schauer, doch bei der Hitze wirkte das wie ein Feuchtigkeitsschub. Da war eine modrige Note, die der leichte Wind ihr in die Nase trieb und die sie unwillkürlich an Venedig erinnerte. Das Wässrige und Fischige, das dort das Atmen an heißen Tagen erschwerte und dennoch dazugehörte wie die

Pizzaschnitten in den Seitengassen und ein Seufzen vor der Seufzerbrücke. Ein leichter Würgereiz befiel Cora, als sich ihr wieder die Bilder von den Hühnern aufdrängten, die in den Schaufenstern hingen, komplett, mit Füßen. Schnell weiter mit den Gedanken, hin zu den schönen Cafés und Innenhöfen. Sie atmete tief durch.

Immer wieder musste sie an Davids Aussage denken, dass auch Ela kürzlich in Venedig gewesen war. Leider passte so einiges zusammen, was nicht zusammengehören durfte. Ela hatte die gleiche Bewegungsrichtung wie der vermeintliche Mörder.

Warum also redete Ela nicht mit ihr? Was verband sie mit dem Mörder, und wie passte Piet Huisman in die ganze Geschichte? Cora starrte auf den Bodensee. Erste Segelboote zogen langsam ihre Bahn – über den stillen See und durch ihre Postkartenaussicht. Ob sie sich wohlfühle, hatte David gefragt, als sie hier gesessen hatten vor drei Tagen, und ja, sie merkte gerade, dass diese Aussicht anfing, ihren Gedanken eine gewisse Geborgenheit zu geben. Zum ersten Mal, seit sie Robert in Venedig verloren und sich in Lindau versprochen hatte, dies sei nur eine Übergangsstation, hatte sie das Gefühl, wirklich aufzuatmen.

Jetzt brauchte sie Gewissheit. Sie durchsuchte den Bildspeicher in ihrem Handy und fand zwei passende Aufnahmen von Ela, einmal mit schwarzer Perücke. Die beiden Fotos schickte sie mit einem kurzen Anschreiben nach London an den kooperierenden Kommissar vor Ort mit der Bitte um Informationen über die Person. Anschließend packte sie schnell einen Korb mit Essen und kaufte bei einer Bäckerei eine Tüte mit Brezeln und Semmeln.

Als sie wenig später Christians Büro betrat, saß dieser gerade auf seiner Couch, unrasiert, neben sich eine Decke. Cora sah ihn betreten an.

»Nun schau nicht so, ich habe hier geschlafen.« Er rieb sich verlegen den Bart.

Cora stellte den Korb auf den Tisch und packte die Sachen aus. »Zufällig habe ich Frühstück mitgebracht.«

»Das trifft sich gut«, sagte Christian und versuchte Ordnung in seine Frisur zu bringen.

»Was wird jetzt? Mit dir und deiner Frau, meine ich.«

»Sie will definitiv die Scheidung, und das so schnell wie möglich.«

»Ein anderer?«

»Wahrscheinlich.« Christian biss zornig in eine Brezel. »Ich werde mir eine Wohnung suchen müssen. Die Kinder sollen im Haus …« Er schluckte.

»Tut mir leid. Und wie war's bei Moll?«

Christian wischte sich einige Krümel von den Lippen, nahm einen Schluck Kaffee und lehnte sich zurück. »Also die erste Annahme war korrekt.«

»Das heißt?«

»Es handelt sich um eine Form des Einbalsamierens. Dabei wird das Blut dem Körper entnommen und gleichzeitig eine andere Flüssigkeit zugeführt. Im Fall von Bea war dies eine Substanz, die sich verfestigt und damit diese Modellierung zuließ. Moment.« Er blätterte kauend in seinen Unterlagen. »Hab's gleich. Das hieß …« Er blätterte wieder zurück.

»Lass nur«, wehrte Cora ab.

Christian schaute auf. »Was? Ach so. Also daraus folgt auf jeden Fall, dass es dem Täter genau um diese Positionierung der Leiche ging.«

»Und …« Cora zögerte.

»Du willst sicher wissen, wie Bea gestorben ist?«

Cora nickte. Sie hatte Angst vor dem, was Christian ihr gleich erklären würde.

Christian stöhnte und hielt sich die Hände kurz vors Gesicht. »Ich kann dir das jetzt nicht ersparen«, begann er und faltete seine Hände auf dem Tisch.

»Jetzt sag schon«, brachte Cora mühsam hervor.

»Die Sache ist nämlich die: Das Prozedere an sich wäre zweifelsohne sehr brutal gewesen, das Opfer wäre qualvoll verblutet, und das ausgesprochen langsam, eben gerade so schnell, wie es das Dialyseverfahren zugelassen hätte.«

»Wäre?«

»Sie war betäubt mit einem Gift«, erklärte Christian.

»Betäubt? Sie hatte keine Schmerzen?«

»Nein, das war missverständlich, Cora.« Er holte tief Luft. »Es war ein Gift, das das Opfer lähmt, aber lange bei vollem Bewusstsein hält. Wir haben es also mit einem sadistischen Serientäter zu tun. Und dennoch scheint das Motiv mit der Pose zusammenzuhängen. Das hat dein Kronenberg übrigens auch sofort bestätigt.«

»Nenn ihn nicht so. Ihr habt schon gesprochen?«

»Ja«, sagte Christian. »War nicht böse gemeint. Ich hab ihn sofort angerufen, als ich gestern von Moll kam. Er war so nett, gleich vorbeizukommen.«

Cora nickte. Ihr Magen knurrte, doch die Vorstellung, jetzt etwas zu essen, fiel ihr schwer. Bea hatte Stunden gelitten in ihrem Zimmer, wissend, dass neben ihr … »Wie lange dauert so etwas?«, fragte sie.

Christian biss lustlos in seine Brezel. »Entschuldige, dass ich esse, aber ich fall sonst um. Der Täter hat eine Pumpe verwendet, das hat Moll ja schon vermutet, ansonsten würde ein Opfer nicht restlos ausbluten, sondern nur ungefähr drei Liter verlieren.«

»Weil das Herz dann schon nicht mehr pumpt?«, erkundigte sich Cora und spürte leichte Atemnot.

»Exakt. Allein das würde sechs bis acht Stunden dauern.«

»Also?«

»Nichts, also, es hängt von der Pumpgeschwindigkeit ab, wie lange es dauert, bis das Blut aus dem Körper raus- und die neue Substanz reingeflossen ist. Moll meinte, dass es in zwei Stunden machbar ist.«

»Okay.« Cora biss sich auf die Lippen. Sie erinnerte sich, dass Moll das schon am Tatort erklärt hatte. Ihr Kopf fühlte sich gerade unheimlich leer an. Die Tablette, sagte sie sich.

»Wir müssen beide vorladen, das ist dir klar, oder?«, sagte Christian und nahm sich noch eine zweite Brezel.

»Hm?«

»Diesen Piet Huisman und Ela Fouré. Auch wenn die in Venedig sagen, dass beide nicht in den Ermittlungen aufgetaucht sind.«

Cora sah erstaunt auf. »Nicht?«

***

Inge Gamper hatte den Ellbogen auf den Tresen gestützt und beobachtete seit geraumer Zeit die Touristengruppe, die vor ihrem Fenster Stellung bezog. Es waren oft Kunststudenten aus Konstanz, die die Führungen übernahmen. Heute wieder einmal Maria Wenger. Inge Gamper sah die Führerin zwei- bis dreimal in der Woche vorbeimarschieren und dachte sich jedes Mal, wie langweilig dieser Job sein musste. Aber da sie im Moment auch nichts Spannendes zu tun hatte, war das Beobachten der Langeweile eines anderen immerhin amüsant.

Wie stets hielt Maria Wenger vor dem barocken Bürgerhaus, in dem Inge Gamper als Empfangsdame für das Stadtmuseum Lindau saß. Sie winkte ihr zu und erzählte dann weiter. Durch das geöffnete Fenster konnte Inge Gamper ihre tiefe und angenehme, jedoch monotone Stimme hören. Es kam nicht selten vor, dass sich Leute von der Gruppe entfernten, sich entweder bei ihr im Museum nach aktuellen Ausstellungen, anderen Sehenswürdigkeiten oder gar Einkaufsempfehlungen erkundigten – im schlimmsten Fall fragten sie nach der Wetterprognose für die nächsten Tage –, oder sie verschwanden einfach in den Seitenstraßen. Inge Gamper hatte ein wenig Mitleid mit der jungen Frau, die von der Natur nicht gerade bevorteilt worden war. Für ihre geringe Körpergröße hatte sie sehr breite Hüften und reichlich Übergewicht. Ihre Haare waren zwar schön, dabei jedoch viel zu üppig für das rundliche Gesicht, das auch noch von einer großen dunklen Brille verdeckt wurde. Die Kleiderwahl tat ihr Übriges. Auch an diesem Tag wurde Frau Gamper nicht enttäuscht: Mit Kleidergröße 46, so schätzte sie, hatte sich die andere in einen Jeansminirock gepresst und darüber ein enges Top gezogen. Es war nicht gerade ein optischer Anreiz, ihren Ausführungen zu folgen.

»Wir befinden uns nun vor dem vielleicht schönsten Bürgerhaus am Bodensee. Werfen Sie nur einen Blick auf die Fassadenmalerei, ja, ich sehe staunende Blicke, zu Recht, denn alles ist gemalt, die plastische Wirkung ist enorm, nicht wahr? Seit 1929 befindet sich hier das Stadtmuseum von Lindau. Neben der ständigen Sammlung werden hier immer wieder Sonderausstellungen gezeigt, zuletzt Werke von Emil Nolde, Pablo Picasso und August Macke. Zu dem ›Haus zum Cavazzen‹ kommen wir gleich noch, für einen besseren Gesamteindruck und um auch das prachtvolle Walmdach zu sehen, werden wir uns ein wenig entfernen. Nun zu dem Neptunbrunnen, der direkt hinter uns –«

Das Telefon klingelte.

»Inge Gamper, Stadtmuseum Lindau. Guten Tag.«

»Ich wollte fragen, wann die Giorgione-Ausstellung beginnt.«

»Eine Giorgione-Ausstellung?« Sie lachte laut auf. »Das wüsste ich.«

»Es steht aber hier in der Zeitung.« Räuspern, dann las die Stimme vor: »Giorgione-Ausstellung erstmals in Lindau.«

Frau Gamper lachte. »Hören Sie, das muss ein Missverständnis sein, ich weiß nichts von einer solchen Ausstellung. Und überhaupt, das wäre natürlich wunderbar, hier eine Giorgione-Ausstellung präsentieren zu können, wir sind für Giorgione nur leider ein viel zu kleines Haus.«

»Also gibt es keine Giorgione-Ausstellung?« Der Mann klang enttäuscht.

»Nein, mein Herr, ganz sicher nicht. Eine derartige Ausstellung ist nicht geplant. Das könnten wir uns gar nicht leisten.« Frau Gamper schüttelte lachend den Kopf und legte auf.

»Was ist denn?«, erkundigte sich eine Kollegin.

»Ach, nichts, irgendein Spinner dachte, wir würden hier Werke von Giorgione ausstellen.«

»Oho, das wäre was.«

Wieder klingelte das Telefon.

»Stadtmuseum Lindau, Frau Gamper am Apparat, was kann ich für Sie tun?« Sie zwinkerte ihrer Kollegin zu. »Sie möchten bitte was?« Sie legte die Stirn in Falten. »Nein, hören Sie, das muss ein Irrtum sein. Nein, wirklich, das ist ganz ausgeschlossen.« Sie legte auf und sah verwirrt zur Seite.

»Was ist denn, Inge?«

»Wieder jemand, der nach Giorgione gefragt hat.«

»Pfff, da hat sich wohl jemand einen Scherz erlaubt, meinst du nicht?«

Das Telefon klingelte erneut, und Inge Gamper begann zu ahnen, dass dies womöglich den ganzen Tag so weiterging, denn eine Giorgione-Ausstellung in Lindau wäre schon ein »echter Hammer«, wie ihre Kinder das nennen würden.

***

Für einen Augenblick dachte sie schon, die Frau in dem Bild hätte ihr zugezwinkert. Cora rieb sich die Augen. Auf dem Tisch vor ihr lagen die Notizen zu Manets Bild, die Sara ihr zusammengestellt und auf der Fahrt nach Venedig bereits referiert hatte. Die wichtigsten Deutungsansätze standen auf einzelnen Blättern, sodass Cora sie nebeneinander ausbreiten konnte. Das Bild hatte sie in die Mitte gelegt und eine ganze Weile daraufgestarrt in der Absicht, einen der Erklärungsversuche der Kunstwissenschaft darin zu erkennen.

Doch viel wichtiger als das Verständnis des Bildes wog die Motivation des Täters, und so versuchte Cora, sich in den Mörder hineinzuversetzen. Was sah er, wenn er seine Opfer so postierte wie Victorine Meurent, die Muse von Édouard Manet? Cora massierte ihre Schläfen. Sie hatte in dem Buch von Strassmann einige weitere interessante Thesen und Vergleiche mit anderen Gemälden gelesen. Da war sie unter anderem auf den Stich von Jean Godefroy gestoßen. Die Vorlage dafür wiederum war eine Zeichnung von Gaspard Duché de Vancy von 1786.

Etwas in dem Stich allerdings hatte Coras Aufmerksamkeit erregt, irgendetwas in dem Bild war verstörend. War es das Eindringen der Gekleideten in die fremde Welt der Osterinseln? War es die schaurige Geschichte, die sich hinter diesem Einbruch in die ferne Welt verbarg? Ohne Zweifel ein grausames Kapitel des Imperialismus, das erst in der zweiten Hälfte des 20. Jahrhunderts sein Ende fand. Diese Borniertheit der Eroberer, Cora wurde immer wütend, wenn sie sich damit beschäftigte, und im Grunde hatte sich das in all den Jahrhunderten nicht geändert. Immer gab es Eroberer, die sich über andere Menschen erhoben, immer gab es Ausbeutung.

Cora starrte auf die leicht Bekleideten, die absurderweise hellhäutig waren. Die Pose des Mannes – einer der leicht Bekleideten – war dieselbe wie in Manets Frühstückbild. Was *verstörte* in diesem Bild? Da war ein Mann im Vordergrund, herrschaftlich gekleidet, mit dem Rücken zum Maler. Er lag bequem am Boden, und auch diese Pose ähnelte stark jener in Manets Bild. Dieser Mann sah die Szene wie der Maler, wie der Betrachter.

Würde der Mörder sich auch in einem Bild sehen? War er das nicht sogar, wenn er sein Modell in Szene setzte? Mord als Festhalten, als eine Inszenierung von Dauer, nicht als Auslöschen, sondern als das Gegenteil dessen. Womöglich hatte der Mörder weitere Opfer an einem gut verborgenen Ort, wo er sie länger betrachten konnte. Ja, Cora war sich in demselben Moment, da ihr der Gedanke in den Sinn kam, schon sicher darüber. Der Mörder brauchte Opfer, mit denen er auch Zeit verbrachte. Die drei toten Frauen von London, Venedig und Lindau hatten also noch einen anderen, übergeordneten Sinn erfüllt. Und schon kam wieder Ela ins Spiel.

Cora hatte schon öfter in ihrem Leben feststellen müssen, dass man, je mehr man hinterfragte, nicht zwangsläufig mehr Antworten erhielt. Das Spektrum wurde in die Tiefe hin nicht breiter, sondern immer enger.

Cora spielte mit einigen Strähnen, löste das Band in ihrem Nacken, lockerte ihre Haare und fuhr sich mit den Fingern wie mit einer Bürste so hindurch, dass sie einen neuen Pferdeschwanz binden konnte.

Und dann fiel ihr auf, was an dem Bild sie so in Bann geschlagen hatte. Es war das Posenhafte, das alle Figuren an sich hatten, mit Ausnahme des Mannes im Vordergrund, der die Position des Beobachters innehatte. Als hätte dieser sich die Welt, in die er gewaltsam eingebrochen war, in eine beschauliche Szene gesetzt. Die Eindringlinge schön kombiniert mit den Einheimischen. Die Zivilisation in trauten Grüppchen mit dem Ursprünglichen, als wäre dies im Fall der Okkupation der Osterinseln oder Rapa Nui kein Widerspruch gewesen. Das Idyllische und Positive dieser Mission versinnbildlicht in einem freundlichen Miteinander und einem interessierten Austausch, denn die Zivilisierten bringen Malerei, Literatur und Wissenschaft sowie das Erkennen, vertreten durch Spiegel, Zeichenblock und Feder, jenen Mann, der Abmessungen an einer der Steinfiguren vornimmt. Den Betrachter schienen die beiden Diebe links und rechts im Bild nicht zu verstören, gleichwohl wiesen sie auf die problematische Zukunft dieses vermeintlich guten Auskommens der Insulaner mit ihren Besatzern hin.

Der Betrachter. Cora überlegte. Erkannte er zwangsläufig sofort das Posenhafte? Blieb er Herr der Lage? Was hatte es mit dieser Pose auf sich, die so viele Künstler eingesetzt hatten? Was verbarg sich in diesem Einfrieren einer Haltung, die keine natürliche war in einem vermeintlich natürlichen Umfeld?

Cora versuchte sich selbst in diese Position zu bringen. Sie winkelte die Beine an, so gut dies auf dem Stuhl eben möglich war, und legte einen möglichst weichen Ausdruck auf ihr Gesicht. Letzteres klappte nur bedingt – sie dachte schließlich angestrengt nach –, doch plötzlich wusste sie, was sie an dem Ergebnis der Datenbank störte.

Interpol hatte die auffällige Drapierung einer weiblichen Leiche als verbindendes Element bei der Mordfallsuche definiert. Sie selbst aber suchte nach einer Verbindung zwischen dem Täter und Ela und Piet – nach dem Motiv! Und diese Verbindung hatte gewiss nichts mit Mord zu tun und dennoch dafür gesorgt, dass alle dieselben Wege gegangen waren – parallel zu den Morden. Dennoch kam weder aus London noch aus Venedig ein Hinweis auf Ela und Piet. Zumindest bis jetzt.

Cora kaute auf ihrer Unterlippe. Sie sollte recherchieren, wo die Zentralbüros der jeweiligen Länder lagen, und auch im Heimatland von Huisman nachhaken. Vielleicht kam man auf diesem Umweg viel eher an den Mörder. Immerhin verfügte sie über den entscheidenden Vorteil, dass sie Ela persönlich kannte.

Cora rief bei Peter Kronenberg an und bat ihn um ein Treffen. Da dieser gerade auf dem Heimweg von der Universität war, bot er an, gleich vorbeizukommen. Cora sah auf die Uhr und bestellte ihn zu sich nach Hause. Schnell packte sie alles zusammen, verabschiedete sich von Christian und fuhr hinüber auf die Insel. Sie sei von der Reise noch völlig gerädert und müsse endlich einmal mehr als drei Stunden schlafen, erklärte sie, und das war noch nicht einmal gelogen.

Eine knappe Stunde später klingelte es bereits an ihrer Tür. Die Haare noch nass vom Duschen und unfrisiert, öffnete Cora.

»Zu früh?«, fragte Peter Kronenberg.

Cora schüttelte den Kopf. »Föhnen lohnt eh nicht. Komm rein.«

Er küsste sie auf die Wange. »Ich bin eher zu spät. Du riechst gut.«

»Sommerfrische. Das Shampoo.« Cora fühlte sich schon wieder verunsichert. Da stand dieser große Mann vor ihr mit dem weichen Mund und diesem leicht schiefen Lächeln. Irgendwas war definitiv anders in ihrem Leben. »Komm rein. Auch ein Glas Weinschorle?«

Kronenberg nickte und folgte Cora in die Küche. »Schön hast du's hier. Ja, passt sehr gut.«

»Und sagt was über mich?«, fragte sie, während sie die Gläser mit dem eisgekühlten Weißwein füllte.

»Ich verunsichere dich, stimmt's?« Er nahm das Glas und hielt es ihr hin.

Cora hob leicht die Schultern. »Ich weiß auch nicht, was grad los mit mir ist.« Sie stießen an, dann ging Cora zum Schreibtisch und zeigte Peter, was sie bislang über den Täter gesammelt hatte.

Kronenberg studierte die Notizen über das Bild und seine Bedeutung, die Fotos und die Blätter, auf die Cora die Verbindungen zwischen den einzelnen Orten und Personen gemalt hatte. »Doch Manet?«, fragte er und hielt das Foto des Gemäldes hoch.

»Ich weiß nicht«, sagte Cora. »Aber bei den Recherchen nach dem Bild kann ich gut denken, und immer wieder geht eine Tür auf.«

»Du bist schon nah an ihm dran, hab ich recht?«

Cora nickte und legte die Bilder von der Leiche zur Erinnerung neben das Bild von Manet. »Ich hab mich die ganze Zeit gefragt, was er in ihnen sieht.«

»Verstehe.« Kronenberg trank einen Schluck und drehte dabei die Bilder hin und her. »Er will etwas erfahren. Er ist neugierig. Er tobt sich nicht aus oder so.«

»Ja, das habe ich auch gedacht. Er geht besonnen vor.«

»Er muss sein Aggressionspotenzial loswerden. Reine Besonnenheit …«

»… gibt es nicht. Ich weiß«, sagte Cora. »Wonach sollen wir suchen?«

»Hm. Ich bin nicht sicher.« Kronenberg betrachtete die Fotos.

»Inzwischen wissen wir, dass der Täter vermutlich schon zweimal zugeschlagen hat. Einmal in London und dann in Venedig.«

»Ich weiß. Dein Kollege war so nett.« Er blies Luft durch die Zähne und nahm wieder eines der Fotos in die Hand.

»London war vor fünf Wochen, Venedig vor zweieinhalb. Also ein relativ kurzer Abstand.«

»Ja, allerdings. Beides Prostituierte?«

Cora nickte, dann schlug sie sich mit der Hand gegen die Stirn. »Bin ich blöd.«

»Dann weißt du, wo du suchen musst?«

Cora nickte, schimpfte noch einmal mit sich und griff zum Telefon. »Christian, könntest du bitte etwas kontrollieren? Suche nach Übergriffen auf Prostituierte in London und Venedig und hier, kurz bevor die Morde passiert sind. – Ja. Er muss sich irgendwo abreagieren, bevor er seine Tat so sauber hinbekommt.« Cora holte tief Luft.

»Gute Arbeit, Cora. Wir wären ein gutes Team.« Kronenberg

stellte sein Glas ab und nahm auch Cora ihres ab, das sie nach dem Telefonat schnell wieder in die Hand genommen hatte, um sich an irgendetwas festzuhalten. »Und jetzt …« Er zog sie an sich, nahm ihr Gesicht in seine großen Hände und küsste sie.

Während er sie küsste und sie sich nicht dagegen wehrte, spürte sie plötzlich noch mehr Anspannung von sich abfallen. Immer leichter wurde sie, immer entspannter. Kurz bevor sie beinahe losgelacht hätte, gab er sie frei. »Und? Besser?«

Sie lachte. »Viel besser. Und jetzt?« Sie zwinkerte.

»Wie kommst du eigentlich auf Manets Bild als Referenz?«

»Nun, das war ein Zufall, eine Freundin hat die Fotos von der Leiche entdeckt. Sie studiert Kunst und hat die Ähnlichkeit der Pose mit der in Manets Gemälde erkannt. Und seitdem finde ich immer mehr Künstler, die genau diese Pose dargestellt haben.«

»Okay.«

»Es gibt da ein Rätsel, was Manet mit dem Bild sagen wollte, und überhaupt zahlreiche Ungereimtheiten, was das Bild angeht. Zum Beispiel seine Muse, das Modell Victorine Meurent.«

»Hm.« Peter zog die Stirn in Falten. »Also das ist jetzt sehr ins Blaue hineinfabuliert, aber was, wenn das genau das Problem ist?«

»Was meinst du?«

»Vielleicht will der Täter das Bild nachstellen, weil niemand genau weiß, was damit gemeint ist.«

»Das habe ich auch schon gedacht. Ein Besessener will das Rätsel lösen.«

»Und worauf bezieht sich Manets Bild?«

»Was meinst du?«, hakte Cora nach.

»Na ja, du sagtest, diese Pose kommt in vielen Bildern vor, wird oft zitiert. Weshalb also kommst du auf Manet als Referenz?«

Cora stutzte. Noch bevor sie antworten konnte, meldete ihr Computer eine eingehende Nachricht. Sie zuckte zusammen.

Kronenberg zog die Augenbrauen hoch. »Ich nehme an, dann ist dieser Abend beendet?«

Cora nickte. »Tut mir leid. Ein andermal?«

»Auf jeden Fall. Darf ich die Notizen hier mitnehmen?«

»Natürlich, ich hab alles kopiert. Ich ruf dich an, okay?«

Kronenberg nickte und ging ohne einen weiteren Kuss. An der Tür hielt er inne. »Ich mag es, wenn ich dich verunsichere. Also kämpf nicht dagegen an.«

»Raus jetzt«, sagte Cora und lachte.

Mit einem neu gefüllten Glas Wein trat sie an ihren Computer. London hatte ein längeres Schreiben geschickt, und Cora ahnte nichts Gutes, als sie sich mit den ausgedruckten Seiten auf den Balkon setzte.

Zunächst las sie, was sie schon wusste, dass es sich bei der abgebildeten Frau um Elena Katharina Fouré handelte, eine Kunstschätzerin französischer Abstammung, die eine Zeit in Südengland bei ihrem Vater, dem bekannten Ernesto Herold Dofero, gelebt hatte. Gegen sie selbst lag nichts vor, ihr Vater jedoch hatte längere Zeit unter dem Verdacht gestanden, in mehrere kriminelle Machenschaften verwickelt zu sein. Darunter waren einige Kunstraube und eventueller Versicherungsbetrug durch absichtlich falsche Bewertung von Gemälden.

Die Kollegen aus London mussten jedoch eingestehen, dass sie nichts Greifbares in Erfahrung bringen konnten, um Dofero eine dieser vorgeworfenen Taten nachzuweisen. In diesem Zusammenhang allerdings gab es ein Ersuchen um Personenfahndung zur Festnahme des Landeszentralbüros in England an Interpol. Der gesuchte Mann war James Baker und galt als langjähriger Geschäftspartner von Dofero. Cora wusste, dass dies nicht einem internationalen Haftbefehl gleichkam, sodass sie nicht weiter überrascht war, dass das Ersuchen bislang ohne Erfolg geblieben war.

Sie erfuhr außerdem, dass der Generalsekretär von Interpol vor einigen Jahren eigens eine Stelle einberufen hatte, die sich mit dem Phänomen der Kunstentführung und des schweren Diebstahls von Kulturgütern beschäftigen sollte.

Der Sitz des internationalen Koordinationsbüros lag in Amsterdam. Die Vertreter der beteiligten Länder trafen sich einmal im Jahr. Es waren nicht so viele Mitgliedstaaten wie in der

Kopforganisation – dort waren mittlerweile knapp zweihundert Länder vertreten –, es war dennoch ein wichtiges Signal, und Deutschland war selbstverständlich ebenfalls vertreten. Von diesem Zentrum aus sollten die jeweiligen Abteilungen der Landespolizei bei der Verfolgung der Kunstdiebe koordiniert werden.

Über Dofero gebe es dort zwar einen meterdicken Ordner, doch für eine Überführung habe es nicht gereicht, schrieb London. Cora beschloss umgehend, beim BKA nachzufragen sowie eine Anfrage nach Amsterdam zu richten.

Am Ende des Schreibens kam der alles entscheidende Satz: »Wir haben keine Anhaltspunkte, dass sich Elena Fouré zum Zeitpunkt des Mordes in London aufgehalten hat.« Gegen sie liege nichts vor.

Cora atmete tief durch, tippte mit dem Stift auf den Zettel neben sich, auf dem bislang eine einzige Notiz stand: »Amsterdam!« Ihr Spürsinn jagte dunkle Schatten durch ihren Kopf, und diese führten wilde Tänze auf. Die Fäden, die sie in der Hand hielt, fügten sich allmählich zu einem Band zusammen. Amsterdam, internationaler Kunstraub, Doferos Tochter Elena, Leichen, die aussahen wie aus einem Gemälde, Ela in Venedig, doch die Polizei schwieg … Geheimnisse, Rätsel. Dofero. Wer war der deutsche Vertreter in der Sonderkommission?

Cora unterdrückte ein Gähnen, dann machte sie sich an die Arbeit. Sie schrieb zuerst ein Memo an Christian mit der Mail aus London im Anhang, dann formulierte sie ihre Anfragen an das deutsche Landeszentralbüro für Interpol beim BKA und an Amsterdam mit Bitte um die Akten zu Ernesto Herold Dofero und James Baker. Zwei Stunden später fiel sie erschöpft ins Bett.

Mittwoch

»Hallo?«

Inge Gamper sah von ihrem Kreuzworträtsel auf. Vor ihr stand ein Bote mit einem Klemmbrett in der Hand.

»Ja bitte?«

»Ich habe hier eine Lieferung mit Plakaten für Sie. Ich bräuchte dann noch eine Unterschrift.«

»Ach so, ja, sicher.« Inge Gamper unterzeichnete und nahm die Kiste entgegen, die der Mann ihr am Tresen vorbei zuschob.

Als er gegangen war, betrachtete sie die Kiste, öffnete sie und dachte, es treffe sie der Schlag: Darin lagen Plakate von Giorgiones »La tempesta« als Werbung für die bevorstehende Ausstellung, mit der Aufforderung, ein ganz bestimmtes direkt über den Tresen zu hängen.

***

Mit einem Soja-Cappuccino saß Cora in ihrem Büro und beobachtete Christian, der sich mit einigen Pappbechern als Bestechung bei ihr auf dem Sofa breitgemacht hatte. Er wollte offensichtlich nicht allein sein. Seine Anfrage bezüglich gewalttätiger Übergriffe in zeitlicher Nähe zu dem Mordfall hatte eine Rückmeldung aus Konstanz gebracht. Gerade studierten sie die Befragungen im dortigen Bordell, als das hohe »Pling« des Computers Cora zusammenzucken ließ. Nachricht aus Amsterdam.

»Christian. Es ist da.«

Sie stand auf und nahm die Seiten aus dem Drucker. Ihre Hände zitterten.

»Her damit, ich bin neugierig«, sagte Christian und legte die Akten aus Konstanz zur Seite.

Zunächst ging es um die Gemälde, die als vermisst galten und deren Verbleib Dofero zugeschrieben wurde. »Liste umseitig«, las Cora und staunte nicht schlecht, welche Gemälde angeblich im Besitz von Dofero waren. Die Sondereinheit beschäftige im Übrigen ebenfalls Kunstexperten sowie Kunstagenten, die den Kunstmarkt genau im Auge behielten, die Chatrooms verfolgten und auswerteten. Dennoch habe man Dofero nie überführen können.

Dann ging es um Elena Katharina Fouré. Die Tochter habe der Vater Dofero aus den unterstellten kriminellen Aktionen immer herausgehalten. Nach seinem tödlichen Autounfall, der nie ganz geklärt worden sei, habe Elena Fouré das offizielle Amt des Vaters übernommen, sei außerdem die Alleinerbin, da Dofero keine weiteren Familienangehörigen habe. Die Villa in Südengland habe die junge Frau bald danach verkauft. Darüber hinaus gebe es jedoch nichts über Elena Fouré zu berichten. Gewiss hege man den Verdacht, dass Elena in die Fußstapfen ihres Vaters getreten war, Beweise hierfür habe niemand.

Eine Spur gebe es noch. Im Zuge der Ermittlungen gegen Dofero seien sie auf einen anderen Namen aufmerksam geworden: Fabio Tondello. Er habe unter anderem die Villa in Südengland gekauft, und auch ihn verfolge man wegen etlicher Vorwürfe im Kunstmilieu, bislang ebenfalls ohne Erfolg. Tondello sei wie ein Phantom, zeitweise komplett vom Erdboden verschluckt, daher vermute man in Amsterdam, dass es sich um einen Decknamen handelte. Im Darknet gebe es bestätigende Hinweise.

Es folgte eine längere Ausführung über den Kunsthandel im Darknet, den Cora überflog. Sie wusste aus einem Seminar, dass es auch den besten Beamten von der Abteilung Digitale Forensik noch nicht möglich war, solche Chatrooms über die IP-Adressen konsequent zurückzuverfolgen. Man las als Ermittler mit und hoffte auf Fehler. Dieser Tondello hatte offensichtlich noch keinen gemacht. Gegen ihn lagen allerdings zwei Anzeigen vor: wegen Gewalt gegen eine Prostituierte und wegen sexueller Nötigung.

»Hast du das?«, fragte Christian alarmiert, und Cora wusste, dass er an derselben Stelle war wie sie.

»Ja, dieser Fabio Tondello. Haben wir was über einen Tondello?«

Während Cora eine Anfrage in den Computer tippte, stellte Christian sich hinter sie. Beide studierten die Suchergebnisse. Nichts. Cora kaute auf dem Becherrand.

»Soll ich dir noch einen bringen?«, fragte Christian.

»Was?« Gedankenverloren starrte sie in den Becher, der tatsächlich leer war. »Nein, danke.« Sie stellte den Becher zur Seite. »Christian, ich kann mich täuschen, aber einen Zusammenhang zwischen der Kunst und den Morden sehen bislang nur wir, oder?«

Christian setzte sich wieder auf das Sofa und blätterte durch die Seiten. »Dofero, Dofero, Elena. Gemälde über Gemälde und dieser Tondello ... Nein, nichts von Morden. Lediglich die beiden Hinweise auf die Gewaltdelikte Tondellos.«

»Hm. Venedig und London konnten nicht bestätigen, dass Elena Fouré an den Tatorten war.«

Christian nickte. »Ja, das wäre die Verbindung von der Kunst zu den Morden.«

»Dann hat uns der Zufall in die Hände gespielt«, sagte Cora.

»Der Zufall, dass du und Ela auch privat ...«

Cora zuckte zusammen.

»Keine Sorge. Nur ich habe euch gesehen, im Café am Hafen. Ich hab da kein Problem mit, solange du weißt, wo du stehst.«

»Das weiß ich allerdings«, sagte Cora mit fester Stimme und studierte weiter die Informationen aus Amsterdam. »Hast du etwas über Piet Huisman gefunden?«

Christian schüttelte den Kopf. »Nein. Dafür das hier.« Er hob die letzte Seite des Schreibens in die Höhe: Es war ein Foto von Fabio Tondello mit Notizen zu seiner Person.

***

Sara betrat das Zimmer von Strassmann, der gerade telefonierte und lauthals lachte. Er bedeutete Sara, sich zu setzen. Wieder lachte er, dann legte er auf.

»So, Frau Berg, konnte ich Ihrer Bekannten von der Polizei denn weiterhelfen?«

»Ja, ich denke schon.« Sara setzte sich aufrecht hin und behielt ihre Tasche auf dem Schoß.

»Und was führt Sie nun zu mir?«

»Es geht um die Zwischenprüfung«, erklärte Sara.

Wieder klingelte das Telefon, und Strassmann musste während des kurzen Gesprächs erneut lachen.

»Sachen gibt es«, sagte er und rückte seine Brille zurecht. »Stellen Sie sich vor: Das Stadtmuseum von Lindau erhält seit Kurzem zahlreiche Anrufe, die sich nach der geplanten Giorgione-Ausstellung erkundigen.« Er platzte fast vor Belustigung. »In Lindau. *Giorgione!*« Strassmann konnte sich offenbar nicht einkriegen darüber. »Und jetzt gerade haben sie mir mitgeteilt, dass eine Lieferung mit Plakaten eingetroffen ist.«

Mitten im Lachen setzte Strassmann sich ruckartig auf. »Das wird doch nicht ... Moment.« Er blätterte in seinen Unterlagen, wählte eine Nummer und wartete. Ein Anrufbeantworter sprang an. »Hören Sie, haben Sie klammheimlich eine Giorgione-Ausstellung nach Lindau geholt? Zuzutrauen wär's Ihnen. Rufen Sie mich an, werter Kollege.«

»Aha.« Sara kannte zwar Giorgione, Strassmanns Überschwang jedoch konnte sie nicht teilen.

Der Professor nahm seine Brille ab und putzte sie. Als er sie wieder aufsetzte, blieb sein Blick für einen Moment an Saras Tasche hängen, die noch immer auf ihrem Schoß lag. Er räusperte sich. »Sie kommen doch aus Lindau, oder? Sicher kennen Sie Ihren Kulturamtsleiter. In den letzten Jahren hat er immer wieder große Kunstwerke geradezu aus dem Ärmel gezogen. Aber Giorgione hat nicht einmal er drauf. Erst recht nicht ›La tempesta‹. Und wenn, dann wüsste ich davon! Und ich glaube kaum, dass das Stadtmuseum von Lindau sich diese Versicherungspolice leisten könnte, ach, was rede ich, das könnten höchstens die in München oder vielleicht die Araber. Und überhaupt sind die Venezianer sehr eigen, was ihren Schatz angeht. ›La tempesta‹, dass ich nicht lache.«

»Oh. Die Venezianer, sagen Sie?« Sara wurde hellhörig. »Hängt Giorgione auch in der Gallerie dell'Accademia?«

Strassmann senkte den Kopf und musterte Sara über seinen Brillenrand hinweg. »Junge Dame, das sollten Sie sich umgehend merken. Ja, Giorgione hängt in Venedig, sogar das sagenumwobene Bild der Bilder – ›La tempesta‹.«

»Wie bedauerlich. Ich stand vorgestern noch vor deren Türen«, verkündete Sara und stellte endlich ihre Tasche neben sich auf den Boden.

»Sie waren am Wochenende in Venedig?«

»Ja, beruflich gewissermaßen. Und daher hatte ich leider auch keine Zeit für einen Museumsbesuch.«

»Beruflich? Was haben Sie denn gemacht?« Strassmann schien ehrlich interessiert.

»Ich habe die Kommissarin als Übersetzerin begleitet und ihr die kunsttheoretischen Ansätze zu Manet erläutert.«

»So? Dann sprechen Sie also fließend Italienisch? Sehr gut, unerlässlich für ein erfolgreiches Kunststudium.« Er nickte anerkennend. »Nun zurück zu Ihrer Eingangsfrage. Sie wollten über die Zwischenprüfung sprechen? Wie wäre es denn mit Giorgione? Das habe ich lange nicht mehr geprüft, und wo Sie sich jetzt schon so prima mit Manet befasst haben, wäre das doch eine ideale Ausgangsbasis. Und Italienischkenntnisse sind hierfür von entscheidendem Vorteil.« Schon stand Strassmann auf und ging zielstrebig auf eines der vollgepackten Regale zu.

Strassmann zog ein schmales Buch heraus, kam zum Schreibtisch zurück und reichte es Sara. »Lesen Sie das, dann können wir über Ihre Zwischenprüfung sprechen.«

Mit dem Buch in der einen und der Tasche in der anderen Hand verließ Sara Strassmann und hatte erstmals das Gefühl, dass er sie ernst nahm. Wenn sie das geahnt hätte, dann hätte sie ihm schon viel früher von ihrem Sprachtalent erzählt. Pfeifend lief sie durch die Gänge des H-Traktes und hinaus zu den Fahrradständern.

Wenig später saß sie an ihrem Schreibtisch und versuchte, sich auf ein Buch zur Geschichte des Mittelalters für das Seminar am Nachmittag zu konzentrieren, doch ihre Gedanken schweiften immer wieder ab. Sie starrte gedankenverloren aus dem Fenster, beobachtete zwei Segelboote auf dem See, wünschte sich, sie selbst läge jetzt dort an Deck. Schließlich lief sie zum Kühlschrank und blickte in gähnende Leere. Lediglich eine Flasche Orangensaft stand dort.

Irgendetwas schwirrte ihr durch den Kopf, sie konnte es nur nicht greifen. Sie sah sich im Raum nach ihrem Handy um und wählte die Nummer ihrer Eltern in der Toskana, doch keiner nahm ab. Schließlich holte sie das Buch aus ihrer Tasche, das Strassmann ihr gegeben hatte, und blätterte darin. Es waren Künstlerbiographien von Giorgio Vasari, mit jener über Giorgione Da Castelfranco, ein Text ohne Abbildungen, also kramte Sara ihren Laptop aus der Tasche und baute ihn vor sich auf. Die Sachen, die auf dem Schreibtisch lagen, schob sie einfach zur Seite, dabei stürzte das Buch über Manets Leben unsanft zu Boden. Doch das störte Sara nicht, denn jetzt wusste sie endlich, was ihr die ganze Zeit durch den Kopf gegangen war.

Sie fand es sofort. »Das Gewitter« von Giorgione, »La tempesta«, ein Ölgemälde auf Leinwand, entstanden irgendwann um 1508. Es maß zweiundachtzig mal dreiundsiebzig Zentimeter und hing in der Gallerie dell'Accademia in Venedig. Sie druckte sich ein paar Seiten aus und rief Cora an. »Wir müssen uns treffen. Sofort.«

***

Cora rief zusammen mit einigen Kollegen sämtliche Hotels der Gegend an und erkundigte sich nach »auffälligen« Gästen, die in den letzten zwei Wochen eingecheckt hatten.

Solche allgemein gefassten Anfragen waren immer eine mühsame Arbeit, die nicht selten vergeblich war, doch in diesem Fall hatten sie tatsächlich Glück. Ein junger Mann von der Rezeption des Inselhotels meldete sich: Ein Gast, ein Dr. Sebastian Sandkirch, sei ihm aufgefallen, weil er zum zweiten Mal innerhalb einer Woche eingecheckt habe. Dies sei eigentlich auch nicht weiter ungewöhnlich, denn viele Gäste kämen mehrere Male, allerdings habe er persönlich diesen Dr. Sandkirch in Lindau gesehen, als er nach eigenen Angaben hätte auf der Heimreise sein sollen. Bald darauf habe Sandkirch ganz normal die Anmeldung ausgefüllt und als Grund für seinen Aufenthalt die Lindauer Psychotherapiewochen angegeben, die jedes Jahr im Sommer stattfanden.

Cora stöhnte innerlich bei dem Gedanken an die rund viertausend Teilnehmer, die bald wieder die Insel stürmen würden. Noch war es glücklicherweise nicht so weit, und immerhin hatte die Hotelrecherche einen Anhaltspunkt gebracht. Vielleicht hatten sie ja noch mehr Glück, und Sandkirch war ein Deckname des gesuchten Fabio Tondello.

Sie informierte Christian, schnappte sich das Foto aus London und fuhr zu dem Hotel. Dort traf sie den jungen Mann, mit dem sie telefoniert hatte, Thomas Maier, der war sich jedoch unsicher. Das Bild aus London zeigte einen Mann mit grauem Haar, einer großen Sonnenbrille und einem Wintermantel. In der Aufnahme, die sein Profil zeigte, wirkte er sehr elegant. Dr. Sandkirch indessen habe glattes schwarzes Haar und eine kleine runde Brille, er sei immer ein wenig hibbelig, unsympathisch und hektisch, aber der Mund sei sehr ähnlich. Auch habe Sandkirch ein »italienisches Aussehen«, wie Maier sich ausdrückte, nur sicher war er sich eben nicht. Allerdings sei Sandkirch gerade beim Essen, Cora könne sich selbst ein Bild machen.

Sie verschluckte sich beinahe ob dieser Information, die wie beiläufig dahergeschlendert kam. Eine Nachricht an Christian tippend, ging sie in den Speisesaal und entdeckte auch bald jemanden, auf den Maiers Beschreibung zutraf. Von dem Augenblick an ließ sie Sandkirch nicht mehr aus den Augen. Geduldig wartete sie, während er aß, beobachtete seine geziert wirkenden Bewegungen, organisierte mit Christian per Smartphone die weitere Überwachung und versuchte, in ihrem Kopf Klarheit zu gewinnen, was die Informationen aus London bedeuteten.

Nach ihrer Anfrage bezüglich Ela observierte sie jetzt einen Mann, der Fabio Tondello sein könnte. Der wiederum war aufgetaucht im Zuge der Ermittlungen gegen einen internationalen Kunstraubring und gegen Ernesto Herold Dofero, Elas Vater.

Und sie selbst ermittelte in einem Mordfall, der sie zu all den Informationen geführt hatte. Musste also nicht zwangsläufig auch der Mörder in diesem Kreis zu finden sein?

Während sie jenem Dr. Sandkirch quer durch die Innenstadt folgte, erhielt sie von Christian Angaben zur Personenkontrolle eines Sebastian Sandkirch, Psychotherapeut aus Wolfsburg, nichts Auffälliges. Als Schatten von Sandkirch machte sie einen Abstecher ins Stadtmuseum, wo er sich aufmerksam umsah, spazierte dann ebenfalls in die Barfüßerkirche und landete anschließend in einem kleinen Café am Schrannenplatz, wo Saras Anruf sie schließlich erreichte.

»Was ist denn los, du klingst so aufgeregt?«, wunderte sich Cora.

»Wann können wir uns treffen, es ist wirklich dringend?«

»Ich sitze im Café, aber ehrlich gesagt ist es eher schwierig im Moment.« Cora sah sich vorsichtig um.

»Es geht um das Bild von Manet.«

»Aha. Und weiter?« Cora beobachtete Sandkirch, der seit Minuten bewegungslos auf eine Zeitung starrte. Blättere um, verdammt, blättere endlich um! Er tat es nicht, und sie wusste, was das bedeutete. Gut, wenn sie sich schnell aus der Beschattung verabschiedete. In diesem Augenblick sah Sandkirch auf und genau in ihre Richtung – Cora lief ein eisiger Schauer über den Rücken.

»Ich muss dir unbedingt etwas zeigen«, sagte Sara jetzt. »Wir haben uns vielleicht geirrt.«

Cora verschluckte sich fast an ihrem Wasser. »Bitte was?« Sie dachte sofort an die vielen Stunden, die sie mit dem Buch von Strassmann verbracht hatte, und sie dachte auch an Peter, der sie gestern noch gewarnt hatte. Unter den Rosenbüschen erkannte sie einen Kollegen in Zivil, der ihr bei der Beschattung seit dem Münsterplatz geholfen hatte und ab hier übernehmen würde. Sie winkte dem Kellner. Eigentlich erwartete Christian sie, doch was Sara da erzählte, duldete keinen Aufschub. »Wo bist du?«

»Auf dem Weg zu dir. Passt das? In zehn Minuten?«

»Alles klar.« Cora zahlte und verließ fluchtartig das Café.

Draußen setzte sie sich unter den Baum bei der Peterskirche in den Schatten, den Diebsturm im Rücken. Sie wählte die Nummer eines weiteren Beamten und bestellte ihn als Unterstützung. Bis zur Übergabe musste sie noch warten, also versuchte sie die Zeit zu nutzen und sich zu sammeln. Dafür war sie an einem guten Ort, wie sie fand. Die älteste Kirche Lindaus im ehemaligen Fischerviertel strahlte in ihrer Schlichtheit große Ruhe aus. Lange hatte sie bei einem ersten Besuch vor der Gedenktafel gestanden, die an die Opfer des Nationalsozialismus erinnerte. Jetzt stellte sie sich wieder davor. Achtzehn Namen. Sie überflog sie, und die Buchstaben schrieben sich ihr farbig ins Gedächtnis ein – einer der Namen als rote Kreise mit blauen Dreiecken, und ein Name hatte den Vermerk »gestorben in Auschwitz«. Als junges Pärchen getarnt kam jetzt die Ablösung über den Schrannenplatz geschlendert. Er hatte noch immer das Handy am Ohr und wartete auf Coras Zeichen. »Übergabe um fünfzehn Uhr fünfundvierzig«, murmelte Cora und radelte so schnell sie konnte nach Hause.

***

Als Cora ihre Wohnung erreichte, saß Sara bereits auf ihrem Balkon. David hatte sie hereingelassen und schon mal einen Kaffee gekocht.

»Hey«, rief Cora und stolperte durch den Flur. »Was ist los?«

»Eine ganze Menge. Setz dich und sieh dir das an.« Sara reichte Cora eine Abbildung des Giorgione-Gemäldes.

Das Bild war nur unscharf zu erkennen, die Pose der Frau allerdings klar und deutlich. »Aber, das ist ja …« Cora starrte Sara fragend an.

»Ja, genau. Die Kunstforschung hat doch darauf hingewiesen, dass Manet in seinem Bild eine Reihe weiterer Kunstwerke rezipiere, wir haben das mehrfach gelesen, und eines davon ist eben dieses sagenumwobene Bild von Giorgione.«

»Dann bist du im Rahmen deiner Arbeit darauf gestoßen?«

Sara reichte Cora einen weiteren Ausdruck mit dem Bild von Manet. Beide Gemälde lagen nun nebeneinander vor Cora.

»Aha. Aber noch mal, wie kommst du jetzt auf Giorgione? Dass die Pose schon öfter vorkam, ist doch nicht neu, oder irre ich mich? Und überhaupt: Wissen wir denn, wie viele andere Künstler das Motiv auch noch benutzt haben?«, fragte Cora. »Dann könnte es doch jeder sein.«

»Jetzt trink erst mal einen Kaffee.« David reichte seiner Schwester die Tasse und lenkte sie auf einen Stuhl auf der Altane.

Cora hob abwehrend die Hand. »Lass das, David, ich brauch jetzt sicher keinen Kaffee.«

»Hey, ich kann doch nichts dafür«, beschwerte sich ihr Bruder.

Sara sah zerknirscht aus. »Ich bin schuld«, flüsterte sie. »Ich hab dich auf Manet gebracht. Es war einfach meine erste Assoziation.«

Cora holte tief Luft. »Also? Wie viele haben das Motiv noch in einem ihrer Kunstwerke?« Im Grunde hatte sie selbst gewusst, dass diese Pose eine Tradition hatte, sie hatte nur verdrängt, dass es um ein anderes Bild gehen könnte.

»Eine ganze Reihe, doch das ist nicht das Entscheidende.« Sara riss die Augen auf, als wollte sie damit die zu erwartende Pointe unterstreichen.

»Sara, jetzt ist wirklich nicht der Augenblick, mich auf die Folter zu spannen!«

»Giorgione war der Erste«, sagte Sara und hob einen Zeigefinger in die Höhe.

»Dann bezieht sich Manet auf den Giorgione?« Cora überlegte, was da genau passiert war. Manets Frau war eine Figuration der Moderne, so hieß es, und wenn sie jetzt die beiden Frauen verglich, so hatte Manet aus der schüchtern wirkenden Frau in Giorgiones Gewitterbild eine selbstbewusste Person geschaffen. Irgendwie hing das also alles zusammen.

»Gewissermaßen. Es gibt da noch etwas anderes, und das macht mich ganz sicher, dass der Mörder sich auf den Giorgione bezieht.«

»Was?«, fragte Cora und beugte sich vor.

»Strassmann hat mir erzählt, dass das Stadtmuseum seit

einigen Tagen Anrufe erhält, die sich alle nach einer angeblich angekündigten Ausstellung erkundigen.«

Cora musterte Sara, in deren eben noch zerknirschter Miene ein triumphierendes Lächeln erschien.

»Begreifst du es nicht?«, fragte Sara. »Alle fragen nach Giorgione.«

»Im Stadtmuseum, sagtest du?«, hakte Cora nach. Vor einer knappen Stunde war sie Sandkirch dorthin gefolgt.

»Ja, genau«, bestätigte Sara.

Cora nahm jetzt doch die Tasse Kaffee und klopfte unbewusst auf den Platz neben sich, bis Gizmo sicher neben ihr landete. Langsam ließ sie ihre Finger durch sein Fell gleiten. Allmählich beruhigte sie sich, wobei ihr gerade bewusst wurde, dass Sandkirchs Blick sie am meisten aufgewühlt hatte.

»Und?«, fragte Sara. »Das kann doch wohl kein Zufall sein, oder?«

Cora schüttelte den Kopf. Sandkirchs Blick ging ihr einfach nicht aus dem Kopf. Hatte sie in die Augen von Beas Mörder gesehen?

Sara tippte Cora auf den Arm. »Wo bist du gerade?«

Cora holte tief Luft. »Also bevor wir noch einmal viel Energie verschwenden«, sie warf Sara einen strengen Blick zu, »sollten wir sicherstellen, dass es keine logische Erklärung gibt. Es könnte sich doch zum Beispiel um ein Missverständnis in der Ortsankündigung handeln oder vielleicht eine Ähnlichkeit im Namen des Künstlers oder sonst irgendeine naheliegende Verwechslung.«

»Ausgeschlossen«, erklärte Sara mit fester Stimme. »Professor Strassmann meinte, dass es sich um einen Scherz handeln muss.« Sara hielt inne. »Aber dann kam ihm ein Verdacht, und er hat beim Kulturamt Lindau angerufen. Ich konnte den Anrufbeantworter hören.«

»Bitte, Sara, finde heraus, ob es irgendwo eine Giorgione-Ausstellung gibt, geben wird oder vielleicht kürzlich gegeben hat. Ich will wirklich ganz sichergehen, bevor ich mich der Lösung des neuen Rätsels widme.«

Sara strahlte Cora an und reichte ihr ein weiteres Papier. »Schon geschehen.«

»Was ist das?« Cora begann die Liste zu studieren.

»Giorgiones Werke, ihr derzeitiger Standort und eventuelle Leihgaben in den letzten vierundzwanzig Monaten.«

»Das hast du alles schon recherchiert?«

»Ja.« Sara nickte stolz. »Ich wollte meinen Fehler wiedergutmachen.«

»Mein lieber Mann, vielleicht solltest du das noch einmal überdenken. Ich denke, du wärst doch eine gute Polizistin.«

»Bitte?« David war aus der Küche zurückgekommen, in der Hand eine Schüssel mit aufgeschnittenen Äpfeln. »Polizei? Du?«

»Erklärst du ihm das bitte?«, scherzte Sara.

»Ich werde mich hüten, mich da einzumischen. – Okay, dann heißt mein neues Objekt also Giorgione.« Cora nickte, das klang sehr plausibel, vor allem wenn sie daran dachte, wie die Kommissare in Venedig rumgeeiert hatten. Aber etwas anderes tanzte ebenfalls durch ihren Kopf. Es waren rote Kreise und blaue Dreiecke. Seltsam, so kannte Cora ihre Wahrnehmung selbst nicht. Eigentlich war da zuerst der Gedanke …

»Und was machst du jetzt?«, erkundigte sich David, während er beiden ein Stück Apfel anbot.

»In Venedig anrufen und fragen, warum die mir das nicht gesagt haben.« Schon wieder war auch der Kulturamtsleiter auf der Spielfläche, dachte Cora, immer die »üblichen Verdächtigen« in diesem Rätsel.

»Du meinst, sie wussten das bereits?« David setzte sich zu Cora.

»Na, hör mal, das hängt bei ihnen ja quasi um die Ecke. Spätestens als ich mit dem Manet daherkam, hätten sie doch mal piepsen können.« Cora hob die Hand und winkte, auf dem Nachbarbalkon erntete eine ältere Frau Tomaten. Stolz zeigte sie das volle Sieb, und Cora hielt den Daumen in die Luft.

»Na ja, muss man nicht unbedingt kennen, wenn man sich nicht für Kunst interessiert«, wandte Sara ein.

»Auch wieder wahr«, gab Cora zu und ließ sich noch einmal

Kaffee nachschenken. »Dennoch, es war merkwürdig mit dem Commissario Carotti.«

»Carotti?« David lachte.

Cora kratzte sich an der Stirn. »Carlotti, meinte ich, Himmel.«

Sara spielte an dem Majoran herum, der neben ihr blühte. »Wenn sie das Bild kennen, aus welchem Grund sollten sie das für sich behalten und dich nach Manet weiterforschen lassen?«

»Interessante Frage.« Cora holte sich ein Stück Apfel. »Vielleicht wissen sie doch mehr, als sie zugeben wollten. Gibt es denn irgendetwas, das dir spontan zu dem Gemälde einfällt?«

»Ein Rätsel, wohl eines der größten der Kunstgeschichte, einmalige Lichtgestaltung und Linienführung.« Sara zuckte mit den Schultern. »Alles Weitere muss ich erst recherchieren.«

Cora stöhnte. »Na gut, dann los.«

David zerbiss ein weiteres Apfelstück. »Also kann ja sein, dass ich ein kompletter Vollidiot bin, aber was ändert das eigentlich?«

Sara und Cora sahen ihn erstaunt an. »Was meinst du?«, fragte Cora.

»Also, Schwesterchen, es ist doch ganz einfach, wenn du mich fragst. Das eine hat mit dem anderen nicht zwingend etwas zu tun.«

»Ich versteh nicht …«, begann Cora, doch langsam dämmerte ihr, worauf David hinauswollte.

»Nun ja, der Mörder bringt Prostituierte um, weil er von dieser Pose besessen ist. Ob es nun Manet oder Giorgione war, den er da nachahmen wollte, spielt für dich ja keine Rolle, solange …«

»… es nicht um das Bild an sich geht«, rief Sara aus und schlug mit der Hand auf den Tisch. »David, Himmel, das ist es. Das muss es sein, Cora. Jetzt aber können wir ja wohl davon ausgehen, dass es doch um das Bild an sich geht, nämlich ›La tempesta‹ von Giorgione, hab ich recht?«

Cora sah von ihrem Bruder zu Sara, dann musste sie lachen. »Ihr zwei, also ehrlich. Ihr seid …« Sie nahm ihre Tasse mit dem inzwischen kalten Kaffee und lehnte sich zurück. »In der Konsequenz bedeutet das aber, dass das Bild das Ziel ist, dass die Pose nicht bloße Nachahmung, sondern ein Hinweis auf das Gemälde ist. Und was könnte so ein Hinweis bedeuten?« In ihrem Kopf schlugen die Informationen der letzten Tage Saltos. Mehr zu sich als zu Sara und David sprach sie ihre Überlegung laut aus: »Es soll vielleicht geklaut werden.«

»Warum nicht?« Sara hob die Hände fragend in die Luft und nickte umgehend. »Das Bild ist sicher sehr gefragt, dennoch eines jener Bilder, die so gut wie nie verliehen werden. Gewiss gäbe es einen ungeheuren Markt für so ein Gemälde. Erinnerst du dich an die großen Kunstdiebstähle der letzten Jahre? Da hat man manchmal erst hinterher etwas erfahren. Die Kunstwerke wurden entwendet, die Besitzer erpresst, das ist ein ganz neuer krimineller Markt. Und vielleicht«, Sara hob bedeutsam den Zeigefinger, »vielleicht, liebe Cora, ist es schon geklaut worden.«

Cora lachte abwehrend, wusste jedoch, dass Sara recht hatte. Alle Hinweise verdichteten sich zu der Annahme, dass es um Giorgiones Gemälde »La tempesta« ging.

»Bleibt die Frage, weshalb die Italiener geschwiegen haben«, sagte David mitten in ihre Gedanken hinein.

An Sara gewandt fragte Cora: »Wo war das Bild zuletzt?«

»In Wien für eine Sonderausstellung«, antwortete Sara.

»Okay, mal sehen, was die in Wien dazu sagen.« Cora nahm sich das letzte Stückchen Apfel. »Und du hältst es für möglich, dass es nicht mehr –« Weiter kam sie nicht.

»Auf jeden Fall«, erklärte Sara mit fester Stimme.

***

»Was ist passiert?«, fragte Cora und stützte sich auf Christians Schreibtisch.

»Wir haben ihn verloren«, entgegnete er. »Dieser Sandkirch hat offensichtlich Erfahrung im Untertauchen. Sicher war das Hotel nur eine Finte.«

»Meinst du?« Cora beschlich ein ungutes Gefühl.

»Ja. Ich glaube, dass er ab dem Café wusste, dass man ihn verfolgt. Das war doch auch dein Eindruck, oder?«

Cora erinnerte sich, dass Sandkirch minutenlang auf seine Zeitung gestarrt hatte. Ja, sie hatte den Eindruck gehabt, aufgeflogen zu sein. »Hm«, machte sie nur und nippte an dem Sojakaffee, den Christian ihr ungefragt gereicht hatte und der auch ihr immer besser schmeckte. Eindeutig Suchtgefahr.

»Spricht dafür, dass es tatsächlich dieser Tondello ist«, sagte Christian. Er stand auf und heftete zwei Fotos an die Pinnwand – jenes von Tondello, das sie aus London erhalten hatten, und ein Foto, das sie während der Überwachung von Sandkirch gemacht hatten. Cora hatte Sandkirchs Blick noch lebhaft vor Augen.

»Er wirkte unheimlich auf mich«, murmelte sie.

»Das hilft uns leider nicht weiter«, sagte Christian und betrachtete die beiden Fotos. »Auf den ersten Blick keine große Ähnlichkeit.«

»Da muss noch eins dazu«, sagte Cora, blätterte in ihren Unterlagen und zog ein Foto hervor, das bei der ersten Anfrage in London dabei gewesen war. »James Baker, der ehemalige Geschäftspartner von Dofero. Das kam aus London.«

Christian hängte es zu den anderen beiden. Die Hände in den Hüften, ließ er seinen Blick vom einen zum anderen wandern. »Ich weiß nicht … Allein dass es da irgendeine Verbindung gibt und dieser Sandkirch uns abgehängt hat … Es muss doch dieser Tondello sein, oder?«

Cora folgte seinem wandernden Blick. »Wir wünschen uns das, klar, aber es ist ein mickriges Indiz. Nur weil er uns entwischt ist, muss er nicht gleich ein Verbrecher sein.« Sein Blick sagt etwas anderes, dachte sie und spürte die Gänsehaut in ihrem Nacken.

»Seit Jahren ist man dem Typen schon auf der Spur. Ich hab die Berichte gelesen. Und wenn es der gesuchte Tondello ist, dann hat er zumindest schon mal Prostituierte verprügelt. Deine Ela hängt da irgendwie mit drin.« Wie zur Bestätigung klopfte Christian mit der Hand auf den Tisch.

»Oh Mann, ich hab's dir schon hundertmal gesagt.« Cora machte ein paar Schritte zum Fenster. »Sie ist nicht *meine* Ela.«

»Schon gut. Ich halt mich da raus.«

Cora biss sich auf die Lippen. Im Baum vor Christians Fenster jagten die Spatzen einander fröhlich lärmend. »Gut, dann lass aber auch solche Sprüche. Wie konntet ihr Sandkirch verlieren? Er war unsere einzige vernünftige Spur.«

»Weißt du, was in der Stadt los ist an einem sommerlichen Nachmittag?« Lautstark schob Christian seinen Schreibtischstuhl zur Seite. »Mitten in der Altstadt auf der Maximilianstraße?«

»Ich wohne auf der Insel!« Cora stützte sich auf die Fensterbank. Ihr war flau im Magen von zu viel Koffein.

»Also. Abzweigung Schneeberggasse und Ecke Brodlaube, irgendwo da ist er untergetaucht.« Der Bürostuhl quietschte, als Christian sich hineinsinken ließ.

»Ist nicht weit vom Inselhotel, nicht wahr?«

»Nein, dort ist er aber nicht aufgetaucht. So schlau waren wir auch.« Christian stützte den Kopf auf. Seine Haare standen kreuz und quer.

»Ist ja schon gut. Nur halt ärgerlich. Vor allem, wenn er gemerkt hat, dass wir ihm folgen. Hast du Männer dort postiert?«

»Ja, selbstverständlich.« Christian sah zu Cora und verdrehte die Augen. »Sag mal, wofür hältst du mich? Und jetzt erklär mir, was sich da in deinem Kopf zusammengebraut hat. Und was war das vorhin am Telefon mit diesem Giorgione?«

Cora setzte sich ihm gegenüber. Aus ihrer Tasche fischte sie die Unterlagen und Notizen. Sie zeigte ihm das Foto von Giorgiones Gemälde und erzählte kurz, was sie darüber wusste.

Christian zuckte nur mit den Schultern. »Ob nun Manet oder Giorgione, also mir ist das erst mal egal. Oder übersehe ich da was?«

»Warte ab. Hier, die Mail aus London hast du ja gelesen. Dort hatte ich angefragt wegen Elena Fouré. In Venedig hatten sie nichts über sie, die Verbindung zur Kunstszene kam dank London. Und wir wiederum haben ja auch die Verbindung zwischen

Kunst und Mord hergestellt. Und in diesem Zusammenhang haben wir nun Dr. Sandkirch beziehungsweise eventuell sogar Tondello. Und wir haben drei Tote, die einander frappierend ähneln.«

»Drei?« Christian hustete.

»Bitte?«

»Du sagtest: drei Tote.«

»Ja, natürlich. London, Venedig und hier.«

»Ach so, London, ja klar.« Christian schlug sich auf die Stirn. »Ich bin so durch. Wochenlang haben hier alle geschlafen, und dann taucht ein international gesuchter Mörder bei uns auf. Und was ist jetzt mit dem italienischen Maler?«

»Wir haben Hinweise auf einen internationalen Kunstraubring. Die Pose der Toten erinnert an die Pose einer Figur in dem Gemälde ›Das Frühstück im Grünen‹ von Manet oder eben ›La tempesta‹ von Giorgione. Es ist eine Pose, die in der Kunst mehrfach benutzt wurde, Giorgione allerdings war der Erste, der sie derart alleine dargestellt hat, ohne inhaltlichen Bezug. Und dieses Gemälde hängt zufällig in Venedig, wo der Mörder auch zugeschlagen hat. Und in Lindau soll plötzlich eine Giorgione-Ausstellung geplant sein. Ein bisschen viele Hinweise und zufällige Verknüpfungen, findest du nicht?«

»In der Tat«, sagte Christian. »So viele Zufälle gibt es nicht. Also gute Arbeit auf jeden Fall. Hast du schon mit Venedig telefoniert? Oder mit London?«

»Nein, noch nicht. Er ist hier bei uns, und ich denke, wir sollten ihn dingfest machen.« Cora zerknüllte den leeren Becher und zielte auf den Mülleimer.

»Triffst du nicht.« Christian lehnte sich siegessicher zurück.

»Wetten?«

»Um ein Bier«, sagte Christian und zog die Stirn in Falten, während er den Flug des Bechers verfolgte – der im Eimer landete.

»Basketball-Leistungskurs.« Cora grinste.

»Was du nicht sagst. Und warum kommst du nie zum Polizeisport? Wir müssen endlich mal die vom Grenzschutz schlagen.«

Cora wusste, weshalb sie nirgends mitmachte. »Nach diesem Fall bin ich dabei.«

»Ehrlich? Das find ich toll.« Christian nickte bekräftigend. »Also zurück zu Tondello beziehungsweise Sandkirch. Dann haben wir doch mehr als ein mickriges Indiz, oder nicht?«

Cora betrachtete die Pinnwand. »Mal sehen. Da waren diese Übergriffe auf Prostituierte in Tondellos Akte und nun in Konstanz. Sandkirch hat eingecheckt und ist dann wieder verschwunden. Gleich die Daten doch mit der Tat in Konstanz ab. Keine Ahnung, weshalb es bislang nicht für mehr gereicht hat. Wer weiß …«

»Was meinst du?« Christian sah verwundert auf. »Bestechung?« Er lachte, dann wurde er ernst. »Du meinst, da ist was faul? Weil ihm weder die in London noch in Venedig etwas nachweisen konnten?«

»Von Venedig kam gar nichts wegen Tondello«, sagte Cora. »Das waren die Infos aus Amsterdam.«

»Stimmt, du hast recht. Von London kam etwas über diesen James Baker, der das Haus von Elas Vater gekauft hat. Nicht wahr? Mehr aber auch nicht. So viel zum Thema Kooperation.« Christian wippte in seinem Stuhl. Ein leises Quietschen war wieder zu hören.

»Ist schwierig. Das sind komplett verschiedene Delikte, die sich ja nicht zwingend überschneiden müssen.«

»Also?«, hakte Christian nach, zerknüllte ebenfalls seinen leeren Becher und wollte zielen, unterließ es jedoch und stand stattdessen auf, um den Becher in den Eimer fallen zu lassen.

»Feigling«, kommentierte Cora augenzwinkernd. »Na ja, ich denke, es geht um Kunst, um wertvolle Kunst, und ich denke, dass es auch in höheren Polizeikreisen Kunstfanatiker gibt. Und ja, ich denke, sie sagen uns nicht alles, was sie wissen.«

Sie sortierte in ihrem Kopf die Fakten. Auf der einen Seite hatte sie ihre Ermittlungsergebnisse, auf der anderen Seite hatte sie Informationen, die sie durch ihre zufällige Verbindung zu Sara und Ela gewonnen hatte.

»Die Venezianer«, murmelte Christian gerade. »Du denkst

doch an die Venezianer, hab ich recht?« Er wippte, lauschte auf das Quietschen, beugte sich zur Seite und suchte nach dem Grund dafür. Er drehte an einer Schraube, wippte wieder und nickte zufrieden. »Na bitte. Wir haben also einen entscheidenden Vorteil«, sagte er.

»Ich weiß nicht, ob wir wirklich einen Vorteil haben. Er ist zwar bei uns«, stimmte Cora zu, »und es spricht einiges dafür, dass es um dieses Gewitter-Gemälde von Giorgione geht, wir wissen jedoch nicht, was sie vorhaben. Und wer sie sind.«

Christian stutzte. »Cora, weißt du, was du da sagst?«

»Gibt es eine andere Erklärung?«

»Damit wir uns richtig verstehen: Du meinst, jemand an höherer Stelle hängt mit drin, und daher ist Tondello noch auf freiem Fuß?«

Cora überlegte. Dachte sie das? Ja. Jedenfalls fiel ihr keine andere Erklärung ein.

Sie beugte sich vor und klopfte mit dem Zeigefinger auf den Tisch. »Pass mal auf, Christian. Ich glaube, wir müssen anfangen, anders an den Fall heranzugehen. Ich denke, es geht um zwei völlig verschiedene Sachen, die dennoch zusammenhängen, und ja, ich glaube, daher haben auch alle ermittelnden Parteien unterschiedliche Interessen. Vielleicht läuft dieser Mörder aus dem Ruder, aber vielleicht geht es im Grunde tatsächlich vorrangig um Kunst. Und das ist genau der Grund, weshalb man dem Ganzen nicht auf die Schliche kommt.«

»Wenn das so ist, dann wird das ein großer Wurf für uns.« Christian klopfte Cora auf die Schulter. »Eine Treppe auf der Karriereleiter.« Er beugte sich vor und flüsterte: »Dann kannst du endlich weg.«

Cora lächelte verlegen. Kein Zweifel, sie war durchschaubarer als früher. »Vielleicht will ich das gar nicht mehr«, sagte sie, schob ihre Unterlagen zu einem Stapel zusammen und stand auf. »Ich fahr später ins Stadtmuseum und erkundige mich dort nach den Anrufen und dem anstehenden Programm. Wann erwartet uns Emmenbach?«

Christian sah auf seine Armbanduhr. »In einer Viertelstunde.«

»Okay, dann sehen wir uns gleich im Konferenzraum.«

»Jep. Und ich ruf direkt mal in Venedig an und fühle denen ganz dezent auf den Zahn. Keine Angst, ich verrate nichts.« Christian rieb sich die Hände und grinste. »Fänd ich schön, wenn du bleibst.«

Mein Kollege wird tatsächlich immer zutraulicher, dachte Cora, fast so, als täte ihm die bevorstehende Scheidung eher gut. Die Hand schon auf der Türklinke, fiel ihr etwas ein: »Sag mal, was stand bei Bea am Spiegel, als wir sie gefunden haben?«

Christian stutzte, dann blätterte er in seinen Unterlagen: *»A primo ad extremum – hic locus ultimus est«*, las er vor, und Cora wiederholte: »Vom Anfang bis zum Ende – hier ist das Ziel.« Sie schlug sich gegen die Stirn. »Christian, wir werden sie kriegen. Tondello und den Giorgione.«

Sie rannte hinaus und war voller Eifer. Es gab eine bestimmte Leerstelle in diesem Fall, so wie sie ihn im Kopf als Puzzle zusammengesetzt hatte. Jetzt musste sie diese endlich schließen. Zurück in ihrem Büro, ließ sie sich mit der Stadtverwaltung verbinden.

***

Vor dem Stadtmuseum setzte sich Cora einen Moment in die Sonne. Das Treffen mit den Kollegen und Emmenbach war kurz und bündig verlaufen. Emmenbach hatte sich von allen persönlich auf den neuesten Stand bringen lassen und die anstehenden Aufgaben verteilt. Dann waren alle an ihren Arbeitsplatz zurückgekehrt und Cora auf die Insel geradelt. Dabei hatte sie noch gedacht, dass sie eigentlich ein gutes Team waren. Keiner murrte über die Überstunden, die Kompetenzen waren klar verteilt, sie genoss Emmenbachs Respekt … Weshalb hatte sie sich die letzten Monate eigentlich immer angegriffen gefühlt? Die Antwort lag auf der Hand: Sie hatte Lindau einfach nicht mögen wollen, von Beginn an, doch die Insel hatte sich längst in ihr Herz geschlichen, und ihr Schutzwall bröckelte insgesamt gewaltig.

Die Prostituierte, die in Konstanz verprügelt worden war,

lag im Krankenhaus. Sie hatte ausgesagt, dass der Mann in einer fremden Sprache gesprochen habe – ja, es könnte Italienisch gewesen sein – und wie von Sinnen gewesen sei. Er habe ihr aufgelauert und sie auf dem Heimweg in ein Gebüsch gezerrt. Er habe überhaupt nicht gezögert, sie überfallen, gefesselt und geknebelt, und sie sei sich sicher gewesen, dass er sie umbringen würde.

Eine Vergewaltigung allerdings war nicht aktenkundig. Die Bilder waren erschreckend, bestätigten gleichwohl den Verdacht, den sie und Peter Kronenberg hegten, dass der Täter sich abreagierte, um bei seinen eigentlichen Opfern so beherrscht vorgehen zu können. Die fremde Sprache war ein klares Indiz, dass es sich um denselben Täter handeln musste. Inzwischen liefen hinsichtlich der betreffenden Nacht Anfragen bei der Verkehrsüberwachung und allen verfügbaren Videoüberwachungen im Industriegebiet Konstanz, wo das Bordell lag, sowie im Bereich der Fähre. Sollte ein Foto auftauchen, dass Tondello oder Sandkirch oder Baker ähnelte, dann wären sie einen großen Schritt weiter. Leider hatte Cora indessen bei der Stadtverwaltung vorerst kein Glück gehabt, der Kulturamtsleiter Dr. Rosenfelder war außer Haus.

Sie rief Ela an und fragte, ob sie später vorbeikommen dürfte. Ela klang erfreut. In Coras Kopf rasten die Gedanken und Bilder nur so herum, wirbelten alles durcheinander, was sie in den letzten zehn Tagen erlebt hatte.

Vor ihr hielt eine Reisegruppe. Die rundliche Leiterin baute sich direkt vor ihr auf und begann zu referieren. Sie berichtete über den Pulverturm und erzählte, dass er kurzfristig einem Bürgermeister als Sommerresidenz gedient habe, dafür renoviert worden sei, aber außen immer seine ursprüngliche Form behalten habe. »Lindau Insel steht als Ensemble unter Denkmalschutz. Wir werden heute eine Reihe von außergewöhnlich schönen Zeugnissen …«

Schnell erhob sich Cora, grinste in die Runde und betrat das Stadtmuseum durch die schöne große Tür. Auf einem Aufsteller lagen Flyer mit Ankündigungen von Ausstellungen und Hinweisen auf weitere Sehenswürdigkeiten in Lindau, doch kein Hinweis auf Giorgione. Cora trat zu der Dame am Empfang. Ein Namensschild verriet, dass sie Inge Gamper hieß. Dann sah Cora etwas, was sie kurz schlucken ließ. Über dem Kopf von Frau Gamper hing der Giorgione. Der war gestern noch nicht da gewesen, als sie Sandkirch hierher gefolgt war.

»Jetzt sagen Sie bitte nicht, dass Sie danach gesucht haben.« Frau Gamper deutete mit dem Daumen hinter sich. »Der Giorgione kostet uns ganz schön Nerven.«

»Ich …«, begann Cora, dann besann sie sich. »Doch, genau danach wollte ich Sie fragen. Ich habe in der Zeitung gelesen, dass er nach Lindau kommt. Von Venedig!« Sie setzte eine begeisterte Miene auf und fuhr überschwänglich fort: »Oh, Frau Gamper, Sie können sich ja gar nicht vorstellen, wie mich das freut. Dieses Hin und Her, jetzt ist es wohl beendet.«

»Welches Hin und Her?« Frau Gamper schüttelte verständnislos den Kopf.

»Na, ob es stimmt oder nicht. Und nun sehe ich es vor mir: sein Meisterwerk ›La tempesta‹. Dann kommt doch eine Ausstellung, nicht wahr?«

»Also, Frau, äh …«

»Brinotti«, erklärte Cora lächelnd. Etwas Besseres war ihr nicht eingefallen.

»Ja, Frau Brinotti, nun, ich muss Sie leider enttäuschen. Ich weiß nichts von einer Ausstellung, und es wird auch keine geben, soweit mir bekannt ist. Es tut mir leid. Ansonsten könnten Sie natürlich im Kulturamt nachfragen bei Herrn Dr. Rosenfelder.«

Coras Nacken kribbelte wieder. Sie machte ein betrübtes Gesicht. »Wieso haben Sie dann das Plakat dort hängen?«

Frau Gamper zuckte mit den Schultern. »Wenn ich das wüsste. Gestern Abend kam ein Bote und hat eine ganze Ladung davon gebracht.«

»Ach, ein Bote, sagen Sie?«

»Ja, wieso interessiert Sie das?« Frau Gamper sah Cora misstrauisch an.

»Na«, beeilte sich Cora zu erklären, »ich habe immer noch die Hoffnung, es könnte doch eine Ausstellung geben.«

»Aha, und was hat das mit dem Boten zu tun?«

»Nichts, Frau Gamper, da haben Sie ganz recht, ich bin einfach ein wenig enttäuscht.«

»Ich verstehe.« Frau Gamper räusperte sich geziert.

»Wie viele Plakate hat er denn gebracht?«, erkundigte sich Cora. Ihr Blick blieb an dem Plakat an der Wand hängen. Irgendetwas war anders auf dem Bild. Sie versuchte, sich das Gemälde ins Gedächtnis zu rufen, aber sie fand nicht den Unterschied.

»Eine Kiste voll. Die übliche Menge, denke ich. Wieso?« Frau Gampers linkes Augenlid zuckte.

Cora lächelte und sagte: »Wenn ich den echten nicht kriegen kann, könnte ich vielleicht ein Plakat haben?«

Frau Gamper beugte sich unter ihren Tisch und reichte ihr eine Rolle. »Da wir sie nicht brauchen ... Aber verraten Sie mich nicht.«

Cora nickte und deutete auf die Wand hinter Frau Gamper. »Vielleicht sollten Sie das dann lieber abhängen.«

Mit dem Plakat in der Hand lief Cora zu ihrem Fahrrad. Ein Blick zum Himmel verriet ihr, dass das Versprechen des morgendlichen Wetterberichts nicht eingelöst würde: Weit und breit kündigte sich kein Gewitter an. In ihrem Kopf indessen braute sich ein ganz anderes Unwetter zusammen. Und ausnahmsweise diesmal keine Migräne. Vielmehr fühlte es sich an, als würde eine Sturmwelle ihren Kopf fluten, der ihr Gehirn im Moment noch nicht gewachsen war.

Das Einzige, was sie immer wieder denken konnte, war: Ela. Immer wieder tauchten ihr Name und ihr Gesicht vor ihrem geistigen Auge auf. Es war zum Aus-der-Haut-Fahren. Cora hielt ihr Gesicht in den Fahrtwind, dazu stellte sie sich vor, in den See zu steigen und sich abzukühlen. Sie versuchte, sich den Kuss von Peter in Erinnerung zu rufen, dann, als das nicht half, die Fotos der toten Frauen.

Sie musste jetzt ganz dringend nach Hause, einige weiße Zettel vor sich legen und noch einmal ganz von vorne anfangen. Und Christian anrufen. Und beim BKA. Und Peter. Und in Wien. Eines nach dem anderen. Und dann zu Ela und sie zur Rede stellen.

Sie war noch nicht zu Hause, da klingelte ihr Handy. Dr. Rosenfelder persönlich.

***

Mit aller Kraft schlug er auf das Kissen ein, stellte sich vor, es wäre Haut, die platzte. Versuchte sich vorzustellen, dass Blut über seine Fingerknöchel lief, obgleich er es hasste, sich zu beschmutzen. Für einen winzigen Augenblick konnte er es ertragen, sehnte sich sogar danach. Er war sich inzwischen sicher, dass es ein Modell aus Wachs gegeben hatte. Eine Frau, die dieses Opfer bringen musste. Nein, vielmehr war sie die Frau, der die Ehre zuteil geworden war, zu Wachs, zu dieser Pose werden zu dürfen, die dann in die Kunstgeschichte eingehen sollte. Als ewige Pose. Er schlug wieder mit der Faust in das Kissen. All diese Wut. Wohin nur damit? Sie waren ihm auf den Fersen. Er hatte diese Kommissarin, diese Cora Merlin, in dem Café entdeckt. Für einen Moment hatten sich ihre Blicke getroffen, darin erblickte er Erkennen. Ausgerechnet hier in Lindau. Verzweifelt ließ er sich auf das Bett fallen.

Ewige Pose sein.

Ewig sein.

Die Frau in den Gemälden. Er war sich jetzt ganz sicher. Die war tot.

Giorgione hatte eine Tote gemalt. So musste es sein. Er hatte eine Pose verewigt. Das musste das Geheimnis sein. Eine Frau aus Wachs. Um sie drehte sich alles, ihr zu Ehren hatte er ein Bild gemalt, das niemals jemand verstehen würde. Giorgione, der große, unfassbare Maler, dessen Linien sich in die Unendlichkeit entzogen, nicht da waren, und doch waren seine Figuren und Formen so präzise, dass man nach ihnen hätte greifen können. Er malte um der Kunst willen – und für diese Pose, diese Frau.

Er drehte sich, verbarg das Gesicht in dem Kissen, das er geschlagen hatte, atmete den Duft von Haut aus seiner Erinnerung … und weinte. Sehnsucht nach Gewissheit, Sehnsucht, nach Schmerz.

Ruckartig setzte er sich auf. Diese Cora Merlin, die war auch bei Ela gewesen. Er musste sie loswerden, das war seine einzige Chance. Langsam stand er auf, holte seinen Apparat aus dem Schrank und verließ sein Hotel.

***

»Was macht ihr? Ich glaube, ich hör nicht richtig.« Cora stockte der Atem. Es war inzwischen dunkel geworden. Ein schier endlos langer Mittwoch war beinahe zu Ende, und sie sehnte sich nach Schlaf, doch auch diese Nacht würde sie wieder ohne auskommen müssen.

Ela stand mit dem Rücken zu ihr am Fenster und sah in die Nacht hinaus. Das bunte Flimmern von Reklameleuchten ließ ihre nackte Silhouette abwechselnd rot und grün schimmern. Cora schämte sich, dass sie angesichts Elas Geständnisses dennoch jedes Detail an ihrem Körper bewunderte. Durch das offen stehende Fenster drang laue Abendluft in den Raum, trotzdem fröstelte Cora, auch ohne Gewitter.

Ela hatte sie vor nicht einmal zwei Stunden in einem Negligé empfangen, sie an sich gezogen und geküsst. Und Cora? Cora, in deren Kopf sich alles überschlug, konnte sich nicht wehren. Redete sich kurz ein, dass dies kein schlechter Weg war, um sich Ela vertraut zu machen. Überzeugte sich in Bruchteilen einer Sekunde, dass sie nicht das Falsche tat, nicht ihre Professionalität über Bord warf, dass niemand davon erfahren würde, dass sie nicht auch an Peter dachte … Cora dachte so viele Dinge gleichzeitig, dass nichts davon irgendetwas bewegen konnte – sie küsste zurück. Ihre Synästhesie ließ sie im Stich, oder auch nicht, wie man es nahm, Gedanken blieben Gedanken, waren weich und warm und alle gleichzeitig da.

Jetzt lag sie auf Elas Bett und starrte zum Fenster.

»Wir organisieren den Raub eines Gemäldes«, erklärte Ela tonlos, ohne sich umzudrehen. »Du weißt ja eh schon alles.«

Cora schluckte. Sie hatte geblufft, das Gespräch mit Wien und dem Kulturamt im Rücken und die Infos aus Amsterdam im Kopf verknüpft mit jenen zur Morduntersuchung.

»Ich hatte also tatsächlich recht.« Cora begann in ihrem Kopf mit weiterer Sortierarbeit.

»Als du mich vorhin nach Giorgione und Wien und Tondello gefragt hast, da wusste ich, dass … Ich musste es dir erzählen, bevor du selbst darauf kommst. Und ich weiß, dass du kurz davor bist.« Ela nickte in die Nacht hinaus und schlang plötzlich die Arme um sich. »Und bevor es zu gefährlich wird«, flüsterte sie.

»Für wen? Für dich?« Cora wagte kaum zu atmen. Sie wartete auf eine Antwort, doch Ela schwieg längere Zeit, und so konnte man nur die Geräusche der anfahrenden Autos an der Ampel hören. Cora dachte an Christian, der ihr vorhin auf dem Weg ins Industriegebiet von dem Telefonat mit den Venezianern erzählt hatte.

»Cora«, hatte er gesagt, »die Venezianer flunkern gewaltig. Da ist was absolut nicht koscher mit dem Bild.«

Und sie dachte an ihr Telefonat mit dem Museumsdirektor Dr. Konstantin Müllerhagen in Wien, der in den höchsten Tönen von der Giorgione-Ausstellung schwärmte, was für Meisterwerke dieser Italiener ihnen beschert habe und wie großartig die Resonanz gewesen sei. Sie hatten fast eine Stunde geredet, ein sehr angenehmer und offener Gesprächspartner, der zwar überrascht war, dass eine Kommissarin aus Lindau an Giorgione interessiert war, aber bereitwillig Auskunft gab.

Cora hatte zwei wichtige Dinge erfahren: Eine Ausstellung mit solch kostbaren Leihgaben war eine logistische Herausforderung. Es gab nur wenige Firmen, die dafür überhaupt gerüstet waren. Bei alten Gemälden bestand eine zusätzliche Herausforderung darin, die klimatischen Verhältnisse zu wahren, sodass jedes Bild in einer Klimakiste verpackt wurde. Davor wurde es am Versandort mit Quarzlicht geprüft und quadratzentimeterweise dokumentiert. Müllerhagen hatte von einem »Kartieren nach Koordinaten« gesprochen, und Cora hatte Mühe gehabt, alles mitzuschreiben. Später recherchierte sie das alles im Netz. Auf jeden Fall fand dieselbe Prüfung bei Ankunft erneut statt.

Müllerhagen selbst war bei der Prüfung wegen der Giorgione-Ausstellung zugegen gewesen. In seiner Position als Museumsdirektor, vor allem aber, weil auch er ein großer Fan der Malkunst Giorgiones und besonders seines Gemäldes »La tempesta«, »Das Gewitter« sei. Schon während des Gesprächs hatte Cora gewusst, dass Müllerhagen die Wahrheit sagte. In Wien hatte auf jeden Fall das Original gehangen. Beim Abtransport war es erneut geprüft worden, alles aktenkundig für die Versicherungen.

Ob es überhaupt möglich sei, einen Giorgione zu fälschen, hatte Cora gefragt, und Müllerhagen hatte ohne zu zögern geantwortet: »Wissen Sie, Frau Merlin, nach Beltracchi ... Vermutlich ist alles möglich. Bei Giorgione allerdings wage ich zu behaupten, dass es höchstens eine Handvoll Künstler weltweit gibt, die dazu überhaupt in der Lage wären.« Doch die Möglichkeit stand offiziell im Raum.

Und jetzt erzählte Ela ihr tatsächlich etwas von organisiertem Raub. Dann endlich – es war wie ein Schleier, der zur Seite geschoben wurde – dämmerte Cora der Zusammenhang, und sie wusste, weshalb die Venezianer ihre Klappe hielten.

»Er wird mich umbringen. Ich glaube, er läuft völlig aus dem Ruder«, flüsterte Ela.

»Tondello?«

»Ich weiß es nicht genau. Jemand spielt nicht mehr nach den Regeln.«

»Die Regeln«, murmelte Cora, und wieder rasten die Gedanken nur so durch ihren Kopf. »Was genau geht hier vor, Ela? Hast du deswegen ein Verhältnis mit mir angefangen?« Cora wurde ihre Nacktheit unangenehm. Sie suchte nach ihrer Kleidung, sah sie, wollte jedoch nicht aufstehen.

Ela brachte ihr Shirt und Slip. »Nein, bitte, Cora, das musst du mir glauben. Ich bin nicht so. Ich will nur das Gemälde.« Sie machte eine Pause, dann wandte sie sich wieder um. »Und ich will heil aus dieser Nummer raus. Also ...«

Cora versuchte ruhig zu atmen.

Ela zog sich ein dünnes Kleid über und setzte sich zu Cora aufs Bett. »Das Gemälde wird ausgetauscht.«

»Und dann? Was passiert dann?«, fragte Cora, während sie umständlich im Liegen in ihre Hose schlüpfte.

»Dann beginnt das Spiel.«

»Welches Spiel? Und überhaupt, sollte das Museum nicht merken, dass sie nur eine Fälschung haben? Ich dachte, da gibt es diese Prüfungen mit so einem speziellen Licht?«

Ela lächelte anerkennend. »Du bist ja schon gut informiert. Müllerhagen?«

Cora nickte.

»Sehr netter und kompetenter Mann. Natürlich. Die wissen, dass eine Fälschung bei ihnen an der Wand hängt, aber die wissen nicht, dass das Original bei uns ist. Die wissen nicht mal etwas von einem Raub.«

»Die Venezianer wissen, dass sie ...« Cora schüttelte den Kopf. »Wie ist das denn möglich? Der Direktor ist bei der Prüfung dabei und weiß, dass er eine Fälschung vor sich hat?«

»Nein, bei der Prüfung war es selbstverständlich noch das Original. Aber das Gemälde ist nicht versichert. Viele Museen können sich die Versicherungssumme nicht leisten. Einen Giorgione zu versichern, ist nahezu unmöglich. Wir wissen das und bieten an, eine Fälschung zu liefern, die so gut ist, dass niemand es merkt. Das Original kann dann an einem sicheren Ort aufbewahrt werden. Daher hing davor auch schon die Fälschung an der Wand.«

»Aha. Seit wann?«

»Die Fälschung? Seit etwas über zwei Jahren. Dann kam das Original also aus Wien zurück, die Fälschung kam wieder an die Wand, und wir konnten mit dem echten Giorgione quasi rausspazieren.«

»Unglaublich. Wie viele ...« Cora hob die Hand. »Nein, ich will es lieber nicht wissen. Weiß die Polizei in Venedig davon?«

»Schon möglich. Das hängt davon ab …«

»… wie viele geschlossene Augen man braucht.« Cora hatte verstanden. Sie nickte stumm vor sich hin, ja, das passte alles zusammen. Der Direktor der Accademia und jemand von der Polizei wussten, dass der echte Giorgione auf Reisen gegangen und anschließend nicht wieder in sein sicheres Versteck gelangt war, dass aber eine brillante Fälschung nach wie vor die Wand schmückte. Ja, das ergab einen Sinn.

Die gesparte Versicherungssumme in Millionenhöhe ließe sich ja bestimmt auch anders aufteilen. Cora hatte schon wieder einen Berg an Rechercheaufgaben vor sich. Ob Carlotti sich in letzter Zeit ein schönes Haus gekauft hatte?

Mitten in ihre Gedanken hinein sprach Ela unaufgefordert weiter. »Unser Spiel besteht darin, in einem fairen Wettkampf zu entscheiden, wer das Gemälde haben darf. Es gibt hierfür genaue Regeln.«

»Warum dieser Aufwand?«

Ela lächelte Cora an. »Es ist keine Frage des Geldes, weißt du.«

»Sondern?«

»Es ist eine Frage der Ehre. Wir sind ein Zirkel von Kunstsammlern aus der ganzen Welt. Wer sich am meisten für das Gemälde einsetzt – im Rahmen der Regeln, versteht sich –, der soll dieses Gemälde am Ende sein Eigen nennen. Es geht darum, sich ein Kunstwerk zu verdienen. Bisher war es wirklich nur eine intellektuelle Spielerei, aber nun spielt einer gegen die Regeln.«

»Bis jetzt? Wie oft habt ihr das denn schon …« Cora hob wieder die Hand. »Halt, sag mir das lieber nicht.«

Ihr war längst klar, dass sie sich auf sehr dünnem Eis bewegte. Wenn irgendjemand von diesem Gespräch Wind bekam, war ihre Karriere beendet. »Es gibt sonst keine Toten?«, fragte sie.

»Natürlich nicht. Was denkst du denn von uns? Wir sind keine Verbrecher, wir verteilen lediglich Kunst um.«

»Haha, guter Witz. Klar seid ihr Verbrecher.«

Ela verzog das Gesicht. »Ach komm, erzähl mir jetzt nichts von Kunst, die allen zugänglich sein muss. Keiner merkt, dass er vor einer Fälschung steht. Du kanntest das Gemälde bis vor einer Woche gar nicht.« Sie lächelte kurz. »Du musst mir glauben, ich wäre längst ausgestiegen, wenn so etwas wie dieser Mord schon einmal passiert wäre.«

»Ist es aber«, sagte Cora leise. »In London und Venedig gab es auch eine Tote.«

Ela hielt sich die Hände vors Gesicht. »Ich –«

»Ela, was meintest du mit ›gegen die Regeln‹ oder ›einer spielt falsch‹ oder so ähnlich? Sag mir jetzt die Wahrheit: Als du Bea gesehen hast, was hast du da gedacht? Dass sie ein Hinweis auf das Gemälde ist?«

Cora sah sich nach ihren weiteren Kleidungsstücken um. Insgeheim wollte sie nur noch weg. Sie dachte an Christian, verspürte plötzlich Sehnsucht nach seinem Büro mit dem Blick auf den großen Baum mit den vielen pfeifenden Spatzen darin und mit einem Kühlschrank voller Soja-Cappuccino-Becher.

Ela kam auf sie zu und nahm ihr Gesicht in die Hände.

»Das Spiel ist bald beendet.«

»A primo ad extremum – hic locus ultimus est«, zitierte Cora. Sie zog ihre dünne Strickjacke an und begann sie zuzuknöpfen.

»Ja, es endet hier in Lindau. Cora, bitte, stell dich mir nicht in den Weg. Ich habe dir vertraut und dir alles gesagt, was du wissen musst.«

»Aber nicht alles, was es zu wissen gibt. Das willst du mir damit sagen?« Ihre Jacke war zugeknöpft. Cora baute sich vor Ela auf. »Jetzt sag schon, hattest du den Verdacht, dass die Toten Hinweise auf das Gemälde sein könnten?« Ihr zog sich der Magen zusammen bei dem Gedanken an Bea und daran, dass ihr Tod vielleicht lediglich ein Hinweis in einem grotesken Spiel gewesen sein könnte.

Ela ließ den Kopf hängen. »Ich habe es befürchtet«, flüsterte sie, »aber ich wusste nichts von Venedig und London, das musst du mir glauben.«

»Wer legt denn üblicherweise die Hinweise?«

Ela holte tief Luft. »Als wir den Giorgione hatten, wurde unter all denen, die an dem Gemälde interessiert waren, per

Los entschieden, wer der Hase sein soll, also derjenige, der die Spuren legt. Startpunkt ist London, dann müssen fünf Länder vorkommen und dreiundzwanzig Hinweise. Ja, ein wenig albern mit der Dreiundzwanzig, ich weiß. Der Vorsitzende des Zirkels erklärt das Spiel für eröffnet, und der Hase muss die Hinweise geben.«

In Coras Kopf surrte es. Sie hatte im Stadtmuseum gestanden, vor der Ankündigung zu einer Giorgione-Ausstellung. War das nicht der näherliegende Hinweis? Sollten den bislang etwa alle übersehen haben?

»Ela, du hast dich in einem Bordell versteckt. Was bitte hindert mich daran, zu glauben, dass du von den Morden längst wusstest und deswegen dort auf ihn gewartet hast?«

»Oh Gott, nein, Cora«, rief sie. »Ich würde nie ... Ja, ich will den Giorgione, aber doch nicht so!«

»Aber du fürchtest dennoch, dass dieser Tondello der Mörder ist. Ist er auch der Hase?«

Ela zuckte die Schultern. »Ich weiß nicht mehr, was ich denken soll. Ich habe Tondello getroffen, weil ich ihn seit Ewigkeiten kenne. Ich kann mir nicht vorstellen, dass er ein Mörder ist.«

»Ela«, Cora griff nach ihrem Arm, »weißt du, was das bedeutet, was du mir da alles erzählst?«

Ela nickte. »Es wird das letzte Mal sein, dass ich mich an so etwas beteilige, versprochen, aber jetzt brauch ich deine Hilfe.«

»Bitte was? Du brauchst meine Hilfe?« Coras Hals kratzte, und ihre Stimme kam rau über ihre trockenen Lippen. Sie ging zum Waschbecken. Mit beiden Händen schöpfte sie sich das kalte Wasser ins Gesicht, trank gierig und rieb sich mit der nassen Hand über den Nacken. »Was erwartest du denn jetzt von mir?«

»Du bringst uns beide in Lebensgefahr. Piet hätte es zweimal beinahe erwischt. Melde dich krank, bitte.«

»Das ist doch nicht dein Ernst, oder?« Cora trocknete ihr Gesicht mit dem Shirt ab.

Ela schwieg.

»Ela? Das kann doch unmöglich dein Ernst sein!«

»Bitte, Cora. Wir brauchen nur noch ein oder zwei Tage. Niemand kommt zu Schaden, versprochen.«

Sie standen einander gegenüber, von draußen hörte Cora Stimmen. Lichter blitzten durch die Nacht. Die letzten Eindrücke, die auch Bea gesammelt hatte, bevor der Mörder sie ins Bad trug.

Cora kämpfte gegen ihre Wut und gegen die in ihr wühlende Enttäuschung. »Ela, da läuft ein Serienmörder herum, und du bittest mich, ihn laufen zu lassen?«

»Nein, natürlich nicht.« Ela ließ sich an der offenen Balkontür lautlos auf den Boden sinken. Bekleidet nur mit dem beigen Seidenkleid, lehnte sie am Türrahmen. Ihr Gesicht im Schatten des hereinfallenden Mondlichtes, den Kopf zurückgelehnt, die langen Beine angewinkelt und das linke gegen das rechte gelehnt. Sie sah ein wenig aus wie jene Frau in Giorgiones Gewitterbild. Cora konnte ihren Atem hören.

»Sag mir einfach die Wahrheit, Ela«, flüsterte sie und sah sich gleichzeitig nach ihrem Smartphone um.

»Es ist hier«, sagte Ela und hielt es ihr entgegen. »Bitte, ich will nicht, dass du denkst, ich hätte etwas mit den Morden zu tun.« Sie klopfte auf den Platz neben sich. »Setz dich zu mir.«

Sie sagte das mit solchem Nachdruck, dass Cora sich beruhigte. Mit einem Seufzen ließ sie sich neben ihr auf den Boden sinken. »Also? Was soll ich glauben?«

»Gut, ich will dieses Bild, und ja, ich habe dafür einiges getan, auch Kriminelles, mich zum Beispiel an diesem Raub beteiligt. Doch bei unserer Jagd kam noch nie ein Mensch zu Schaden, das schwöre ich.«

»Also schön, Ela. Und was soll nun werden?«

Ela schloss ihr linkes Augenlid, als wollte sie zwinkern.

»Du lässt mich mit dem Gemälde ziehen, wenn ich es habe. Niemand muss davon erfahren, denn das Gemälde wird nicht vermisst werden.« Flehend sah Ela zu Cora.

»Du willst, dass ich dir freies Geleit mit einem gestohlenen Gemälde verspreche?« Cora schüttelte fassungslos den Kopf. »Weshalb sollte ich das tun?«

»Du tust damit keinem weh. Was spricht dagegen?«

»Hm, lass mich überlegen. Vielleicht, dass ich Hauptkommissarin bin?«, fragte Cora vorwurfsvoll. »Und überhaupt: Wo ist mein Gewinn dabei?«

»Vielleicht kann Piet dir mit der Ermittlung gegen den Mörder helfen.«

Cora wurde hellhörig. »Dein Freund, der Maler? Wie denn das?«

»Ach, Cora, es ist alles so verworren. Piet hat mir das auch gerade erst erzählt. Als du mich bei ihm angetroffen hast. Er arbeitet für Interpol und verfolgt den mutmaßlichen Täter schon seit über einem Jahr. Sie haben ihn angeworben, um …« Ela brach ab und biss sich auf die Lippen.

»Weil sie deinen Vater nie zu fassen gekriegt haben und nun dachten, über dich kommen sie weiter?«

Cora dachte an die Schreiben aus London und Amsterdam. Alles war wie ein Puzzlespiel, Teilchen für Teilchen fügte sich nun zusammen. Die Sonderabteilung zur Ermittlung in Kunstdelikten. Piet Huisman also.

Ela seufzte. »Ja. Ich glaube, da ist noch was anderes, irgendwer hat ihn in der Hand, daher auch die Überfälle in Venedig und Lindau auf ihn. Das waren sicher Drohungen.«

Cora nickte wieder. Alles passte. Und sie war so dicht davor gewesen, auch ohne Elas Erklärungen.

»Okay, was also hat Piet vor?«

»Wir brauchen nur noch ein oder zwei Tage.« Ela richtete sich auf und drehte sich zu Cora. »Dann ist das Spiel vorbei, und Piet kann den Mörder entlarven. Und dann hast du einen international gesuchten Mörder, und wir haben das Gemälde.«

Cora kam etwas anderes in den Sinn. »Und du? Was wirst du tun? Wohin wirst du das Gemälde bringen?«

»In mein Haus in Italien, reicht das fürs Erste?« Ela streichelte Cora vorsichtig am Arm.

»Und wer sagt dir, dass du dann nicht zur Gejagten wirst? Wer erklärt das Spiel für beendet und garantiert, dass sich alle daran halten?«

»Bis jetzt war das nie ein Problem. Und von Italien weißt nur du jetzt.«

»Als Beweis deines Vertrauens?« Cora dachte an Sara, die im September ihre Eltern in der Toskana besuchen wollte. Eine Ironie des Schicksals, sollten sie sich alle dort treffen.

»Ja«, erwiderte Ela ernst. Cora glaubte ihr.

Sie räusperte sich. »Das heißt, du würdest mir die Adresse anvertrauen, wohin dieser alte Schinken mit dir reisen soll?«

Ela streckte die Hand nach Cora aus. Sie strich ihr über die Haare, beugte sich zu ihr und küsste sie. »Ja, das würde ich. Du dürftest mich auch besuchen, wenn du nicht ›alter Schinken‹ sagst.«

Cora fasste nach der streichelnden Hand und lächelte, dieses Mal war es ein freundliches und entspanntes Lächeln. »Gut, ich sage das nicht mehr. Im Übrigen kenne ich das Bild, und ich kann ihm durchaus etwas abgewinnen. Und, das will ich gerne zugeben, es übt einen ungeheuren Reiz aus, im Verborgenen vor dem Original zu stehen. Außerdem haben mich die Venezianer angelogen, und das mag ich überhaupt nicht.«

Ela lachte erleichtert auf, beugte sich vor und umarmte Cora. »Dann sind wir uns also einig? Du kommst zu mir nach Italien?«

»Italien ist groß«, sagte Cora und kam sich verwegen vor. In dem Moment begriff sie, dass sie tatsächlich nicht verliebt in Ela war, dass Ela ihr jedoch unbewusst eine Chance geboten hatte, sich aus ihrem Kokon zu befreien. Cora war nicht Ela verfallen, sondern dieser Möglichkeit, auszubrechen. *Sich drehen, immer weiter drehen …*

Ela küsste Cora, und Cora spürte die Drehung in sich, wie sie den Hügel hinter dem Haus …

Sie hatte sich auf die Seite gelegt und den Hügel hinunterrollen lassen. Wie Hunderte Male als kleines Mädchen, wie nach dem Tod ihres Vaters. *Sich drehen, immer weiter drehen.* Sie hatte nicht geweint, der Urin war ihr warm an den Beinen hinabgelaufen. Diese Scham, rausrennen und sich rollen lassen, die Welt sich drehen lassen, außerhalb von einem selbst. Eingehüllt in einen Kokon, keine Blicke, keine Schritte links und rechts.

Jahre später als Erwachsene auf diesem Hügel sich hinlegen und das Gefühl suchen. *Sich drehen, immer weiter drehen …*

»Du erfährst zu gegebenem Zeitpunkt, wo und wie du mich findest«, flüsterte Ela in ihr Ohr.

Drehen, immer weiter drehen – doch dieses Mal war es anders.

***

Er lobte sich für seinen Scharfsinn. Er hatte sie verfolgt und sich notiert, wo sie wohnte. Nur für den Fall, man wusste schließlich nie. Jetzt schlich er ins Haus, das leicht zu öffnen war. Wer schloss heute noch ab? Auch die Wohnungstür war ein Kinderspiel, beinahe zu leicht. Ein Schlüssel unter dem Abtreter.

Als er die Wohnungstür öffnete, begrüßte ihn ein zaghaftes »Miau«. Er machte Licht, und die Katze rannte weg. Er sah sich um, das war nun *sein* Raum. Er musste nur warten, bis sie nach Hause kam. Er legte seine Umhängetasche auf das weiße Sofa und holte die Spritze heraus. Langsam zog er sie auf, hielt sie in die Höhe, kontrollierte die Menge, spritzte ein wenig in die Luft. Dann legte er die Kanüle auf den Couchtisch und seine Maske bereit. Anschließend holte er einen Stuhl aus der Küche und stellte ihn neben das Sofa.

Warten, sich zurücklehnen und warten. Er war sehr zufrieden mit sich und freute sich auf den Moment, sie die Treppe hinauflaufen zu hören.

***

Die Eichwaldstraße war um diese Uhrzeit wie ausgestorben. Es war drei Uhr in der Nacht, und Cora schon so weit über ihre Müdigkeit hinweg, dass sie gar nicht versuchen würde, noch ins Bett zu gehen. Endlos lange Tage. Ihr wurde bewusst, dass die Hochzeit ihrer besten Freundin erst zehn Tage her war. Der Fahrtwind blies durch ihre Gedanken, während sie in die Ladestraße einbog, links neben sich das Naturschutzgebiet der Reutiner Bucht. Irgendwelche seltenen Vögel nisteten hier, hatte

Cora einmal gelesen, so selten, dass die Bucht zum Teil auch Europäisches Vogelschutzgebiet war.

Überhaupt war die ganze Gegend so durchdrungen von Besonderheiten und Schützenswertem, wohin man blickte, hatte man Kunst und Kultur vor sich. Wurde man müde ob dieser Üppigkeit? Die Lindauer, vor allem jene auf der Insel, lebten tagtäglich wie in einem Museum, und doch war die Insel keinesfalls starr und leise, im Gegenteil, die Lindauer lebten mit der Kultur in einem fröhlichen Miteinander. Cora trat in die Pedale und erreichte die Landtorbrücke.

Während sie die frische Luft, die vom Kleinen See nach oben strömte, inhalierte, wurde ihr bewusst, dass ihr Kopf sich völlig frei anfühlte. Keine Spur von Kopfschmerzen trotz Schlafmangel und Stress und trotz der schwierigen Ermittlungen und ihrer moralischen Zwickmühle. Sie gefiel sich in ihrer neuen Rolle als Rebellin, die ihr strenges, ehrgeiziges Korsett gerade tüchtig aufbrach.

Als sie ihre Wohnung aufschloss, hielt sie inne. Ihre Sinne ließen sie nicht im Stich. Ein unbekannter Geruch stieg ihr in die Nase. Und noch etwas war anders. Ihr fuhr es eiskalt den Rücken hinab. Kein Miauen begrüßte sie. Es war still in ihrer Wohnung, totenstill. Vorsichtig tastete sie nach dem Lichtschalter.

»David?«, rief sie zaghaft. Nichts. In Windeseile berechnete sie den Weg zu ihrem Schreibtisch, wo die Dienstwaffe lag. Sie verfluchte sich, dass sie ohne sie aus dem Haus gegangen war. Sie machte zwei Schritte durch ihren Flur und konnte ins Wohnzimmer blicken. Dort stand ein Stuhl neben dem Sofa und –

Der Einstich kam von der Seite und so plötzlich, dass sie nicht einmal den Arm hatte heben können. Etwas drang spitz in ihren Hals und breitete sich rasend schnell in ihrem Körper aus. Sie spürte, dass ihre Hände taub wurden und ihre Beine einsackten. Ein Mann mit Maske stand neben ihr. Sein Geruch drang in ihre Nase. Er fing sie auf, und sie konnte sich nicht wehren. Er trug sie zu dem Stuhl und setzte sie darauf. Sie spürte eine warme Flüssigkeit an ihren Beinen entlanglaufen. Nein, dachte sie, bitte nicht. Wie Bea, schoss es ihr durch den Kopf, wie Bea, das Gift, es ist das Gift, mit dem er Bea … Sie wollte schreien, aber sie konnte sich nicht bewegen. Panisch verfolgte sie seine Handgriffe, wie er sie an den Stuhl band, damit sie nicht herunterfiel. *Er wird mich töten.* Coras Atem wurde flach. Im Augenwinkel sah sie Gizmo, der vorsichtig um die Ecke blickte. Geh weg, dachte sie, geh weg! Sie wollte weinen, schreien und weinen, und nichts davon war möglich.

Er streifte ihren Ärmel nach oben, klopfte auf die Vene und hielt inne. Er sah sie an, und Cora war sich sicher, hinter der Maske den Blick zu erkennen, sie war sich sicher, dass es Sandkirch war. War es ein gutes Zeichen, dass er eine Maske trug? Sie schöpfte Hoffnung, doch dann sah sie, dass er etwas aus seiner Tasche holte. Ein Schlauch, der an einer Pumpe hing. Er beugte sich über sie, seine Brust berührte ihr Gesicht. Von der Couch hinter ihr holte er eine Kanüle. Es gibt keine Hoffnung, dachte Cora.

Er fasste ihr ins Gesicht. »Warum könnt ihr mich nicht einfach in Ruhe lassen, ihr miesen, kleinen Gören? Wieso nur müsst ihr immer so vorlaut sein? Ekelhaft. Du wirst gleich sehen, was du davon hast.«

Und in einer einzigen schnellen Bewegung stieß er ihr die Spritze in die Vene am linken Arm, befestigte den Schlauch und wollte gerade das Ventil öffnen, als ihm offenbar etwas einfiel.

Er verschwand in der Küche und kam mit einem Eimer zurück. Den stellte er auf den Boden und legte den Schlauch hinein. Cora flehte in Gedanken, flehte um ihr Leben, sah sich rennen und wollte schreien und weinen. Stattdessen saß sie bewegungslos da, sah, dass der Mörder vor ihr niederkniete, seine Arme an ihren Beinen nach oben gleiten ließ und dann seinen Kopf in ihren Schoß legte. Er blickte auf, fing ihren Blick ein, wartete, bis er sicher war, dass sie auch alles verfolgte, was er tat, und drehte langsam das Ventil auf.

Cora sah das Blut aus ihrer Vene fließen. Sie dachte an Bea und Christian. Es dauerte sechs bis acht Stunden. Keine Pumpe, schoss ihr in den Kopf, keine Pumpe, es gab eine Chance!

Das Telefon klingelte. Ihr Körper zersprang beinahe in seinem Gefängnis. Der Schmerz jagte so heftig durch sie hindurch, dass sie das Gefühl hatte, zu brennen. Der Anrufbeantworter sprang an. David! Bitte lass ihn sagen, dass er heimkommt, flehte Cora. »Schwesterherz. Ich übernachte bei Sara. Hab einen …« Lachen. Ein Ton. Stille, in der die Hoffnung zerfiel. Ich sterbe, sagte sich Cora, während das Blut aus ihr herauslief.

Er starrte in den Eimer. Schon war der Boden bedeckt. Bedächtig stand er auf, beugte sich vor und ging ganz nah an ihr Gesicht. »Ich könnte jetzt die andere Kanüle hier …« Er berührte sie an der Arterie. Er stand vor ihr und schien zu überlegen. Öffnete seine Tasche, holte einen Schlauch heraus und eine große Flasche und … Es war die Pumpe. Cora wusste es, ohne je ein solches Gerät gesehen zu haben. Sie betete. Er nahm die zweite Kanüle, ging vor ihr wieder auf die Knie und setzte die Nadel an Coras Halsschlagader. »Du gehörst ganz mir.« Seine Hand in ihrem Schoß, die Nadel an ihrem Hals. Vorbei. Alles. Sie konnte die Augen nicht schließen, aber sie konnte sich wegträumen. Ihre Angst würde sie ihm nicht gönnen.

Für einen Augenblick noch suchte er ihren Blick, dann stand er abrupt auf. Er verpackte seine Instrumente und hängte sich seine Tasche über die Schultern. »Gute Nacht«, sagte er und verließ Coras Wohnung.

Sie saß in ihrem Gefängnis und sah das Blut aus ihrem Arm fließen. Sie dachte an David, fragte sich, weshalb er ausgerechnet heute nicht hier war. Sie dachte an Ela, die sie gewarnt hatte. Sie dachte daran, wie es wohl wäre, in sechs Stunden zu Bürobeginn, wenn sie so viel Blut verloren hätte, dass ihr Körper anfing, aufzugeben. Ihr wurde kalt. Sie schluckte. Wenn ich doch weinen könnte, dachte sie.

Sie wusste nicht, wie lange sie dagesessen hatte. Von draußen hörte sie Vögel zwitschern, und es wurde allmählich heller. Gizmo kam wieder um die Ecke und miaute. Er wagte sich ein wenig näher heran, doch er schreckte zurück. Daran war sicher der Geruch von frischem Blut schuld. Wie viel musste es inzwischen sein? Ein Liter? Wie lange würde es noch dauern?

»Liebster Gizmo«, wollte sie sagen und erschrak, denn sie

hatte es gesagt. Da war eindeutig ein Ton über ihre Lippen gekommen! Sie testete es noch einmal, und tatsächlich, das Nervengift schien nachzulassen. Tief atmete sie durch, um nicht in Panik zu verfallen. Luft holen, die Lippen bewegen, den Kopf drehen, die Finger zittern lassen – all das war wieder möglich.

Es dauerte noch eine Weile, bis sie sich wieder richtig bewegen konnte. Sie versuchte, die Fesseln zu lösen, scheiterte jedoch. Der Blutverlust schwächte sie zu sehr. Sie sah sich nach dem nächsten Telefon um, fand es auf dem Sideboard und hüpfte samt Stuhl dorthin. Der Eimer fiel um, und das Blut ergoss sich auf den Fußboden. Cora erschrak, ihr war, als würde dort ihr Leben davonfließen.

Am Sideboard schob sie mit dem Kopf das Telefon auf ihren Schoß, dort tippte sie die 110 und bestellte ihren Kollegen und die Spurensicherung und einen Krankenwagen. Dann ließ sie den Kopf sinken und wartete.

Donnerstag

Cora verbrachte einige Stunden zur Untersuchung und Überwachung im Lindauer Krankenhaus. An ihrer Seite Christian, dem noch immer der Schreck im Gesicht stand. Der Blutverlust war noch nicht zu hoch gewesen, etwas über ein Liter. Zur Sicherheit und zur Stabilisierung des Kreislaufs bekam sie eine Mineralsalzlösung. Gerade wurde die Infusionsnadel entfernt. Cora drückte sich das Pflaster auf die Stelle und stand auf.

»Was hast du vor?«, fragte Christian.

»Was soll ich schon vorhaben? Ich fahr zur Arbeit.«

»Äh, nein, sicher nicht.« Christian drückte sie am Arm zurück auf die Liege.

»Christian, ich bitte dich. Ich werde sicher nicht hierbleiben. Das geht doch in Ordnung?« Sie sah zu der Ärztin am anderen Ende des Raumes.

»Aus medizinischer Sicht können Sie gehen. Vielleicht wäre es gut, einen Psychologen aufzusuchen wegen des Schocks. Wir haben Adressen für Opfer von Gewaltverbrechen.«

»Die kenne ich, danke.« Cora stand auf, taumelte kurz und griff nach Christians Arm. »Geht schon.«

Sie liefen durch die weißen Gänge und verließen das Krankenhaus. Cora spürte immer wieder den Blick ihres Kollegen, zweimal griff er nach ihrem Arm, einmal zur rechten Zeit, sonst wäre sie gestolpert. Eigentlich sehnte sie sich nur nach ihrem Bett, danach, die Augen zu schließen, die Hand auf dem Fell ihres Katers, sich wegzuträumen, aber sie wusste, dass sie keine Zeit verlieren durfte. Tondello hatte ihr eine mehr als deutliche Warnung verpasst, und auch wenn er nicht vorgehabt hatte, sie zu töten, und ihr lediglich Angst machen wollte, so hatte er es dennoch in Kauf genommen, dass sie seine Warnung nicht überleben würde. Er hatte mit ihr gespielt, mit ihrer Angst, sie gequält. Er hatte sie gedemütigt. Cora meinte zu spüren, dass das Blut in ihrem Körper verdünnt war. Als wäre sie leichter, als könnte ein kleiner Windzug sie einfach forttragen. Drehend, wirbelnd, hilflos durch die Luft. Sich drehen, dachte sie, sich einfach immer weiter drehen …

Christian brachte sie nach Hause, bestand darauf zu warten, während sie duschte, und beaufsichtigte anschließend ihr Frühstück. Es kostete sie eine Stunde, bis sie seine Fürsorge endlich loswurde. Dabei war sie getrieben, auch von ihrer Wut.

Schließlich betrat sie das Zimmer von Rosenfelder. An allen fensterlosen Seiten des Büros standen Regale, die vom Boden bis an die Decke mit Büchern gefüllt waren, alles Kunstbücher, alle Buchrücken auf einer Linie ausgerichtet. Ein großes Fenster auf der Ostseite ging auf das Alte Rathaus hinaus, der Schreibtisch stand, sicherlich abgestimmt auf die Aussicht, leicht schräg dazu, darauf Stapel von Büchern und ein Computer.

Cora war beeindruckt, fühlte sich aber mit einem Schlag schwach. Sie war froh, dass Rosenfelder sie bat, in einem der roten quadratischen Ledersessel Platz zu nehmen. Schwer sank sie hinein und stellte ihre Fragen über Giorgione.

Rosenfelder erwies sich schnell als angenehmer Gesprächspartner, er reichte Cora Kaffee und Ricciarelli di Siena, eine Spezialität, die sie unbedingt probieren müsse. Der Mann saß ihr gegenüber und wirkte ausgesprochen lebendig, während er über die italienische Malerei ins Schwärmen geriet – und dann noch die Ricciarelli. Cora entspannte sich allmählich. Ihr Gegenüber wirkte eigentümlich vertraut, als hätten sie einander schon einmal getroffen.

»Ich hab sie persönlich aus Italien mitgebracht«, erzählte er gerade. »Die bekommen Sie hier nirgendwo so gut. Greifen Sie ruhig zu.«

Der Kulturamtsleiter der Stadt war tatsächlich, wie Ela es gesagt hatte, ein ausgewiesener Experte auf dem Gebiet der italienischen Malerei der Renaissance, hier vor allem Giorgione, soweit Cora das beurteilen konnte. Ihr Erfahrungsschatz über Kunsttheorie beruhte bislang auf den Gesprächen mit Strassmann und Sara, aber immerhin. Er erzählte Cora von seiner letzten Reise in Giorgiones Heimatstadt Castelfranco Veneto, von den umwerfend schönen Fresken dort im Museo Casa Giorgione, von der fließenden Weichheit in Giorgiones Malweise.

Mit seinem grauen Vollbart und der dickrandigen Brille sah er sehr großväterlich und freundlich aus. Weiche Farben und Formen umspielten sie. Rote Dreiecke hüpften frech daraus hervor.

Gerade erzählte er von den sogenannten »poesia«, denen das Gemälde »La tempesta« angehörte, Werke, die bewusst ein Rätsel beinhalten, um Kunstliebhaber vor eine Aufgabe zu stellen. »Das Rätselhafte in Giorgiones Werk war im Bild bereits vom Künstler so angelegt. Ist das nicht erstaunlich? Vielleicht suchen wir nach einer Lösung, und es gibt gar keine.« Er lachte. »Verstehen Sie, Frau Merlin? Giorgione hat uns alle zum Narren gehalten. Und warum?«

»Warum?«, fragte Cora und nahm sich noch eine Ricciarelli.

»Weil er es konnte, weil er einfach die Fähigkeit dazu hatte.«

»Macht es dann überhaupt Sinn, dieses Rätsel lösen zu wollen?«

Schmunzelnd faltete Rosenfelder seine Hände auf dem Tisch. »Eine gute Frage. Giorgione lacht sich kaputt. Wissen Sie, liebe Frau Merlin, ich glaube ja, dass Giorgione *l'art pour l'art* gemacht hat, also reine Kunst um der Kunst willen. Ihm ging es weder um die Abbildung einer Geschichte oder eines Themas noch darum, ein Rätsel zu schaffen, sondern schlicht darum, zu zeigen, wozu er fähig war. Aber das nur unter uns, beweisen kann ich das nicht, und um ehrlich zu sein: Solange die Kunstwelt noch ein zu lösendes Rätsel vermutet, so lange kann ich erfolgreich Aufsätze dazu präsentieren.« Er deutete lachend mit einem Finger auf das Regal neben sich. »Wirtschaftlich gesehen ist ein Rätsel wesentlich besser.«

An diesem Punkt des Gesprächs galt es, eine Entscheidung zu treffen. Cora ging ein hohes Risiko ein.

»Herr Rosenfelder, ich hab da so eine verrückte Idee im Kopf. Nur mal angenommen, das Gewitterbild in der Gallerie dell'Accademia in Venedig ist eine Fälschung, und das echte sucht gerade einen neuen Besitzer. Wie ginge so etwas vonstatten?«

Für einen Moment schien es Cora, Rosenfelder hätte die Augen zusammengekniffen, nein, eigentlich war es nur das linke, als würde er zwinkern. Cora stutzte, sie kannte die Geste. Rosenfelders rechter Mundwinkel zuckte leicht, doch schon war der Moment verflogen, und er antwortete, als wäre es die normalste Frage der Welt.

»Oh, das klingt aber nach einer Idee für einen Krimi, Frau Merlin.«

»Ja, vielleicht.« Cora spürte die Erschöpfung, die in ihr hochkroch, gleichzeitig war sie gerade an einem ungeheuer spannenden Punkt.

»Sie müssen natürlich die Transportfrage klären, so ein Gemälde kann man nicht einfach durch die Gegend tragen.«

»Nicht einmal kurz?«

»Doch, gewiss, aber es tut ihm nicht gut. Es ist immerhin schon fünfhundert Jahre alt. Wissen Sie, wer sich in solchen Dingen bestens auskennt? Mein Kunstagent.«

»Sie haben einen Kunstagenten?« Cora schielte nach den Ricciarelli.

»Greifen Sie zu! Ich bitte Sie ausdrücklich.« Er lachte und schob den Teller in Coras Richtung. »Ja, mein Agent beobachtet für mich den Kunstmarkt, Auktionen zum Beispiel. Ich schreib Ihnen seine Adresse auf, dann können Sie ihn für weitere Fragen kontaktieren.«

Cora nahm den Zettel an sich, die Adresse war in Hamburg.

»In der Kunstwelt haben alle einen Hau, müssen Sie wissen. Mich ausgenommen natürlich.« Lächelnd fuhr sich Rosenfelder über den Bart.

***

Cora wartete in Christians Büro. Er war kurz zur Toilette gegangen, um sich frisch zu machen. Auch der Donnerstag fügte sich nahtlos an die Rekordsommertage der vergangenen Wochen. Cora sah aus dem Fenster und glaubte die Luft flirren zu sehen, dennoch war ihr kühl.

»Alles okay?« Christian war unbemerkt neben sie getreten.

»Ja, alles okay.«

»Du siehst besser aus als heute Morgen.« Er ließ seinen Blick an Cora auf und ab wandern. Er ging zum Kühlschrank und öffnete ihn. »Verdammt, alles leer!« Verlegen hob er die Schultern. »Sollen wir in die Kantine? Du musst gewiss was essen.«

»Was? Nein. Könnten wir den Ventilator ausmachen? Der ist neu, oder?« Cora schlang die Arme um sich.

»Oh, aber sicher. Ist dir kalt? Es wäre bestimmt besser, wenn du was essen gingst.«

»Christian, ehrlich, mir geht es gut.« Cora schlang die Arme noch fester um ihren Körper, ihr war nun richtig kalt.

Christian holte zwei Gläser und eine Flasche Wasser und stellte alles auf den Schreibtisch. »Du kannst einfach nicht gut lügen, Cora. Das wird sich nicht mehr ändern.« Er verteilte das Wasser. »Setz dich. Den Ventilator hat meine Frau heute Morgen vorbeigebracht. Er stand in meinem Büro daheim, wo jetzt ein Musikzimmer rein soll. Da hat der Ventilator gestört.«

»Das ist doch prima«, rutschte es Cora heraus. »Oh, entschuldige, so war das nicht gemeint. Ich meinte, den Ventilator hier zu haben.«

»Schon gut, verkopf dich nicht, ich habe es schon überwunden, und eine neue Wohnung habe ich auch schon. Ganz in deiner Nähe übrigens.« Christian schmunzelte und fügte hinzu: »Und jetzt trink wenigstens das Wasser.«

Cora nickte und trank ein ganzes Glas auf einmal aus.

»Was gibt es Neues aus Venedig?«, erkundigte sie sich.

»Also du hattest recht. Ich habe ehrlich gesagt auch den Verdacht, dass die mit etwas hinter dem Berg halten, ich komm nur nicht dahinter, womit. Was hast du da eigentlich mitgebracht?«

Cora folgte seinem Blick. »Ach das, das ist nur ein Plakat von der angeblichen Giorgione-Ausstellung. Mit dem Gemälde drauf, um das es bei uns geht.« Cora holte es und rollte es auf.

Christian betrachtete es eine Weile, trank einen Schluck und starrte wieder darauf. »Was hat der Täter nur für eine kranke Phantasie? Sieht für mich recht nichtssagend aus. Was meinst du?«

Cora zuckte die Achseln.

»Und wieso gibt es Plakate zu einer nicht stattfindenden Ausstellung?«, fragte Christian.

»Das weiß niemand. Ein Bote hat die Lieferung ins Stadtmuseum gebracht.«

Christian kratzte sich am Kopf. »Hast du schon bei dem zuständigen Plakatservice angerufen? Oder besser: Steht denn überhaupt fest, dass die Plakate von einem offiziellen Plakatservice stammen? Hat das Museum sich darum gekümmert?«

»Keine Ahnung, aber du hast natürlich recht: Das muss geklärt werden. Du willst wissen, wer die Plakate in Auftrag gegeben hat, nicht wahr?«

»Logisch.« Christian rieb sich das Kinn. »Also, Cora, dann versuchen wir doch mal, ein wenig Licht in das Ganze zu bringen.«

Sie setzten sich auf das Sofa, und Christian zündete sich eine Zigarette an. Nach einigen Zügen hatte er seine Gedanken geordnet. Er fegte eine Zeitung und lose Zettel von dem flachen Tisch, legte stattdessen ein großes Blatt darauf und zog einen Stift aus der Hemdtasche. Anschließend malte er drei Kreise, schrieb in den obersten »London«, in den untersten »Venedig« und in den mittleren »Lindau«. Dann holte er eine Tüte Smarties aus seiner Tasche und schüttete sie auf den Tisch neben die Zeichnung. Cora hob die Augenbrauen, sagte aber nichts. Christian ließ sich nicht aus der Ruhe bringen.

»Wir haben einen Täter, der in London eine Frau umbringt, dann nach Venedig reist, dort wieder eine Frau umbringt«, Christian legte in jede Stadt ein rotes Smartie, »dann nach Lindau reist und erneut zuschlägt. Allen drei Morden ist der Beruf des Opfers, die Tötungsart und deren Präsentation gemein, das heißt, wir können fest von einem Serientäter ausgehen.«

»Ja, das ist richtig«, sagte Cora und trank auch das zweite Wasserglas auf einen Zug aus. Ihr wurde immer kälter.

»Was also haben diese drei Städte gemeinsam?«, fragte Christian und klopfte mit dem Finger abwechselnd auf die drei Kreise.

»Auf den ersten Blick nichts«, antwortete Cora matt.

»Richtig. Also besteht der gemeinsame Nenner, der der Botschaft des Täters zugrunde liegt, eher nicht in der Ortsauswahl.«

»Na ja, vielleicht sehen wir den Hintergrund nur nicht.« Sie dachte an Ela und an das Spiel.

»Nein, nein, der Täter ist schlau, sonst wäre er nicht unentdeckt geblieben.«

»Immerhin hat er das Bordell aufgesucht und eine Drohung ausgesprochen. Das war in den anderen Fällen nicht so.« Coras Blick fiel auf ihre Armbeuge. In der Mitte des Pflasters hatte sich ein roter Kreis gesammelt. Rote Kreise flirrten durch ihren Kopf, und auf ihnen tanzten die Buchstaben R-O-S-E-N F-E-L-D-E-R.

»Ja, Cora«, Christians Stimme schien sich zu entfernen, »da hast du recht, das ist in der Tat merkwürdig. Aber ich glaube, dass es dabei um etwas anderes ging. Er war wütend, und das hatte vermutlich überhaupt nichts mit seiner Mordlust zu tun. Er war wütend auf deine, pardon, *diese* Ela. Allerdings kommen wir nicht weiter mit ihr. Also zurück zum Täter. Irgendetwas spielt sich zwischen dem Täter und seinen Opfern ab, und damit kommen wir zum wichtigsten Punkt.«

»Dem Bild«, folgerte Cora.

»Exakt. Der gemeinsame Nenner zwischen London, Venedig und Lindau.« Christian zog Linien, die die Städte symbolisch miteinander verbanden. »Ein Gemälde«, fuhr er fort, »das hier seinen Standort hat.« Er legte ein gelbes Smartie auf Venedig. »Wie kann es sein, dass ausgerechnet in Venedig der Bezug der Toten zum Gemälde nicht hergestellt wurde?«

»Nun ja, wir haben es auch nicht erkannt. Im Übrigen: Kennst du die Bilder, die in den Museen von Lindau hängen?«

Christian überlegte, dann schüttelte er den Kopf. »Nein. Allerdings haben die Italiener schon ein anderes Verhältnis zu ihrer Kunst als wir, oder? Und vor dem Hintergrund, dass wir beide glauben, die Italiener halten Informationen vor uns zurück … Lass uns mal annehmen, sie wüssten von dem Bezug zu Giorgiones Bild. Welchen Grund könnten sie haben, uns dies nicht wissen zu lassen?«

Cora sog die Lippen nach innen. Sie wusste von Ela, dass das

Original nicht mehr in Venedig hing. Sie starrte auf Christians Skizze, die mit den bunten Smarties aussah wie ein Spielplan, und das war sie ja im Grunde auch. Ein riesiger Spielplan.

»Also schön, lassen wir die Motivation der Venezianer mal außen vor und machen mit dem weiter, was wir haben«, fuhr Christian fort. »Dank Interpol kam es zu einem Austausch zwischen London, Venedig und uns. Sie haben uns wissen lassen, dass sie bereits einen Mann auf ihn angesetzt haben, der sich im direkten Umfeld des vermeintlichen Täters aufhält, bis jetzt aber noch nicht den entscheidenden Hinweis geliefert hat.«

»Moment«, merkte Cora auf. »Das ist mir neu. Seit wann weißt du das?«

»Was meinst du?«

»Dass Interpol an unserem Täter dran ist. Interpol hat keine eigenen Agenten, oder meinst du Amsterdam?«

»Ach so, hatte ich dir das nicht gesagt? Das hat die Konferenzschaltung gestern Nacht ergeben. Die haben keine eigenen Agenten. Weil dieser Täter international tätig ist, hat die Interpol wohl dafür gesorgt, dass sich einige Polizisten ebenso frei und international bewegen können. Also quasi doch ein Agentenstatus.« Christian holte sich sein Smartphone und suchte nach der Nachricht. »Ich dachte, ich hätte dir das vorhin schon mitgeteilt … Ja«, er drehte ihr das Display zu, »hier, aber das ging sicher unter, weil du …« Christian sah betreten auf den Boden. »Cora, ich bin so erschrocken, als ich dich –«

Cora hob abwehrend die Hand. »Lass uns nicht mehr davon reden, okay? Es ist vorbei, und ich habe überlebt, und jetzt werden wir diesen Scheißkerl schnappen.«

Christian nickte. »Sie haben uns nicht gesagt, wer es ist, lediglich versprochen, dass sich der Mann mit uns in Verbindung setzen würde. Er ist angeblich bereits instruiert. Also was machen wir jetzt?«

In Coras Kopf fügten sich wieder ein paar Puzzleteile zusammen, immerhin wusste sie bereits, dass der Mann bei Interpol Piet Huisman war. Irgendwie war sie beruhigt, dass Ela die Wahrheit gesagt hatte.

Während sie dies dachte, wurde ihr schlagartig bewusst, dass sie sich tatsächlich dazu entschlossen hatte, nicht nur einer Kriminellen zu helfen, sondern sogar selbst einen kriminellen Weg einzuschlagen oder zumindest – so würden das vielleicht die italienischen Kollegen sehen – ein Auge zuzudrücken. Hauptsache war doch, dass der Mörder ins Gefängnis wanderte und das Gemälde in gute Hände kam, bevor es als Jagdobjekt weiter für Unfrieden sorgte.

Dennoch plagte Cora ein schlechtes Gewissen, und sie verspürte erstmals wieder einen leichten Druck im Kopf. Unwillkürlich begann sie, ihre Schläfen zu massieren.

»Kopfschmerzen?« Christian klang sofort alarmiert.

»Ach, nur angesichts dieses Schlamassels«, sagte sie.

»Hier.« Christian hielt ihr das gelbe Smartie aus Venedig hin. »Das hilft.«

***

Piet breitete seine Unterlagen vor sich auf dem Tisch aus. Er hatte die letzte Nacht kaum geschlafen. Immer wieder wägte er die Risiken ab, überlegte, wen er einweihen sollte. Von seinem Kontaktmann bei Interpol hatte er Einblicke in deren Datenbanken über Tondellos Wege erhalten, er wusste, welche Autos er sich bevorzugt auslieh, wie viele Ausweise ihm zugeordnet wurden und auch, wie oft er schon straffällig geworden war, weil er sich einfach nicht beherrschen konnte. Er wusste, dass er so langsam genügend gegen Tondello in der Hand hatte, um ihn auf Lebenszeit hinter Gitter zu bringen. Tondello wusste das sicher auch, sonst wäre er nicht so ausgerastet. Vermutlich hatte Piet zweimal gehöriges Glück gehabt, denn Venedig hätte ihn ohne Zweifel das Leben kosten sollen. Auf seinen Dickschädel war eben Verlass.

Piet nahm sich eine Kopfschmerztablette und drückte gleich noch eine zweite aus der Packung, die er auf den Nachttisch legte. Er rieb sich das Kinn und tastete vorsichtig nach seinen beiden Wunden. Konnte Tondello annehmen, dass er und Ela gemeinsame Sache machten? Piet nickte. Wahrscheinlich war er selbst schuld daran, denn er suchte immer wieder die Nähe zu Ela, obwohl sie Konkurrenten waren, und wenn Tondello das beobachtete, konnte er durchaus gedacht haben, Ela ermittle ebenfalls gegen ihn. Klar. Piet schlug sich mit der Hand gegen die Stirn, ein fatales Missverständnis. Ela versteckte sich im Bordell, während Tondello daraus schloss, dass sie gegen ihn wegen der Morde ermittelte.

Piet wurde wieder nachdenklich. Weshalb aber versteckte Ela sich wirklich im Bordell? Hoffte sie auf einen neuen Hinweis? Dachte sie, der Hase habe die Prostituierten als Zeichen für ihr Spiel ermordet? Wusste sie also doch von den anderen Toten?

Piet rief Ela an und bat sie um ein Treffen vor dem Neuen Rathaus in der Maximilianstraße. Ela willigte ein.

Eine Viertelstunde später sah er sie dort am Rand des dreieckig angelegten Platzes unter einer der roten am Haus befestigten Lampen stehen, über ihr die Volutengiebel, im Hintergrund das Alte Rathaus, das bei Tag mit seinem Giebel und der bemalten Fassade prahlte. In einer schnellen Gedankenskizze malte er eine Straßenansicht mit prachtvollen Bauten, den Aufzuggiebeln und dem Fachwerk in den oberen Stockwerken, darunter die Lauben und Rundbogentüren. Wohin man auch blickte, überall lud die Architektur den Blick zum Verweilen ein, überall gab es etwas zu entdecken, und doch blieb sein Blick einzig an Ela hängen.

Piet biss sich auf die Lippen. Konnte sie ihn wirklich getäuscht haben? Jetzt wandte sie den Kopf und winkte ihm. Nein, entschied er, lief zu ihr und begrüßte sie herzlich.

»Was ist? Was willst du?« Ela sah sich verwundert um. »Du weißt, dass hier mal die Polizeiwache war?«

»Dann schnell weg hier.« Lachend hakte er sie unter. »Wie ich sehe, hast du dich mal wieder bestens über Lindau informiert.«

»Natürlich. Ich bereise nie eine Stadt, ohne mich zu informieren, weißt du doch.«

Piet lenkte Ela über den Barfüßerplatz hin zum Uferweg. Dort steuerte er eine Bank an.

»Komm, wir setzen uns. Ist dir jemand gefolgt? Wo hast du geparkt?«

»Mir ist ganz sicher niemand gefolgt. Mein Wagen steht in der Garage. Ich hab mir ein Fahrrad geliehen.«

Piet musste lachen. »Du? Ein Fahrrad?«

Ela verdrehte die Augen, dann musste sie auch lachen. »Also schön. Ich auf einem Fahrrad ist komisch. Was gibt es?«

Piet holte tief Luft, doch Ela kam ihm zuvor.

»Piet«, begann sie, »du hattest recht. Cora hat mir auch von den toten Frauen erzählt. In Venedig und in London. Das kann kein Zufall sein.«

Piet nickte bekräftigend. »Ich weiß. Ich hab es dir ja gesagt. Die Frage ist nur, ob er seiner Mordlust folgt oder tatsächlich so durchgedreht ist, dass er so die Hinweise setzt.«

Piet steckte sich eine Zigarette an. Seine innere Unruhe machte ihn fertig. »Daher brauche ich deine Hilfe. Was weiß diese Merlin? Haben die eine Spur? Wissen sie schon von Tondello?« Er fasste nach ihrem Arm. »Ela, wir haben im Moment ja noch ein gemeinsames Ziel, du und ich, meine ich. Und wenn ich denen von Interpol nicht bald was liefere, dann ist es auch mit dem Giorgione vorbei, und dann kriegen wir wirklich Ärger.«

»Was wissen die denn von dem Giorgione? Die Venezianer werden nicht gequatscht haben. Kein Museum hat bislang etwas … Piet, hier stimmt doch etwas nicht, oder?«

Ela rückte von ihm ab. Er spürte, wie sich das Misstrauen in ihr sammelte wie ein sich zusammenziehendes Unwetter. Prompt dachte er an die Radiomeldungen der letzten Tage. Immer war von möglichen Gewittern die Rede. Trotzdem tauchte nie ein Gewitter auf, wie vielleicht ihr Gewitterbild für immer verschollen bleiben würde. Ein verzweifeltes Lachen hing ihm in der Brust und wollte raus, doch er schluckte es hinunter.

Mit dem Blick auf die Berge an der anderen Uferseite antwortete er leise: »Wenn ich das Material an Interpol gebe, dann ist dein Vater entlarvt, und dann dauert es nicht lang, und sie kommen dir auch –«

Ela lachte kurz auf, fuhr sich mit der Hand durch die Haare, dann schüttelte sie vehement den Kopf. »Mein Vater hat ein solch weit verzweigtes Netzwerk an Kunstliebhabern geschaffen, es ist nicht möglich, dass … Wir haben bis in die höchsten Kreise illegale Kunstwerke bewertet. Piet, ich weiß, wo etliche entführte Gemälde hängen. Keiner will mich bei der Polizei sehen.«

»Eben.« Er blies zwei Kringel Rauch in die Luft. Zwei Möwen stritten sich um ein paar Krümel.

»Eben?« fragte Ela.

»Wenn ich keine dieser Möglichkeiten ergreife, dann bringen die uns um.«

***

Den Geschmack dieses Nichts an Schokolade von einem Smartie noch auf den Lippen, saß Cora in dem bequemen Korbsessel auf ihrer Altane. Christian hatte sie genötigt, früher nach Hause zu fahren. Die Spurensicherung in ihrer Wohnung war fertig, nur der Blutfleck trug die hässliche Spur der Nacht in ihre Gegenwart. Cora wurde schwindlig bei dem Anblick. Sie würde noch mehrmals schrubben müssen. Aber nicht mehr heute. Heute war sie froh, dass sie am Leben war.

Gizmo wich nicht von ihrer Seite. Seit einer Stunde starrte sie auf den Bildschirm ihres Laptops, der Giorgiones »La tempesta« zeigte, das wohl berühmteste Gewitter in der Kunstgeschichte. Gewitter, ach, dachte Cora, das täte ihnen allen mal ganz gut. Ein echtes, kühlendes Gewitter. Auf dem Nachbarbalkon goss die Frau mit der großen Sonnenbrille wieder ihre Tomaten. Unten quietschten die Pedale eines Fahrrads. Am Leben. Sich drehen und am Leben sein, Cora sah in den Himmel und war einfach nur dankbar.

Altane … das Wort hatte sie auch erst in Lindau kennengelernt. Es bezeichnete einen Aufbau auf einem Haus, in Lindau genutzt, um die Stadt dem Himmel noch ein wenig näher zu bringen. Einige hatten das hier – ihren eigenen Stadtgarten in den Wolken. Geradezu unglaublich, was da alles wuchs, das ohnehin milde Klima der Bodenseeregion schien hier oben noch ein wenig milder zu sein.

Einmal im Jahr fand das Altanenfest statt, dann traf man sich im Verlauf des Abends bei allen Bewohnern abwechselnd auf ein Getränk, einen Snack und einen Plausch. Im letzten Sommer hatte sogar Cora mitgemacht, obwohl sie sich sonst ja gern aus allem heraushielt.

Die Sonnenbrille winkte gerade, Cora lächelte und wollte sich wieder über ihren Laptop beugen, als ihr Handy klingelte.

Auf dem Display erkannte sie, dass es Ela war. »Das trifft sich gut. Ich wollte dich gerade anrufen.«

»Können wir uns im Lotzbeckpark unten am Steg treffen?«, fragte Ela, aber es klang mehr wie eine Aufforderung.

»Okay, ich brauch dreißig Minuten.« Bevor Cora ihre Wohnung verließ, kontaktierte sie endlich das Bundeskriminalamt in Berlin.

Einigermaßen verwirrt radelte sie am Aeschacher Ufer entlang bis zu dem Steg, wo Ela sie bereits auf einer Bank erwartete.

»Also? Was gibt es?«, fragte Cora. »Da du mich angerufen hast, nehme ich an, dass es Schwierigkeiten gibt, und ich tippe da ganz stark auf Piet.«

»Du verlierst keine Zeit.«

»Ela, wir haben keine Zeit.« Cora setzte sich neben Ela auf die Bank.

Ela blickte auf den See hinaus und seufzte. »Alles nicht so gut gelaufen. Tut mir leid, dass ich dich da mit reinziehe.«

»Dafür ist es jetzt zu spät. Eine Sonderkommission der Interpol arbeitet mit Piet zusammen, wenn ich das richtig sehe. Ich vermute, dass er in einen Deal verwickelt ist und Tondello liefern soll.«

Ela sah verdutzt zur Seite. »Woher weißt du das denn alles?«

»Ich habe also recht?«

»Ja.« Ela nickte. Dann kniff sie die Augen zusammen. »Cora, was hast du da am Arm?«

Cora folgte ihrem Blick auf den Verband in ihrer Armbeuge. »Beas Mörder hat mir letzte Nacht einen Besuch abgestattet.«

»Was?« Jegliche Farbe wich aus Elas Gesicht. Bleich saß sie neben Cora und hielt sich die Hände vors Gesicht. »Das darf doch nicht wahr sein!«

»Schon gut. Ich lebe. Aber du hängst ganz schön tief mit drin«, folgerte Cora. »Noch tiefer, als es letzte Nacht klang. Sicher ist es nicht gerade förderlich, wer dein Vater war. Und wohl auch der Grund, dass sich andere Beteiligte abgesetzt haben.«

Ela seufzte. Sie wirkte nicht mehr so souverän wie noch vor einer Woche. »Piet meint, dass sie uns dicht auf den Fersen sind und nur von einer weiteren Verfolgung absehen, wenn er Tondello ausliefert.«

Cora lachte und schüttelte den Kopf.

»Was ist?«, fragte Ela vorsichtig.

»Sag mal, wie naiv bist du eigentlich?«

Während Cora am Bahnübergang wartete, bis endlich der Zug durchfuhr, und dabei zum Milchpilz hinüberschielte, dem kleinen Biergarten, in dem sich einige Menschen vergnügten, klingelte ihr Handy erneut. »Michaela, du Liebe, es ist grad – Was?«

Ihre Freundin, die vor knapp zwei Wochen in Lindau geheiratet hatte, saß im »Mole3« am Hafen und weinte bitterlich. Cora versprach, in wenigen Minuten da zu sein, so viel Zeit musste sein. Als sie ankam, hatte Michaela sich ein wenig beruhigt und löffelte gerade den Schaum von ihrem Cappuccino. Vor ihr stand ein großes Stück Torte. »So schlimm?«, fragte Cora.

Michaela nickte. »Avocadocreme mit irgendwas.«

»Was ist passiert um Himmels willen? Wo ist Max? Solltet ihr nicht in –«

»Du weißt nicht mal, wo unsere Hochzeitsreise hingegangen ist?«, fragte Michaela vorwurfsvoll. Die Bedienung kam und empfahl Cora den Mango-Tofu mit Feigenrotkohl und Confitkartoffeln dazu. Für einen Augenblick fühlte sich Cora tatsächlich hungrig genug für ein richtiges Essen, doch sie wusste, dass sie gar nicht die Zeit haben würde, und entschied sich für eine Portion Schokoeis. »Also?«

»Er hat ein Kind«, polterte Michaela los und stieß die Gabel in die grüne Torte. Zwei Damen vom Nachbartisch sahen mitleidig und ängstlich zu ihnen herüber. »Ein Kind mit einer anderen Frau. Vor ein paar Tagen fand er endlich den Mumm in den Knochen, mir das zu sagen.«

»Ihr seid doch …« Cora schluckte den Rest herunter.

»… seit Ewigkeiten zusammen, du sagst es.«

Michaela begann zu erzählen, und Cora merkte, dass die Müdigkeit sie mit einem Mal einholte. »Die Dinge sind oft nicht so, wie sie scheinen«, hörte sie gerade von Michaela, und: »Manchmal hat man die Lösung direkt vor der Nase, sieht sie aber …«

Cora stutzte. Den Löffel mit Schokoeis unmittelbar vor dem Mund, fiel ihr plötzlich etwas ein. »Michaela, bitte, bitte, bitte, sei mir nicht böse. Ich muss dringend an die Arbeit. Und du, du tust bitte nichts Unüberlegtes, hast du mich verstanden?« Cora stand auf, kramte einen Fünf-Euro-Schein aus ihrem Geldbeutel und legte ihn vor Michaela auf den Tisch. »Heute Abend ruf ich dich an.«

Auf dem Weg in die Polizeistation konnte sie nur eines denken: *Manchmal hat man die Lösung direkt vor der Nase.* Hugo von Hofmannsthals Geschichte »Der Brief des Lord Chandos« fiel ihr ein, ein Überbleibsel aus ihrer Schulzeit, eine Geschichte über die Theorie des besten Verstecks. Da lag der gesuchte Brief einfach mit vielen anderen Briefen mitten auf dem Schreibtisch, niemand suchte dort, denn es war ja in dem Sinne kein Versteck. Und daher besonders wirkungsvoll.

***

Cora instruierte Frau Gamper vom Stadtmuseum Lindau, jeden Anrufer und Besucher, der sich nach Giorgione erkundigte, zu notieren und ihr die Namen zu mailen und unter keinen Umständen weitere Plakate herauszugeben – nur an offizielle Personen, etwa von der Polizei. Eine Beschlagnahmung sei nicht ausgeschlossen, räumte Cora ein. Außerdem koordinierte sie mit Christian eine Überwachung des Stadtmuseums. Cora hatte gedanklich alles vorbereitet. Sie war sich sicher, der Lösung einen Schritt näher zu sein. Ganz sicher.

Jetzt betrachtete sie die gesamten Radarbilder aus der Mordnacht. Neben ihr stand eine Tasse Kaffee. Sie musste die Müdigkeit verdrängen. In der Mordnacht hatte es eine Verkehrsüberwachung im Gewerbegebiet ganz in der Nähe des Bordells und zudem noch eine Kontrolle auf der neuen Landtorbrücke gegeben. Deren Protokolle lagen vor Cora auf dem Tisch, daneben der Stapel mit den Protokollen aus London und Venedig. Christian hatte ordentlich was bewegt mit seinen beharrlichen Anrufen. Der Mann von Interpol beziehungsweise aus London war noch immer ein Phantom, er würde sich mit Lindau in Verbindung setzen, hieß es. Cora verstand die Geheimniskrämerei nicht, es sei denn …

Sie schluckte. Hatte man etwa sie in Verdacht, in die Sache verwickelt zu sein?

Sie kaute auf ihrem Bleistift und starrte wieder auf das Gemälde. Jetzt galt es, Tondello oder Sandkirch, oder wie auch immer er sich nannte, in eine Falle zu locken. Vielleicht tauchte er im Stadtmuseum auf? Bei der Kripo München waren inzwischen Leute im Darknet unterwegs und suchten nach auffälligen Chats bezüglich gestohlener Gemälde. Ein »il raffinato« war den Ermittlern aufgefallen, doch mehr hatten sie noch nicht.

Cora hatte vor Ela durchaus hoch gepokert, als sie sie gefragt hatte, wie naiv sie denn sei. Sie wollte sie provozieren. Piet war Opfer eines Anschlags geworden – den er zu seinem Glück überlebt hatte –, da lag es doch nahe, dass er noch zwischen andere Fronten geraten war. Offensichtlich wussten weder er noch Ela von der angeblichen Giorgione-Ausstellung in Lindau. Alle waren sie in heller Aufregung wegen der Morde – und standen sich selbst und einander im Weg.

Oder hatte ihr Ela etwas vorgespielt?

Warum hatte sie ein Treffen gewollt? Cora zählte eins und eins zusammen, betrachtete all die Unterlagen auf ihrem Tisch und gelangte zu dem Schluss, dass Ela vorerst mit Piet gemeinsame Sache machte. Vermutlich glaubte sie ihm tatsächlich, dass man dem gesamten Zirkel, also auch ihr, dicht auf den Fersen war. Vielleicht stimmte es ja sogar, dachte Cora.

Cora nahm sich ein Papier und schrieb alle Namen auf sowie die Ziele der einzelnen Mitspieler. Sie suchte nach Übereinstimmungen, malte Verbindungslinien, wusste, dass sie ebenfalls auf diesem Puzzle stehen müsste, dachte wieder an die Smarties auf Christians Schreibtisch und –

Ihr Telefon klingelte. »Ja?«

»Cora, kommst du bitte in mein Büro?« Christian wirkte ungeduldig.

»Jetzt sofort?«, fragte Cora.

»Jetzt sofort, wir haben Besuch. Der Mann von Interpol ist bei uns.«

»Ach was.« Cora staunte. Piet kam von selbst zu ihnen, dann war er also doch echt. Auf dem Weg zu Christians Büro breitete sich wieder ein flaues Gefühl in ihrer Magengegend aus. Was, wenn Piet ihre Treffen mit Ela dokumentiert hatte? Cora verlangsamte ihren Schritt, blieb mitten auf dem Gang stehen und erwog einen Augenblick, zu fliehen. Was natürlich absurd wäre. Stattdessen lehnte sie sich an die Wand und atmete tief durch. Was für ein endlos langer Tag. Vor etwa zwölf Stunden hatte sie gedacht, sie würde sterben, jetzt stand sie hier im Flur der Polizeistation und machte sich Sorgen, ob ihre Beziehung zu Ela auffliegen würde. Sie musste alle Fakten auf den Tisch legen, sobald sie den Eindruck hatte, Piet könnte sie irgendwie diskreditieren. Entschlossen ging sie weiter und wurde bereits an der Tür von ihrem Kollegen empfangen.

»Cora, na endlich. Komm rein.«

Am Fenster stand Emmenbach, wieder mit verschränkten Armen, dieses Mal sogar mit Sonnenhut, dennoch befiel Cora für einen Moment das Gefühl, in einer Zeitschleife zu hängen. Dann erhob sich am Schreibtisch ein Mann, kam einen Schritt auf sie zu und reichte ihr die Hand. »Frau Merlin, freut mich sehr, Sie kennenzulernen.«

Cora stand der Mund offen, sie konnte nur nicken. Der Mann, der jetzt vor ihr stand, war nicht Piet Huisman.

***

Solomon Harrington war ein Polizeibeamter aus London. Da dort die ersten Vorwürfe gegen einen Fabio Tondello aufgetaucht waren, war er von Beginn an in die Ermittlung integriert gewesen. Er hatte nichts mit der Kommission zur Verfolgung internationaler Kunstdelikte zu tun, wusste jedoch, dass Tondello in Kunstsammlerkreisen verkehrte.

Die Absprachen seien bislang eher dürftig. Ihm ging es um das Ergreifen des Serienmörders Fabio Tondello. Wie üblich habe er in einem fremden Land nur Beobachtungsstatus. Er sei eben kein Agent, sagte er lachend, kein James Bond und noch nicht einmal dessen kleiner Bruder, immerhin aber mit ein paar wenigen Sonderrechten.

Er selbst hatte die Spur des Serientäters Fabio Tondello alias Baker, Morreau, Sandkirch und weitere Namen in Venedig bereits verloren und war außerordentlich froh, als er von einer gewissen Cora Merlin aus Lindau hörte, dass es wieder eine Spur gab. Seit zwei Stunden war Harrington selbst in der Stadt.

Cora atmete erleichtert auf und setzte sich zu Christian, während Emmenbach am Fenster stehen blieb. Obwohl Harrington ihr gegenübersaß, hatte sie sofort sein schweres Aftershave in der Nase und musste flach atmen.

Jetzt hob Harrington seine Aktentasche auf den Schoß und zog eine schwarze Mappe heraus, dann zählte er sieben Fotos von Frauenleichen auf den Tisch.

Emmenbach kam im Stechschritt zum Schreibtisch herüber und beugte sich über Cora und Christian, alle drei wechselten sie schockierte Blicke.

»Das ist vermutlich nur die Spitze des Eisbergs«, erklärte Harrington. »Leider konnten wir keine DNA-Spuren des Täters sichern, geschweige denn Fingerabdrücke am Tatort sicherstellen, die sich eindeutig dem Täter zuordnen lassen. Immerhin steigen jetzt die Chancen mit einem weiteren Tatort. Eine einzige Übereinstimmung wäre wie ein Jackpot. Auch ist die wirkliche Identität von Tondello noch völlig unklar. Wir haben nur diese Fotos. Eins davon haben Sie ja bereits.«

Er legte drei weitere Fotos auf den Tisch, auf einem erkannte Cora ihn sofort. Dieser Mann war ganz ohne Zweifel Dr. Sebastian Sandkirch.

»Und welche Hintergründe haben die Taten Ihrer Meinung nach?«, erkundigte sich Christian, wobei er einen kurzen Blick mit Cora wechselte.

Harrington schüttelte den Kopf. »Das ist eine abstruse Geschichte. Wir haben einen Profiler zurate gezogen wie Sie ja sicher auch. Der meinte, der Täter wäre von einer modellhaften Pose besessen. Eine Pose, die es schon geben muss und die er nachzustellen versucht. Womöglich, weil er ihr nahe sein will, also eine Art Fetischismus. Oder aber, um sie zu verstehen.«

»Um sie zu verstehen?« Cora beugte sich ein wenig vor.

»Was meinen Sie genau?« Emmenbach räusperte sich.

»Unser Profiler hat uns in den Bereich der Kunst geschickt.« Harrington lächelte. »Ich gehe davon aus, dass Sie das alles wissen.«

»Gehen wir davon aus, ja. Und weiter?«, hakte Cora nach.

»Wir denken, dass der Mann von dem sogenannten Gewitterbild von Giorgione besessen ist, weil er es war, der diese Pose in die Welt der Kunst gesetzt hat. Außerdem ist das Bild wohl ein großes Geheimnis. Eine Theorie besagt, dass die dargestellte Frau eine Verstoßene sein könnte, da sie sich so freizügig präsentiert, obwohl sie den Hirten eigentlich sehen muss.« Er machte eine Pause und sah Cora unvermittelt in die Augen. »Wir glauben außerdem, dass er Teil eines geheimen Zirkels ist, der mit Kunstraub zu tun hat.«

Cora nickte. Harrington spielte nicht nur mit offenen Karten, er war auch insgesamt glaubwürdig, allerdings wusste er noch nicht, dass der Giorgione bereits die Beute war. Sie hatte also wirklich einen Vorsprung.

»Sind Sie zu dem gleichen Schluss gelangt?« Harrington sah

von Cora zu Christian, die beide nickten. »Dann haben Sie gute Arbeit geleistet.«

»Arbeiten Sie auch mit den italienischen Kollegen zusammen?«, wollte Christian wissen.

»Das würde mich auch interessieren«, bekräftigte Emmenbach und stemmte die Hände in die Hüften.

»Gewiss, aber das lief suboptimal. War auch mühsam, ehrlich gesagt.«

Christian nickte. »In der Tat, das war auch unser Eindruck. Die Frage ist: Weshalb?«

»Kann ich Ihnen nicht sagen, ist aber nicht neu nach meinem bescheidenen Erfahrungsschatz von zehn Jahren internationaler Kooperation«, erklärte Harrington lapidar und wischte einen unsichtbaren Krümel von seinem rechten Hosenbein. »Könnten Sie mich jetzt vielleicht auf den aktuellen Stand Ihrer Ermittlungen bringen? Wann haben Sie Tondello zuletzt gesehen?«

Als Emmenbach sich wieder in Richtung Fenster entfernte, fiel Cora auf, dass er immer noch hinkte. Die Vorstellung, dass er tatsächlich auf einer Bananenschale ausgerutscht war, heftete sich vor ihr inneres Auge.

Christian erzählte von den Ermittlungsergebnissen aus Konstanz und der Überwachung vom Vortag, bei der sie Sandkirch alias Tondello leider verloren hatten.

Harrington stutzte. »Weshalb ist er eigentlich nach dem Mord in der Stadt geblieben?«

***

Nachdem sowohl Harrington als auch Emmenbach gegangen und außer Hörweite waren, sah Cora Christian neugierig an. »So freundlich habe ich dich ja selten erlebt.«

»So? Ich bin ein freundlicher Mensch, durch und durch, und mit einem Agenten von Interpol zusammenzuarbeiten ist durchaus eine Ehre. Wieso sollte ich da nicht freundlich und kooperativ sein?« Er lachte Cora an.

»Es gibt keine Agenten bei Interpol, glaub mir das doch endlich.« Sie hob die Augenbrauen. »Und jetzt sagst du mir, was du noch herausgefunden hast.«

Christian tippte Cora mit dem Zeigefinger an die Stirn. »Du schlaues Köpfchen. Also zum einen habe ich hier Exemplare aller ermittelbaren Zeitungen, die von einer Giorgione-Ausstellung gesprochen haben. – Bei der Gelegenheit: Hat Kronenberg eigentlich auch von einer Besessenheit gesprochen, oder vermuten wir einen anderen Zusammenhang?«

»Kronenberg hat auch von einer Obsession gesprochen. Ein Ergreifen des möglichen Sinns oder so etwas. Ich muss ihn anrufen oder willst du?«

»Mach ruhig, dein Draht zu ihm ist sicher besser. Was denkst du über den Zusammenhang zwischen Täter, Opfer und Bild?«

Cora überlegte. Sie war sich inzwischen nicht mehr so sicher, dass die Opfer Spuren für den Zirkel sein sollten, denn was Harrington über den Täter sagte, dass er nämlich besessen war und das Rätsel des Bildes durch Nachstellen der Hauptfigur erzwingen wollte, klang zwar abstrus, aber eben auch schlüssig.

»Cora?«

»Moment, ich überlege noch.« Es war also durchaus möglich, dass die sogenannte Schnitzeljagd nach dem Bild nur Auslöser war für seine Mordlust. Sieben Opfer. Oder es verhielt sich ganz anders: Was, wenn der Mörder selbst nach dem Gemälde suchte, seinen Drang zu töten aber nicht so lange im Zaum halten konnte? Dann war es ganz einfach zu erklären, dass er an all jenen Orten zugeschlagen hatte, wo sich auch die anderen Mitspieler einschließlich Ela und Piet herumgetrieben hatten auf ihrer Jagd nach dem Giorgione. Die Ermordung der Prostituierten hatte dann nichts mit der Suche nach dem Bild zu tun, geschweige denn, dass die Opfer Hinweise für die Suchenden sein sollten. Auch dies war möglich.

»Coooraaaa!« Christian schüttelte sie an der Schulter. »Das macht mich ganz verrückt. Ich kann dich denken hören.«

»Ja, doch. Im Moment glaube ich, dass Harrington recht hat. Der Täter scheint beseelt von dem Bild. Ist Tondello eigentlich wieder aufgetaucht?«

»Nein, natürlich nicht, sonst säße er hier«, brummte er. »Der falsche Dr. Sandkirch muss noch ein anderes Hotel haben. Letzte Nacht war er auf jeden Fall nicht im Inselhotel. Ich lass gerade sämtliche Unterkünfte der Umgebung checken. Dauert aber.« Christian starrte gedankenverloren auf die Fotos. »Immerhin wissen wir jetzt, dass wir die richtige Person verfolgt haben. Aber, Cora, wenn ich das alles richtig verstanden habe, muss sich die Pose unserer Toten doch nicht unbedingt auf Giorgione beziehen, oder? Ich meine, die Pose kommt so oft vor, welches Bild der Irre verstehen will, ist doch offen und für uns auch egal, oder?«

Cora rieb sich den Nasenrücken. »Du siehst das vollkommen richtig. Allein durch die anderen Hinweise in unserer Stadt kommen wir auf Giorgione.« Und nur damit können wir ihn schnappen, dachte sie.

Christian trank einen Schluck Wasser, dann fuhr er fort: »Hier sind also die Zeitungen. Da haben wir den Stuttgarter Merkur, die FAZ, die Münchner Abendzeitung und das Magazin Kunst am See, also völlig willkürlich.« Er kramte in seiner Mappe. »Ah, da ist es. Außerdem habe ich herausgefunden, dass es sich bei dem Plakatversand an das Stadtmuseum Lindau um eine gewöhnliche Bestellung handelte, und zwar bei dieser Firma.« Christian reichte Cora einen Zettel. »Allerdings wurde noch eine weitere Lieferung an eine andere Adresse geordert.«

»Ach, das ist doch mal etwas. Und wie lautet die Adresse?«

»Nun«, Christian räusperte sich verlegen, »das ist gelinde gesagt merkwürdig.«

»Jetzt rück schon raus mit der Sprache«, verlangte Cora ungeduldig.

»Es ist deine Adresse.«

***

Wie benommen radelte Cora nach Hause. Es war die Woche der endlosen Tage, da machte auch der Donnerstag keine Ausnahme. Als sie ihre Wohnungstür aufschließen wollte, hörte sie drinnen Geräusche. Sie hielt inne. Sofort verkrampfte sich ihr

Magen. War er zurück? War der Mörder noch einmal zurückgekommen? Vorsichtig nahm sie ihre Dienstwaffe aus der Tasche, entsicherte sie, lehnte sich an die Wand und lauschte. Wieder ein Geräusch. Sie versuchte auszumachen, ob ihr Kater der Verursacher sein könnte, doch dafür klang es zu wuchtig. Jetzt waren deutlich Schritte zu vernehmen. Cora atmete flach. Die Schritte kamen auf die Tür zu. Cora spannte alle Muskeln an, bereit zu einem schnellen Sprung zur Seite. Als die Tür aufgerissen wurde, machte Cora einen Satz und packte den Eindringling am Arm, gleichzeitig hielt sie ihm die Pistole ins Gesicht.

»Cora. Um Himmels willen!«

Es war David, der sofort beide Hände erhoben hatte. Cora ließ die Waffe sinken und stöhnte. Ihr Herz schlug schnell, und sie machte ein paar hektische Atemzüge, bis sie sich wieder beruhigt hatte.

»David, was soll der Mist? Du wolltest doch von Sara aus direkt abreisen.« Sie schielte auf den Boden im Wohnzimmer, doch der Fleck war noch von dem kleinen Läufer verdeckt, den sie dort hingelegt hatte. Zum Glück, der Teppich bewahrte sie davor, ihrem kleinen Bruder von dem Überfall erzählen zu müssen.

»Es tut mir leid, ich hatte was vergessen, und«, er kratzte sich am Kopf, dazu grinste er spitzbübisch, »na ja, ich will eigentlich noch nicht wieder nach Hause.«

Cora schob ihn in die Wohnung und umarmte ihren Bruder. Im Radio berichteten sie gerade von einem Großbrand in der Provinz Treviso in der Region Venetien, die starke Hitze war europaweit ein Problem.

Keine halbe Stunde später saßen sie bei der hereinbrechenden Dämmerung auf der Altane, David las in einem Buch, Cora genoss die Ruhe, die sich in ihr ausbreitete. Die Füße auf der Brüstung, leises Gemurmel vom See, von den Straßen und von den Altanen nebenan, der Sommer verlängerte das Leben weit in die Nacht hinein. Ein kühler Rosé schmiegte sich an ihre Kehle.

Cora massierte sich den Nacken. Alles fügte sich langsam, aber sicher in ihrem Kopf zu einem verständlichen Ganzen.

Schließlich nahm sie ihr Smartphone zur Hand und studierte die Website jener Firma, die die Plakate versendet hatte. Eine Druckerei für hochwertige Kunstdrucke, nichts Auffälliges. Unter der Telefonnummer im Impressum jedoch war niemand erreichbar, weder Festnetz noch mobil. Eine kurze Recherche ergab, dass die Mobilnummer zu einer Prepaidkarte gehörte. Die Firma schien gerade erst entstanden zu sein. Noch erstaunlicher allerdings war, was die Recherche nach der angegebenen Adresse ergab: Sie führte zu einem Transportunternehmen in Österreich, das auf Kunst spezialisiert war. Sie würde morgen zur Öffnungszeit dort nachhaken, vielleicht war es sogar jene Transportfirma, die den Giorgione von Wien nach Venedig transportiert hatte.

Cora goss sich noch ein halbes Glas Rosé ein und gab Wasser hinzu. Sie war der Polizei in London offensichtlich einen Schritt voraus, da sie von Ela den Grund kannte, der diesen Tondello nach Lindau geführt und ihn auch nach dem Mord hiergehalten hatte. Giorgiones »La tempesta«. Dass jemand weitere Plakate an sie hatte schicken lassen, gab ihr indessen zu denken.

Wusste Tondello, dass sie mit Ela in Verbindung stand? War sie deswegen in seinen Fokus geraten? Wer wusste überhaupt von ihren Untersuchungen bezüglich der Plakate und des Giorgione? Da kamen nicht viele in Frage. Vielleicht hatte Tondello die Ermittlungsarbeit im »Klein Paris« beobachtet, war wie viele Serientäter an den Tatort zurückgekehrt, um seinem Opfer noch einmal nahe zu sein. Vielleicht war Tondello sich im Klaren darüber, dass man ihm dicht auf den Fersen war. Sowohl in den Mordfällen als auch im Rahmen des Kunstraubs. Aber war man das überhaupt?

Was bedeutete Harrington für Piet Huisman? Piet war offensichtlich nicht *der* Mann von Interpol, nicht so, wie er es Ela gegenüber gesagt hatte, allerdings wusste er Bescheid. War es möglich, dass er für eine andere Polizei arbeitete? Freiwillig? Oder hatte man ihn in der Hand? Cora erinnerte sich an das Gespräch mit Ela, als diese zugegeben hatte, dass sie seit mehreren Jahren aktiv waren. Da war es doch denkbar, dass Piet während einer solchen Aktion aufgeflogen war und jetzt erpresst wurde.

Das musste nicht einmal die Polizei sein, ob nun die venezianische oder sonst eine. Dafür kam auch eine Privatperson in Frage.

Und was würde aus Ela? Würde diese sie auffliegen lassen? Hatte Ela womöglich sogar ihr Gespräch aufgezeichnet? Cora versuchte sich zu erinnern, ob sie so leichtsinnig gewesen war, Versprechungen zu machen. Verflixt, dachte sie, sie brauchte unbedingt eine Idee – und einen Verbündeten. Nur wen?

Sie sah in den Nachthimmel, der vor Sternen nur so blinkte. Schön war das. Hinter ihr das ruhige Atmen des kleinen Bruders. Es war gut, keine Angst mehr zu haben, gut, dass sie in der Nacht nicht alleine war.

Und mitten in dieser beruhigenden Erkenntnis war er plötzlich da, der Plan.

Wie ein Sekundenfilm lief er vor ihr ab. Es gab nämlich nur einen, der wusste, dass sie nach Giorgione forschte und einem Kunstsammlerzirkel auf der Spur war, und es gab nur einen, der in der Lage war, Ela so lange unter sein Protektorat zu stellen, nur einen, der von Beginn an alles wusste und alle nach Lindau geführt hatte, um die ganze Sache zu einem guten Ende zu bringen. Es gab nur einen Grund, der dafür gesorgt hatte, dass Ela sich sicher fühlte. Und überdies gab es nur einen einzigen Grund, dass das BKA zwei ihrer Anfragen mit dem Hinweis »Verschlusssache« beantwortet hatte.

Kurzerhand schrieb sie Rosenfelder eine Mail und ersuchte ihn um einen äußerst dringenden Termin. Und dann weihte sie David in ihren Plan ein. Der kleine, große Bruder war begeistert.

Er zog seine Krawatte zurecht, zupfte an seiner Perücke und rückte die Brille gerade, dann räusperte er sich und betrat das »Haus zum Cavazzen«. Mit gestochenem Schritt trat er an den Empfang zum Stadtmuseum und stand unmittelbar vor Frau Gamper. Er zog seine Geldbörse aus der Jackentasche, klappte sie mechanisch auf und zeigte ihr seinen Ausweis.

»Guten Tag. Menzel mein Name, ich komme von der Steuerfahndung.«

Inge Gamper trat einen Schritt zurück. »Was … wollen Sie denn?«, stammelte sie.

»Keine Sorge, es geht nicht um Sie oder Ihre Einrichtung hier. Ich komme in einer ganz anderen Angelegenheit.«

Sichtlich erleichtert lächelte Frau Gamper Menzel entgegen. »Wie kann ich Ihnen weiterhelfen?«

Er zückte eine Visitenkarte, die für einen Plakatlieferanten warb. »Kennen Sie dieses Unternehmen?«

Frau Gamper warf einen flüchtigen Blick auf die Visitenkarte. »Um ehrlich zu sein, ich weiß es nicht. Wenn eine Lieferung eintrifft, zeichne ich sie ab, aber ich kümmere mich nicht darum, wo sie herkommt. Da müssten Sie in der Buchhaltung nachfragen.« Sie wollte sich schon auf den Weg in die Hinterräume machen.

»Warten Sie. Ist nicht so wichtig, Frau Gamper. Wir ermitteln gegen diese Firma wegen Steuerhinterziehung, und im Moment treiben wir gerade alle Lieferungen der letzten Monate ein. Daher sind wir auch zu Ihnen gelangt. Sie können in Ihrer Buchhaltung nachsehen, laut unserer Informationen haben Sie noch nicht bezahlt und müssen das natürlich auch nicht, denn die Ware ist hiermit beschlagnahmt.« David hielt ihr einen Brief vor die Nase, so nah, dass Frau Gamper wieder einen Schritt zurücktreten musste. »Hauptkommissarin Merlin sollte schon angekündigt haben, dass Sie die Plakate unter diesen Umständen doch herausgeben dürfen.« Er beugte sich vertraulich nach vorne. »Das wird ein großer Schlag gegen das Unternehmen. Würden Sie mir alle Exemplare aushändigen, die noch nicht in den Verkauf geraten sind?«

»Äh, ja, ach, der Giorgione! Wenn Sie wüssten, wie gern. Ja, die Frau Merlin, lustiger Name, den hab ich mir gemerkt. Die hat tatsächlich angerufen. Bin ich froh, wenn der Spuk ein Ende hat.« Frau Gamper rückte ihre Brille gerade. »Wenn Sie wüssten, Herr Menzel, wie viel Ärger der Giorgione uns gemacht hat. Moment, ich seh gleich mal nach, wie viele Exemplare noch da sind. Eins fehlt, das habe ich nämlich einer jungen Dame ...« Sie hustete den Rest des Satzes hinunter.

Ja, ja, meiner Schwester, ich weiß, dachte David und musste sich ein Grinsen verkneifen. Sein Auftrag machte ihm Spaß. Er wartete. Frau Gamper kam freudestrahlend mit einer großen Kiste zurück.

»Sehen Sie, nur ein einziges Exemplar fehlt. Ich räum Ihnen noch schnell die anderen hier aus der Theke in die Kiste, und dann schaffen Sie mir die Dinger bloß vom Hals. Hab ich mir doch gleich gedacht, dass da etwas nicht stimmen kann. Wir haben nämlich noch nie solche Plakate erhalten.«

»Wie meinen Sie das, Frau Gamper?«, erkundigte sich David höflich und beobachtete, wie sie sich bückte und damit aus seinem Gesichtsfeld verschwand. Er nutzte die Gelegenheit und sah sich um. Zwischen den Reihen aus schwarzen Brettern konnte er einen Mann entdecken, der ihm bereits bei seiner Ankunft aufgefallen war. Er stand seit geraumer Zeit auffallend still da, und David wurde das Gefühl nicht los, dass der Mann ihn beobachtete. Von unten erklärte Frau Gamper zwischenzeitlich, dass die Plakate üblicherweise Drucke seien, sich bei der fraglichen Lieferung allerdings auch eine Kopie unter den Plakaten befunden habe. Manchmal komme so etwas schon vor, dass Künstler Kopien von alten Meisterwerken anfertigten. Dies geschehe meist im Auftrag, für Hotels oder Unternehmen, die ein spezielles Bild wollten, selten jedoch würden diese Bilder einfach so in Umlauf geraten. Schließlich seien es ja irgendwie wieder Originale.

David hörte nur mit halbem Ohr zu und behielt dafür den Mann hinter sich im Auge. Der Spaß war soeben verschwunden.

»Frau Gamper, seien Sie mir nicht böse, ich hätte es doch ein wenig eilig. Ich muss noch etliche Museen abklappern heute.«

Sie kam über der Theke zum Vorschein.

»Ach so? Ja klar, ich muss nur noch die Leiter holen.«

»Die Leiter?«

»Na, Sie wollen doch bestimmt auch das von der Wand. Das ist ja auch das Gemälde.«

»Das Gemälde?«

»Na, die Kopie, das nachgemalte Gewitterbild«, wiederholte sie und stieg auf die kleine Leiter hinter sich.

David sah an der Wand nach oben und zog die Augenbrauen hoch, das hätte er glatt vergessen. »Sie haben recht, vielen Dank.«

Frau Gamper hatte wieder festen Boden erreicht und hielt David nun demonstrativ die Leinwand mit dem Gemälde vor die Nase. »Sehen Sie den Unterschied?« Vorsichtig rollte sie es ein und reichte ihm die Rolle.

David nahm den Karton an sich und bedankte sich. Schnell verließ er das Gebäude und stieg in das Auto, das in einer Seitenstraße auf ihn wartete. Den Mann aus der Galerie hatte er zwar aus den Augen verloren, wohl fühlte er sich nun aber nicht mehr mit seiner Fracht.

***

David hatte seine Sache gut gemacht. Gemeinsam mit Sara hatten sie alle Plakate im Wohnzimmer ausgebreitet und mit demjenigen Bild verglichen, das an der Wand über dem Empfang des Stadtmuseums gehangen hatte. David hatte gestanden, dass er es beinahe vergessen hatte in der Aufregung. Cora hoffte inständig, dass Frau Gamper den Trick mit der Steuerfahndung einfach so hinnahm, sie hatte sich das ausgedacht, um kein Aufsehen zu erregen für den Fall, dass Tondello oder jemand anderes aus dem Zirkel sie beobachtete. Schließlich hatte Sara den alles entscheidenden Unterschied und Hinweis gefunden.

Jetzt wartete Cora im Gang des Rathauses, bis Rosenfelder Zeit für sie hatte. In ihrer Hand hielt sie eine Plakatrolle. Sie war aufgeregt. In Gedanken ging sie noch einmal ihren Plan durch, den sie sich seit ihrer Entdeckung zurechtgelegt hatte. Im Grunde musste sie einfach sehr gut bluffen und darauf vertrauen, dass sie die richtigen Schlüsse gezogen hatte.

»Frau Merlin?«

Sie blickte auf und sah rote Kreise vor ihrem inneren Auge und dachte nicht zum ersten Mal an die Gedenktafel für die achtzehn im Dritten Reich in Lindau verschleppten Juden.

»Kommen Sie herein. Ich habe Sie schon erwartet.« Er lächelte, flüchtig fiel sein Blick auf die Rolle, dann rückte er seine Brille zurecht, trat im Türrahmen auf die Seite und machte eine einladende Bewegung.

Rosenfelder setzte sich und bot Cora den Platz gegenüber an, ein Besucherstuhl, nicht der bequeme Ledersessel vom Vortag, der in einer Ecke des Raumes stand. Der Computer meldete den Eingang einer Mail, ein zweites »Pling«, dann war es still. Cora hatte für einen Moment Sorge, sich verrannt zu haben. Ihr war, als könnte man ihr Herz pochen hören.

»Herr Dr. Rosenfelder, ich bin in einer Zwickmühle«, begann sie.

»Die da wäre?« Er wirkte sehr souverän. Nein, er hatte keine Angst, dass er auffliegen könnte. »Geht es noch um Ihren Krimi?«

Cora lachte. Rosenfelder war ihr nicht unsympathisch. »In gewisser Weise«, antwortete sie. »Und Sie spielen keine ganz unwichtige Rolle.«

»Nicht ganz unwichtig, soso, Frau Merlin.« Er lehnte sich zurück und lachte. »Cora, ich darf Sie doch Cora nennen, oder?«

Sie machte eine zustimmende Handbewegung.

»Nun, Cora, ich halte Sie für eine sehr kluge Frau. Wollen Sie nicht Ihre Karten auf den Tisch legen? So sagt man das doch, oder?«

Cora holte tief Luft. »Gut, dann erzähle ich Ihnen mal eine Geschichte.« Sie berichtete von der letzten Woche, wie sie das erste Mal wegen der Morddrohung im Bordell gewesen war, dann einen Tag später vor der Leiche von Bea gestanden hatte. Wie sie Ela kennengelernt hatte und durch eine befreundete Kunststudentin darauf gekommen war, dass die Pose der Leiche an ein Gemälde erinnerte. Zunächst hatte sie an Manet gedacht, dann aber viele weitere Kunstwerke gefunden, und schließlich sei sie wie schon berichtet auf Giorgione gestoßen. Rosenfelder nickte wissend, und Cora fuhr fort. Sie berichtete von ihren Anfragen bei der internationalen Datenbank und dass es bereits mehrere Tote gegeben habe.

»Es gibt eine Abteilung bei Interpol, die sich nur um Kunstraub kümmert, extra eingerichtet, das wissen Sie sicher.« Cora lächelte Rosenfelder freundlich an, der ihr ein Zeichen machte, fortzufahren. »Ich habe dort eine Anfrage eingebracht, um alle Fakten zu Ernesto Herold Dofero zu bekommen, Elas Vater. Ich habe auch beim BKA angefragt und um Informationen gebeten über die Kontaktperson in Deutschland. Aber seltsamerweise ist das eine Verschlusssache.«

»Aha, das ist merkwürdig.«

»Ich weiß nicht, Dr. Rosenfelder, es ist gar nicht so merkwürdig. Ich will Ihnen noch eine andere Geschichte erzählen. Ich habe auch über Sie eine Nachfrage gestartet.«

Rosenfelder lachte hell auf. »Cora, jetzt bin ich gespannt.«

»Kennen Sie die Theorie vom Naheliegenden?«

»Spekulieren Sie einfach weiter, ich bin ganz Ohr.«

»Ernesto Herold Dofero, der berühmte Kunstsammler, der Vater von Ela, ist kurz davor, aufzufliegen. Da hat er einen tödlichen Autounfall. Kurz danach wird innerhalb von Interpol eine Sonderabteilung gegründet, die sich um geraubte Kunst kümmern soll. Dr. Rosenfelder, Sie sind bei dieser Sonderkommission, habe ich recht? Sind Sie der Berater oder gar der Leiter?«

Für einen Augenblick dachte Cora, sie läge falsch. Rosenfelders Gesicht zeigte keine Reaktion, keine sichtbare Regung, gar nichts. Sie schluckte. »Also, Dr. Rosenfelder?«, hakte sie nach und bemühte sich um einen selbstbewussten Klang in ihrer Stimme.

»Ja, Cora, Sie haben recht.« Er beugte sich vor und stützte seine Ellbogen auf den Schreibtisch, die Hände gefaltet. »Und nun?«

Cora lachte, in ihr löste sich ein schwerer Felsbrocken einfach in nichts auf. »Das allein wäre nicht schlimm – wären Sie nicht in Wahrheit Ernesto Herold Dofero.«

Rosenfelder formte seinen Mund zu einem »Oh« und atmete hörbar aus. »Cora, Cora, jetzt bin ich tatsächlich, wie soll ich sagen, sprachlos. Wie kommen Sie denn auf so etwas?«

Eine Welle der Erleichterung breitete sich in Cora aus. Ihr Plan würde gelingen. »Erlauben Sie mir, dass ich ein wenig aushole. Kennen Sie die Peterskirche?«

Rosenfelder nickte. »Natürlich.«

»Es gibt dort eine Gedenktafel für achtzehn deportierte Menschen während der NS-Zeit.«

Rosenfelder ließ sich zurück in seinen Stuhl sinken und zog fragend die Stirn kraus. »Ich verstehe nicht ganz.«

»Ein Paar hieß Rebecca und Theodor Rosenfelder.«

»Das sind meine Eltern und weiter?«

»Ich blieb an den Namen hängen, die Buchstaben reihten sich als eine Kette aus roten Kreisen und blauen Dreiecken vor mir auf.«

»Oh.« Rosenfelder zog die Augenbrauen hoch. »Sie sind Synästhetikerin?«

Cora lächelte. »Bin ich. Schön, dass Sie es so sagen. Die meisten Menschen fragen immer, ob ich an Synästhesie ›leide‹. Ja. Stimmt. Meine Synästhesie ist die letzte Woche ganz schön aus dem Ruder gelaufen, will heißen, sie hat mich auf Trab gehalten, wie übrigens auch Ela, Ihre Tochter. Nur in zwei Momenten war sie absolut präzise.«

»Nun ja, es ist derselbe Name. Wenn ich recht informiert bin, ist das nicht ungewöhnlich, dass Sie dieselben Farben gesehen haben.«

»Das ist richtig, Dr. Rosenfelder, allerdings habe ich in dem Moment gar nicht an Sie gedacht. Ich kannte Sie noch gar nicht. Ich las den Namen und hatte einen ganz anderen Namen im

Kopf, der sich farblich und von den Formen ganz genauso dargestellt hat.«

»Cora, jetzt übertreiben Sie.« Rosenfelder rückte seine Brille zurecht.

»Nein, ganz und gar nicht. Ernesto Herold Dofero ist ein Anagramm von Theodor Rosenfelder.«

»Herrje.« Rosenfelder rieb sich den Kopf. »Und wegen roter Kreise haben Sie diesen Schluss gezogen?«

»Sieht so aus, Dr. Rosenfelder, es war zwar ein Zufall, dass ich dort vor der Gedenktafel stand und mir der Name auffiel. Als Name allein jedoch wäre er mir nicht aufgefallen. Aber ich sah plötzlich Ernesto Herold Dofero farblich vor meinen Augen. Sie haben sich das Pseudonym zugelegt, wie viele Menschen im Übrigen, die sich von ihrer Vergangenheit in Deutschland distanzieren wollten. Aber so ganz eben auch nicht, daher ein Anagramm. Mal ehrlich, irgendeinen Vorteil muss die Synästhesie doch haben. Und dann war ich doch neugierig und hab mir die Namen einmal genauer angesehen. Also habe ich bei der deutschen Kontaktstelle für Interpol eine Anfrage gestellt bezüglich eines Dr. Theodor Rosenfelder, und was soll ich sagen? Eine Verschlusssache.«

»Also schön, Cora, nehmen wir mal an, Sie haben da ein paar richtige Schlüsse gezogen. Was wollen Sie damit anfangen?«

Cora spürte nach der Welle der Erleichterung nun die des Triumphes. Sie war bunt und warm und roch nach Sommer. Sie legte das Plakat von der Giorgione-Ausstellung vor Rosenfelder auf den Schreibtisch, rollte es aus und deutete in die untere Ecke, in der sich eine schemenhafte Darstellung einer weiteren Frau befand. »Hier, der letzte Hinweis. Ich habe ihn gefunden. Und jetzt werden Sie mir helfen, diesen Tondello in eine Falle zu locken.«

»Nichts lieber als das. Und dann?«

Cora musste sich beherrschen, nicht laut zu jubeln. Sie bebte innerlich. »Ich nehme an, die nächste Plakatlieferung, die an mich adressiert ist, kommt von Ihnen?«

Er senkte den Blick. »Sie sind wirklich sehr klug, Frau Merlin.

Ich habe Sie also nicht unterschätzt. Möchten Sie noch mal Ricciarelli? Ein paar müssten übrig sein.« Er griff in die Schublade neben sich und holte die Packung heraus.

Cora lehnte dankend ab. »Dachte ich mir. Dann landet also ein echter Giorgione in meiner Wohnung.«

»Unter anderem.«

»Oh.« Fieberhaft überlegte Cora, dann erinnerte sie sich an eine kürzlich gesendete Radiomeldung. »Die Villa in Venetien, das war doch nicht etwa …«

Rosenfelder nickte. »Doch. Alle Objekte sind in Sicherheit, verteilt quer über den Erdball. Dieser Tondello ist auch mir ein Dorn im Auge, schon lang. Früher war er mein Geschäftspartner, aber er wurde immer verrückter. Ich weiß nicht, ob er mit den Morden zu tun hat. Ich beschäftige mich seit Jahren nur noch mit der Verteilung von Kunst. Der Giorgione sollte allerdings unser letzter großer Coup werden.« Er seufzte. »Sagen Sie mir einfach, was ich tun kann.«

»Die wichtigste Frage ist: Weiß Tondello, wer Sie sind?«

Rosenfelder holte tief Luft. »Nun, wie Sie sicher in Erfahrung gebracht haben, habe ich mich optisch sehr verändert, aber Tondello konnte ich nicht täuschen, dafür kennen wir uns zu lange und zu gut.«

»Das dachte ich mir.«

Rosenfelder lachte, fuhr sich durch den Bart und sagte: »Was Sie sich alles denken, Cora Merlin, ganz ehrlich, ich bin beeindruckt.«

»Das Wichtigste ist, dass Tondello Ihnen vertraut, weil er denkt, Sie in der Hand zu haben mit seinem Wissen, habe ich recht?«

»Wäre möglich.« Rosenfelder lehnte sich zurück, stützte seine Ellbogen auf die Armlehnen seines Schreibtischstuhls und faltete die Hände. »Wenn Tondello verhaftet wird und mich auffliegen lässt – können Sie mir denn freies Geleit bieten?«

Cora lehnte sich ebenfalls zurück. »Ihnen vielleicht nicht. Dürfte aber wohl auch nicht nötig sein. Die Verschlusssache schien mir doch sehr sicher.«

»Also? Was bieten Sie mir?«

»Ela, Ihre Tochter.«

***

Harrington runzelte die Stirn, doch Christian war sofort begeistert. Auch Emmenbach nickte fortlaufend und rieb sich die Hände.

»Das ist wirklich gut«, sagte er. »Das könnte funktionieren.«

Christian zeigte Cora den erhobenen Daumen, Harrington indessen blieb skeptisch.

»Ich weiß nicht, denken Sie wirklich, das klappt? Ich meine, Tondello ist doch nicht einfältig.«

»Das sicher nicht«, stimmte Cora zu und dachte an das Gespräch mit Rosenfelder alias Dofero. Weder Harrington noch Christian geschweige denn Emmenbach würden je davon erfahren, so war es vereinbart. Sie mochte den Mann, und er mochte sie, es hatte zu keinem Zeitpunkt eine Unsicherheit bezüglich ihres gegenseitigen Vertrauens in dieser Sache bestanden. Ja, dachte Cora gerade, sie hatte sich sehr verändert in den letzten beiden Wochen. Gut so.

»Frau Merlin?« Harringtons Stimme kam wie von einem entfernten Hügel herab zu ihr.

»Ja, ich weiß, es klingt simpel, allerdings ist unser Mann besessen, das haben Sie selbst gesagt, und gerade das ist seine Schwäche. Und mit unserem Kulturamtsleiter Theodor Rosenfelder haben wir einen ausgewiesenen Giorgione-Kenner und mit Professor Strassmann von der Universität Konstanz noch einen namhaften Fachmann für italienische Kunst, darauf kann Tondello nicht verzichten.«

»Ich nehme an, Rosenfelder und Strassmann wissen Bescheid?«, fragte Christian vorsichtig.

Cora nickte. »In groben Zügen, selbstverständlich. Ich habe mit beiden gesprochen.«

»Hm, ich weiß nicht«, erklärte Harrington und klickte mit seinem Kugelschreiber.

»Wir haben doch nichts zu verlieren«, warf Emmenbach ein. Er nickte Cora zu, und seine Lippen formten ein »Super«.

»Das ist korrekt«, bestätigte Harrington.

»Ich hab mit Strassmann eine Presseerklärung entworfen«, erklärte Cora und zeigte Harrington und Christian die Seiten mit dem Text: »Sensationsfund in Konstanz«, prangte dort prahlerisch als Titel. Darin sollte Professor Strassmann verkünden, dass er ein kleineres Gemälde von Giorgione entdeckt habe, das die Rätsel in »La tempesta« in ein ganz neues Licht rücke.

Harrington stutzte und fragte: »Ist nicht Rosenfelder der Experte?«

Cora grinste. »Eben, daher treffen sich die beiden auch kurzfristig im Stadtmuseum mit geladenen Gästen aus der Kunstwelt.« Cora holte zwei weitere Entwürfe für eine Presseerklärung. »Außerdem haben wir die Abteilung Digitale Forensik bei der Kripo München eingeschaltet, die würden Nachrichten lancieren, unsere Kollegen haben V-Männer auf entsprechenden Seiten, das bekommen sie unauffällig hin. Sie warten nur auf unser Startzeichen.«

»Hm«, machte Harrington. »Die müssen gut sein, wir haben das bislang nicht geschafft, Tondello klar zu identifizieren.«

»Darum geht es ja nicht. Tondello muss die Nachrichten lesen, das ist alles«, wandte Christian ein. »Oder, Cora?«

»Genau.«

»Schon übermorgen? Frau Merlin«, warf Harrington ein, »Ihre Idee in Ehren, aber meinen Sie nicht, Tondello wird hellhörig werden? Überhaupt, was macht Sie so sicher, dass er noch hier ist?«

Cora wusste, dass das ein Schwachpunkt in ihrem Plan war, denn aus Harringtons Sicht gab es keine plausible Erklärung, dass Tondello noch in der Stadt war. Ihr lief die Zeit davon, sie musste Harrington überzeugen. »Nein, ich denke nicht, das Tondello hellhörig wird. Jemand, der glaubt, einen Bildsinn durch das Nachstellen der Szene entschlüsseln zu können, der denkt in diesem Zusammenhang wohl kaum logisch. Außerdem glaube ich, dass seine Obsession ihn leichtsinnig werden lässt, zudem drängt die Zeit.« Cora stemmte die Hände in die Hüften. Im Stillen wusste sie, dass Tondello des Bildes wegen auf jeden Fall noch in der Stadt war, und da sie selbst den Hinweis hatte, wusste sie, dass er noch immer auf der Suche war. »Der macht alles, um das Rätsel zu entschlüsseln«, sagte sie daher mit fester Stimme. Und Rosenfelder ist mein Trumpf, fügte sie in Gedanken hinzu.

»Das ist nicht der springende Punkt. Psychopathen können geradezu pedantische Logiker sein«, entgegnete Harrington und spielte weiter beharrlich mit seinem Kugelschreiber. Cora war kurz davor, ihm den Stift aus der Hand zu reißen.

Als Christian seinen Kühlschrank öffnete, konnte Cora aus dem Augenwinkel sehen, dass er wieder gefüllt war. Schon hielt er ihr einen Becher hin und bot auch Harrington einen Soja-Cappuccino an. Der lehnte zwar ab, aber Emmenbach streckte die Hand aus. »Ich probier das jetzt mal«, sagte er.

Cora öffnete ihren und versuchte, Zeit zu gewinnen. In ihrem Kopf rauschten ein paar Zahlen vorbei, dann wurden sie zu Formen. Sie erinnerte sich an die Farbexplosion, die sie bei Rosenfelder gehabt hatte. Das war etwas Neues für sie: Dass ihre Synästhesie sich in ihre Gefühle mischte, das Gefühl des Triumphes war das bunteste Bild, das sie bislang gesehen hatte.

Sie nahm einen Schluck und beobachtete Harrington beim Denken. Sie wusste, dass der Interpol-Mann Zweifel hatte, auch oder vor allem ob ihrer eigenen Sicherheit. Gewiss vermutete er, dass sie Wissen zurückhielt. Sei's drum. Wie sollte sie erklären, dass sie gerade dabei war, die Interessen aller Beteiligten so miteinander zu verknüpfen, dass Tondello definitiv aus der Deckung kommen würde? Im Grunde hatte sie das Gefühl, dass sie Rosenfelder nicht groß hatte überzeugen müssen. Er schien froh, dass …

Cora fiel beinahe ihr Becher aus der Hand. Rosenfelder war nicht froh, dass sie ihn durchschaut hatte, nein, er war froh, dass sein Plan aufging. Natürlich. Sie spürte, dass ihr heiß wurde. Rosenfelder wusste natürlich längst, dass man dem Zirkel auf der Spur war, er selbst verfolgte ihn offiziell.

Er war der Kontaktmann für die Sonderkommission der

Interpol. *Meine Güte!* Die Villa in Venetien abgebrannt, die Kunstwerke alle in Sicherheit, alles ein von langer Hand vorbereiteter Coup! Cora schlug sich in Gedanken gegen die Stirn. Rosenfelder wollte den Giorgione offiziell aus der Schusslinie bekommen und im besten Fall seiner Tochter zuschustern und gleichzeitig Tondello loswerden, der alle in Gefahr brachte. Hatte er in Kauf genommen, dass Tondello auf dieser letzten Reise weiter morden würde? Wusste er davon? Cora schüttelte den Kopf, nein, das glaubte sie nicht. Das waren zweierlei Paar Schuhe – Tondello, der Kunstsammler, und Tondello, der Mörder. Ob Ela wohl Teil des Plans war? Hatte Rosenfelder sie beide instrumentalisiert? Für den guten Zweck?

»Frau Merlin, sind Sie noch bei uns?« Harrington wirkte ungeduldig, Christian indessen sah besorgt aus, als er ihr die Hand auf die Schulter legte.

»Cora, alles okay?«

»Alles bestens. Ich bin mir absolut sicher, dass dieser Plan funktioniert.« Cora lächelte innerlich. Es spielte keine Rolle, ob einige der Fäden an Rosenfelders geschickten Puppenspielerhänden hingen, am Ende könnte sie sich den Erfolg gemeinsam mit Christian auf die Fahnen schreiben.

»Na gut«, sagte Harrington und nickte. »Veranlassen Sie, was nötig ist.«

Christian ballte eine Faust. »Yes. Wir kriegen den Mistkerl.«

»Ich wäre mir nicht so sicher«, murmelte Harrington im Gehen.

Als der Engländer draußen war, klopfte Christian ihr auf die Schulter. »Gute Arbeit, Frau Merlin, wirklich gute Arbeit.«

»Dem kann ich mich nur anschließen«, sagte Emmenbach und kam langsam zu ihnen herüber. Es schien ihm schwerzufallen, die Fensterposition aufzugeben. Behutsam stellte er den Becher auf den Tisch. »Nicht übel, das Zeug. Und: Irgendetwas haben Sie im Ärmel, Cora, so gut kenne ich Sie inzwischen.« Er schaute zu Christian. »Sie passen mir gut auf Ihre Kollegin auf, ich will sie nicht verlieren.«

»Ich auch nicht«, bestätigte Christian.

»Ich bin noch anwesend«, sagte Cora und fuhr sich durch die Haare. »Haben die Schriftproben eigentlich was ergeben? Wäre gut, wenn wir so viel wie möglich in der Hand hätten, wenn wir unseren Serientäter geschnappt haben.«

Christian ließ seine Hände in einer vagen Geste durch die Luft tanzen. »Nichts Eindeutiges. Allerdings kommen neue Proben hinzu. Es gibt die Schrift am Spiegel bei uns, eine Aufschrift aus dem Bordell in London, dann die Anmeldung von Sandkirch im Inselhotel und weitere Schriftproben aus Venedig.«

»Aus Venedig sogar?« Cora stieß einen Pfiff aus.

»Tja, mein Charme eben.« Er zwinkerte. »Oder haben wir das Ihrer Intervention zu verdanken, Chef?«

»Gewiss nicht«, gab Emmenbach zu. »Aber gut, wenn da endlich was läuft.« Er atmete tief aus. »Packen wir's also an. Ä Guede.« Und raus war er, hinkend, und Cora musste schon wieder grinsen.

»Eine Bananenschale also«, sagte sie.

»Unfassbar, in der Tat. So, jetzt aber los. Fernsehen übernimmst du, die Zeitungen ich, okay?«

»Jawohl, geht klar. Und denk bitte an die Unterlagen zu Piet Huisman, ich brauch alles, was du finden kannst.«

***

Cora spazierte über den Innenhof der Universität Konstanz, vorbei an dem Wasserspiel und über die Stufen, auf denen dicht gedrängt die Studenten saßen. Das Gespräch mit Strassmann war bestens verlaufen. Das sei alles einfach unglaublich, unglaublich euphorisierend, wie er sagte, kurz nachdem das Fernsehen den Beitrag abgedreht hatte, in dem Strassmann von seinem besonderen Fund berichtete.

Die Ausstrahlung würde bereits am späten Nachmittag das erste Mal den Bodenseeraum erreichen. Sie hatten ein paar Verhaltensregeln abgestimmt, immerhin war es ein Großeinsatz der Polizei, der im Hintergrund stattfinden würde, und er, Strassmann, war gemeinsam mit Rosenfelder in gewisser Hinsicht der

Lockvogel. Gefahr, so versicherte Cora ihm, bestand keinesfalls. Er würde Rosenfelder im Konferenzraum des Landratsamtes Lindau treffen, das lag im ehemaligen Damenstift nahe beim Münster Unserer Lieben Frau, so war es in der Zeitung bekannt gegeben worden. Ein Fernsehteam sei zugegen, einige geladene Gäste und er im Mittelpunkt, wie er über ein imaginäres Giorgione-Bild referierte. Cora konnte förmlich sehen, dass er innerlich gegen das Zerspringen ankämpfen musste.

Sobald man den Verdächtigen sichte, sei seine Aufgabe beendet. Doch in der anderen Sache, um die Cora ihn bat, da zögerte er dann doch eine ganze Weile. Plötzlich war er wie ausgewechselt. Offensichtlich hatte es ihn schlicht einiges an Überwindung gekostet, mit einem »Ja« zu gestehen, dass er Coras Vermutungen für glaubwürdig hielt.

***

»Cora, na endlich. Ich warte schon.« Ela kam Cora entgegen. Sie küsste sie auf die Wange. »Was gibt es so Dringendes?«

»Komm!« Cora zog Ela zu einer Bank im Schatten. »Ist dir auch sicher niemand gefolgt?«

Ela schüttelte den Kopf. »Sicher nicht. Was ist los?«

Cora hatte Ela zum Alten Friedhof in Aeschach bestellt und dort zur Kapelle St. Ullrich. Von Christian wusste sie, dass Piet Huisman ihr gefolgt war. Das hatte sie nicht anders erwartet, daher hatte sie Christian auch mit der Beschattung beauftragt. Sie funktionierten immer besser als Team.

Es war ruhig auf dem Friedhof, ein paar Vögel, sonst nichts.

»Ich habe einen Plan. Wir werden Tondello aus seinem Versteck locken.«

»Wie wollt ihr das machen? Er ist abgetaucht. Ich kann ihn seit Tagen nicht erreichen.« Ela verschränkte die Arme, sie sah eingeschüchtert aus. »Du glaubst auch, dass er dieser Serienmörder ist? Ein Mann, der mich kennt, seit ich ein Kind bin?«

»Ja, Ela, alle Hinweise sprechen dafür. Du hast versucht, ihn zu erreichen? Wann zuletzt?« Cora hatte nicht einkalkuliert, dass die Teilnehmer des Zirkels in Kontakt standen. Bei Piet und Ela war das was anderes, Privates, aber Ela und Tondello?

»Ich weiß nicht genau.« Ela kramte nach ihrem Handy und tippte auf die Anrufliste. Sie hielt sie Cora hin.

»Das war gestern«, stellte Cora erschrocken fest und fasste Ela am Arm. »Du hast gestern versucht, ihn zu erreichen? Wir hätten seine Nummer orten können, verdammt.«

»Ich wusste nicht, dass er wirklich … Ich konnte es nicht glauben.« Ela ließ den Kopf hängen.

Cora atmete einmal tief durch. »Vergiss es, der hat mit Sicherheit verschiedene Prepaid-Karten, er ist ja nicht doof, aber mach das nicht mehr, okay? Und wir machen jetzt Folgendes: Es gibt Pressemitteilungen über einen Sensationsfund, eine neue Erkenntnis über Giorgiones ›La tempesta‹.«

Ela sah erstaunt aus. »Und dann?«

»Das Fernsehen berichtet, die Zeitungen schreiben davon, und es wird am Sonntag ein Treffen zweier Koryphäen hier in Lindau geben.«

Ela lächelte. »Zwei Koryphäen hier in Lindau?«

»Ja, Ela, einer davon wird dein Vater sein.«

Ela warf den Kopf in den Nacken. »Du weißt alles. Weshalb? Wie kann das sein?«

»Ist jetzt nicht wichtig. Wichtig ist, dass du mitspielst. Du musst uns zu Tondello führen, du erkennst ihn sicher auch in Verkleidung, oder?«

Cora dachte bei sich, dass sie ihn gewiss am Geruch erkennen würde. Ihr schauderte bei der Erinnerung, als sein Gesicht ganz nah an ihres herangekommen war. Die Kleidung, die er berührt hatte, hatte sie sofort entsorgt, alles hatte nach ihm gerochen. »Wirst du uns helfen?«

»Mein Vater weiß Bescheid?«

»Natürlich. Und«, Cora lächelte Ela offen an, »ich weiß, dass es seinen Plänen sehr entgegenkommt. Ihr wolltet alle aussteigen, nicht wahr? Er, du und Piet, meine ich.«

Ela hielt sich eine Hand vor die Augen, musste aber lachen. »Oh Cora.« Sie hielt ihr die Hand entgegen. »Einverstanden.

Versuchen wir es mit den Hinweisen auf einen Sensationsfund. Falls er mich anruft, weiß ich auf jeden Fall Bescheid.« Sie wurde schlagartig ernst. »Apropos Hinweis. Sollten nicht Plakate im Stadtmuseum sein?«

Cora sah Ela schelmisch an. »Ihr wart alle zu langsam.« Sie schnippte mit den Fingern. »War wohl zu leicht für euch.«

Ela hielt sich kurz die Hand vor die Augen. »Wir haben das Einfachste nicht gesehen. Du hast sie?«

»Die Steuerfahndung.«

»Was?«

»Vergiss es. Wir können also davon ausgehen, dass Tondello kommt?«

Ela nickte. »Ganz sicher.«

Als Cora ihr die Adresse sagte, lächelte Ela: »Das ist im ehemaligen Damenstift, nicht wahr? Da gibt es ein Deckenfresko mit den Göttlichen Tugenden, das passt ja.«

Cora erklärte den Ablauf. Ela wäre verkabelt und sollte, sobald sie Tondello erkannte, ihn in ein Gespräch verwickeln. Eine Spezialeinheit sei zugegen und könne jederzeit eingreifen.

»Aber jetzt brauche ich unbedingt einen Kontakt zu Piet Huisman.«

»Weshalb?«, fragte Ela.

»Mal rein hypothetisch, ich wüsste, wo sich dein Giorgione –« Cora kam nicht weiter. Ela war außer sich, sie umarmte Cora überschwänglich.

»Aber«, Cora brachte Ela auf Abstand und wartete einen Moment, bis sie ihre Aufmerksamkeit hatte, »wir brauchen Piet mit an Bord. Denn das Allerwichtigste ist, dass Tondello verhaftet werden kann. Da stimmst du mir doch zu, oder?« Sie wartete, bis Ela nickte. »Gut. Und was muss passieren, damit Piet sein Material der Polizei übergibt?«

Ela schien noch immer nicht zu verstehen, worauf Cora hinauswollte. »Na, ganz einfach«, sagte Cora. »Das Spiel muss beendet sein, oder hab ich da was falsch verstanden?«

Ela verschränkte die Arme vor der Brust. »Du willst, dass ich ihm den Giorgione überlasse?«

»Himmel, Ela, ich will Tondello verhaften, und du willst das Bild, also machen wir jetzt Folgendes.«

Cora erklärte, und Ela hörte zu.

Zufrieden machte sich Cora auf den Weg nach Hause. Am Abend erwartete sie Sara und David. Beiden hatte sie ein Essen als kleines Dankeschön versprochen, ihrem Bruder, weil er im Stadtmuseum seine Rolle als Mann von der Steuerfahndung gespielt hatte, Sara für ihre Begleitung in Venedig und die Recherchen zu den Bildern von Manet und Giorgione.

Der Fernsehbeitrag über Strassmann und seinen Sensationsfund war bereits mehrfach im Fernsehen gelaufen und auch in den Radionachrichten. Die Süddeutsche Zeitung hatte die Meldung bereits online, morgen würden alle wichtigen Zeitungen der Umgebung auch in den Nachbarländern Schweiz und Österreich berichten. Cora wusste, dass sie das hinterher offiziell aufklären mussten, immerhin wäre die Geschichte dann Teil einer groß angelegten Suche nach einem Serienmörder. Die Bordelle in der Umgebung wurden bewacht, die Betreiber zu besonderer Vorsicht angehalten. Sara musste so lange wie möglich bei Cora bleiben, aber das sollte kein Problem sein, Cora baute hier auf die unwissentliche Mithilfe ihres Bruders. Außerdem hatte Cora eine relativ späte Zeit gewählt mit der Ausrede, dass es dann nicht mehr so heiß sein würde.

Auf der Altane traf sie ihren Bruder an. Er schlummerte auf der Liege im Schatten und hatte Kopfhörer auf. Gizmo lag schnurrend auf seiner Brust. Sie überlegte einen Moment, ob es eine Möglichkeit gab, sich bemerkbar zu machen, ohne David zu erschrecken. Da entdeckte Gizmo sie, sprang von der Liege – und David war wach.

»David, würdest du mir mit dem Abendessen helfen? Sara kommt übrigens auch. Ich muss ihr ja auch danken für ihre Hilfe in Venedig.«

Verspielt rieb er sich die Hände. »Welch Freude.« Er lachte. »Kommt die Blondine auch?«

»Nein, Brüderchen, selbstlos wie ich bin, ist das Essen nur

für euch«, log Cora und boxte ihrem Bruder in den Oberarm. Gemeinsam machten sie sich an die Vorbereitungen. Jetzt musste sie nur dafür sorgen, dass Sara und David sich amüsierten, selbst einigermaßen nüchtern bleiben und auf den Anruf von Ela warten. Ganz entspannt, alles lief nach Plan.

Samstag

Der neue Tag hatte eben begonnen. Eine Kirchturmuhr hatte tief und blechern zwölfmal geschlagen. Piet überlegte, wann er das letzte Mal mehrere Stunden am Stück geschlafen hatte. Aber egal. Bald war es ausgestanden. Noch immer konnte er es kaum fassen. Sie alle waren so blind gewesen. Da hatte der letzte Hinweis im Stadtmuseum gehangen, dann war er plötzlich fort gewesen, ein dummer Zufall, doch Ela hatte irgendwie herausgefunden, wo er war – in der Wohnung einer Sara Berg, die offensichtlich eines der Plakate, nein, *das* entscheidende Plakat erworben hatte. Nun müsste er Ela nur verfolgen. Dass sie außerdem die Kommissarin treffen wollte und ihm versprochen hatte, sie nach Tondello auszuhorchen, um ihm dann deren Ermittlungsergebnisse zu verraten, war wie ein Sechser im Lotto. Jetzt könnte es doch noch klappen, dass er seinen Kopf aus der Schlinge zog – das Original schnell nach Venedig in die Gallerie dell'Accademia bringen und dann Tondello ausliefern! Endlich! Endlich Ruhe! Was für ein Wahnsinnsangebot von Ela. Er würde alles wiedergutmachen, wenn das hier überstanden war.

Er stand im Schutz von Bäumen und beobachtete, wie Ela in dem Haus unterhalb der Villa Alwind verschwand. Das Grundstück grenzte an ein Waldgebiet, und Ela hatte ihr Auto etwas entfernt geparkt, musste also ein Stück durch den Wald. Das war geradezu ideal, hier könnte er Ela ohne Schwierigkeiten abfangen. Hoffentlich vertraute sie ihm.

Er konnte sehen, wie Ela das Haus verließ, im nächsten Moment heftete er sich an ihre Fersen. Als er sich im Schutz der Bäume wähnte, überholte er sie und verstellte ihr den Weg. Ela sah ihn erschrocken an.

»Piet, du bist mir gefolgt?«

»Hast du es?«

»Ich hab den letzten Hinweis, ja. Mit einem schönen Detailbild von der zweiten Frau. Wie sie vielleicht … Was willst du?«

»Wie sie vielleicht in einer früheren Version …« Piet schloss die Augen. Es kannte das Gemälde in- und auswendig. Bei seiner Fälschung hatte auch er unterschiedliche Schichten … Schluss jetzt, mahnte er sich. Er fürchtete, dass Tondello ihm bereits auf den Fersen war. »Gib es mir«, forderte er, doch Ela machte einen Schritt auf die Seite.

»Niemals«, sagte sie. Ihre Stimme überschlug sich fast, und ihm wurde heiß.

»Ela, bitte. Ich bin in einer Zwickmühle, versteh doch«, begann Piet und trat unruhig von einem Fuß auf den anderen. »Es tut mir leid, Ela, ich …«, er sah sich verstohlen um, »ich hätte wirklich gewünscht, es wäre anders gekommen. Bitte gib mir jetzt die Rolle.«

»Du musst verrückt sein, wenn du glaubst, dass ich …« Ela wich keinen Zentimeter zurück, sondern starrte ihn nur fassungslos an.

Piet ballte eine Faust. »Ich flehe dich an!«

»Und wenn nicht? Willst du mich niederschlagen?«

»Jetzt mach schon. Gib die Rolle her!«

Ela drehte sich mit der Rolle am Körper zur Seite. »Warum brauchst du das Bild so dringend? Ich habe das Spiel gewonnen, also lass mich vorbei!«

Piet ließ den Kopf sinken und stemmte die Hände in die Hüften. Er war verloren, er schaffte es nicht, Ela die Rolle einfach aus der Hand zu reißen, das würde sie ihm nie verzeihen. »Verdammt. Sie haben mich erwischt«, flüsterte er.

»Wobei?« Er konnte sehen, dass Ela sich entspannte. Sie vertraute ihm eben doch, immer noch. Er schluckte sein schlechtes Gewissen hinunter.

»Sie sind mir auf die Schliche gekommen.« Er sah ihr in die Augen. »Der Munch, du erinnerst dich?« Er verhaspelte sich beinahe, so schnell wollte er das Geständnis hinter sich bringen.

»Der Munch?«, fragte sie.

Er biss sich auf die Lippen. »Verdammt, so wie du diesen Giorgione willst, so sehr habe ich mir immer Munchs ›Schrei‹ gewünscht.«

»Moment«, platzte sie heraus. »Du hast mit Tondello zusammengearbeitet?«

Wieder ein stummes Nicken.

»Ach du meine Güte.« Ela tippte sich gegen die Stirn. »Obwohl du ihn im Verdacht hattest, etwas mit den Morden zu tun zu haben?«

»Nein, der Verdacht ist erst in dieser Zeit entstanden. Dann kam ein Kommissar aus London auf mich zu, und die Geschichte mit Interpol fing an. Ela, bitte, ich weiß, es war ein schrecklicher Fehler, aber wenn du mir jetzt den Giorgione gibst, dann kannst du einfach gehen, Tondello kommt hinter Gitter, und wir können noch einmal ganz von vorne anfangen.«

»Nur eben ohne den Giorgione, nicht wahr? Aber Moment mal, was hat das eine mit dem anderen zu tun?« Ela sah sich um. Er konnte sehen, dass sie unruhig wurde. Er bekam Angst. Wenn Tondello sie hier zusammen und mit dem letzten Hinweis finden würde, dann waren sie beide so gut wie tot. »Da stimmt doch was nicht!«, rief Ela gerade.

»Oh Gott, Ela!« Piet ballte die Faust. »In der Accademia in Venedig wechselt der Direktor.«

»Was?« Ela lachte schrill auf.

»Das ist nicht zum Lachen, unser ganzes Netz fliegt uns um die Ohren.«

»Nicht uns, nur dir. Das ist also das eigentliche Problem? Dein ganzes Gerede von wegen Interpol und Aufdeckung des Zirkels … Alles nur eine faule Ausrede, um deinen Arsch zu retten? Hält deine Fälschung dem neuen Direktor nicht stand?«

Piet tippte sich mit dem Finger gegen die Stirn.

»Ela, bitte, glaub mir, das ist es nicht allein! Leute aus Venedig und Tondello … Er will das Gemälde, und er wird uns töten, wenn er uns findet.«

»Was?«

Motorengeräusche waren zu hören. Hektisch sah Piet sich um.

»Hier, nimm das verdammte Ding.« Ela warf ihm die Rolle entgegen.

Piet schob sie rasch unter seine Jacke. »Danke, Ela, jetzt verschwinde schnell.« Er drehte sich um und rannte davon.

***

Ein Auto kam aus der Dunkelheit näher. »Ela, hier bin ich. Steig ein«, rief Cora. Sie war froh, Ela wohlbehalten zu sehen. Sie hatte aus der Wohnung von Sara angerufen, für die sie von Cora den Schlüssel bekommen hatte. Jetzt war ein schwieriger Teil des Plans schon einmal geglückt.

Erleichtert ließ sich Ela neben ihr in den Sitz fallen.

»Alles klar?«, fragte Cora. »Was hat Piet gesagt?«

»Du hattest natürlich recht mit Piet, er hat mich angelogen. Er steckt mehr als in der Klemme«, sagte Ela wütend. »Ich habe Motorengeräusche gehört. Waren das deine Leute?«

»Ja. Er wird gerade verhaftet. Das geschieht auch zu seinem Schutz.«

»Ich weiß nicht, was du im Schilde führst, Cora, aber ich hoffe, du weißt, was du tust.«

***

Cora wusste, was sie tat, trotzdem konnte sie nur hoffen, dass die Geschichte so ausging wie geplant. Inzwischen neigte sich auch dieser Samstag dem Ende zu. Cora stand in ihrem Büro und sah in die Nacht hinaus. Warme Luft drang durch das gekippte Fenster. Waren für heute nicht Gewitter angekündigt? Cora wusste es nicht mehr. Sie hatte tagsüber ein paar Stunden geschlafen, dann abwechselnd mit Christian und Emmenbach den Einsatz für Sonntag durchgesprochen und ihr Material gegen Tondello organisiert. Es gab eine weitere Konferenz mit Venedig und intensiven Austausch mit Interpol und Harrington. Jetzt fehlte nur noch eins.

In einem Nebenzimmer saß Piet Huisman – verhaftet, weil er ein Gemälde aus der Wohnung einer Sara Berg geklaut hatte. Offiziell. Cora betrachtete das Gemälde von Giorgione, das über ihrem Sofa hing, dachte über Zufälle nach und über Besessenheit und darüber, dass Piet Ela doch eigentlich liebte und Ela ihn.

Cora legte den Kopf schief und versuchte der sitzenden Frau in Giorgiones Bild in die Augen zu schauen. Es misslang. Immer wieder schien sie dem Blick auszuweichen. Cora musste endlich die letzten Schritte einleiten, um das letzte große Problem zu lösen – das Problem mit dem echten Giorgione, der bei ihr seit Freitagvormittag das Schlafzimmer blockierte. Gizmo saß sicher wieder auf der Kiste und bewachte sie.

Cora war zwar vorbereitet gewesen nach dem Gespräch mit Rosenfelder, dennoch war es ein merkwürdiges Gefühl. Sie hatte sich jetzt so intensiv mit dem Gemälde beschäftigt, dass es unheimlich war, es zu »besitzen«. Ihr war noch nicht ganz klar, weshalb er das Gemälde an sie geschickt hatte. Andererseits: Bei ihr würde niemand suchen, so viel stand fest. Christian hatte sie versichern können, dass noch weitere Plakate gekommen seien, ein übler Scherz vom Täter vielleicht …

Zunächst hatte sie ja gedacht, Rosenfelder sei schlicht ein Mitglied des Zirkels, dann den Verdacht gehegt, er sei vielleicht der Hase, der die Gruppe nach Lindau geführt hatte. Doch Rosenfelder hielt alle Fäden in der Hand. Er hatte sich in Lindau eine recht praktische Identität eingerichtet, die zudem auf biographischen Wurzeln basierte. Und er hatte sich anwerben lassen für die Sonderkommission von Interpol, die ihm ihrerseits halfen, sein Pseudonym loszuwerden. Dass er wirklich die Beendigung des Zirkels herbeiführen wollte, glaubte Cora indessen nicht mehr. Vielmehr würden sicher lediglich die Strukturen erneuert werden.

Um sicherzugehen, hatte Cora die Reisen von Theodor Rosenfelder in den letzten Monaten geprüft und festgestellt, dass er in Castelfranco Veneto, in London und auch in Venedig gewesen war. Der letzte blinde Fleck in ihrem Plan war vermutlich die Frage, wer wirklich alles Bescheid wusste, dass Rosenfelder und Dofero ein und dieselbe Person waren. Wieder zogen die Buchstaben als rote Kreise vor ihr vorbei. Wobei das eigentlich keine

Rolle spielte. Die Verschlusssache Dofero/Rosenfelder wirkte so sicher wie eine Kronzeugenregelung. Wer weiß, vielleicht hatte Rosenfelder im Gegenzug das eine oder andere Gemälde preisgegeben. Oder sein Wissen war schlicht derart umfänglich, dass keiner es wagen würde, ihn auffliegen zu lassen.

Schritt für Schritt, ermahnte sich Cora, ging über den nächtlichen Flur und betrat ein anderes Zimmer. Sie setzte sich an den Tisch. Ihr gegenüber wippte Piet Huisman nervös mit dem Bein.

»Sie haben nichts in der Hand«, sagte er.

»Wie gut sind Sie wirklich, Herr Huisman?« Cora stützte ihr Kinn auf die gefalteten Hände.

»Was meinen Sie?« Huisman sah sich unsicher um.

Sie waren nicht in einem Vernehmungsraum, sondern in einem normalen Zimmer. Das war für Coras Plan von großer Bedeutung, aber das konnte Huisman ja nicht wissen. »Was wollen Sie?«, fragte er. »Wer hört hier mit?«

Cora schüttelte den Kopf. »Wir sind allein.«

»Ich hatte ein Plakat von einem Giorgione-Bild dabei, nichts weiter. Was soll das jetzt noch?«

Cora lächelte freundlich. »Herr Huisman, Sie und ich wissen, dass das Plakat der letzte Hinweis, nein, anders, Sie hatten gehofft, dass es der letzte Hinweis auf den echten Giorgione sein würde.«

»Na und? Können Sie wohl kaum beweisen, was ich gedacht haben soll. Und überhaupt, weshalb bin ich hier?«

»Ich habe eine blitzsaubere Indizienkette, die Sie begleitet. Überdies haben wir Sie beim Einbruch in die Wohnung von Sara Berg erwischt, die Beute noch bei sich.«

»Bitte was? Ich bin nirgends …« Piet schlug mit der flachen Hand auf den Tisch, dann lachte er. »Ach, so ist das. Ich nehme an, Sie halten Ela da komplett heraus?«

»Ich weiß nicht, was Sie meinen. Sie aber stecken ganz schön in der Klemme, nicht wahr? Hier bei uns, dann in Venedig … Wo noch überall?«

Piet spähte in alle Ecken des Raumes.

»Keine Kameras«, sagte Cora. »Nur Sie und ich. Also? Wer macht Ihnen das Leben gerade so schwer, dass Sie sogar Ihre Freundin überfallen?«

»Ich würde ihr nichts tun, das weiß sie.«

»Sie lieben Ela doch, habe ich recht?«

»Hören Sie«, Piet fuhr sich mit der Hand durch die Haare neben dem Verband, »ich weiß wirklich nicht, was das soll. Was zum Teufel wollen Sie jetzt noch von mir?«

»Alle Beweise, die Sie gegen Tondello gesammelt haben.«

»Ha!« Piet lachte laut auf. »Sind Sie verrückt? Die sind meine Lebensversicherung.«

»Schauen Sie, Herr Huisman, ich weiß, dass Sie Mitglied in einem Zirkel sind, der geraubte Kunst neu verteilt, um es mal salopp zu formulieren.«

Er verzog sein Gesicht. »Was bekomme ich im Gegenzug?«

Cora lehnte sich zurück und grinste breit. »Eine Chance.«

»Bitte?« Er machte eine verständnislose Geste.

»Ganz einfach«, sagte sie. »Sie bekommen die Chance, Ela zu retten.«

Piet Huisman machte große Augen. »Wieso retten?«

»Wollen Sie sie retten?« Cora bemühte sich, ganz ruhig zu klingen, obwohl sie aufgeregt war wie selten zuvor in ihrem Leben.

Die Wunde am Kopf von Piet Huisman blutete wieder. Cora konnte den roten Punkt sehen, der sich langsam vergrößerte.

»Das ist wirklich ein Gespräch nur zwischen Ihnen und mir«, sagte er. Es war eine Feststellung.

Cora nickte.

»Weil Sie Ela auch mögen?«

»Ich möchte nicht, dass ihr etwas passiert, das stimmt, ja«, sagte Cora. »Aber Sie, Sie lieben Ela.«

»Schon immer«, flüsterte er.

»Gut. Dann besorgen Sie mir die beste Fälschung von ›La tempesta‹, die Sie kriegen können.«

Piet öffnete den Mund.

»Ich weiß, dass Sie das können.« Cora beugte sich vor. »Ich

weiß das so genau, weil *Ihr* Giorgione aktuell in der Gallerie dell'Accademia hängt.«

Fassungslos ließ sich Piet in seinen Stuhl zurückfallen. Erneut sah er sich um. »Ela hat es Ihnen erzählt.«

Cora schüttelte den Kopf und beugte sich ihm über den Tisch entgegen. »Das war gar nicht notwendig. Schauen Sie, Piet, es genügte ein Anruf, um herauszufinden, dass Sie nicht für Interpol arbeiten, wie Sie es Ela gegenüber behauptet haben. Auch ist es ja offensichtlich mitnichten so, dass irgendeine Polizei dem Zirkel so dicht auf den Fersen ist, dass eine Entlarvung droht, da hat Elas Vater beste Vorarbeit geleistet. Schließlich ist es hier auch das erste Mal, dass sich die Ermittlungswege bezüglich der Mordserie und der Kunstraube kreuzen.«

»Und weiter?«, fragte Piet matt.

»Es musste also einen anderen Grund geben, dass Sie derart unter Druck waren und zweimal Opfer eines Überfalls wurden.« Cora war sehr zufrieden mit sich.

»Und der wäre?«

»Es blieb nur die Gallerie dell'Accademia.«

Piet ließ den Kopf hängen.

»Ich hab dort angerufen. Da steht ein Personalwechsel an. Demnächst bekommt die Gallerie einen neuen Direktor, nicht wahr? Ich nehme an, das macht Ihnen gehörig Probleme. Ein dummer Zufall, nicht wahr?«

Piet lachte schrill auf. »Ein unfassbar dummer Zufall. Das Gemälde wäre auf lange Zeit nicht verliehen worden. Alles war in trockenen Tüchern. Eine rein politische Entscheidung, die in einer Sekunde drei Jahre Arbeit zunichtemacht.«

»Was ich allerdings nicht verstehe, Herr Huisman, genau das wäre doch ohnehin irgendwann geschehen, und dann wären Sie ebenfalls aufgeflogen, oder täusche ich mich?«

Piet tippte sich mit dem Finger an die Stirn. »Doch, natürlich besteht diese Gefahr theoretisch. Aber mein Bild ist außerordentlich gut!« Cora sah den Stolz in seinem Blick. Sie hegte keinerlei Zweifel an seiner Aussage. »Außerdem«, fuhr er fort, »so ein geteiltes Wissen bringt ja auch Geld. Allerdings muss das vorbereitet werden. Man braucht Verhandlungsgeschick und –«

»Der neue hätte da nicht mitgespielt?«, fragte Cora.

»Doch, hätte er vielleicht.« Piet raufte sich buchstäblich die Haare.

Cora stand wirklich auf dem Schlauch. »Was ist denn dann das Problem?«

»Der Neue hat angekündigt, die Versicherungen zu aktualisieren. Dafür muss ...«

»... ein Sachverständiger das Bild prüfen!«, vollendete Cora den Satz. »Das ist es also.«

»Nur ein blöder Zufall«, murmelte Piet. Der Direktor hat entdeckt, dass das Original nicht in seinem Versteck war.«

Cora nickte und dachte wieder an Carlotti. »Wir haben also noch ein paar Tage, bis das Original wieder an Ort und Stelle sein müsste, nicht wahr?«, erkundigte sich Cora.

»Gewissermaßen«, erklärte Piet zornig. »Die lassen mich sonst auffliegen wegen der Fälschung. Und dann auch wegen des Raubs und damit den ganzen Zirkel.«

»Wer genau sind ›die‹?«, fragte Cora, allerdings nur, um ganz sicherzugehen.

»Na, der alte Direktor und Carlotti, sein Cousin.«

»Sein Cousin?« Das war Cora neu. Sie lachte. »Welch ein Klischee. »Gut, Herr Huisman, Sie geben mir alles gegen Tondello. Und ich schicke gleich einen Arzt zu Ihnen, das da«, sie deutete mit dem Finger auf seine Wunde am Kopf, »das sieht überhaupt nicht gut aus. In Ordnung?«

»Sie werden ihn nicht kriegen.« Piet stützte die Ellbogen auf und ließ den Kopf in seine Hände sinken.

»Oh doch«, sagte Cora und berührte Piet am Arm. »Glauben Sie mir, das werden wir.« Sie wartete, bis er sie wieder ansah. »Ich wette mit Ihnen, dass wir ihn in«, Cora sah auf die Uhr, »knapp elf Stunden verhaften.« Sie hielt ihm die Hand entgegen. »Deal?«

»Ich soll also meine eigene Fälschung aus der Accademia in Venedig stehlen? Offiziell?«

»Ich bitte darum. Es ist Ihre einzige Chance. Nur so können der Direktor und auch Carlotti den Schein wahren.«

Eine Stunde später sank Cora endlich in ihr Bett. Mit dem Schnurren von Gizmo an ihrem Ohr und einem letzten Blick auf die Klimakiste mit dem Giorgione schlief sie ein. In weiter Ferne begann der Tag mit einem Donnergrollen.

Sonntag

Harrington schob seine Brille zurecht und zog an dem Krawattenknopf. Die Toilettenräume im Landratsamt Lindau waren eng und behagten dem großen Mann aus England überhaupt nicht. Er war nass geworden, denn zum ersten Mal seit Wochen hatte der Wetterbericht recht behalten: Es regnete seit den frühen Morgenstunden, der See sah grau und stürmisch aus, der Himmel hing wie kurz vor dem Explodieren schwer herab. Als drückte etwas von außen auf die Atmosphäre. Harrington hasste diese Stimmung. Er wusch sich die Hände, nahm dann seine Aktentasche samt einem Bildband über Giorgione und verließ eilends den Raum.

Vor dem Konferenzsaal stand doch eine relativ große Anzahl an Leuten, Journalisten mit Mikros drängten sich neben Menschen mit Kameras. Harrington erkannte Cora Merlin, die ihre dunklen langen Haare unter einer blonden Kurzhaarperücke verborgen hatte, und wunderte sich über diese Maskerade. Ohnehin hatte er den Eindruck, dass diese Kommissarin mehr wusste, als sie ihn hatte wissen lassen, und vor allem, dass sie an mehreren Fronten im Einsatz war. Er spürte so etwas und konnte sich generell auch auf sein Gespür verlassen.

Die Festnahme von Tondello war im Augenblick jedoch wichtiger. Diese Cora Merlin würde sich zweifelsohne den Erfolg auf ihre Fahnen schreiben können, wenngleich er bei der Verhaftung zugegen war. Vorausgesetzt allerdings, dass Tondello überhaupt hier auftauchte.

Die Italiener wenigstens hatte er ausgestochen. Vor allem die Venezianer hatten ihn wirklich Nerven gekostet, sehr eigenes Völkchen. *Und immer kommen sie mir mit ihrem Espresso.* Nie bekam er einen Tee. Harrington nahm Blickkontakt mit Christian Fischl und einigen Beamten auf, die sich bereithielten. In einiger Entfernung von Cora Merlin stand eine schöne Frau mit schwarzem Pagenschnitt, die sich nervös umsah. Elena Fouré. Wenn jetzt noch Piet Huisman auftauchte, dann waren sie komplett, die üblichen Verdächtigen, wenn es um Kunst ging. Na ja, musste er zugeben, das war jetzt nicht verwunderlich. Er erinnerte sich an die Anfrage aus Lindau, die ihn überhaupt erst auf diese Spur gebracht hatte.

Cora Merlin hatte ihm vor knapp einer Stunde Elena Fouré vorgestellt, sie würde Tondello erkennen, ganz gleich wie gut seine Maskerade auch sein würde. Er kannte Elena Fouré auch schon lange. Ela, wie man sie eigentlich nannte. Er kannte auch sämtliche Absprachen, die wegen ihr getroffen worden waren. Harrington schluckte seinen Ärger hinunter, seinen Ehrgeiz hatte er längst über Bord geworfen, es gab nun einmal Verbrecher, die schlauer waren als die Polizei, obwohl, nein, das war es gar nicht. Im Grunde hatten die Verbrecher einfach die reizvolleren Angebote. Auch ihn erwartete schließlich eine schöne Belohnung.

Er wartete gespannt. Im Grunde hätte das Duo Merlin und Fischl auch skeptischer sein müssen, immerhin hätte es viel für ihn zu hinterfragen gegeben.

Es sei denn …

Innerlich schlug er sich mit der Hand gegen die Stirn: *Ha! Diese Merlin!* Jetzt begriff er, sie war nicht skeptisch, weil sie längst wusste, worum es ging. Sie musste seinen Kontaktmann Rosenfelder entlarvt haben, natürlich, nur so ergab das Ganze Sinn. Diese Merlin, also ehrlich. Gut, dass er geschwiegen hatte. Jetzt hoffte er eben auf den Erfolg bei Tondello, von dem er ein Stück mit nach London nehmen konnte. Und dann bekäme auch er ein Gemälde aus der berüchtigten ehemaligen Dofero-Villa, denn wenn Tondello endlich aus dem Weg geräumt war, dann musste auch jede Menge Kunst wieder einen neuen Besitzer finden – inoffiziell natürlich –, und schon wuchs das Netz von Rosenfelder weiter und weiter.

Langsam leerte sich der Platz vor dem Saal, alle drängten durch den schmalen Eingang. Am Tisch saß ein Moderator, links Theodor Rosenfelder, der völlig entspannt wirkte, rechts Professor Remo Strassmann, der verkrampft lächelte und immer wieder seine Brille verschob. Harrington blieb hinter den Stuhlreihen stehen. Noch waren alle in Bewegung, standen an den aufgestellten Stehtischen. Ela Fouré hatte einen Blickwechsel mit Rosenfelder und stellte sich dann an einen Stehtisch zu einem Mann. Sie begannen eine Unterhaltung.

Harrington kniff die Augen zusammen. Was das etwa Tondello? Nein, er erkannte ihn nicht. Aschblondes Haar, eine elegante Brille, ein Schnauzer. Er sah kurz zu Cora Merlin, die kaum merklich die Schultern hob. Harrington wusste, dass Ela verkabelt war und dieses Gespräch von großer Bedeutung für sie sein konnte, also zwang er sich zur Ruhe. Minuten vergingen. Strassmann testete gerade das Mikrofon, die Kameraleute bezogen Position, eine Lampe wurde anders aufgestellt. Der Mann, mit dem Ela Fouré sprach, sah sich plötzlich um. Harrington wusste, was das bedeutete. All seine Muskeln spannten sich an, gleichzeitig suchte seine Hand nach der Waffe in der Innenseite seiner Jacke.

***

Cora war am frühen Morgen von einem lauten Knall aus ihrem kurzen Schlaf geweckt worden. Sie war hochgeschreckt, hatte gesehen, dass es draußen schon hell wurde, und bereits den nächsten Knall gehört, gefolgt von einem Blitz. Das Gewitter. Endlich hatte es seinen Weg nach Lindau gefunden, nachdem es seit knapp zwei Wochen angekündigt war.

Im Nebenzimmer knallte eine Tür zu, und schon spürte Cora den Windzug im Zimmer. Sie sprang auf, schloss das Fenster und stellte sich dafür an die noch geöffnete Tür zu ihrem Balkon. Die Luft roch herrlich nach dem abgekühlten See. Dann setzte der Regen ein, und weitere Blitze zuckten über den Altanen Lindaus. Auf den Nachbarhäusern eilten Menschen mit Regenhauben hin und her und brachten Blumen und Möbel in Sicherheit, eine Katze beschwerte sich lautstark. Gewiss war der See dunkelgrau und die andere Uferseite in einem Schleier aus Regen und Dunst verschwunden. Tief atmete Cora ein und aus. Ausgerechnet heute entlud sich das Wetter über ihnen, ausgerechnet.

Den Verdacht, dies könnte ein schlechtes Omen sein, verdrängte Cora. Ein Gewitter bedeutet Reinigung, es war ein gutes

Zeichen, sagte sie sich. Niemand sollte mehr das erleben, was auch ihr widerfahren war. Sie dachte an Bea, die nicht gerettet wurde. Sie wusste, was sie durchgemacht hatte. Es war ein grausames Bild, das sie fortan in ihrem Gedächtnis tragen würde …

Cora streichelte Gizmo, der auf die Fensterbank neben ihr gesprungen war, um nach draußen zu sehen. Auf dem Fußboden an der Balkontür hatte er Regenspritzer abbekommen und war umgehend geflüchtet. Sie kochte sich Kaffee und dachte an Strassmann, der gewiss seine Rede proben würde, an Rosenfelder, der triumphieren würde, weil sein Plan so gut aufging, dann dachte sie an Ela, die Angst hatte, das Gemälde zu verlieren, und schließlich an Piet, der noch immer in der Klemme steckte.

Eine Stunde später saß sie mit Christian im Konferenzraum, um sie herum waren Vertreter aller Gruppen versammelt, die am heutigen Einsatz beteiligt sein würden. Minutiös gingen sie die Aktion durch, erwogen alle Eventualitäten, die Wasserpolizei stand ebenfalls bereit und sicherte die nächstgelegenen Anlegestellen, eine Sondereinheit des SEK war im Zuhörerraum sowie rund um das Landratsamt verteilt, etliche Beamte in Zivil würden sich unter das Publikum mischen. Es bestand ein sehr hohes Risiko, das war allen Beteiligten bewusst, da so viele Zivilisten zugegen waren. Cora wurde klar, welch hohe Verantwortung sie trug. Ihr gegenüber saß Harrington. Er wirkte hoch konzentriert. Sein Krawattenknoten sah aus, als wäre er zu eng. Cora hatte beim Anblick sofort einen Kloß im Hals.

Christian machte einen aufgedrehten Eindruck, der Schlafmangel hatte deutliche Spuren hinterlassen, und er hielt sich an einem Becher Soja-Cappuccino fest. Als er ihren Blick spürte, lachte er verlegen. »Das Gewitter hätt's nicht gebraucht, oder?«

Einige stimmten ihm stöhnend zu.

Coras Stirn legte sich in Falten. »Wir werden ihm schon nicht durch die Stadt nachjagen müssen.« Noch während sie dies sagte, schlug ein weiterer Donner grollend in den Tag. Alles wird gut, sagte sie sich. Alles wird gut.

Der Raum war erfüllt vom Klicken der Kameras und dem Trommeln des Regens an die Fenster. Eine Fernsehkamera surrte. Cora stand mit ihrer blonden Perücke und einem Tablett mit Wassergläsern am Rand und beobachtete das Publikum. Professor Strassmann begann gerade seine Entdeckung vorzustellen, als Cora sah, wie Ela sich aus der Menge löste und auf einen der Stehtische zulief. Cora hielt die Luft an und kniff die Augen zusammen. Sie tauschte einen kurzen Blick mit Harrington, der unsicher war. Ich müsste näher ran, dachte sie. Den Blick einfangen oder den Geruch. Sie spürte wieder eine Enge in ihrer Brust. Für einen Augenblick pochte es in ihrer Armbeuge, als fließe noch das Blut aus ihr heraus. Vor drei Tagen, dachte sie, vor drei Tagen wäre ich beinahe gestorben.

Ela stellte sich zu dem Mann an den Tisch und begann ein Gespräch. Sie sah flüchtig zu einem Kollegen, der sich mit einer Kamera postiert hatte. Der nickte, und schon machte auch Ela das verabredete Zeichen. Sie spürte, wie sich alle Fasern in ihrem Körper vorbereiteten für den letzten Schlag. Sie sah, dass ein echter Kameramann sich gerade neu platzierte, ungünstig, mitten in den Weg für zwei Beamte der Sondereinheit.

Es passierte innerhalb von Sekunden. Da stand er, der gesuchte Serientäter, der mindestens drei, wahrscheinlich sieben Frauen ermordet hatte. Der Mann, der sie in ihrer eigenen Wohnung überfallen und beinahe umgebracht hatte. Cora hätte sich am liebsten auf ihn gestürzt, doch jetzt war er für einen Bruchteil verdeckt, und Cora konnte ihn nicht sehen.

Dann freie Sicht. Sofort sah Cora, dass Tondellos Haltung eine andere war. Im Hintergrund redete Strassmann munter drauflos. Kameras blitzten auf. »Sensationsfund«, hörte Cora, klick, klick, klick. Plötzlich sah Tondello Cora direkt ins Gesicht. Jetzt gab es keinen Zweifel.

»Zugriff«, ertönte es da schon aus einer Ecke des Saals. Christian. Cora warf das Tablett zu Boden, die Leute riefen durcheinander, eine Kamera fiel, ein Stuhl polterte. Rufe, einige warfen sich auf den Boden. Cora sah, dass Tondello in seine Jacke griff, schneller als sie selbst holte er eine Pistole hervor. Schon waren zwei Beamte bei ihm und wollten nach ihm greifen, doch Tondello war schneller, hatte Ela geschnappt und an sich gepresst und zielte mit der Pistole auf ihren Kopf.

»Ganz ruhig, Tondello, Sie haben keine Chance, hier rauszukommen. Geben Sie auf.«

Cora zielte auf ihn und kam langsam näher. In Elas Gesicht stand nackte Angst. Sie hielt den Blick stur auf Cora gerichtet, hilfesuchend. Cora sah Schweißperlen über Tondellos Schläfen laufen. Sein rechtes Augenlid zuckte. Langsam machte sie noch einen Schritt auf ihn zu. »Tondello«, sagte sie mit fester Stimme. »Sehen Sie sich um. Überall haben wir Beamte. Sie haben keine Chance.«

»Freies Schussfeld«, flüsterte eine Stimme in ihr Ohr. Cora musste entscheiden. Ela war zu nah am Zielobjekt, das konnte schiefgehen. Sie gab den Schuss nicht frei. Im Hintergrund wurde der Saal geräumt.

»Geben Sie auf, Tondello.« Cora kam noch näher heran.

»Niemals«, sagte der Mann. Er ließ Ela kurz los, hielt ihr jedoch nach wie vor die Pistole an den Kopf. »Rühr dich nicht, Schätzchen.«

Cora wagte kaum zu atmen. Ohne dass sie auch nur ein Wort sagen konnte, hatte Tondello eine Kabelbinderschlinge aus seiner Jackentasche gezogen und Ela über den Kopf geschwungen. Niemand hatte damit gerechnet. Die Schlinge zog sich zu, und eine dünne rote Spur zeichnete Elas Hals, die nur kurz aufgeschrien hatte und jetzt bewegungslos in der Falle saß. »Nein!«, rief Rosenfelder von der Bühne. Ein Beamter hielt ihn zurück.

»Wenn sich auch nur einer rührt, ziehe ich zu, ein falscher Schritt, Ela-Schätzchen, dann bist du tot. Erschießt mich jemand, dann falle ich und reiße die Schlinge mit mir. Und jetzt verlassen wir diesen Raum.«

Der Kollege, der ihr vor wenigen Sekunden noch freie Schussbahn geboten hatte, machte ein Zeichen, dass sie im Moment keine Chance hatten.

Cora sah sich im Raum um. Auf dem Weg zur Tür traten die Leute auseinander, um Tondello Platz zu machen. Sie nickte den

Kollegen zu und genehmigte den Rückzug. Sie ließen die Waffen sinken. Endlich entdeckte sie Christian, sie suchte seinen Blick. Sie wusste, es gab nur eine Chance. Tondello schob Ela langsam vor sich her. Ihr Kopf nach hinten auf seine Schulter gelegt, der Hals in der Schlinge, ihr Atem flach und ihr Gesicht kreidebleich. Wieder ein Schritt. Cora sah erneut zu Christian. Eine Ewigkeit schien zu vergehen, während sie sich stumm ansahen und auf das Unmögliche verständigten. Er sicherte den Platz bis zur Tür.

Die Waffe nach vorne gerichtet, schritt Tondello auf den Ausgang zu. Cora begleitete ihn langsam, hielt den Atem an, um dann die Waffe hochzunehmen, auf Tondello zu zielen und abzudrücken genau in dem Moment, als Tondello mit Ela bei Christian angekommen war.

Cora schloss die Augen. Dem Schuss war ein Augenblick der absoluten Stille gefolgt, dann schrien alle durcheinander.

»Cora, komm her.« Christian.

»Frau Merlin, guter Schuss!«, rief jemand hinter ihr.

»Frau Merlin, alles okay?« Eine Hand landete auf ihrer Schulter.

Nur langsam löste sich Cora aus ihrer Starre und wagte einen Blick hinüber zu Christian, der am Boden kniete und Ela auf dem Schoß liegen hatte. Neben ihm hatten Kollegen Tondello überwältigt. Sie hatte ihn wie geplant in die linke Hand getroffen, mit der er die Schlinge gehalten hatte, und Christian war unmittelbar eingeschritten.

Sie sah Tondello am Boden liegen, gerade hoben ihn die beiden Beamten auf. Die Waffe in ihrer Hand wurde heiß. Sie zitterte, als sie Tondello gegenübertrat. »Ich hätte Sie ausbluten lassen sollen«, säuselte er und sah ihr direkt in die Augen. Dieser Blick, sein Geruch. Sie dachte an Beas stundenlange Qual. Die Waffe in ihrer Hand, Tondellos dunkle Augen. Cora hob die Waffe in einer einzigen schnellen Bewegung und setzte sie auf Tondellos Stirn. Gib mir einen Anlass, bat sie im Stillen.

»Cora!« – »Frau Merlin!« Schreie, Getrampel, Hände …

»Ein Messer, schnell!«, schrie Christian hinter ihr. »Ich krieg die Scheiß-Schlinge nicht auf.«

Da erst begriff Cora, dass es um Ela ging. Sie senkte die Waffe und stürzte zu ihr, kniete sich neben sie auf den Boden und sah, dass die Kabelbinde sich noch weiter zugezogen hatte. Rosenfelder kam angerannt und fiel neben seiner Tochter auf die Knie. »Ela, nein, bitte nicht!«

Tondello fluchte und tobte und schickte Verwünschungen in ihre Richtung, doch Cora konnte nur an Ela denken, die keine Luft mehr bekam, und sie alle standen daneben und konnten nichts tun. Ein Arzt stürmte in den Saal und drängte Cora und Rosenfelder zur Seite. Elas Körper hing schlaff auf Christian, ihre Augen flackerten.

»Hier, nehmen Sie das!«, rief jemand und brachte eine Gartenschere. Christian nahm sie an sich und versuchte mit zitternden Händen die Kabelbinde um Elas Hals zu durchtrennen. Dabei musste er aufpassen, ihr die Schere nicht in die Kehle zu bohren. Es gelang beim zweiten Versuch.

Aus Elas Mund kam ein lang gezogener Laut, von dem Cora nicht wusste, was er zu bedeuten hatte. Der Arzt begann sofort, Ela zur Atmung zu animieren. Die Sekunden schlichen durch den Raum, niemand wagte zu reden, sogar Tondello war verstummt. Dann endlich ein erlösender Atemzug von Ela. Er klang holprig und mündete in einem heftigen Hustenanfall, aber sie atmete. Cora ließ sich auf den Boden neben Christian sinken, beide lehnten sich an die Wand. Minuten vergingen. Sie blieben noch sitzen, als alle schon gegangen waren.

»Du hättest geschossen, nicht wahr?«

Cora nickte.

»Ich auch«, sagte Christian und legte ihr den Arm um die Schultern.

***

Am Nachmittag saß Harrington wieder im Flugzeug und besah sich die Kopien des gesamten Materials, das Cora Merlin gesammelt hatte. Darin befanden sich Ergebnisse, die Jahre zurückreichten und Aufzeichnungen aus seinem Heimatland und

Italien beinhalteten. Das würde zwar reichen, warf allerdings die Frage auf, weshalb eine Kommissarin aus Lindau auf die Spur eines Serientäters kam, der doch vor allem in England sein Unwesen getrieben hatte.

Er war gespannt, was die Vernehmung Tondellos noch alles ans Tageslicht bringen würde, andererseits wusste Harrington, dass manche Themen auch ein Tondello nicht ansprechen würde, sonst wäre seine Überlebenschance im Gefängnis gering. Mit einem tiefen Seufzer betrachtete Harrington die Wolken unter seinem Flugzeug und erinnerte sich an das kurze wohlwollende Nicken, das er mit Rosenfelder getauscht hatte. Seufzend lehnte er sich zurück und freute sich auf seine Heimat.

***

Christian stand vor Coras Schreibtisch und sah amüsiert von der einen Seitenwand zur anderen. »Also, Cora, das ist doch nicht dein Ernst, oder?«

Cora folgte gleichmütig seinem Blick. »Was, die Bilder?« Sie sah zu Giorgiones Gewitterbild auf der einen und Manets Bild von der Frühstücksgruppe auf der anderen Seite, jeweils gerahmt am Boden stehend, und schmunzelte. »Ach, weißt du, ich habe mir so viel Arbeit mit den beiden Gemälden gemacht, dass ich inzwischen viel mehr verstehe und auch viel mehr sehe.« Sie zog eine Grimasse. »Siehst du nicht die komponierte Gegensätzlichkeit und die Unsicherheit der –«

Er wischte ihr mit den Zetteln über das Gesicht. »Gehen wir mal essen? Ich finde, die letzten beiden Wochen waren wir ein ziemlich gutes Team.«

»Was hat das eine mit dem anderen zu tun?«, fragte Cora und zwinkerte.

Christian kratzte sich am Kopf. Er war immer noch nicht beim Friseur gewesen, inzwischen jedoch fand Cora das durchaus passend.

»Es ist mir geradezu ans Herz gewachsen«, sagte sie und betrachtete wieder die Frühstücksgruppe. »Diese weißen Wände haben mich schon lange gestört. Und nun werden sie beide bald hier vereint hängen, Giorgione und Manet. Macht sich sicher großartig, meinst du nicht?«

»Wenn du es sagst. Wenn schon nicht mit mir … Kommst du heute Abend?«

»Die Grillparty beim Eggert? Ja klar, warum nicht.«

Christian legte freundschaftlich seinen Arm um Coras Schultern. »Wir müssen doch anstoßen auf deinen Erfolg. Du hast immerhin einen Serientäter dingfest gemacht, und das vor Interpol, dem BKA und den gesamten venezianischen Carabinieri.« Er lachte, dann machte er ein gespielt ernstes Gesicht. »Eine Sache, Cora, musst du mir heute Abend unbedingt erklären.«

»Was denn?«, fragte sie und hatte sofort ein flaues Gefühl im Magen.

»Wie bist du nur darauf gekommen?« Christian sah zu dem Manet hin. »Irgendwie sieht das gar nicht aus wie ein Druck.«

»Ach, Instinkt und eine gehörige Portion Glück.« Cora folgte ihrem Blick. »Oho, du bist jetzt auch ein Kunstexperte?«

»Quatsch«, wehrte er ab. »Und was ist nun mit dieser Ela? Also ich hätte meine Locken darauf verwettet –«

Cora prustete los. »Du hättest bitte was?«

»Ich hätte … Ach so, also ich hätte schwören können, dass diese Ela mit drinhängt. Aber wenn selbst Harrington … Ach, ich werde heute Abend nach ein paar Gläsern Wein sicher mehr aus dir herausbekommen. Und wegen der Bilder … Soll ich dir jemanden vorbeischicken, der dir beim Aufhängen hilft? Die sind doch sicher schwer mit dem Rahmen, oder? Da wird ein einfacher Nagel in der Wand nicht reichen, das sollte man sicher mit Dübeln aufhängen.«

Cora schob Christian an den Schultern nach draußen. »Sehr nett, aber das schaffe ich durchaus alleine. Wir sehen uns dann heute Abend.«

Sie schloss die Tür hinter ihm, drehte sich um und lehnte sich erleichtert an den Türrahmen. Dann sah sie zu ihrem Manet und musste grinsen.

Epilog

Die Toskana im Oktober war ein Schmelztiegel der opulenten Farben und Gerüche. Cora hatte zweimal unterwegs haltgemacht, einmal, um mit ihrem Bruder zu telefonieren und sich nach Gizmo zu erkundigen, doch ihre Sorge war unbegründet, denn sie hatte sofort das schnurrende Geräusch des Katers vernommen, der es sich offensichtlich auf Davids Brust bequem gemacht hatte. Das zweite Mal hatte sie einen Espresso in einem kleinen Café zu sich genommen. Und ein Dolce. Eigentlich hatte sie ein Ricciarelli di Siena bestellt, immerhin war sie in der passenden Region, aber die Ricciarelli waren leider aus.

Die Sonne war noch wunderbar warm, während in Lindau bereits der Herbst mit einer Menge Regen Einzug hielt. Endlich erreichte sie Florenz, erinnerte sich an ihren Besuch in Venedig im Sommer mit Sara und spazierte einfach munter drauflos, den Stadtführer in ihrer Handtasche.

»Wusstest du …«, hörte sie die Stimme von Sara und lachte. Hin und wieder blieb sie stehen, sah durch ein Gittertor in einen der zahllosen Innenhöfe und staunte über das Potpourri an Brunnen und Steinfiguren, das die zum Teil bereits zerfallenen Hinterhöfe in entzückende Oasen verwandelte. Auch der Lichteinfall in diese für die vorbeieilende Öffentlichkeit unsichtbaren Kostbarkeiten hielt oftmals eine Überraschung bereit.

Schließlich kramte Cora ihren Führer doch heraus und studierte die Straßennamen. Sie orientierte sich, dann schlug sie eine Richtung ein, behielt jedoch den Führer aufgeschlagen in der Hand. Nach einer halben Stunde Fußmarsch durch immer enger werdende Gassen und immer weiter weg von den Hauptverkehrsstraßen, den Touristenzügen und deren Lärm gelangte sie auf einen stillen Platz, in dessen Mitte ein kleiner Brunnen plätscherte. Ganz unerwartet hatte sich der Platz am Ende einer Gasse nach einer steilen Rechtskurve eröffnet, sodass Cora andächtig innehielt.

Es waren so wenige Menschen zugegen, dass man das kleine Rinnsal des speienden Fisches hören konnte, und Cora genoss die Ruhe. Aus dem Augenwinkel nahm sie von dem kleinen Café an der rechten Seite des Platzes ein Winken wahr. Sie schob ihre Sonnenbrille auf den Kopf und erwiderte den Gruß, dann lief sie quer über den Platz zu den wenigen Tischen.

»Cora, du hast hergefunden, das freut mich.« Sara stand auf und umarmte Cora überschwänglich.

»Es ist wunderschön hier«, schwärmte Cora.

»Los, setz dich und erzähl. Wie war die Reise?«

Sara war überdreht, ganz so, wie Cora sie kannte. »Zunächst: Ich soll dich von David küssen.« Sie beugte sich vor und gab Sara mit einem lauten Schmatzen einen Kuss auf die Wange.

Sara wischte sich über die Stelle. »Dein Bruder küsst besser. Deutlich, Frau Merlin.« Sie lachte und bestellte sich noch ein Eis in Orangensaft.

»Die Anreise war herrlich, einfach schon Teil des Urlaubs.«

»Was gibt es Neues aus Lindau? Immerhin bin ich nun schon seit drei Wochen hier.« Sara lehnte sich nach vorne. »Die ersten beiden mit David waren die schönsten.«

»Ach, Sara, du weißt doch, das Herbsttief hat uns wieder.«

»Och, schon?« Sara zog eine Schnute.

»Ja, leider. Sag mal, hast du denn mein Geschenk ausgeliefert?«

»Klar doch. Es kam vor zwei Wochen mit dieser Speditionsfirma bei meinen Eltern an, und ich hab es zu der angegebenen Adresse transportiert. Wie abgesprochen.«

Cora atmete erleichtert auf und lächelte.

Sara zog an dem Strohhalm und zwinkerte Cora zu. »Manet, Giorgione, ein Mörder, der das Bilderrätsel lösen will … Das war schon ein spannender Fall, den wir da gelöst haben.«

»Wir?« Cora lachte erst, dann wurde daraus ein verlegenes Grinsen. Sie weiß es, dachte sie, sie weiß alles. Wieder beschlich sie das Gefühl, dass sie keine Geheimnisse verbergen konnte, sondern dass man in ihr lesen konnte wie in einem Buch.

»Und nun?«, fragte Sara. »Was wirst du machen? Sehen wir uns in Lindau wieder?«

»Natürlich«, sagte Cora und meinte es ernst. Sie wollte dort nicht mehr weg. Es gefiel ihr. Es gefiel ihr auch, was in diesem Sommer alles passiert war. »David bewirbt sich gerade. Wenn alles gut läuft, dann … Ach, was erzähle ich da, das weißt du natürlich.«

Sara nickte. »Ja, das weiß ich. Und was ist mit deinen Karriereplänen?«

»Keine Ahnung, erst mal brauche ich Urlaub«, sagte Cora und blinzelte in die italienische Sonne.

Es war später Nachmittag, und sie fühlte sich etwas beschwipst von zu viel Sonne und Schönheit und vielleicht auch von der Weißweinschorle, die sie nach dem Mittagessen mit Sara auf dem Plaza del Silencio leichtsinnigerweise getrunken hatte. Cora stieg aus ihrem Auto, nahm ihre Reisetasche aus dem Kofferraum und verschloss das Fahrzeug. Anschließend machte sie sich auf den Weg den Hügel hinauf.

Während des Anstiegs erinnerte sie sich an das Haus ihrer Kindheit, das ihre Mutter nach dem Tod des Vaters verlassen hatte. Der Bruder, noch jünger als Cora, war so unglücklich über den Wegzug gewesen, dass der Tod des Vaters in den Hintergrund gerückt war. Cora selbst war bis zum Tag des Umzugs wie benommen, noch immer beschämt und nicht wissend, was die Ereignisse für ihr weiteres Leben bedeuten mochten. Zunächst einmal hatte es auf jeden Fall geheißen, dass die Kinder einen weiteren Abschied hinnehmen mussten, und Cora war darüber wütend auf ihre Mutter.

Am letzten Tag lief Cora durch das leere Haus, und da befiel sie eine erste vage Vorstellung von dem Tod, dem Tod des Vaters und auch dem Tod ihrer unbeschwerten Kindheit, denn die Vorstellung, man könnte die Kindheit in kleinen Kisten von einem Ort an einen anderen transportieren, war ihr fremd. Sie schrie ihre Mutter an, als das nichts half, flehte sie, sank auf die Knie und bat, alles wieder ins Haus bringen zu dürfen. David hockte auf den Stufen vor dem Haus und spielte mit einem Auto, absurd, fand Cora damals, immerhin war der Vater durch ein Auto getötet worden.

Als sie später einmal als Erwachsene diesen Ort besucht hatte – in dem Haus wohnte wieder eine Familie mit kleinen Kindern –, erkannte Cora, dass der Hügel nicht so steil war, wie sie ihn in Erinnerung gehabt hatte. Die Scham jedoch befiel sie umgehend, und so hatte sie sich auf den Boden sinken lassen und …

Mitten auf dem toskanischen Hügel auf dem Weg zu Elas Haus wurden Coras Knie weich. Eine Welle der Erinnerung überwältigte sie. Schwindel, wie jener ihrer Kindheit. Scham. Übelkeit. Cora griff mit der Hand zur Seite, verfluchte die Weißweinschorle und wusste doch, dass es nicht am Alkohol lag. Sie griff ins Leere und sank in die Knie, ihre Hände berührten den warmen Boden. Alles war wieder da, wie ein Film.

Sie hatte sich auf dem kleinen Hügel hinter ihrem ehemaligen Elternhaus auf den Boden gelegt, hatte diese eklige Erinnerung an den Urin auf ihren Oberschenkeln loswerden wollen, sich einfach bergab drehen wollen, wie sie es Hunderte Male mit David getan hatte, bevor sie das Haus verlassen mussten, einmal noch Kind sein in der Hoffnung, das andere auszusperren. Sie, die erwachsene Cora, hatte sich gedreht und gedreht. Immer weiter und weiter. Jetzt senkte sie den Kopf.

Sie erinnerte sich. Sie war mit dem Kopf gegen den Brunnen gerollt. Es war ein merkwürdiger Schmerz gewesen, einer, der regelmäßig wiederkehren sollte. Es war ein Schmerz der Verdrängung, weil sie nie bereit gewesen war, die Scham ihrer Kindheit zu akzeptieren. Es war im Grunde überhaupt nicht schlimm, was ihr passiert war, doch sie hatte sich all die Zeit dafür gehasst. Und der Schmerz war die Bestrafung gewesen.

Cora atmete tief durch, erhob sich, ließ ihren Blick zurückgleiten, bis dorthin, wo ihr Auto stand. Sie war ein Kind, einfach ein Kind, das für einen Moment den Halt verloren hatte, und hier, mitten in der Toskana, auf diesem Hügel, schüttelte sie das Gefühl der Scham endlich ab.

Fast hatte sie den Anstieg geschafft. Es war heiß und ihr Gepäck schwer. Da hörte sie Hundegebell und ihren Namen. Cora blickte auf und erkannte die große schlanke Frau, die ihr entgegenlief.

»Ela«, rief sie und ging mit schnellen Schritten das letzte Stück bergauf. Sie erreichten einander und fielen sich in die Arme.

»Das ist so schön, dass du endlich hier bist«, flüsterte Ela und küsste Cora. Zwei Hunde umringten sie, ein älterer Mann kam hinzu und griff nach den Koffern. »Das ist Luigi, mein Hausverwalter«, stellte Ela vor und wehrte die Hunde ab, die freudig vor ihren Füßen herumtänzelten. »Komm mit, ich zeige dir alles.«

Ela schulterte Coras Tasche und führte sie an der Hand die Einfahrt zu ihrem Haus nach oben. Dort hatte man einen atemberaubenden Blick über die toskanische Landschaft mit ihren Anhöhen, Zypressen und vereinzelten Gehöften. Die Hunde beschnupperten Cora neugierig.

»Wie eine Postkarte, nicht wahr?« Ela war Coras Blick gefolgt und umarmte sie von hinten. Sanft drehte sie sie so, dass ihr Blick nach Westen ging. »Und wenn wir ganz klares Wetter haben, dann sehen wir sogar das Meer.«

»Es ist wunderschön«, flüsterte Cora.

»Komm jetzt.« Ela ließ Cora los und sprang in Richtung Haus.

Wenige Augenblicke später stand Cora in den Gewölben des Kellers, die früher vermutlich als Weinkeller gedient hatten. Ela hatte Licht an den Wänden installieren lassen. Es war angenehm kühl. Cora sah sich ehrfurchtsvoll um. Wieder trat Ela hinter sie und brachte sie in die entscheidende Position, wie zuvor im Freien für den Panoramablick.

»Jetzt«, flüsterte sie, und Luigi musste auf dieses Zeichen gewartet haben, denn plötzlich ging ein weiteres Deckenlicht an und erleuchtete eine neue Ecke in dem Gemäuer.

Tatsächlich wurde Cora aus irgendeinem Grund von einem solchen Schauer ergriffen, dass sie nach Elas Hand greifen musste, um nicht das Gleichgewicht zu verlieren. Da hing er. Unversehrt und einzigartig auf seine Weise. Der Giorgione. Das Gewitterbild. »La tempesta«.

»Ist es nicht wundervoll? Das habe ich einzig und alleine dir zu verdanken«, flüsterte Ela und küsste Cora auf die Wange.

Cora nickte. Worte hatte sie keine.

»Wusstest du, dass in einer frühen Fassung, hier«, Ela wies auf den Hirten am linken Bildrand, »eine weitere nackte Frau gestanden hat?«

Piet gesellte sich zu ihnen, begrüßte Cora herzlich und umarmte Ela. Sie legte ihm die Hand auf den Arm. Jetzt erst fiel Cora der Ring an Elas Hand auf. »Ihr habt geheiratet?«

»Ja.« Ela schmiegte sich an Piet. »Verrückt, nicht wahr?«

Piet, der hinter Ela stand, zwinkerte Cora verschwörerisch zu.

Als sie wieder allein waren, legte Ela den Arm um Cora. »Gut siehst du aus, irgendwie entspannter als im Sommer.«

Cora nickte lächelnd. »Bin ich. Du weißt Bescheid, nehme ich an?«

Ela warf den Kopf in den Nacken und lachte ihr glockenhelles Lachen. »Ach, Cora, du bist herrlich. Natürlich weiß ich Bescheid. Ich weiß, dass der Giorgione wieder in Venedig hängt. Stepanotti ist ein alter Bekannter, und mein Vater, na ja, das brauche ich dir nicht zu erzählen, du kennst ihn ja. Aber ich habe die beste Fälschung der Welt. Und ich bin zufrieden.« Sie schnippte mit den Fingern. »Und wer weiß …«

»Es war die einzige Chance«, sagte Cora und hielt Ela ihr Glas zum Anstoßen hin. »Auf euch.« Sie trank, dann stutzte sie. »Und wer weiß …?«

***

Bis zuletzt hatte Signore Antonio Bernardo Stepanotti nicht mehr daran geglaubt, diese Katastrophe tatsächlich zu überstehen. Unmittelbar vor seinem Amtsantritt als neuer Direktor der Gallerie dell'Accademia war das berühmteste Gemälde gestohlen worden, einfach so. Und er? Musste sich mit fehlenden Versicherungen und der Polizei herumschlagen. Eine Katastrophe eben. Dann war der erlösende Anruf erfolgt – mit einer Lösegeldforderung, die zudem lächerlich, na ja, das nicht, aber machbar gering war. Irgendwelche »Robin Hoods« außerdem … Das Lösegeld sollte an eine wohltätige Stiftung zugunsten der Opfer der Mafia gehen. Eine riesige Geschichte für die Presse. Er hatte mehrere Dankesgebete an die Heilige Maria geschickt für dieses Wunder.

An einem milden Abend im Oktober fuhr ein Auto mit deutschem Kennzeichen die Einfahrt bergan und hielt vor dem kleinen Weingut, das Stepanotti mit seiner Frau und den vier Kindern seit einigen Jahren bewohnte. Das Rufen der Kinder hatte ihn vom Schreibtisch aufblicken lassen, und als er den Mann erkannte, der eben aus dem Wagen stieg, sprang er vor Begeisterung wie ein kleiner Junge von seinem Stuhl auf und hopste zum Ausgang. Seine Frau sah ihm verwundert nach.

»Schnell, Signore Strassmann, sagen Sie mir, ist es vollbracht?«

Professor Strassmann nickte, der Italiener fiel ihm freudestrahlend um den Hals.

»Gedankt sei dir, Muttergottes«, grüßte Stepanotti in Richtung Himmel und bekreuzigte sich dreimal.

»Es ist hier.«

»Hier?« Er machte ein erschrockenes Gesicht.

»Keine Sorge«, beruhigte ihn Strassmann. »Ich kenne mich bestens aus mit Bildtransporten. Wann sollen wir es an seinen rechtmäßigen Standort überführen? Wir können sofort die Route absprechen und an das Unternehmen durchgeben, das sich um den Transport kümmert. Ich wäre allerdings gerne dabei, wenn es Ihnen recht ist.«

»Selbstverständlich.« Stepanotti umarmte Strassmann erneut. »Ich wüsste nicht, mit wem ich diese ehrenvolle Aufgabe lieber teilen wollte.«

Einen Tag später standen die beiden in der Gallerie dell'Accademia vor Giorgiones »La tempesta«. Ein Korken knallte, und Stepanotti verteilte den Champagner, den er zu Ehren von Strassmann springen ließ. Sie stießen wortlos an, Stepanotti war sichtlich gerührt, und auch Strassmann fühlte sich ergriffen. Er erinnerte sich an jenen heißen Sommertag, als diese Kommissarin mit einer Geschichte an ihn herangetreten war, die er selbst nie für möglich gehalten hätte, doch Cora Merlin hatte während ihrer ganzen Erzählung keinen Zweifel an deren Echtheit gelassen: Giorgiones »La tempesta« sei in ihrem Besitz. Es hänge derzeit bei ihr im Büro, ja, sie wisse zwar, dass das klimatisch nicht gut für das Gemälde sei, allerdings habe sie abgewogen, wie sicher es wäre, den Giorgione in der Klimakiste zu belassen, auf die Gefahr hin, dass die Wahrheit über den Aufenthaltsort des berühmten Gewitterbildes durchsickerte. Eindeutig war ihre Wahl auf die Polizeistation als Versteck gefallen. Strassmann hatte sie alsbald besucht und dort absolut sprachlos und geradezu atemlos feststellen müssen, dass der Manet, »Das Frühstück im Grünen«, ebenfalls das Original war.

Wenige Tage später wurde in den Nachrichten von einem spektakulären Raub in der Gallerie dell'Accademia in Venedig berichtet, bei dem Giorgiones berühmtes Gemälde »La tempesta« entwendet wurde, am helllichten Tag von der Wand gerissen und einfach im Auto weggefahren. Eine Blitzaktion wie damals im schwedischen Nationalmuseum von Stockholm bei dem Überfall 2000 oder in Oslo 2004, erinnerte sich Commissario Carlotti vor laufender Kamera, jetzt habe es Venedig erwischt. Täter würden manchmal gefasst, das ja, die Gemälde indessen blieben unauffindbar, eine Katastrophe, Commissario Carlotti zeigte sich bei einem Fernsehinterview verzweifelt.

Danach hatte es immer wieder die Gerüchte von Lösegelderpressungen an das Museum gegeben. Es dauerte einige Wochen, bis Strassmann die ersehnte Meldung bekam.

Sein großer Auftritt war gekommen. Cora »entdeckte« mit Kollegen von der Grenzpolizei den echten Giorgione, nun wieder in einer Klimakiste, dann wurden er und Rosenfelder zur Begutachtung bestellt und auch direkt damit beauftragt, den Transport zu begleiten. Rosenfelder zog sich für Strassmann völlig überraschend zurück und überließ ihm diese schöne Aufgabe, was Strassmann darin bestätigte, dass Rosenfelder einfach nicht genug Mumm in den Knochen hatte, sondern ein Feigling war. Strassmann atmete tief durch. Ein wirklich großer, ja geradezu historischer Moment für ihn.

Jetzt sah er zu Stepanotti hin, der noch immer ganz verzückt auf das Bild starrte. Er nippte an seinem Glas und wirkte der Wirklichkeit entrückt.

»Signore Stepanotti«, begann Strassmann schließlich ernst, »sagen Sie mal, wenn es nicht allzu aufdringlich wäre …« Er wartete, bis sich Stepanotti vom Anblick des Gemäldes lösen konnte, um ihn anzusehen.

»Ja?«

»Wäre es vielleicht möglich, dass ich bei der offiziellen Prüfung des Gemäldes für die Versicherung dabei bin? Es wird doch eine geben, oder?«

Stepanotti grinste verlegen. »Ach, Signore Strassmann. Wir vertrauen da ganz auf die Einschätzung aus Lindau. Immerhin waren Sie und auch Dr. Rosenfelder beteiligt.«

Zum Hintergrund

Jährlich verschwinden aus Museen, Galerien und privaten Sammlungen Kunstgegenstände im Wert von mehr als zehn Millionen Dollar. Nur Drogen-, Menschen- und Waffenhandel sind laut Interpol noch lukrativer. Auf dem ersten Platz bei Kunstdiebstählen rangiert Italien als trauriger Spitzenreiter. 21.738 wertvolle Stücke wurden dort allein 2001 gestohlen. Für die rechtmäßigen Besitzer bleibt etwa die Hälfte der geraubten Kunstschätze für immer verschwunden. Doch nicht nur Museen und Galerien sind betroffen. 85 Prozent der gestohlenen Artefakte stammen aus privaten Sammlungen.
ZDF, Discovery – die Welt entdecken, 26.10.2004

Vorsichtigen Schätzungen zufolge werden pro Jahr in Italien zwischen 5.000 und 10.000 Kunstwerke gestohlen. Das meiste davon geht über Zwischenhändler ins Ausland.
Die Kunstdiebstahlpolizei in Rom ist bei ihrer Arbeit zwar sehr erfolgreich, doch auch sie kann nicht überall präsent sein. Das gibt selbst General Mariano Mossa von den Carabinieri zu: »Unsere Arbeit wird uns nicht leicht gemacht, denn wenn es um richtig wertvolle Kunstgegenstände geht, sind Fachleute am Werk, die genau wissen, wie man Ermittlungsbehörden an der Nase herumführen kann. Es geht ja um viel Geld. Der Handel mit gestohlener Kunst setzt fast so viel Geld um wie der Handel mit Drogen, also knapp zwei Milliarden Euro pro Jahr.«
Deutschlandfunk Kultur, Beitrag vom 28.07.2016

Gestohlen: fünf spektakuläre Kunstdiebstähle

In Wien wurde diese Woche ein Renoir gestohlen! Schätzwert des Bildes: rund 160.000 Euro. Ein herber Verlust – doch diese fünf Kunstdiebstähle waren noch dreister!
Aus dem Dorotheum in Wien wurde ein Gemälde entwendet, es soll sich dabei um eine Küstenlandschaft des großen Impressionisten August Renoir handeln. Der Schätzwert des Bildes lag zwischen 130.000 und 160.000 Euro. Damit haben die Kunstdiebe ein gutes Geschäft gemacht. Kunstdiebstähle sind keine Seltenheit, sie stehen in einer Reihe mit Korruption, Drogen-, Menschen- oder Waffenhandel. Der jährliche Schaden, der durch Kunstdiebstähle entsteht, wird auf fünf Milliarden US-Dollar geschätzt. In Österreich wird im Schnitt jeden Tag ein Kunstwerk entwendet, sei es aus Museen, Galerien oder Kirchen. Nur rund die Hälfte der gestohlenen Bilder oder Statuen kann wieder an die Eigentümer zurückgegeben werden, der Rest bleibt auf dem Schwarzmarkt verschollen.
Nicht alle Kunstdiebstähle erregen so viel Aufsehen wie der Diebstahl eines Renoir. Diese dreisten Kunstraube sind allerdings besonders im Gedächtnis geblieben.

1. Der Schrei
Demjenigen, der diesen Kunstraub entdeckte, entfuhr wahrscheinlich auch ein Schrei: 2004 wurde die Temperaversion des Bildes aus dem Jahr 1910 aus dem Munch-Museum in Oslo gestohlen. Sechs der sieben Täter konnten von der Polizei gefasst werden und wurden zu teils 19-jährigen Haftstrafen verurteilt. 2006 wurde das Kunstwerk bei einer Razzia wiedergefunden, teilweise war das Bild zerstört. Eine vollständige Restaurierung war nicht mehr

möglich, dennoch hängt das Bild seit 2008 wieder an seinem angestammten Platz.

2. Mona Lisa
Ob der Mona Lisa bei ihrem Raub wohl das Lächeln vergangen ist? 1911 wurde es vom Italiener Vincenzo Perugia gestohlen, er schnitt das Gemälde einfach aus dem Rahmen und verließ ganz entspannt das Museum. Zwei Jahre später wollte er sein Diebesgut zu Geld machen und auf dem Schwarzmarkt verkaufen. Dabei wurde er von der Polizei verhaftet. Das Motiv des Diebes war übrigens gar nicht das Geld, sondern wohl etwas falsch verstandener Patriotismus. Er war überzeugt davon, Napoleon hätte die Mona Lisa den Italienern entwendet. Dabei verkaufte da Vinci selbst sein Gemälde 1514 für 4.000 Goldtaler an den französischen König. Heute ist die Mona Lisa schätzungsweise 793 Millionen Dollar wert. Der Diebstahl erwies sich übrigens als Glück im Unglück, denn nur dadurch wurde das Gemälde einer breiten Öffentlichkeit bekannt, vorher war die Mona Lisa nur in Fachkreisen von Interesse.

3. Caspar David Friedrich und William Turner
1994 wurden in Frankfurt zwei Werke von Turner und ein Bild von Friedrich entwendet. Die Drahtzieher hinter dieser Aktion blieben unentdeckt, während die Diebe selbst schnell gefasst waren. Doch die Bilder konnten durch Verhandlungen wieder zurückgekauft werden, die Tate Gallery, eigentlicher Besitzer der Turner-Bilder, machte bei der ganzen Sache sogar noch Gewinn, da sie von der Versicherung mehr Geld bekam, als der eigentliche Rückkauf schließlich kostete. Die Drahtzieher setzten sich nach erfolgreichem Verkauf ins Ausland ab und wurden nie gefasst.

4. Van Gogh
2002 wurden aus dem Van Gogh-Museum in Amsterdam gleich zwei Gemälde des Künstlers entwendet. Erst drei Jahre nach der Tat wurden zwei Männer zu Gefängnisstrafen verurteilt, die Bilder blieben 14 Jahre lang verschollen. 2016 konnten sie von der italienischen Finanzpolizei im Hause eines Drogenbosses aufgespürt werden. Die Bilder waren in einem beinahe unversehrten Zustand.

5. Saliera, Wien
Noch ein dreister Kunstraub in Österreich: Aus dem Wiener Kunsthistorischen Museum wurde die Saliera gestohlen, eine Art Salz-und-Pfeffer-Ständer, entworfen vom italienischen Bildhauer und Goldschmied Cellini im Jahr 1540 für den französischen König. Die Saliera ist überaus wertvoll, gilt sie doch als einzige erhaltene Goldschmiedearbeit Cellinis. Der Wert beträgt rund 50 Millionen Euro. Verlockend für Diebe. Als 2003 das Kunsthistorische Museum Wien gerade umgebaut wurde, nutzten diese die Chance und stiegen über das Baugerüst in das Museum ein und stahlen die Saliera. Der Alarm ging los, das Wachpersonal hielt es aber für einen Fehlalarm im Zuge der Bauarbeiten. Erst am nächsten Tag wurde der Diebstahl bemerkt. Insgesamt dürfte der Raubzug nicht länger als filmreife 46 Sekunden gedauert haben. Um die Figur wiederzufinden, wurde sogar das FBI hinzugezogen, in Wien wurde eine eigene Sonderermittlung eingeführt. Drei Jahre blieb die Figur verschollen, doch dann versuchte der Täter, Lösegeld zu erpressen: Würden nicht zehn Millionen Euro auf ein Konto überwiesen werden, würde er die Figur einschmelzen und die Tat auf Video festhalten. Dank einer Überwachungskamera in einem Mobilfunkgeschäft, in dem sich der Täter ein Wertkartentelefon besorgt hatte, konnte die Polizei ein Fahndungsfoto ver-

öffentlichen. Daraufhin stellte sich der Verdächtige, der übrigens 47 Jahre alt, Familienvater und Inhaber einer Alarmanlagenfirma war. Bei der Tat sei er nach eigenen Aussagen alkoholisiert gewesen. Die Saliera bewahrte er unter seinem Bett auf, bis er sich entschied, sie in einem Waldstück zu vergraben. Für seinen Coup wurde der Dieb zu fünf Jahren Haft verurteilt, nach zwei Jahren und neun Monaten aber wieder freigelassen.
www.weekend.at, Beitrag vom 29.11.18

Vor fast 40 Jahren sind beim NDR in Hamburg zwei wertvolle Kunstwerke von Emil Nolde spurlos verschwunden. Sie wurden aus verschlossenen Büros gestohlen. Die Ermittlungen der Polizei blieben erfolglos. Eines dieser Kunstwerke ist überraschend wieder aufgetaucht: das Gemälde »Sonnenblumen«.
...
Keine Einbruchsspuren, keine Aufklärung, die Staatsanwaltschaft legt den Fall zu den Akten. Das Ölbild »Sonnenblumen« und das Aquarell »Landschaft mit Bauernhaus« bleiben verschwunden.
...
Knapp 40 Jahre später meldet sich eine Berliner Anwältin bei NDR-Justitiar Dr. Michael Kühn: Eine ihrer Mandantinnen sei im Besitz eines echten Emil Noldes.
NDR, 5.5.2019

Danke

Ein großes Dankeschön geht auch bei diesem Buch an meinen Lektor Lothar Strüh für seine klaren Worte und seine nachhaltige Kritik. Bedanken möchte ich mich auch bei all meinen Ansprechpartnerinnen vom Emons Verlag – im Besonderen bei Sophie Olk und Diane Kopp – für die stets überaus freundliche Zusammenarbeit. Eine große Hilfe bei wichtigen Fragen rund um den Kunstmarkt und Giorgione war Kunsthistoriker Christian Schedler. Unvergessen wird bleiben, dass er mich wie selbstverständlich mit italienischer Literatur über den Maler versorgte und ich den Zeitpunkt verpasste zu erwähnen, dass ich gar kein Italienisch kann … Ich habe vor, das zeitnah zu ändern!

Von Herzen bedanke ich mich neuerlich bei meiner Mutter, die nicht nur meine Bücher geduldig Probe liest, sondern mich immer unterstützt und mir den Rücken freihält, um mir zeitliche Spielräume zu verschaffen. Meine Tochter wartet zwar noch immer auf die Kinderbücher, in denen gerne ein Pferd vorkommen darf, kommt aber langsam in ein Alter, wo sie sich auch über weitere Kriminalromane freut – danke für deine Geduld, mein Sonnenschein! Ein besonderer Dank für dieses Buch geht an Oliver, der nicht müde wird, mich zu motivieren – ich danke dir für unsere gemeinsame Lebenszeit!

In Erinnerung an Karl-Heinz Heuken, der mir einen Tag vor seinem plötzlichen Tod noch wichtige Fakten für meinen Roman gegeben hat.

Und wie immer: Danke an alle, die mich begleiten und an mich glauben, die meine Bücher lesen und meinen Helden folgen.

Tina Schlegel
SCHREIE IM NEBEL
Broschur, 384 Seiten
ISBN 978-3-95451-723-7

»Wer einen ungewöhnlichen Krimi mit durchdachter und anspruchsvoller Handlung lesen möchte, kann hier getrost zugreifen. Ein großartiges Debüt, das voller Sprachkunst wichtige Themen aus dem Handgelenk schüttelt.« Vebu Magazin

Tina Schlegel
DIE DUNKLE SEITE DES SEES
Broschur, 368 Seiten
ISBN 978-3-7408-0078-9

»Rasant und sehr spannend. Ein anspruchsvoller Pageturner mit furiosem Finale.« Bodensee Edition

»Der komplexe Fall bringt unvorhersehbare Wendungen, aufgrund derer man das Buch bald nicht mehr weglegen kann. Das packende Finale macht Schlegels zweites Buch zu einem gelungenen Bodenseekrimi.« Südkurier

www.emons-verlag.de

Tina Schlegel
DER WOLF VOM BODENSEE
Broschur, 336 Seiten
ISBN 978-3-7408-0470-1

Die Halbinsel Höri versinkt im Schnee, ihre Bewohner sind in einer weißen Falle gefangen. Kommissar Sito wollte hier eigentlich ein paar ruhige Tage verbringen, doch da versetzt ein Wolf die Menschen in Angst. Die Lage spitzt sich zu, als eine Schriftstellerin ermordet aufgefunden wird – inmitten zahlloser Manuskriptseiten, auf denen immer wieder ein Name steht: Sito. Als am Neujahrstag auch noch ein Kind verschwindet, gerät Sito in einen Strudel aus Lügen und Gewalt. Und die Jagd auf den Wolf beginnt …

www.emons-verlag.de